中国诗的精神

——诗学独立宣言暨与经院式文学、哲学研究的决裂

著

研究出版社

图书在版编目(CIP)数据

中国诗的精神：诗学独立宣言暨与经院式文学、哲学研究的决裂/孙亚君著.--北京：研究出版社，2024.3

ISBN 978-7-5199-1633-6

Ⅰ.①中… Ⅱ.①孙… Ⅲ.①诗歌研究－中国 Ⅳ.①I207.22

中国版本图书馆CIP数据核字(2023)第003570号

出 品 人：赵卜慧
出版统筹：丁 波
责任编辑：毛艳琴

中国诗的精神：
诗学独立宣言暨与经院式文学、哲学研究的决裂

孙亚君 著

研究出版社 出版发行

（100006 北京市东城区灯市口大街100号华腾商务楼）
北京隆昌伟业印刷有限公司 新华书店经销
2024年3月第1版 2024年3月第1次印刷
开本：880毫米×1230毫米 1/32 印张：13
字数：243千字
ISBN 978-7-5199-1633-6 定价：58.00元
电话（010）64217619 64217652（发行部）

版权所有·侵权必究
凡购买本社图书，如有印制质量问题，我社负责调换。

诗学的任务与方法（代序）

孙亚君

诗学，一如文学，有双重含义：作为创作的学科、作为研究的学科。但"创作的学科"这种说法不太站得住脚。创作是要他人欣赏，提供给他人自由赏析与研学的对象，而非当事人自己去分科别类地研学已有的对象（"学科"的本义）。因此，严格而言，诗、文的创作，不即是诗学、文学。本书中所谓的诗学，即是研究"诗"的学科。

不属诗学、文学的诗文创作，却为真正的诗学、文学规定了根本目的性。诗文创作是第一位的，是发生学上先起的，具有其内在的原动力，因而永远不会"失落"（失落的只是关于诗文的态度）。诗文创作永葆青春的根本原因在于其审美引力。创作只是手段，目的是通过文本来达到审美意义上的"渡"。诗是文化的开端，也是人文的祖本。诗的精神，正是哲学的精神。

相对地，研究诗文的学科是后起的，是依托于诗文创作而存在的，是借着已有文本来"吃饭"的，这就非常容易"异化"，容易沦为"伪学"或曰"经院学"。真伪之分，就看丢没丢根本目的。经院学突出的表现，就是丢了美学出口，将手段（文本）视为目的，这就背叛了作为第一位的诗文创作的目的。这个目的是创作的根本目的，也是研究的根本目的。根本目的只有一个，创作和研究都只是"渡"的手段。研究（不囿于文学研究）之于根本目的的异化和背叛造成其不断沦落为无人问津的自娱自乐，不但于个人或人类的存在毫无意义，且以炫技枝蔓为能事的贫弱日益增加我们前行的负担。庶几附赘悬疣，必除之而后快！

这个时代的文章已从实证研究那里染上了精致的淘气，变得面目可憎。不拍脑袋也明白清楚的事理，非要旁征博引絮絮叨叨，像煞是借着人多字多的架势，便可成金铄金于反掌间。但是，这除了增加吃饭的口粮外，于我们的理解的精进丝毫无补，不但无补，直是增重了我们的荷囊，变得寸步难行了。窒息正在绑架自由的最后阵地——思想。好似明朝人作诗的眼镜，汉魏到唐宋的层层加码，却偏偏蒙住自己的眼睛。他们倒并非成心这般，只是镜片重得抬不起头，就索性蒙了眼，省得左顾右盼定不下心来深挖战壕。明朝人好歹是向巨人看齐，这一点上，我们甚或不如。把自己锁在平庸的无限负担里，只赚得勤快的胜利。三人成虎的喧闹多半出于画饼充饥的苦恼，于是相濡以沫将各自的肚子填饱，但吞的是口水。不是在窒息中沉沦，便是在窒息中反抗，而反抗是值得的，因为它给予"值得存在"这个命题以希望。这敲响了伪学的丧钟，也吹响了真学的号角。以此，我们摆明了诗学的任务。诗学的任务，也就是诗的任务，条条大路通罗马。

诗，是思想的灵魂、灵性的载体；诗的阵地，是人心（灵性）面对机器围剿的最后堡垒。诗学，不等于诗本身（手段不同），亦非亚里士多德所谓的种种结构规定的"诗学"（这只是刻舟求剑——"先王之陈迹"），而只是说诗。

"说"的意义善莫大焉！灵性沉埋，必经刮垢磨光，方可显其光芒，正如当年浪漫主义之于理性主义的反抗，而新浪漫主义也必将到来。我对此的信心正是建立在对人的信心之上。还须"说诗"。

诗学或曰"说诗"，有两大抓手。

其一，她是立足文本的（回到文本本身），这是她的手段。这将诗学与哲学区别开来。

其二，她指向审美感发（回到自家心里），这是她的目的。这将诗学与历史区别开来。

诗学研究大体可以归纳为二十四字：紧贴文本、突出特色、扪心自问、还原感发、围绕中心、聚焦深入。

用文本说话

文本的手段性将诗学与一般意义上的哲学与美学区别开来。诗学是一种实践美学，并非经院式的美学。诗学空说无益，须用文本说话，正因美学空说无益，须用作品说话（这在理路上不同于抽象哲学）。

什么作品呢？

凡是能够唤起主体审美体验的一切物事皆是。此即实践的指向。诗学的实践对象就是文本。诗学的一切立论都要紧扣文本，用文本说话，不能凭大致的感觉泛泛而谈。文本在诗学中如同科学研究中的数据，是我们说话的根据，是我们走向彼岸的桥梁。

诗学不能像抽象哲学、美学那样脱离具体对象（文本）说开了去。为什么呢？正因为存在（"真"）本身是复杂的、具体的，是任何抽象所无法塑型的。抽象哲学是苍白无力的，其病根正在于过分痴迷演绎的方法，但真正的存在具有丰富的、弹性的内涵，甚至都无法被归纳，遑论被演绎。

我们强调文本，就是要面对真实本身，但不是说要大数据（大数据只是为了统计平均，但真实存在不是"平均的"），而只是要有具体的数据（具体的可以是"极端的"，而极端的往往具有辐射力，此正印证"统计平均"的虚妄）。对于诗学精神而言，一两首诗已足以撬动杠杆。

回到文本不是回到解释学，不是总结或比较其他人的解读，只满足于"解释"的问题——解释诗人、解释诗风、解释诗句。这就仅仅停留在逻辑的层面，未达诗学精神。这种做派只是历史的"解释学"或"考据学"，只是文学史的问题，并非文学的、诗学的问题。当然，解释是必要的，但不应该作为诗学的主要任务，一如笔墨是必要的，但并非绘画的全部甚至重点。

一切解释，都必须回归诗学精神——美的感发上。

理解（来龙去脉）是次要的，感发（立地）才是重点。

回到文本更不是回到文献。

文献是用来帮助我们发现问题、细化问题、解决问题的，不是用来给我们的研究对象正名、论证其合理性的。文献不是为了引述空洞理论或背景性介绍甚至常识性絮叨，这些在信息化社会里已经没有意义了。就诗学目的而言，我要老实不客气地说，绝大部分的当代文献都没用，此正说明经院学的乖张以及诗学的病入膏肓。

伪学盛行，垃圾太多，所以文献不必多。说诗人千万不能被文献牵着鼻子跑，更不要将诗学精神的阐发寄托在已有的文献中。只有与文本审美直接相关或有助于我们审美感发的才是"真"文献，才是值得拿来用的。

真伪与否，就看是否有关主体的审美目的。在课堂中，教师将其读过的大部分文献都视作垃圾扔了，因他若将这些文献都穿插进课堂里，学生必定味同嚼蜡、昏昏欲睡，它们不会丝毫增进教学效果，反将搞得学生倒胃口。同理，研究诗学中，垃圾文献越少越好，否则读者也必定味同嚼蜡、昏昏欲睡，它们只会湮没诗学精神。

回到文本，是要回到文本的美学意味上。文本也只是手段，我们的中心任务是通过死的文本撬动活人的心，让灵性照亮我们的生活。这才是真说诗、真诗学的精神。切不可刻舟求剑，做了拾人牙慧的蠹虫。

感发是核心

诗学既要立足文本，更要直指人心。诗学的目的，一如诗的目的，是"渡"向彼岸——审美体验。砍去支离附会，诗的根本（文本的目的），毕竟还是感发。感发就是审美感发，就是回到自家心里，还原我们的心理机制。

审美感发是诗学研究的出发点、核心和目的地,是初心也是归宿。诗学是以文本审美体验为导向的研究,并非历史考证或字句训诂的研究。考据文本、考据作者是远远不够的,除非这种考据使文本在主体的观照下生发出独特的美学魅力,否则谁吃饱了没事儿做要去(重新)认识李白、杜甫。经院学派是要将我们活人的生活窒息在"经典"之中。

当然,任何方面都可说与诗歌或文学相关,都可以拿来用,但可用的都只是工具,而凡是工具就必须回到目的——审美感发上。我们要做的不是拼凑材料,而是将所用的材料都生发出审美感发的效应来。这才是说诗人的水平。

我们的对象不可能被研究得面面俱到,这么做也没有必要。所有我们要说的以及引用的,都必须与审美感发有关,能够最终服务于我们的美学升华。材料是为了立论,立论是为了感发。只有有助于审美感发的材料,才是有用的材料,才是可以保留的、值得一提的材料,其余的都应从诗学中统统剔除,不要摆到台面上来。感发是一切的目的,诗学的精神。没有感发,谈他作甚!

我们必须直面文本所给予的直观感发。这种感发的内在逻辑是什么?这是抽象的问题。

针对具体文本,这种感发又呈现出怎样的色彩?这是具体的问题。

特别地,相比类似作品(包括同一作者的),具体对象又给予主体怎样微妙的审美体验?

这些才是我们应该致力的真问题。也才为我们的研究正名，即对象（具体文本）是独一无二的美学载体。那么，这种独特性何在？也只有基于这些问题，才称得上"诗学意义"。此亦是存在性意义，因凡是"真"的，就必然是具体的，即独特的，绝不囿于诗学对象。

美学感发也就是本体精神的感发。本体不可直说，故感发（审美体验）是唯一的"渡"。是为诗（学）的意义（目的性的意义）。感发是活的，这是诗学重点，也是其最大的难点。所谓感发，不是用脑子去想，而是用心去"焐热"。

好坏只在心头

本体随物赋形，活泼泼的，行不由径，因而艺术创作没有定式，感发没有定式，说诗也没有定式。这是诗学与一般的学科（所有有范式的学科）在理路上的区别。诗是具体的，篇篇不同。没有作诗的成法，故无说诗的成法。没有成法，正是艺术的路径，或作或述。

须知"说诗"本身是"诗"（没有定式），才称得上真"说诗"。文章绝无定式：n首诗（称得上诗的诗）就有n种讲法。艺术（文本）无法抽象，说诗也是这样。以此，本书中对于诸诗的分析，各篇的说法各异，总是根据文本而来，根据感发而来，腾挪移转，游走其间，并无定式，也非预期，到哪里是哪里，只是直面文本的心意使然，不得不然耳。

既无成法，如何说诗呢？或曰，如何判断说得如何呢？莫如问，艺术如何可能呢？答曰：直指人心！大智慧在哪里，正在自家心头——最了不起的"灵性"挑战（PK）！我们的心通过面对具体的诗（文本），在具体的时空背景下，展现出怎样的本体精神的鲜活力量呢？通过还原（解说），将文本的光芒展现出来，让人心感受到本体精神的本质力量，从而变得饱满起来，才是诗学的工作。

正因不为任何规范所束缚，诗学（艺术）是人之为人的最核心的灵性，也是我们面对ChatGPT（美国人工智能公司OpenAI开发的通用型对话系统）等人工智能之挑战的底气。人工智能没有真心，有的只是预先的工具理性设计。一切经验性的算计，都是死（限定）的，但诗是活的，因人心（灵性）是活的。纵是其他学科都阵亡了，只要人心不死，诗学也不会死。

要说标准，只有一条：通过文本的审美感发来打动读者！

为何他的文章好，你的文章不好？那是因为他的说诗打动了我，而你的没有。

如何打动人，是说诗人的事儿，各显神通。我们管不着，也没有标准。说诗人先要打动自己，才有可能打动读者。先生正是自己：千人心万人心，还是要问我的心。艺术永远是主观的艺术，创作如是，评论也是这样。

标准何在？止在洒家心头。何为好诗？只问良心！先生一人心头如何作准？叱曰：ChatGPT滚蛋！宵小鼠窜，虚室光明。

分两步走

我们的主要结论（审美感受），是用"心"（感性直观）

直接面对文本后得出的,这是第一步的工作(直达目的),不是用"脑子"(理性)分析后总结的。

脑子(理性)也可以用,不过是第二步的工作(向他人说明的手段),是基于第一步(用心感受)后的反刍。这个先后顺序不能搞混,这是真诗学和经院学的大分所在。因此,我们的结论早已在心中,其后的找材料只是为了说明而已,则不妨辅用脑子来一本正经、头头是道地理性剖析,这样才"客观",才能被"后知后觉"的普罗接受。说诗人就是要给"后知后觉者""洗脑"(但没法洗"心"),目的是"渡"。因之,说诗人是摆渡的舵手。诗(艺术)是"渡"的手段,诗学(说诗)亦是。

特别地,文本"独一无二"的魅力是第一步(用心直观)得来的。经院学总是唯唯诺诺地用"客观数据"说话,被"芸芸小卒"的"轻薄之谈"牵来扯去,其"心意"最终支离破碎、不成片段。让客观的他们去总结"独一无二",也只能是杂烩的"独一无二"(偶然性的随机组合),没有美学意义,因其没有哲学意义(必然性的通途)。这种总结与人心当然格格不入,所以总不是滋味(这是脑子和心的区别)。

可见,诗学的方法是主观结合客观的。就其大端而言,是纯粹主观的,但"人同此心,心同此理",则又是相对"客观"的。并且,也只有纯粹主观的,才称得上是根本客观的,因为只有心中不留渣滓,才能明心见性,彼此圆融,小我成为大我。

说诗人不怕不用脑子,就怕打不开心,未能将业障习气脱个精光,还留些渣滓,其心与文本不免有些龃龉,出来的感觉就有些"邪门儿",与人心就格格不入,并早晚要破产。借用阿奎那(Thomas Aquinas)的逻辑,我要说:"说诗人要把习气掏空,好让光明进来。"

纯粹主观即纯粹客观,这正是数学(不包括统计学)的路径,所以其结论永远锃亮。以物理为代表的一切真正的科学(当然不包括"社会科学""计算科学"这种譬喻意义上的术语),都必须聚焦外在的"实体"("渣滓"),其具体结论就总有些格格不入,并最终将破产。凡是科学的,就可能是错的,且终将是错的。所以科学有革命,而数学没有。但科学又是伟大的,因其第一口棺材是为自己准备的(给出精确的推翻自身结论的实验手段),是"向我开炮"的学科。借用爱伦·坡(Edgar Allan Poe)的逻辑,我要说"光荣归于数学,伟大归于科学"。

诗学当然不是数学或科学,但比数学更伟大,比科学更光荣,且比两者更直观、更纯粹、更根本。与科学不同,诗学的主体不能是白纸。"白纸式实证"(真正的科学也并非如此)是门户大开来让众人"到此一游"地便溺。诗学要有个体性的体验——主观意见甚至偏见,只有这样,人的味道才出得来,而诗的味道也出得来。说到底,诗的味道就是人的味道。唯有具体的,才称得上存在。

美学价值就是审美感受,只是前者相对客观,后者相对主观。说诗人的任务就是要通过说诗将主观的感受升华为"客观的价值",即,带动读者来达到说诗人的感受状态。首先是自己的感发（感动自己并还原自己的感发），其次要带动读者一起感发（感动读者）。通过说诗，将文本的美学光芒展现出来（可以不拘文本原意），展示出灵性的力量，照亮读者的心灵，从而面向未来（而非躺进博物馆）。是为说诗的根本任务。

要说透彻

说诗就要说得透彻。透彻包含两方面的含义，一是文本的独特性；二是这种独特性所蕴含的具体的美学魅力、所体现的美学精神。若只是泛泛地说视角转换、直抒胸臆显然是不够的，那作诗也太容易了，说诗也太水了。

具体而言，说诗人要回答三个问题：诗人 X 的哪个文本最"X"？这种"X"的独特之处在哪里（比方说和其他类型的作品相比）？这种"X"的美学逻辑是什么？我们要结合文本，将这种审美精神彰显出来。

我们的目的，不是诗人的目的。诗人写诗当然有他的目的，但他的目的不是诗学的目的，这一点我们要明确，所以我们和诗人的目的是不同的。解释诗人的目的往往可能离开了诗学的目的。李杜的真实想法、人生经历，若不能就其文本生发独特的美学感发，则于我有何意义？提他作甚！读者再渺小卑微，其时间、精力也是一等一的宝贵。说诗人的任务是解放读者的旅程，而不是增重其前行的负担。经院学因为自己的肠胃功能太弱（他们消化不良，光吃不长肉），而弄得大家都食欲不振，这倒是对李杜的最大辱没。所以我们千万不能学他们令人倒胃口地硬啃李杜外在的臭皮囊,并淹没在臭皮囊中。

就诗学而言,文本的重点不在于写了什么,不是解释的问题,而是怎样写的,是修辞的问题。经院学往往只是解释了为何要写,或这样写,以及非常笼统的一些"概念"和标签,以堆积出一个"独一无二"的"独特性"来。但问题是,这种杂多的拼凑有何美学典型或审美意义吗?难道杂多真的是文本的特点吗?肯定不是的。否则有机器人即可,要艺术何用?艺术正是偏向性,因只要是人,就有倾向性。

诗学要拒绝迂阔的"文人气",这种习气惯用抽象的标签或概念来堆砌(往往自己也不明所以),援引些名言杂句作注以为博览(却不会拷问这些引述的合理性或辨析这些引述的内容),再用华丽无骨的辞藻来打扮一番。这种模糊不辨的"文气",大体也属于传统的说诗路径,今天却行不通。因为说来说去,只是隔靴搔痒,不知所云,不会对我们的理解有实打实的促进意义。文科的"堕落",被理科瞧不起,也在于此。我看这样的评论(说诗),还不如直接看原诗呢,然则要评论何用!评论要成为原诗的催化剂,而非蹩脚的赝品,更不是关于文本的解释或添油加醋的"翻译"(多数系"赏析"的路数)。说诗要区别于诗(路径不同),才是真说诗。

作为"研究"的文学要进步,要有真正的文学评论,既要学哲学的概念分析,也要学科学的"实体"还原,这样才有真文学评论。比方说,"雄浑""冲淡"云云,就是一笔糊涂账。它究竟指的是怎样的"雄浑"?是具体文本的怎样写法？又与其他"雄浑"的写法有何不同？这种独特的"雄浑"又有怎样具体的美学出口？"冲淡"亦如是。我们要审视文本美，就要说得真切，说得透彻。凡可说的，就必须说"死"——明确、清楚，不留余地，要不就闭嘴！（说"死"是指分析的程度，不是对象的性质。纵是活的对象，如"道"，也必须将其"活"的逻辑——不清楚、不透彻的性质——分析得清楚、透彻，是谓说"死"。）这是维特根斯坦关于哲学的出路，其实也是作为研究的诗学（文学）的出路。

说得透彻，才是真正的"文气"。这可能比原诗创作的难度更大，岂非合该如此？让普罗写诗，总会有些像模像样的文字出来（人工智能也可以迅速生成），但要他们说诗（就审美谈文本，且谈得透彻），那可两眼一抹黑，真有云泥之别了（人工智能只会转述"客观常识"，而这必然是无聊的、平庸的，因其正是"统计平均"的本色），其中轩轾，可谓"刻鹄不成尚类鹜，画虎不成反类犬"。但唯有这样，人才不是机器人，真正的人文精神才出得来。以此，说诗将超越诗（更接近"渡"的目的），而成为艺术的最终载体。诚可谓"述而不作"。

超越文本

历史虽然不是充分的，但也不能轻轻放过。某种艺术风格或倾向总有时代背景和社会心态的影响，审美倾向也是变化的。有了这个底色，再谈就有厚重的内容了，不至于抽象地谈某种风格（很多"赏析"的"特色"往往没有特色，可能与其脱离社会背景来谈风格有关,因为抽象的风格就是这几样罢了,不免削足适履)。说诗不能以现代人丢掉历史包袱的心态来打扮古人。一些所谓的"文化名人"也热衷这么后现代主义地起哄,古人成了扁平的"表情包"。这作为娱乐而言无可厚非,但这样,文本的魅力就浅薄了,其实也是失真的,因为存在总是具体的。

左右都须防范!我们的分析与讨论立足材料,但未必能为有限的材料(包括文本和文献)所涵盖。材料是拿来用的,不是拿来"拜"的;要驱使材料,不要被材料所驱使!材料之所得未足据,因为"巨人"是伟大的,又是有局限的,他们俱往矣!这一块,正是展现诸君大智慧的所在。大智慧在哪里?在诸君自家的心头!打倒ChatGPT的前提和目的:活出个"人"样儿——自家风采来!谁说"拍脑袋"不是顶一流的功夫?这正是最了不起的"灵性"的PK!

审美是活的,这种活的目的性也将诗学与一般的文学研究、文学评论或诗歌鉴赏区别开来:它要跳出文本的束缚,达到自由的境界;它不是冷眼旁观,静静打量,而是投身其间,涅槃自身;它是以文本解读为入口,以艺术震撼为归宿。

诗学是诗的再加工,再艺术化,是诗之"诗"。作者已死,文本是死的;我们是活的,读者是活的。诗是艺术,说诗是艺术的再创作。说诗要超越诗("活化"文本),才是真诗学的格局。

在"草木竹石皆可为剑"的后现代,诗本身(文本)的意义是相对的,更紧要的是"说"(解读)。庖厨之功夫,无关鱼翅鲍鱼的花头，而在青菜豆腐的至味。化腐朽为神奇，才是艺术的本事，才是最彻底的艺术。以此，说诗，将代替（作）诗（对于有限文本的无限可能的活化），而将成为"诗"的最终形式。是为说诗的终极境界。真正的任务将不再是具体材料的发生（艺术创作），而是怎样面对具体的材料（艺术解读）。创作或解读，只是手段的不同，其目的是一致的，都指向精神。

　　精神是活的，随物赋形，在不同时空条件下表现各异，是为其演化。也正是通过历程性的演化，而非一时一地的瞬时表现，才焕发出精神的整体力量。这正是黑格尔《精神现象学》的思路。这个精神，还是黑格尔所指向的精神。但是黑格尔的"精神"只是"空说"。他指出了方向，却不曾把握明确。他所谓的精神尚停留在思辨的层面，离终极的"渡"尚有距离。第一哲学（本体－认识论）的起点和出路，还在第三哲学（美学）上。

　　本体精神一路行来，既蕴含普遍性的注脚，更多的则是具体性的影响，正如生物演化。作为第三哲学的美学当然也应是具体的、实践的、过程的。空说无益，因本体是不可限定的，只能一件件、一桩桩地用"实体"去"格物致知"，但时刻不能丢了"大本"。"积习既多，然后脱然自有贯通处"，才能撬动实践美学的终极实现。经验世界中的实现必然是具体的，此正是"终极"两字之义，而于此"终极"，已无经验、超验之畛域（畛域只是人的先天理性形式，须知"真"是同一的本体）。以超验为指向（扬弃经院式文学），但又要回到经验中（扬弃经院式哲学），待盘得熟了、焐得热了，才能字字有着落。

好了，我们摆正了诗学的本质和意义、任务和方法，也厘清了其与其他学科（包括一般意义上的文学研究、诗歌鉴赏等）的区别。接下来就根据我们的任务和方法来玩味本体精神的伟大吧。

怎样开始我们的旅程呢？还是按照事件发生的时间顺序吧，因为历史逻辑本身是不骗人的，骗人的只是我们自作聪明的组合重置。

目录

001　诗学的任务与方法（代序）

001　第一章
　　　中国诗的第一张面孔——《关雎》的万世不祧之范式

003　引子
004　格律性体式
010　"兴"的意味
019　尾声
020　关于荀学文艺观

025　第二章
　　　长诗如何才有味——情节是《离骚》的美学密码

027　神离
034　身离

052	陈词
057	求女
076	占卜
084	远逝
097	节奏感
099	情节的意义
102	"集部之祖"
104	纯粹人格

109	**第三章**
	互补的《击壤歌》和《南风歌》：两极社会的对立统一
111	横亘时空
114	乡土本色
117	"生长之音"
120	柔性政治
124	"祛魅"的互补

127	**第四章**
	"行行重行行"
	——"乐"与"诗"的嬗变以及温厚的胜利
129	"新"的意义
132	五言诗的发生
142	"歌"不即是"诗"

150　乐府的异质性

158　滞后的流行

171　"厚"的内容

177　"温"的形式

181　常识的胜利

187　**第五章**
　　　撇却枝蔓辨真味：《短歌行》究竟好在哪里？

189　引子

190　章法

198　结言

203　**第六章**
　　　中国诗的"至暗时刻"——《咏怀诗》与阮籍的美学意义

205　消极的绝对性

208　存在的荒谬性

211　崇高的意志力

217　**第七章**
　　　浑然说"道"："放过自己"的《归田园居》

219　粗粗笨笨

224　真假胖子

230　滚滚而来
238　忘的本体

245　**第八章**
　　　两谢——中国诗的拐点
247　新的基调
251　精工山水
253　壅塞还是精简
258　"圆美流转"

267　**第九章**
　　　"只可自怡悦，不堪持寄君"——六朝的"云"与"风神"
269　云非云
270　"风神"是"干细胞"
273　"艺术"的时代

277　**第十章**
　　　何以"孤篇盖全唐"——请君六诵《春江花月夜》
280　一诵而再：摇曳流利、空明澄澈
284　三诵而四：从宇宙到情感
286　五诵：情感化的存在
288　六诵："兴"本身

295 第十一章
经验"摆渡"超验——王维之诗的"不在"之"在"

- 297 "不在"的"在"
- 299 超验嫁接经验
- 303 语言悖论
- 307 "渡"
- 310 贵族志趣

313 第十二章
《山中与幽人对酌》——我们的李白与我的自觉

- 316 "两人对酌山花开":我的自觉
- 321 "一杯一杯复一杯":虫洞宇宙
- 328 "我醉欲眠卿且去":自由艺术
- 332 "明朝有意抱琴来":纯粹意向

335 第十三章
何谓"七律之冠"——杜诗与沉郁顿挫的范式性

- 338 完美形式
- 343 新的世界
- 346 老的心态
- 350 尘埃落定

357 第十四章
繁复又精辟、细腻且朦胧
——《长恨歌》及白诗的矛盾与分水岭意义

359 白诗传奇

362 俗与繁复

365 温柔的消遣

369 非精辟又非不精辟

371 矛盾种种

376 吊诡的结局

378 后　记

第一章

中国诗的第一张面孔——
《关雎》的万世不祧之范式

作为中国诗的第一张面孔,《关雎》对于整个东亚诗歌的路径具有奠基式的影响。本章将这些成为范式的影响归结为四个方面:格律性的体式、抒情性的主题、"兴"的倾向与"中和"的情感基调。其中,格律性体式包括了句式的齐整性、押韵以及复沓的特征。特别地,这些格律性的表现(包括四字一句的句式以及四句一组的结构)绝非偶然现象,而有着其具体历史现实的内在逻辑性。同时,基于文本的比较辨析,本章对于"兴"的意味与意义作了哲学意义上的扬弃与澄清。"兴"是"绘事后素",是整体感受性的激发。"兴,起也"是"体";"兴,盛也"是"用"。体用不二,"兴"是最本质的艺术精神。进而,"兴"是自由本身的萌发("灵性"),是尚未有实际内容的生意,指向的不单是道德与艺术的本质,也是广义认识论的本质,更是"道"本身。

引子

翻开东亚最古老的诗集——《诗经》，第一部分是《国风》，《国风》的第一部分是《周南》，《周南》的第一篇是《关雎》。如果我们并不完全拒斥"四始"的典范性，而非将三百篇视为纯粹的随机排列，那么，中国诗甚至东方诗的第一张面孔——《关雎》是颇可玩味的。其诗曰：

> 关关雎鸠，在河之洲。窈窕淑女，君子好逑。
> 参差荇菜，左右流之。窈窕淑女，寤寐求之。
> 求之不得，寤寐思服。悠哉悠哉，辗转反侧。
> 参差荇菜，左右采之。窈窕淑女，琴瑟友之。
> 参差荇菜，左右芼之。窈窕淑女，钟鼓乐之。

倘请不谙东亚文化的老外一观《关雎》，他多半是要惊诧于我们这个民族在"诗"的形式层面的早熟。岂止是早熟，简直不曾变过。拿叶芝的作品与《伊利亚特》比较，我们要说西方诗人是走过了多么漫长的路，而拿新月派的作品与《关雎》比较，竟好似原地踏步一般。梁漱溟先生曾论中国文化在哲学或思维上的早熟。若算上艺术的，则它真是完全的早熟文化呢。表里一致的文化早熟当是一个深可玩味的命题，本书中我们暂无暇引申，单就诗论诗吧。

格律性体式

首先是齐整性。最直观的就是每句的字数一致性，码得整整齐齐、平头并足。这是西方诗人很少能做到的。这么说似乎有些故意抬杠，因汉字就是方块字，从而天然地具备形式齐整上的优势。但倘若我们从听觉而非视觉出发，即，站在诗歌（至少是中国诗）的发生学（民间歌谣）层面，我们也可明显地感到这种齐整性，即，每句的音节数的一致性（姑且默认上古汉语也是一字一音节）。单这一点，也足以使古典时代的西方诗人们瞠目结舌。

使西方诗人们更惊讶的是，中国诗的第一张面孔竟是押韵的。此惊讶非惟不打折扣，直是加倍作用的，因为，西方语言远比汉语更易押韵。这一点，我想对于每一个接触过英语过去式或现在分词的人都是十分明白的。凯撒的名言，"VENI, VIDI, VICI"不是最好的例子吗？这不但是押韵的，而且是"双声叠韵"的。作为屈折语的西方语言通过前缀后缀（prefix & suffix）可以不假思索地做到"双声叠韵"，但对于作为孤立语的汉语而言则需精心架构。有意思的是，凯撒的名言得以流传至今，不正是借由此"双声叠韵"的魅力吗？换言之，虽然西方早期的诗歌不押韵，但并非由于西方人对押韵后知后觉。那么，在各自的诗歌第一张面孔上，为何更易做到押韵的西方语言没有押韵，而不易做到押韵的汉语却押韵了呢？这大概是因为来源的不同吧。

西方的第一张面孔是史诗，是个体的（即便可能并非一人）天才式的迸发，而东方的第一张面孔是民谣，是群体的传唱式的生成。凡是民谣，必是异口同声、代代传唱的，而凡可异口同声、代代传唱的，必然押韵，因形式上的韵律性是其必要条件。上述的齐整性也正是民谣的形式韵律性的必然要求。古今中外，概莫能外。西方的十四行诗（sonnet）的押韵及其音节性的格律，其源头不正是游吟诗人的爱情小调吗？以此，西方的十四行诗及至浪漫主义的韵文，恰似我国的乐府及至"五言诗"走过的轨迹。

第一张面孔的押韵成了中国诗的"胎记"。一方面，这看似是给诗设了一个颇高的门槛，但门槛往往有一刀切的危险与便捷，好像将任何话语凑个齐数再撮个韵脚，便可称作"诗"了，乃至后世的"鬼胎"（钱锺书先生所谓的"押韵的文件"）汗牛充栋，讽刺性地增注了这个诗之王国的水分。这是后话，尚不暇述。另一方面，这胎记亦不囿于诗的领地，而成为这个国度特有的语言胎记。不论是古赋文赋还是俳赋律赋，"赋"不是中国才有的押韵的散文吗？从诸子文集到骈文，从古文到白话文，乃至官方公告、政府工作报告，以至方文山的词、郭德纲的相声，不都或多或少地散发着这"胎记"的优越感吗？这是西方语言所难望项背的。

回到齐整性。我们注意到一个连后世的中国人也会颇为诧异的地方，即，每句的字数或音节数是"四"。我们都晓得，这叫四言诗。我们也都晓得，国风乃是民谣。所以这里就有一个大问题。何以当时的民谣是四言，而后世的民谣是五言（如《乐府》），而更后世的民谣是七言（如《山歌》）呢？除了说"古人笨"这种现成的答案外，我觉得这里头有一个劳动模式变化的问题。民歌的产生，多半是用来配合劳动的。"情动于中而形于言"，"情发于声，声成文谓之音"，这种发生机制，既可以是个体性的，也可以是群体性的。但个体性的往往哼过算数，你哼你的，我哼我的，今天亦不同明日。唯有群体性的，才能流传下来，特别是在缺乏音乐记录手段的远古社会。群体性的歌唱不是没事儿瞎哼哼，它要形成一定空间和时间的惯性，就必然依托某种涵盖同样时空范围的社会驱动力。这种稳定、持续、弥漫、强大的驱动力，除了宗教性的祭祀（《雅》《颂》的主体来源），只可能是劳动。我们不妨回想一下自身的农耕经验，单调枯燥又吃力的机械式压迫迫使我们发出声音，以配合与坚持这种重复式的劳动。开始是动物一样的哼哼哈哈（"声"），时间一长，便有了"文"。这正是民谣的最本源，也最自然的生成。民歌的本源，实际正是为了忘却也为了继续机械式劳动压迫下肉体痛苦的"精神吗啡"。但是，同样是劳动，古今内容大异。《国风》时期的中原地区，当是以"石器锄耕"或原始耒耜为模式，人力操作，动作单一，间断性、节奏感、力量感强，而后期民歌或采于游牧地区（如《敕勒川》）或有利用畜力的更复杂、更轻巧的农业模式（如民歌《好一朵茉莉花》），如犁（配牛）、桑蚕、采茶等，动作幅度更具流畅性。这是明显的区别。诸君不妨尝试一下纯人工翻地半日，保管会言行一致地吃喝："一、二、三、四"。这是应付这种一上一下的机械式单调消耗("布尔型变量"式的劳动)的利器。没错,四言诗的节奏是最孔武有力的。你看,军歌《打靶归来》的末尾不早给出答案了吗?它绝不可能是"一、二、三、四、五",更不可能是"一、二、三、四、五、六、七",而只可能是"一、二、三、四"!因此,以《关雎》为代表的《国风》不但是民谣、是从劳动人民中来的,更是从农耕的、纯人工躬耕的劳动人民中来的。[1]《释名》曰:"人声曰歌。歌者,柯也。以声吟咏上下,如草木有柯叶也。""如草木有柯叶",显失牵强。但以"柯"释"歌",倒颇可取,除了两者古时谐音外,不正以斧柄(柯)象征劳动以及这种最简朴、单调、有力的劳动模式吗?民歌(人声或曰徒歌)的源头正是劳动,而由诗歌(民谣)之形式的变化,亦可窥见农业模式的发展轨迹。

《关雎》的齐整性还蕴含了更深层的范式,即,四句一组的结构。四句一组,指的并非总句数是四的倍数,而是用四句构成一个在表述内容上相对独立的段落,类似西方诗中的"诗节"(stanza)或更贴切些的"四行诗节"(quatrain)。这是中国诗歌浸入骨髓的结构(西方人关于一诗节的行数可有种种选择,但中国人对"四句一组"的诗节非常执着)。中古成型的绝句与律诗就是这一结构范式的典型、纯粹的形式。不待中古——你看,屈原的《离骚》,这首最长的古代中国诗,不也是四句一组来层层推进的吗?从六朝民谣《西

---

[1] 这只是部分的解释,详见本书第四章中关于《古诗十九首》的分析。

洲曲》到唐代文人再创的《春江花月夜》《长恨歌》，不都是以四句为相对独立的基本单位来展开的吗？中国诗（未必是中国的诗，见本书第四章）写得再长，都是这个基本单位的组合，正如中国建筑（未必是中国的建筑）造得再大，也都是四合庭院这个基本单位的组团。[1] 甚至到了革旧诗之命的新诗时代，具标志性意义的徐志摩的《再别康桥》，其骨架竟还是四句一组。新诗的骨子里还是透露出中国的味道。这四句一组的结构范式似乎是中国诗在形式上的集体潜意识。单句不成章，但为何是以四句为单位，而非两句（如《渡易水歌》）或三句（如《大风歌》）或五句（如《击壤歌》）或六句（如《李延年歌》）或七句（如《乐府·江南可采莲》）呢？或者说，为何除了四句单元外，其他的句数形式都没能成气候呢？这一点，我们要到五言诗那里再讨论了。

---

[1] 一些中国诗的总句数并非是四的倍数，但可视为四句一组的"变体"，就像一些四合院并非是严格的一进院落，但仍是四合院一样。例如，曹操的《龟虽寿》共十四句。前面十二句分别由三组构成，每组四句；最后的两句"幸甚至哉，歌以咏志"在内容（含义）上单独成段，相当于最后一进四合院加了排后罩房。再如，阮籍的《咏怀诗·其八》也是十四句。后面的十二句分别由三组构成，每组四句；最前面的两句"灼灼西隤日，余光照我衣"在含义上单独成段，相当于第一进院落前又置了倒座（南房），形成新的小院落。又如，杜甫的《茅屋为秋风所破歌》在形式上最是"离经叛道"，但仔细分析，仍是四句一组的"变体"。该诗共二十三句，计五组，分别由五、五、四、四、五句构成。这些五句组只是四句组的变体，譬如院门前添了一道照壁，增加了院落的层次感和意境。因此，这些在形式上不尽合于四句一组的诗，在内容表达上其实是四句一组的"变体"，即，它们不是严格的一进院落的组合，但仍是四合庭院的展开。

这里要指出的是，四句一组的形式影响了押韵的格式。中国诗虽好押韵，却非每句都押。为何？诸君不妨一试每句都押的效果：去掉缓歌缦舞的搅扰，那真是喜剧式的，颇似撞见十个指头戴着十个戒指的行为主义，而这种喜剧效果，也多体现在乡谚俚曲里头。那是无关痛痒的噱头，如工具般的存在，博人一笑罢了，但要以此表真心，除非未脱配乐的歌谣，玩弄文词的痕迹不免盖过了真诚，便甚为可憎，至少添了几分调戏式的油腻。我们希望的是"从心所欲不逾矩"的自然与自由，而非刻意尚行的机械。即讲形式韵律而超形式韵律的，才是艺术的真韵律。因此，必须留出一脚不押，譬如园林的引水，必须留出"青山遮不住"的一个出口，此"出口"是"气口"，也是"活口"，方得汩汩东流去。哪一脚呢？一、二、三、四，起、承、转、合，只有第三脚，也必须是第三脚"别开生面"，方才柳暗花明。以此，《关雎》的韵脚祖述着律诗押韵的范式，而联系"四句一组"的骨骼，也祖述着排律换韵的范式。

从形式上看，以《关雎》为代表的《国风》的齐整性还包含所谓复沓的修辞方式。类重复又不是简单的重复，不变的面汤底配上变换的浇头，是"寓变化于整齐"，即节律而超节律的审美要求的体现。就此而言，押韵也是一种复沓，一种换韵头不换韵尾的复沓。我们还可说，狭义的复沓是比押韵更强大的听觉韵律感。不信你看，后世用来看的"诗"绝少复沓了，但用来唱的"歌"至今不仍两段三段四段地"复沓"吗？因此，《国风》的复沓，正是其民歌属性的特征证明。如果我们再联系《周南·卷耳》的男女对歌式的词，即钱锺书先生所谓的"花开两朵，各表一枝"，我想，《国风》出于民歌的结论，当是八九不离十的。

"兴"的意味

现在来谈《关雎》的内容。外国人又要一头雾水了："鸟叫，想女人，捞野菜，睡不着，又想女人，又睡不着，睡不着啊睡不着"，这啥玩意儿嘛！若我们熟悉古希腊史诗与亚里士多德的《诗学》的话，则我们于老外的迷惑当有一番同情，及基于同情的一番理解。为此发蒙，须说两点。我们说，我们的诗叫"抒情诗"，是吉川幸次郎先生所云的中国——不，是整个东方或曰儒家文化圈的——诗的永恒的主旋律。所以你们的叙事史诗，以及亚氏围绕情节展开的诗学，以及后世的"三一律"等等煞有介事的标准，在我们东方就寸步难行了。所以我们可以啥事儿没有的时候就瞎哼哼，何时何地、姓甚名谁、面长面短，甚至是男是女、是老是少都不管，一任抒情："睡不着啊睡不着"。当然，这种抒情，又是民歌的属性：没人会在意你的个人信息，但你的情感是可以传染的，那就让该流的流，该留的留吧。不信你看你们的sonnet，不亦如此吗？

至此，老外的困惑只解得一半。想来也是，你要"想女人"，"睡不着啊睡不着"就罢了，扯什么"鸟叫""捞野菜"嘛？对此，我们要拿出最后的法宝说：这是"兴"！兴是东方诗歌的特征,这已是常识了。但是,兴又是什么呢?这恐怕是连我们自己都未必认识清楚的东西吧。以己昏昏,使人昭昭的笑话,绝非见不得人的例外,而是历史的常态。以朱熹的"先言他物以引起所咏之词"来论,那"兴"也太可滥了。说甲射乙,只是"兴"的一个必要而非充分条件,并且这种映射如何可能呢?朱自清先生在《诗言志辨·比兴》中曾就《毛传》的"兴"作过分析,归结为两点:发端与譬喻。这种理解,虽无大错,但都未达核心。这些形式正确的獭祭,必须予以艺术精神的激发才有存在的借口。精神才是我们的任务。

对此,我们不妨先分析最棒的"兴"的例子:《秦风·蒹葭》。此兴何以成功?我们只消说"新四军就在沙家浜",就尽在不言中了。"新四军"也好,"伊人"也罢,就在眼皮子底下,鼻子都能闻得到,就是找不到哇——找不到!芦苇荡的意象性就在这里,而其作为"兴"的妙处也在这里。朦胧迷离的环境与乍现犹隐、即近还远的表达对象间具有内在的某种"同构性"或契合的"呼应性",通过意象与意境的渲染,以达到吟咏对象与主题的深化感染。因此,袁行霈先生以"意象"来解"兴"不无道理(《中国诗歌艺术研究·中国古典诗歌的意象》),但是尚须加个"契合性"的大前提。

如此解"兴"亦尚未尽"兴"。你看,就连《关雎》都解不开嘛。试问"鸟叫"与"想女人"有什么关系?你当然可说,早起的鸟儿有虫吃,近水楼台先得月。但我为何不可说,早起的虫儿被鸟吃,赶早不如赶巧呢?甚至,我何不可说,"关关雎鸠,在河之洲。好好学习,门门拿优"?为啥"鸟叫"引出"想女人"就是"兴"?而"鸟叫"引出"学习"就不配呢?吾乡有谚曰:"鸟叫做到鬼叫",那是形容劳动人民劳作苦辛的。可见,相比鸟叫与想女人,鸟叫与学习间,至少在广义劳动的层面,具有更自然的"呼应性"呢?"半夜鸡叫",是用来鞭策干活的,绝不是引导没事儿"想女人"的。以譬喻解兴的荒唐,真再无厘头不过。相比《蒹葭》的典型性的"兴",《关雎》的"兴"似乎游走在边界上,这确实给我们出了一道难题。但是,在某种意义上,边界性要比典型性更有意义,因是"边界"而非"高度"划定了其范域,也折射了别样的天地。我要说,必须打破因果律的枷锁,才迸发出"兴"的本色!不是吗?这才是人的意之所至,而非"机器"的输入输出。诚所谓置之死地而后生。然则"兴"的边界在哪里呢?先得问"兴"的边界是什么。我要说,是"为你打开一扇窗"!窗开在哪里,哪里就有风景。因此,《关雎》不那么高明的"兴"却为我们打开了"兴"的一扇侧窗,这道口子虽不甚亮堂,却幽邃迷离。正是这一穿越,实现了"兴"的本质升华。

那么,这种升华到底指的是什么呢?叶嘉莹先生在《中国古典诗歌中形象与情意之关系例说——从形象与情意之关系看"赋""比""兴"之说》一文中曾就"兴"与"比"作过如下的区别:前者是由物象引发的主体的情意感发,而后者是主体理性地主动寻找情意感发的突破口。这一理解是中肯的,也巩固了"兴"的崇高地位。对此,我们不妨援引清人江弢叔的诗云:"我要寻诗定是痴,诗来寻我却难辞;今朝又被诗寻着,满眼溪山独去时。""比"是"我要寻诗",而"兴"是"诗来寻我"。前者刻意,后者自由,高下立判。就发生而言正如找对象:是自由恋爱("兴")还是父母包办("比")。何者更感人,不言而喻。以此,"兴"是不经意地被唤起。是什么被唤起了呢?不是我的具体感觉,而只是我的感受性被唤起了而已:它是莫可名状而又无往不破的,是没有任何内容却能容载任何内容的。借用徐复观先生的说法,它不是具明确意识的"意义","而只是流动着的一片感情的朦胧缥缈的情调"——"意味"。我要说,它只是一腔性情而已。一腔性情不够吗?足矣!诚所谓"虚而不屈,动而愈出",这是颇具道家意味的"妙"。园林大家陈从周先生曰:"白本非色,而色自生;池水无色,而色最丰。色中求色,不如无色中求色。"园林如此,诗何不然?刘勰说"比显而兴隐",是对的;钟嵘说"文已尽而意有余",也是对的。但都不全面,不尽兴。我们要说,"兴"是最核心、最纯粹、最本质,也最丰富的艺术的精神。以此,"兴,起也"(《尔雅》),是"本然",是"体","兴,盛也"(《郑笺》),是"终极",是"用"。体用统一。

因此,"兴"的终极意义在于整体感受性的激发。"兴"是"绘事后素":是打底子,底子好了,画什么都像;是开胃菜,胃口好了,吃嘛倍儿香;是擦亮眼睛,眼睛亮了,看啥都靓;是打开心扉,心开了,怎样都强。我们的古人很聪明,只给你一杯茶,只需两腋生风,啥都不用说了。因此,

"兴"体现的实在是中国式的审美,即,不在于具体细节的勾勒与模仿,而是整体感觉的沉浸与诱导。这不正是"为你打开一扇窗"吗?窗开在哪里,哪里就有风景。也只有在此意义上,朱自清先生所谓的"发端"(这个"空"形式)才说得过去:毕竟,排列上的发端,在操作习惯上(而非必然逻辑上),最方便的对应是"窗"。但朱自清先生所谓的"发端"只是或然的,并不保险,因大建筑师总喜欢不按常规出牌,这要放到以后再说了。[1] 可以说,"兴"是"风"区别于"雅""颂"的重要特征,也是东方诗歌区别于西方诗歌的关键处。甚至,是否中国乃至东方后世的诸文艺的种种美学倾向,都可在"兴"中辨出自己的"胎记"呢?不,不止是中国,不止是东方,你看西方浪漫主义之后的诗坛,不也深深受到"兴"的浸染了吗?因此,"兴"又不该是中国式或东方式的,而是具普遍性的艺术手法。凡是纯粹美,必不囿篱藩,不是今天,就是明天。我深信这一点。

至此,我们尚须回过头来,稍稍抑制一下过分狂热的理想。一盘散沙的经验是可笑的,而模范无漏的理式又是可悲的。文盲的懵懂与知识分子的洁癖都是要不得的。你敢说《国风》的"兴"都是在此审美意义上生发的吗?既然《国风》是采录的民歌,也可这么问,你敢说(采录的)民歌的"兴"都是在此审美意义上生发的吗?我们只消看后世的民歌,答案是显然的。从源头上说,民歌歌词的抄袭拼凑是

---

[1]   见本书第十章关于《春江花月夜》的分析。

非常自然的。一句"月儿弯弯照九州"从古及今开了多少民谣的头啊。余冠英先生曾就《乐府》文词的拼凑性作过详细的论证(《汉魏六朝诗论丛·乐府歌辞的拼凑和分割》)。既然抄袭与拼凑是民歌零成本的生意,你如何担保采录文本的原创性与纯洁性呢?这种拼凑杂取当然可能成为形式上的"兴"。此外,在民歌的采录、抄写与保存过程中,自然也会造成第二种途径的拼凑杂取与形式上的"兴",古籍中大量的错简就是最好的说明。就《诗经》而言,亦不乏令人生疑的此种痕迹。如《小雅·采薇》之末章"昔我往矣,杨柳依依。今我来思,雨雪霏霏。行道迟迟,载渴载饥。我心伤悲,莫知我哀",与前文之场景用语颇有龃龉。另如《邶风·击鼓》之末"死生契阔,与子成说。执子之手,与子偕老。于嗟阔兮,不我活兮。于嗟洵兮,不我信兮",亦与前文之背景抵牾乖隔。另外,赵沛霖先生与李泽厚先生认为"兴"在源头上带有原始宗教的神秘象征的意味。这当然也可备一说,因你无法排除这种可能性。但无论是哪一种张冠李戴,按照疑罪从无的原则来解读,默认的做法是"将错就错",假以"涵养",拼凑杂取而来的形式上的"兴"未必不可化为审美上的"兴"。特别地,对于民歌在生成层面抄袭杂取而造成的形式的"兴",这种"美化"是极可能的,因为,何以拿A来用而非拿B来用,或者说何以A版浇头而非B版浇头得以流传,当是A而非B与主题C之间更具某种"契合性"。这虽是无意识的,但冥冥之中有着潜意识的作用,这留予了后世从事潜意识之"还原"("正名"或曰"更名")的空间。这是后话,是拼凑杂取而来的形式上的"兴"在审美上的"洗白"。但在发生机制上,我们必须要承认这是"兴"的难以排除的可能的源头之一。现实是复杂的,则关于《国风》之"兴"必言之凿凿反倒咄咄可怪了。民歌的发生本就没有严密的逻辑性,而强以严密的逻辑性求之,岂非自说自话?

历史的真相可能永将沉埋,但我们也不必灰心丧气,因这丝毫不影响诗学的精神。真正的诗学在意的并非文本的真实,而是文本所彰显的"诗"之本质力量的真实。诗学(作为一种哲学而非历史)的核心关注是应然而非本然。或"歪打正着",或"正打不着",重要的并非历史层面的"歪"或"正",而是心理层面的"着"与"不着",更是美学层面的"应"着与不"应"着。这正是我们关于"兴"的态度。非惟"作者已死",亦且"文本已死",只有"此心是独立的"——"此心光明"!

了此后顾之忧,让我们再重振理想的羽翼,将"兴"的升华推向更高的境界。

徐复观先生说:"一切艺术文学的最高境界,乃是在有限的具体事物之中,敞开一种若有若无、可意会而不可言传的主客合一的无限境界。"这或可视为"兴"在美学中的不二地位。但仅止于美学吗?"子曰:'兴于诗,立于礼,成于乐'"的"兴"绝非仅从审美或艺术层面来谈的。以此三阶段的顺序而言,这里的"兴"也不应是李泽厚先生所理解的"理性的内化",恰恰相反,是自由感性的萌发,是尚未有内容的意兴生机。因此，诗、礼、乐，不是三个东西或三个侧面，而是同一个本体的演化过程。因此，"兴"是人之为人的大端。有了"兴"，才谈得上礼（道德）与乐（艺术）。如果说人的本质是道德与艺术，那么，兴就是本质的本质。当然，你可说这里的"人之为人"的人是儒家的人。固然如此。如果联系儒家的"本"（情感道德主义）的话，那么，这种理解是十分贴切的：有了自由感性的萌发，才谈得上"不失其赤子之心"。孔夫子说的"人而不为《周南》、《召南》，其犹正墙面而立"，也须即于这一点才解得透彻。因之，我要说，"兴"是儒家之本，也是中国文化的根本。我们又回到了东方。

　　回来是为了更远地启程。说"兴"是自由感性的萌发，其实当可将"感性"两字去掉，因萌发是抽象的（abstract），也必然是抽象的，唯此方能生成与把握任何具体的（concrete）东西。这是莫可名状却具无限可能的。借用道家言，是"有物混成，先天地生。寂兮寥兮，独立不改，周行而不殆，可以为天下母"。这个本体论上的"混成"或曰"无"，就是认识论上的"兴"。故曰：它是既感性又理性，且既非感性又非理性的东西，因一沾感性或理性的象限就僵化了，就不是它了。它是自由的萌发，是"通感"，是"赤爱"，是"灵性"！以此，"兴"不单是人之为人的大端，也是作为人的对象的世界的本源，不单是道德与艺术的本质，也是广义认识论的本质。不是吗？我们自然可以，同时也必须，把李泽厚先生所谓的"非概念所能穷尽，非认识所能囊括"（《美的历程·先秦理性精神》)的物事从审美层面推向一切存在的本质层面。你看西方的形式逻辑，不是在黑格尔那里就彻底破产了吗？在尼采之后的现代哲学中，不也可嗅到"兴"的幽灵吗？因此，人的最宝贵处，当是这一点"灵性"，因其是一切认识与实践的基础。[1] 有了灵性，才有人，才有这个世界。以"兴"为契钥，孔子的"君子不器"与老子的"无为而无不为"，或曰，儒家的"仁"与道家的"真"，是统一于"道"的，这既是儒家的道，亦是道家的道，也是西方的道。不，到了"道"的层面，还有儒墨东西的畛域吗？凡是真哲学，必不囿篱藩，不是今天，就是明天。我深信这一点。

　　至此，我们完成了对"兴"的彻底澄明。回到《关雎》，我们的诗的历程竟是从"鸟语"开始的，这与其说是令人羞愧的，毋宁说是值得自豪的。在发生层面，这是一种呼唤（call），而在艺术层面，我们称之为"兴"。"关—关—雎—鸠"，一连串的舌根音配上韵母的逐渐开口与分化，不正象征着人类学的发生轨迹吗？这是怎样的一种"兴"的境界呢？死一般的阒寂中，突然响起"关关"，划破这万古长夜，唤醒沉睡的我：我的世界亮了，而人类的世界也亮了。是"起"，也是"盛"。我要说，再没有比这意义更重大的"兴"了，也再没有比这更完美的第一张面孔了，因为，"兴"是

---

[1] 就此而言，唐代以诗赋取士是极富智慧性的：有灵性的一定是人才，帖经或数理化考满分的却未必。但你若让牛顿或达尔文作诗，定不会差。并且，这种灵性是做不得假，后天难以矫饰的，故在应试压力过重的今天甚值借鉴。它至少可以把教育与取士分开，让教育回归常态，该干吗干吗去！

撬动东亚"真善美"大厦的支点,是东方的深沉范式,也将是整个世界的范式。

尾声

最后,我们还要借用孔老夫子的话——"乐而不淫,哀而不伤",说说《关雎》留给东方后世文艺的"中和"的情感基调。你看,他也就是想想而已,想得睡不着觉,"辗转反侧"罢了,绝不会做出"逾东家墙而搂其处子"的熊抱行径,甚至连《蒹葭》中溯洄溯游的勇气都没有。"悠哉悠哉,辗转反侧",才是君子。贾宝玉的"意淫",是否也是"光想不干"的继续发酵呢?不论臧否,反正这种"温柔敦厚"的"诗教"就这么一锤定音了。

以此,我们要说,孔子所谓的"思无邪"当含摄两个基本点:一是真情,所谓"情动于中而形于言";一是中和,所谓"乐而不淫,哀而不伤"。"花痴"之情不可谓不真,但不中和,是"中邪",而非"无邪"。酒神式的炽烈情感宣泄在这片土地上总要水土不服。

> 悄悄的我走了,
> 正如我悄悄的来;
> 我挥一挥衣袖,
> 不带走一片云彩。

纵是吃了洋墨水儿的《再别康桥》,不还是这么蕴藉矜持、"中和"之至吗?

其实,这种"中和"的审美追求也是真善美相统一的东方之"道"(未将"东方"两字去掉的原因乃是鉴于西方的"晚熟"而不得不"历史地"说)的必然反映。道者,中也,和也,故作为道之三个侧面的真善美无不然,而这种中和性,是否早就隐含在"兴"之中了呢?

综上,《关雎》,这第一张面孔,是诗之于我们的第一印象。第一印象虽则并非不可改变,但改变总是困难的,因它具有强大的惯性力。你看,新月诗派、朦胧诗派不还留有《关雎》的深深烙印吗?这么看,《关雎》不只是四始之首,直是中国诗乃至整个东方艺术的万世不祧之祖。

关于荀学文艺观

出于正视历史,我们尚需回顾一下古人关于《关雎》乃至《国风》的正经解法。这么说,也有拍脸充壮的嫌疑,其实所谓的"古人",于《诗经》的成型年代而言,至少晚了三五百年,非是正经先人,实属轻狂后生。但既然我们是晚了三五千年的后后生,五十步总归可笑笑一百步,那就姑妄言之,我们也姑妄听之。

最有资格朝南坐的当然是《毛诗序》。一言以蔽之,它关于《国风》的定位是"上以风化下,下以风刺上"。李泽厚先生在《华夏美学·礼乐传统》中将其归结为一种政治文艺学。以此，政治与文艺是相向并行的："上以风化下"，是自上而下地"洗脑"，所谓风者教也，而"下以风刺上"，是由下达上地砭刺，所谓风者讽也。可见，帝国前期的政治比后期政治的气度要大些，至少明白"防民之口甚于防川"的道理。你看，独裁如武帝，不亦设立乐府采诗吗？正是基于这种政治文艺学的立场，《关雎》被开宗明义地断为"后妃之德"。于是"文艺工具说"陈陈相沿，至今不仍有"文艺是革命机器上的一颗螺丝钉"的广大市场吗？要说外因能离开内因发生作用，我是不信的。

对于"文艺工具说"，我们当然不能一概而论。就上述"兴"而言，是手段，也是目的。因此，文艺既是手段，也是目的，是"文艺工具说"，也是"文艺目的说"，是手段与目的的统一。令人厌恶的是抛开目的来谈手段，那是只剩下一种目的的一种手段，即在作为目的的彼对象的名义下变相消灭作为手段的此对象。很不幸，我们看到正经古人解诗的企图正是此种目的的此种手段。

如果诸君对于要革正经解法的命尚有疑虑，那么不妨来读一下它的细目。什么叫"后妃之德"呢？《毛诗序》说那是"乐得淑女以配君子，忧在进贤，不淫其色"。于是"窈窕淑女，寤寐求之"，《郑笺》云："后妃觉寐则常求此贤女，欲与之共己职。"于是"求之不得，寤寐思服。悠哉悠哉，辗转反侧"，《孔疏》曰："后妃能寤寐而思之，反侧而忧之，不得不已，未尝懈倦，是其善道必全，无伤缺之心"。用今天的话来讲，那就是：不是男人想女人，也不是女人想男人，而是女人想女人：整夜睡不着觉地想着为自己的男人再物色几个女人。所以"不淫其色者，谓后妃不淫恣己身之色"，这些正经古人一开始就把"淫"的道德负担推得一干二净，是女人的错而不是男人的错哦。当然，错总是能也必须要改的。怎么改呢？那就多招几个小姐妹来让自己的男人雨露均沾地稀释自己的"淫"。当然，这么讲总是有些放不开喉咙，贤不贤不晓得，反正和男人"困觉"是必然的。所以正经古人便又戴上第二张面具，在"参差荇菜"上做起了道场。《毛传》言："乃能共荇菜，备庶物，以事宗庙"。《郑笺》云："将共荇菜之菹，必有助而求之"。总是不痛不痒，忸怩惺忪。还是《孔疏》来得痛快，"此参差然不齐之荇菜，须嫔妾左右佐助而求之"。当然，正经古人绝不会承认这是男人的自作主张，而是女人的自我升华。你看，就连捞野菜不也拔高到"上以事宗庙，而下以继后世"的一片庄严肃穆中吗？这么解，也真难为了正经古人的智慧。他们在形式上严丝合缝得可怕，发狠到连人的透气孔都不留一个。出卖常识来意淫乐土，这是卫道士们最大的能耐，也是其最阴毒的手段。这不是别的，正是赤裸裸的吃人的家当，绝非一句男权主义便可轻轻略过。

因此，这种正经古人的学说，与其称之为政治文艺学，我更愿称之为文艺卫道说或荀学文艺观。为何拉个荀况出来垫背呢？诸君不妨对比下《毛诗序》与《荀子·乐论》，再对比下《荀子·乐论》与《礼记·乐记》，内容与思想上的相互抄袭是显然的。哪个算头呢？账当然要算在荀况头上，即便不是荀本人，也是荀学逻辑的必然演绎。荀学（包括法家）的路子其实更接近墨家（本质上是反艺术的），但是又规避了墨家的取消艺术的直撞南墙。毕竟，"笨"如荀子[1]尚明白艺术难以根本上消除，既不能根除，又很讨厌，就拿来"为人民生产小米"吧。披着儒家的礼乐外衣，将艺术异化为没有自身目的的手段。因此，《荀子·乐论》也好，《礼记·乐记》也好，都不是真正的艺术理论，只是改造与利用艺术的偷梁换柱的策略。但是，荀学在帝国前期如日中天的独尊地位却让此说波澜壮阔。我们只消一观《史记·乐书》，就明白这股波澜的劲头。若《乐书》并非后人补窜，则家学黄老的司马迁在文艺观上竟也披着荀学衣钵的外衣，恰说明卫道说的无孔不入，而若是后人补窜，则更显出此风头的余威无两。这种"高级的"消灭艺术的路径一直要到六朝才得到清算。所以，说六朝是中国艺术的真正开端，在此意义上是成立的。但是，即便到了儒学"拨乱反正"的宋代，你看朱熹的《诗集传》，不仍透着荀学的"尸臭"吗？当然，经过千年熏蒸，可能《国风》早就被异化为道德文章而非抒情小调了。如此说来，我们还是低估了荀学的流毒。

---

[1] 牟宗三先生说荀子笨，真是说得太好了。对比下《乐论》的长篇滥论与"子曰"的四两拨千斤，就明白思想与灵性的退步是有多严重。

第二章

长诗如何才有味
——情节是《离骚》的美学密码

作为汉语言文学的一大源头,《离骚》在艺术史上具有永恒的典范性。《离骚》虽篇幅巨大却读来不觉乏味的节奏感魅力是一个重要的诗学课题。《离骚》的多方面节奏感可归为两大类:气息性节奏与意念性节奏,前者是诵读本身可直接感知的,而后者则需通过文本所传达的概念之投射来感知,也是高于气息性节奏的深沉性节奏。具体而言,气息性节奏包含虚字穿插、句式参差、改变语序(典型的表现是倒装)与强化语素(包括同义联迭、双声叠韵、对仗等修辞手法)四个方面,而意念性节奏则指向意象丰富、情节起伏、情感跌宕与人格纯粹四个方面。值得注意的是,除了部分的气息类节奏,《离骚》中大部分的节奏手法都具有形式之外的情感表达上的优势,绝非只是抽象的形式主义的路径。特别地,情节是《离骚》的艺术感染力之关键。《离骚》全文情节丰富,共展示了诗人的四层追求、五次求女、两次占卜、四次出游,由此表现了一别("神离")、再别("身离")、永别("远逝")的起伏跌宕。这些丰富的节奏感交织在一起,产生了如交响乐般的震荡与壮阔,奏响了中国史诗之绝唱。

《离骚》是《楚辞》的代表。这么讲，简直太轻屈了《离骚》。借用谢灵运的逻辑，我们大可以说，"楚辞才有一石，离骚独占八斗"。如是才稍平复我们的公心。《离骚》的作者屈原，可说是我国的第一位诗人。这么讲，也简直太轻屈了屈原。他的第一，难道只是时间上的先行吗？不！他的第一，一如孔子在中国哲学中的"第一"，是一座永远难以逾越的高峰。诗人（艺术家），一如哲人（思想家），往往一出现就是珠峰，之前是无尽的平原，之后则是无数的丘墩。似乎万古长夜，无穷的浅薄，其存在乃单为衬托此刻的辉煌。贯穿历史长河的百分之九十九是平庸或堕落。天下残忍事，莫过于此，而天下之灵性，亦臻笼于此寥寥数峰。以此，我们的存在真既可怜又可幸。不是有涯随无涯的怅惘，而是赋予以管窥天、以蠡测海这个命题以逆转的痛快，因天海不是别的，正是他们管窥蠡测的世界。所以我们必须聚焦于《离骚》，也只需聚焦于《离骚》。让我们沿着诗人的步伐先走一遍"百世无匹"的文本再来作个好事者的小结吧。

神离

辞曰：

帝高阳之苗裔兮，朕皇考曰伯庸。

> 摄提贞于孟陬兮，惟庚寅吾以降。
> 皇览揆余初度兮，肇锡余以嘉名。
> 名余曰正则兮，字余曰灵均。

你看，这一开头就与《国风》大不相同，姓甚名谁、连着生辰八字、祖宗八代，都仔细地作了交代。这绝非抒情小调的路数，而是拉开了我国的鸿篇巨制的叙事史诗的帷幕。

继曰：

> 纷吾既有此内美兮，又重之以修能。
> 扈江离与辟芷兮，纫秋兰以为佩。
> 汩余若将不及兮，恐年岁之不吾与。
> 朝搴阰之木兰兮，夕揽洲之宿莽。

"纷吾既有此内美兮，又重之以修能"，是承上启下的一句。所谓"内美"即是上述的高贵出身，是不可改变的天生的"好"，而"修能"最简约也最稳妥的指向是"修态"（"熊"）（"态"[熊]与下文的"佩"字协韵），是下述的自我修养（自"扈江离与辟芷兮"至"夕揽洲之宿莽"），是可以通过努力来积累的后天的"好"。所以很明确，屈原，作为贵族社会的精英，与世俗社会不同，看重的是"内外"兼修或曰先天与后天的兼善。这一点很重要，我们下文还要谈到。同时，我们注意到"纷"乃是状语前置的修辞。要回答这种打破正常语序的好处,我们需还原诗人的心态。诗人在表达此句时,心中跳出的概念有"纷""吾""有""美"。何者最关键?当然是"纷"啦,因凡人皆可道"吾""有""美",而"纷"是绝少人敢夸口的。因此,以"纷"前置,一方面客观地突出了诗人卓尔不群的高贵性,另一方面主观地彰显了诗人的情感炽烈到不假思索(罔顾文法)的地步。他的心思是喷薄而出的,赤诚肺腑,和盘托出,令读者之心随之跳动。这种写法保留了作诗时思绪的真实轨迹,乃见纯真、更为动人。诚所谓以拙为巧。

继曰:

日月忽其不淹兮,春与秋其代序。
惟草木之零落兮,恐美人之迟暮。

逝者如斯,人人而同,由己及人,乃思"美人"。美人本身并无关性别,未必指女子,下文"两美其必合兮,孰信修而慕之"可证。

继曰:

不抚壮而弃秽兮,何不改此度?
乘骐骥以驰骋兮,来吾道夫先路。

这里规劝的对象当然是楚王,因屈原自己内外兼修,毫无瑕疵,岂有弃秽改度之可言?于是我们也明白,"美人"

当指楚王，是当"抚壮而弃秽"的对象，也是"来"——"吾道夫先路"的对象。这里的"来"，据汤炳正先生（《楚辞类稿》）的理解，是作为动词"道（导）"的助词的前置（即，正常语序当为"吾来道夫先路"）。这是可取的。但是，我觉得以助词性质来理解"来"有些弱了，尚不过瘾。将这么弱的东西前置而强调有些说不过去。因此，我更愿意认为"来"就是纯动词，是祈使动词，此句还原的语气该是"来！——吾道夫先路"，有祈使的强调，有延长的等待，是对于楚王的双重期盼。这么讲，既符合屈原的急性子脾性（见下文），也与上文"纷"的前置是同一逻辑的产物，即，思文合一，不假思索地喷薄而出。"来"当然是诗人对于楚王的第一个念头。

继曰：

> 昔三后之纯粹兮，固众芳之所在。
> 杂申椒与菌桂兮，岂惟纫夫蕙茝！
> 彼尧、舜之耿介兮，既遵道而得路。
> 何桀纣之猖披兮，夫唯捷径以窘步。
> 惟夫党人之偷乐兮，路幽昧以险隘。
> 岂余身之殚殃兮，恐皇舆之败绩。

这是诗人对于历史教训的简短梳理。这里头需注意的是诗人的历史正义观，即，善人终得善果，恶人终得恶果。这是诗人自身自强不息的重要前提。同时，"党人"的影响也很突出，是作为现实世界之恶的来源。

这里头有意思的是屈原将"恶之源"归咎于"党人"，而非楚王（楚王只是糊涂——"荃不察余之中情兮，反信谗而齌怒"）。这真是"妻子"（见下）的"经典"思维：她将丈夫的出轨，往往归咎于外头的"狐狸精"，甚至认为连偷人的丈夫也是"受害者"哩。

继曰：

> 忽奔走以先后兮，及前王之踵武。
> 荃不察余之中情兮，反信谗而齌怒。
> 余固知謇謇之为患兮，忍而不能舍也。
> 指九天以为正兮，夫唯灵修之故也。
> 初既与余成言兮，后悔遁而有他。
> 余既不难夫离别兮，伤灵修之数化。

这是诗人交代自己与楚王间的关系由亲变疏的过程。"灵修"指的是楚王，王逸与洪兴祖都解为神明以喻君，朱熹解为"盖妇悦其夫之称，亦托词以寓意于君也"（《楚辞集注》）。从《离骚》整体的立意看，朱熹的说法是更贴切的，当然，神明是"灵修"字面的本义，丈夫是其引申义，也是《离骚》的文本义。因此，诗人是以男女关系喻君臣关系。[1]这种比喻具三项好处。其一,在男权社会,"君为臣纲"与"夫为妻纲"两者间具有同构性。西方的拉丁语不是也以"父亲(pater)"来派生"祖国(patria)"吗?其二,对于普通人而言,君臣关系是陌生的,但夫妇关系是尽知的。因此,这种比拟能够使得诗人的感情获得最大的共鸣。这是

---

[1] 特别地,诗人只是以男女关系喻君臣关系,并非捆绑具体的个人。因此,"灵修"只是楚王,既是楚怀王,也是楚顷襄王。诗人的忠贞也只是对君王的忠贞,不是对具体个人的忠贞。这种"忠贞性"也体现在屈原在顷襄王时代的作品(如《九章·哀郢》《九章·思美人》)中,而就《离骚》所蕴含(我们所解读的蕴含)的内容来看(见下),其情境似乎也横跨了楚怀王和楚顷襄王时代,但其中作为"贞妇"的诗人之口吻、情感、人设始终坚固、稳定,不因谁是楚王而有丝毫变化。这既反映了屈原忠君爱国的本质,也反映了史诗之具体现实的凝练。特别地,《九章·惜往日》中的"君"就含摄了楚怀王与楚顷襄王:开头的"惜往日之曾信兮,受命诏以昭时……秘密事之载心兮,虽过失犹弗治",指的是楚怀王时事(即《史记·屈原贾生列传》说的"[屈原]入则与王图议国事,以出号令;出则接遇宾客,应对诸侯。王甚任之。……怀王使屈原造为宪令"),而最后的"宁溘死而流亡兮,恐祸殃之有再。不毕辞而赴渊兮,惜壅君之不识",则是诗人在楚顷襄王时的心境(盖合《史记·屈原贾生列传》说的"怀石遂自[投]汨罗以死",当是"顷襄王怒而迁之"之后的事情)。《惜往日》全篇行文,不见换"君"之痕迹,发语措辞,始终只是一"君"。《九章·悲回风》曰:"惟佳人之永都兮,更统世而自贶",其中的"佳人",王逸注为"怀、襄王也",因"邑有先君之庙曰都",故"世统其位,父子相举"。"佳人"亦可释为屈原自谓,则"都"为"美"义(朱熹《楚辞集注》),而"更统世"可指诗人自己经历了怀、襄两朝(见吴广平《楚辞注译》,岳麓书社,2001)。无论如何,这表明屈原作品里所蕴含的"楚王"("丈夫"),是合怀、襄而言的。相应地,就史诗的艺术性解读而言,我更倾向于将《离骚》视为诗人终其一生的回顾或展望,而非拘泥于《离骚》的创作年代并在解读上局限于屈原的政治生涯早期(楚怀王时期)。历史和艺术,不妨分开了说,分离并非历史的主张,而是艺术的要求。

说给读者听的。其三，《离骚》最大的目的还是让楚王回心转意，拨乱反正。《离骚》绝非伤春悲秋的纯粹文事，而是具有实践功能性和外在目的性的政治自白书。因此，通过妻子的身份对丈夫进行委婉规谏，才不会触怒君王，得以最大可能地获得楚王的理解与同情。这是说给楚王听的。枕头风一吹，男人的耳根子就软。都是自家内部矛盾嘛，有什么不可商量的？正如越剧《红楼梦》中王熙凤设计掉包计的唱词："保管他销金帐内翻不了脸，鸳鸯枕上息波澜"。你看，诗人扮演的妻子真是惟妙惟肖呢："我对天发誓，我这么做的一切都是为了夫君你啊"（"指九天以为正兮，夫唯灵修之故也"）；"离婚我是不怕的，只是为夫君你的负心而伤心"（"余既不难夫离别兮，伤灵修之数化"）。

此外，有的版本在"初既与余成言兮，后悔遁而有他"前尚有"曰黄昏以为期兮，羌中道而改路"两句。此两句是否为衍文，久有争议。我的意见是"当为衍文"[1]。我这么判断不是因为文义上的问题，也不是因为版本上的依据，而是出于形式上的原因。我在《国风》部分讲过，四句一组是中国诗歌的骨骼，且《离骚》正是严格按照四句一组的结构来展开的。因此，如果这两句不是衍文，那么《离骚》就像是一件熨烫得极为平整服帖的衣服，但单留下一道并不特别却甚刺眼的褶痕。我难以想象心思缜密如屈子者，会

---

[1] 原句可能是从《九章·抽思》中的"昔君与我诚言兮，曰黄昏以为期。羌中道而回畔兮，反既有此他志"那里来的，只是掐头去尾后的窜文，并为协韵还安了个韵脚。

故意在此展示形式上的"朴拙"。退一步说，即便诗人在当时一时疏忽了内在形式，我也相信，若屈子还阳，定会毫不犹豫地将这两句删去，或再添上两句以补足四句的骨架。我们应该成全诗人的真我。这是我所谓的"当为衍文"的"当"解。

身离

继曰：

> 余既滋兰之九畹兮，又树蕙之百亩。
> 畦留夷与揭车兮，杂杜衡与芳芷。
> 冀枝叶之峻茂兮，愿俟时乎吾将刈。
> 虽萎绝其亦何伤兮，哀众芳之芜秽。

这里，传统的解释还是指向诗人的自我道德修行。这是不恰当的。若是道德修行，则是没有悬念的，所谓"我欲仁，斯仁至矣"，即，按照古典的理解，主体对于道德具有完全的控制力。但是，很明显，这里，诗人对于此种追求的具体结果是吃不准的。也就是说，诗人努力的结果可能是好的（"峻茂"），可能是徒劳的（"萎绝"），也可能是恶的（"芜秽"），并且，出现何种结果往往并不取决于主体的能力水平与努力程度，而是受到某些外部的不可抗力的影响。况且，如果是道德修行，那么诗人显然已完成了。不是吗？诗人一开始就强调了自己内外兼修,毫无瑕疵,何必再浪费笔墨,喋喋不休呢?因此,这一既需主体努力,又受外部影响的工作就是"园丁"的工作。屈子在此说的正是教育方面的追求(可能是最早的"园丁"之譬喻),即其作为"三闾大夫"的职责与追求。为救楚国,教育当然是重要的手段。这么理解,与诗人的历史事实是吻合的,在艺术层面也可避免关于自我道德修养的令人头大的重复。进而,将希望寄托在下一代的翻身上,正是不受"丈夫"待见的"妻子"的最自然的心理逻辑。"你要给我争气!"——总是夫妻吵架后送给自家小孩儿的头一句话。诗人教育的对象,不正是"祖国的花朵",不正是自己和楚王的结合产物——教化结晶——政治子女吗?在传统社会里,家庭教育的责任不几乎全部落在妻子身上的吗?

继曰:

> 众皆竞进以贪婪兮,凭不厌乎求索。
> 羌内恕己以量人兮,各兴心而嫉妒。
> 忽驰骛以追逐兮,非余心之所急。
> 老冉冉其将至兮,恐修名之不立。

这当然是描述外在环境的糟糕。这一方面为诗人的教育工作做了补充论证,即,成年人都不行了,只有指望下一代了;或者说,"狐狸精"是赶不掉的了,自己也绝不会再"受宠"了,只能好好培养自己的"子女",待其"亭亭玉立",再把自己的男人"俘获"过来,拨乱反正。另一方面,又为后来诗人在教育方面的追求的失败埋下了伏笔。此处"修名"当指的是楚王的修名,即前文"恐美人之迟暮"的互文。这又是地道的"妻子式"口吻:你看,我这么做可不是为了收买人心,绝非要搞小帮派跟你分庭抗礼,一切都还是为了"灵修"你啊!

继曰:

> 朝饮木兰之坠露兮,夕餐秋菊之落英。
> 苟余情其信姱以练要兮,长颇颔亦何伤。
> 揽木根以结茝兮,贯薜荔之落蕊。
> 矫菌桂以纫蕙兮,索胡绳之纚纚。
> 謇吾法夫前修兮,非世俗之所服。
> 虽不周于今之人兮,愿依彭咸之遗则。

这是诗人闲时落寞的写照。三闾大夫固然是闲差,亦当言行身教,所以有此观照。就"大家庭"的语境而言,被"众妾"诽谤又不被"丈夫"理解的"妻子"是要"异爨",因此搞得自己"面黄肌瘦"("颇颔"),却一仍"謇吾法夫前修"。"謇"(虔诚的样子)乃状语前置,意义如前所述。含辛茹苦总是为了抚育下一代:"颇颔"正是"滋兰树蕙"的绝佳写照。

这里,我们注意到两种修辞。一是已经出现多次的所谓"香草美人"。我们称这种用法为象征。象征固然是一种比喻，且是比喻的一种"真子集"。这种非一般的比喻特殊在哪里呢？我想有三点。其一，象征具有强烈的道德性色彩。"手如柔荑"是比喻，"东方红，太阳升，中国出了个毛泽东"是象征。其二，象征伴随有强烈的个人情感。我们对于像白茅一样的手绝不会激动得眼泪直流，但你看当一些粉丝见到自己的偶像不是疯狂地"手之舞之足之蹈之"吗？其三，象征具有明确的普遍性的实践指向性。"手如柔荑"并未蕴含或意味任何实践性，你固可远观或亵玩，但那只是你个体的偶然的选择，于实践层面是不明确的、不普遍的。但是，"太阳出来照四方"，"革命的人民有了主张"，面对"香草美人"，必有应然的实践方向。可见，象征的大量使用与屈原的个人气质以及《离骚》的艺术性质是契合的。

第二种修辞方法是对仗。这是国技，老外无缘得享，同时，这又是刻在中国人骨子里的修辞倾向，是文化人的基本功。认了字便要作对子，会对子了，便可作文章。这是传统的训练流程。从先秦散文到汉赋到六朝骈文，是对仗不断工整化的轨迹。即便是"古文运动"，不也颇以广义的对仗为得意吗？纵是"不上台面"的白话小说，也得走个"滴翠亭杨妃戏彩蝶，埋香冢飞燕泣残红"的"对步"，才是说得过去的"野路子"。谁说对仗就过时了呢？它仍然也将永远活在每个中国人的骨子里，除非废止汉字。你看，弹词艺人口口传唱的唐伯虎，仍是凭着"庭开丹桂，醉邀明月闻秋香"的下联陷阱来回应华夫人的"池吐红莲，坐纳凉风消夏暑"的上联，引得老太太大显身手地改"闻"作"赏"，方才抱得美人归。纵是今日，大大小小的风景名胜若少了对联，总觉得拿不出手。凡此种种，绝非"国技"二字便可囊括。将孔夫子关于二《南》的评价送给对仗倒更合后世的实情，正可谓："人而不知联对，其犹正墙面而立也与？"

中国人要对仗，固然离不开汉字的特殊的形式优越性。这与《国风》一章里说的形式齐整是同一个前提，而相比《国风》的字数齐整，《离骚》中的对仗当然是一种更为高阶的形式齐整。同时，对仗的内在引力还在于中国人的宇宙同构、万物联系、阴阳中和的世界观。这一点，在杜甫的对子里就是最好的证明，宇宙对人事，必是绝配。当然，对仗的最重要的魔力还是在意境开阔与氛围渲染的功能上。扬州平山堂上一联曰："晓起凭栏，六代青山都到眼；晚来对酒，二分明月正当头。"你看，寥寥数字，不是把宇宙人事都扫尽了吗？不但扫尽，且都收归于平山堂前了。于是你与这极广无垠的诸存在发生了一切可能发生的关系，达到了主客间最大的共振交融。这不是别的，就是审美。我常说文学是艺术之王，而诗是文学之王，为何？我想这二十二个字便足以说明了。若不服气，诸君尽可轮换亮出十八般兵器，使出浑身解数，来别别苗头，看看能否将其比下去。主客间的振融当然是具体的。共振交融，对子要求切合具体环境。譬如平山堂的对联，绝不能移植他乡。这是地点的切合，颇有赖特的"有机建筑"的意味，也有时间与人物的切合，就像流传的讽刺洪承畴的一副对子："一局妙棋，今日几乎忘谷雨；两朝领袖，他年何以别清明？"可谓替仁人志士深深地出了口恶气。最后，对仗还有音律的美感。唐解元点秋香的对联就是根据平仄相对的原理给华夫人设置的陷阱。当然，音律上的要求是后起的，但正是这后起之秀，将四六骈文的形式美推向了最高峰，也为律诗的格律铺垫了道路。回首漫漫长路，后世修辞上的象征与对仗也许还得要感谢《离骚》的带头作用吧。

继曰：

> 长太息以掩涕兮，哀民生之多艰。
> 余虽好修姱以鞿羁兮，謇朝谇而夕替。
> 既替余以蕙纕兮，又申之以揽茝。
> 亦余心之所善兮，虽九死其犹未悔。
> 怨灵修之浩荡兮，终不察夫民心。
> 众女嫉余之蛾眉兮，谣诼谓余以善淫。
> 固时俗之工巧兮，偭规矩而改错。
> 背绳墨以追曲兮，竞周容以为度。
> 忳郁邑余侘傺兮，吾独穷困乎此时也。
> 宁溘死以流亡兮，余不忍为此态也。
> 鸷鸟之不群兮，自前世而固然。
> 何方圜之能周兮，夫孰异道而相安？
> 屈心而抑志兮，忍尤而攘诟。
> 伏清白以死直兮，固前圣之所厚。

诗人前面才说"长颡颔亦何伤",为何又涕泗横流呢?这绝非反复,也绝非婆婆妈妈的神经质,而是有了新的变化。这是"妻子"遭"丈夫"彻底抛弃后撕心裂肺的悲恸,显然与前面罅隙初生时的微词有程度上的极大区别,当时诗人不还傲气地还嘴说"不难夫离别""长颡颔亦何伤"吗?既然双方已然井水不犯河水,矛盾又为何激化呢?字面上看,"妻子"只是因为"修姱"而受"靰羁":"既替余以蕙纕兮,又申之以揽茝"说得再明白不过了。不,就"丈夫"来看,这种孤洁独立("奇装异服"),恰是"蛊惑儿女"("离间父子")。其实,"丈夫"的指责也未必全无凭据:"妻子"不是"恐修名之不立"嘛,这些"行为艺术"总不免"蛊惑"的嫌疑。对于独裁者而言,"贪"名比"贪"利更可"恶"。可见,"谇"不当按传统的解法释为"谏"(就屈原的清高和聪慧而言,他也绝不会自讨没趣),而应为"责骂"义。"直谏"("忽奔走以先后兮,及前王之踵武。荃不察余之中情兮,反信谗而齌怒")早已完结[1],前文已将工作转移至以独善其身的教育感化上。这是朝廷连诗人独善其身的"法夫前修"都容不下,因为清高的存在便显得猥琐更尴尬,所以要将其"扫地出门"。

表面上似乎无甚变化,实则暗潮汹涌,不动声色中矛盾

---

[1]《九章·抽思》说"兹历情以陈辞兮,荪详聋而不闻"以及"憍吾以其美好兮,敖朕辞而不听",正可说明狭义的"哲王"之路(通过诗人个人道德力量来劝谏、感化楚王)已然断绝。《九章·惜诵》曰"欲儃佪以干傺兮,恐重患而离尤",亦强调了狭义的"哲王"之路不但无法走通,也充满了危险。

白热化，映衬出"妻子"的苦衷和"丈夫"的残酷：不但不能"批评"，只能"叫好"，甚至不能保持"沉默"。这正是"长太息以掩涕兮，哀民生之多艰"的所指。关于"民生"与"民心"的"民"字，传统注家多释为"百姓众人"，显然与前后文义不相连缀，不得要领。"弃妇"只看得见"自家门前雪"（只问自己的丈夫），哪有闲工夫去管"他人瓦上霜"？诗人只是在讲"自家私事"而已，何必扯些高大上的口号？那样只会弱化"妻子"的"痴情"和"丈夫"的"绝情"。宝姐姐总不如林妹妹更得主人公的欢心，也因她好说些"仕途经济好学问"的"大道理"吧。比起宝姐姐，"妻子"更懂"男人"的心。因此，"民"就是"人家"，而"人家"不就是眼前的这一位吗？[1]"人家"说了半天，若连"人家"是谁都听不出来，仍旧望文生义，则其听力连诗人倾诉的对象——楚王的都不如。这也难怪，人家与"人家"毕竟不是一家门嘛。必要将自己代入其中，才读得懂"弃妇"写给"负心汉"的文字。

值得注意的是，之前"妻子"的矛头主要指向"狐狸精"（"惟夫党人之偷乐兮，路幽昧以险隘"），自己的丈夫只是一时糊涂（"荃不察余之中情兮，反信谗而齌怒"）、耳根子软（"初既与余成言兮，后悔遁而有他"）而已，但这里的矛头却直接指向自己的男人（"怨灵修之浩荡兮，终不察夫民心"）。前文的"不察""信谗""数化"只是偶然性的

---

[1]《九章·哀郢》曰"民离散而相失兮，方仲春而东迁"，其中的"民"字，亦当是诗人自指。

选择错误,而"浩荡"(王注曰"无思虑貌也")显然抬升至人格问题了:不是一时糊涂,而实在是没脑子——"香臭拎不清"。"神离"时骂狐狸精,"身离"时恨自己的男人,正是痴心薄命的经典逻辑。一个"终"字否决了"一时糊涂",意味深长:算我瞎了眼!

虽然那些"狐狸精"也坏("众女嫉余之蛾眉兮,谣诼谓余以善淫"),但在这个黑暗的环境中又能希望谁能出淤泥而不染呢("固时俗之工巧兮,偭规矩而改错")。因此,"固时俗之工巧兮,偭规矩而改错。背绳墨以追曲兮,竞周容以为度"四句,与其说是诗人对于黑暗时代或诸"狐狸精"的控诉,毋宁说是诗人对于自己"丈夫"的深深绝望。这些正是说给自己的"男人"听的:"我"和"她们"绝不会言归于好,正是自然的道理。正所谓"鸷鸟之不群兮,自前世而固然。何方圜之能周兮,夫孰异道而相安",这也是说给"丈夫"听的:"她们"的堕落是可理解的;换言之,"她们"怎么样,"我"都不放在心上。但"你"不一样啊——"你"是"我"的"灵修"啊!难道连"疏不间亲""后不僭先"的道理都不明白吗!"初既与余成言兮,后悔遁而有他"也罢了,现在竟要"朝谇而夕替"(朝夕之间就变"天",也说明了彼时"妻子"与"丈夫"尚在同一屋檐下,未曾真正分家),须知"糟糠之妻不下堂"!真是没脑子、拎不清、"浩荡"得可以!"妻子"的伤恸正在于其"丈夫"不但不相信自己,竟连保护她甚至保全她的念头都没有;不但听不进劝谏,竟连保持沉默的卑微姿态都容不下；不但"惹不起"，也"躲不起"。前半句前已说尽，这里说的正是后半句。平白无故地"朝谇夕替"，此正"民生之多艰"的核心。因此，诗人前脚才"把泪擦干"，这里又掩面而泣：他们得寸进尺，欺人太甚！也因此，若以"谏"释"谇"，行文就不免啰唆、颠倒，且诗人的人格魅力以及楚王朝廷的黑暗亦不免弱了几分，这在艺术效果上是"蚀本"的解读。

我们初读《离骚》，不免有情境重复与混乱的感受。这是字面上的印象。但是，从叙事诗的性质（此诗一开头所表征的那样）出发，我们很难想象屈原会思路混乱到不断重叠。因此，《离骚》里头大部分我们初以为是简单重复的东西并非没有变化。前面的"荃不察余之中情兮，反信谗而齌怒"，自然是指君臣罅隙之初生，遂迁闲职。此即《史记·屈原贾生列传》中说的"王怒而疏屈平"。这里的"既替余以蕙纕兮，又申之以揽茝"，乃是矛盾的进一步发展，终至放逐。前面的是"神离"，这里将"身离"。屈原曾遭流放，确可坐实：《九章·惜往日》说"弗参验以考实兮，远迁臣而弗思"；《九章·悲回风》说"孤子吟而抆泪兮，放子出而不还"；《卜居》中说"屈原既放，三年不得复见"；《渔父》中说"屈原既放，游于江潭"；东方朔在《七谏·初放》中说"王不察其长利兮，卒见弃乎原野"。各类证据在在可见。[1]因此，关于离骚的题解，我比较赞同王逸的意见，离骚者，别而愁也。特别地，所谓的"别"，在程度上以及在发展上，应含三重意思。第一是左迁闲职，第二是贬黜放逐，第三是下文将谈到的远逝自疏。因此，"别"是贯穿整篇《离骚》的中心脉络，层层推进终至不可承受。如此理解，方是叙事的浪漫主义艺术。

面对这里撕心裂肺的悲恸，我们需注意两点形式上的特色。第一是汤炳正先生在《屈赋新探·屈赋修辞举隅》里总结的"同义联迭"的修辞手法[2]。"忳郁邑"三字甚至包括

---

[1] 《史记·屈原贾生列传》说"屈平既嫉之，虽放流，眷顾楚国，系心怀王，不忘欲反，冀幸君之一悟，俗之一改也"，后又言"顷襄王怒而迁之"，而《史记·太史公自序》径曰："屈原放逐，著《离骚》"。《九章·涉江》《九章·哀郢》《九章·抽思》各自描述了不同的流放过程，颇具细节性，如《哀郢》中说："去故乡而就远兮，遵江夏以流亡。……过夏首而西浮兮，顾龙门而不见。……惟郢路之辽远兮，江与夏之不可涉。忽若不信兮，至今九年而不复。……乱曰：曼余目以流观兮，冀壹反之何时。鸟飞反故乡兮，狐死必首丘。信非吾罪而弃逐兮，何日夜而忘之！"《九章·思美人》亦是屈原被放逐在"南方"时的作品，但在情感上要比同样是放逐"南方"之作的《九章·涉江》更为恸绝。可见，屈原曾被放逐多次。但在《离骚》中，就诗人的写法（或曰我们的解读）而言，只能是一次（长时间）放逐，这是艺术的需要。并且，如前所述，"楚王"是怀王和顷襄王的综合体，也是艺术典型化的对象。《离骚》的情节只是抽象的"君"（夫）逐弃"臣"（妇），不必纠结于具体时期。

[2] 就《离骚》中的同义联迭而言，汤炳正先生指出了"览相观于四极兮""和调度以自娱兮"两处，但其实也应该包括"忳郁邑余侘傺兮"。当然，"郁邑""侘傺"又是双声叠韵（见下），所构词的双字天然具有同义性。这么说似乎削弱了"联迭"的效果，但"忳"字作了有力的补充，补亏为盈，成为妥妥的"同义联迭"，且可能是《离骚》中最"联迭"的同义结构了。

"侘傺"二字，固然你可细论彼此间的细微差别，但每个字总带有郁闷不展的色彩。这里的艺术效果绝不是在细微处寻变化之高妙，而是通过表相的变化（异字）与时间的延滞（多字）来反衬难以逃遁的煎熬。以此，"同义联迭"固然是强调，是"对你爱爱爱不完"，是"重要的事情说三遍"，但是相比简单粗暴的重复，乃是更高层次的实现，即，通过时空变化来达到的不可逃遁。同时，我要说，屈原不愧是语言天才：他将"忳郁邑"提至主语（"余"）之前了，这一方面避免了过度的联迭从而造就了铿锵的节奏感，另一方面，通过郁闷联迭在主词两头的分布，恰如过了一山还是一山，进一步强化了不可逃遁的效果，化整为零的总力量总是胜过并零为整的力量。中国传统建筑的重重院落的组合不正是这样吗？中国诗又哪里能例外呢？回到诗里，面对撕心裂肺的悲恸，还有比不可逃遁更贴切的形式吗？其实，"忳郁邑余侘傺"的好处更是气息上的。若诸君熟读《离骚》，每诵至此处，总不免有气喘吁吁、上气不接下气的感觉。这不正是诗人"气急败坏"的最形象生动的修辞吗？纵是略过文义，单单一字一节地抽象地念着也气得我连气都喘不过来了！俗言弃妇的呼天抢地——"一哭二闹三上吊"，似可作此"诙谐"的翻版。诗人的"妻子"心理真再贴切不过了。

　　第二是句式。与《国风》不同，《离骚》的句式是参差的。当然，这么讲并不绝对。《国风》也有参差的句式，《离骚》也有统计意义上的"期望"句式。意义总是在相对中展开，我们切不可陷入诡辩的泥潭。在相对的意义上，《离骚》的期望句式是什么呢？不言而喻，是"三字+一虚字+二字+叹词，三字+一虚字+二字"的结构。如果我们不计末端的叹词，而将两分句视为一种句式的互文，那么，这一精简的期望句式是"三字+虚字+二字"。这句式是一开始就有，并非至此才冒出来，但正是至此，这结构的意义才充分散发出来。为何？我们不妨与《国风》的期望——四字句式来作比较。如在《国风》一章中所述，四字一句的形式是最有力的形式，是"正步走"的形式。如果是抒情，那么这种有力的形式最恰当的呼应是明朗的、有力的、没有保留的情感方向。但是，《离骚》的句式是一长半步+停顿+一短半步，是交谊舞的节奏与步法。这走一步、停一停、再退半步的形式，不正是《九章·涉江》中说的"入溆浦余儃佪兮，迷不知吾所如"的节奏，而其呼应的不正是蹒跚踟躇、不知所往的情态吗？因此，这种期望句式，其实是屈子的脚步声，充满了复杂的、矛盾的、挣扎的煎熬。《九章·惜诵》中说的"欲儃佪以干傺兮，恐重患而离尤。欲高飞而远集兮，君罔谓汝何之？欲横奔而失路兮，坚志而不忍"恰可作为此心态的生动写照。诗人的沉郁顿挫至此才充分散发出来，至此此形式与诗人的情感得以充分契合。这是《离骚》以及《楚辞》句式的成功之处，但这种成功是与屈原的心路历程相匹配的，并非形式主义的。这里，我们还可加问一句，为何后世四言诗不再流行？我想原因之一是后世的世界与人的心态是复杂的、矛盾的，缺乏强有力的明朗的方向性。中唐以后，词曲句式相较律诗的不规则形式，不也有助于渲染沉浸在整个社会中的徘徊辗转的复杂的心理情志活动吗？"假作真时真亦假，无为有处有还无"，《红楼梦》真是曲尽了帝国后期的迷茫心态。不再是"明明上天，照临下土"的时代，"昊天孔昭"逐渐让渡于"太虚幻境"的"荒唐"和"辛酸"。社会、心态、审美、节奏、格律是一个互相配合的整体，《离骚》正是这个整体演化进程中的关键一环。

继曰：

> 悔相道之不察兮，延伫乎吾将反。
> 回朕车以复路兮，及行迷之未远。
> 步余马于兰皋兮，驰椒丘且焉止息。
> 进不入以离尤兮，退将复修吾初服。
> 制芰荷以为衣兮，集芙蓉以为裳。
> 不吾知其亦已兮，苟余情其信芳。
> 高余冠之岌岌兮，长余佩之陆离。
> 芳与泽其杂糅兮，唯昭质其犹未亏。

按照逻辑，这里讲的是屈原遭放逐后的情形。特别地，"悔""反""回""迷""离""退"等用词，很明显是对于自己之前的实践策略的一种否定。旧注（王逸与洪兴祖）称其欲返事楚王，甚无端涯，与文义不符，且与下文之事亦不合。"兰皋""椒丘"等分明带有"桃源"之趣，所以这里的意思是"归隐山林"（离群索居）。这种放逐生涯的无所事事,颇类《九章·涉江》中说的"乘鄂渚而反顾兮,欸秋冬之绪风。步余马兮山皋,邸余车兮方林"。《九章·惜诵》的最末说"矫兹媚以私处兮,愿曾思而远身",亦是隐逸之意。屈原必然有过短暂的、不得已的"隐逸",这在《九章·悲回风》里更为明确:"惟佳人之独怀兮,折若椒以自处。曾歔欷之嗟嗟兮,独隐伏而思虑。"这是真正的"身离":"妻子"被赶出家门,这个家既然容不下她,就找个他和她们再也找不到的地方独善其身吧。惹不起躲得起(彻底地"躲"),远离是非纷扰,正是"不吾知其亦已兮,苟余情其信芳"——不再是"长顑颔亦何伤",再不用瞧他人脸色了,因为瞧不着啦。"不吾知其亦已兮,苟余情其信芳",按闻一多先生的解释(《离骚解诂》),是假设主句前置的倒装。当是确论。这种倒装,除了协韵外,还有强调的作用("不吾知"是诗人的第一个念头),同时,也丰富了参差性的韵律美(见下)。可见,诗人这里特地用了倒装,"不吾知"正是要强调与前文的奇装异服("謇吾法夫前修兮,非世俗之所服")却面黄肌瘦("长顑颔亦何伤")的实践不同,绝非反复,不再是同一屋檐下的井水不犯河水,而是要彻底销声匿迹。还有比"芰荷""芙蓉"更不可亵玩、更清净独立的物事吗?这正是关于隐士的最恰当的象征。南方不是隐士的大本营吗?因此,"不吾知其亦已兮,苟余情其信芳"的"超然事外"(并非"世外",那是最后的"远逝",见下),正有别于前文的"老冉冉其将至兮,恐修名之不立",前面仍丢不开"修名"的执念,至此"功""名"二字竟可全抛了。[1]
但屈子毕竟不是陶渊明,即便"归去来兮",仍"高余冠之岌岌兮,长余佩之陆离"。这也注定了下文的进展。

继曰:

> 忽反顾以游目兮,将往观乎四荒。
> 佩缤纷其繁饰兮,芳菲菲其弥章。
> 民生各有所乐兮,余独好修以为常。
> 虽体解吾犹未变兮,岂余心之可惩。

你看,诗人又坐不住了,要"观乎四荒"了。诗人临行前还不忘恨恨道:"虽体解吾犹未变兮,岂余心之可惩",这与之前做"隐士"的姿态——"不吾知其亦已兮,苟余情其信芳"截然不同。《九章·涉江》里说"哀吾生之无乐兮,幽独处乎山中",最末扬言"忽乎吾将行兮",其大意也是要走出遗世独立的隐逸生涯。不问世事的隐逸不会带来危险性,而此时诗人誓言"虽体解吾犹未变兮,岂余心之可惩",肯定是就新的、充满危险性的实践策略而发的。因此,这里是个新的"转折点"。

危险不离政治,诗人也许从来没真正从隐逸生涯中抽

---

[1] 作为"史诗"的《离骚》是过程性的展开,绝非一成不变的咏叹。我们须随着诗人的步伐演绎其心境轨迹,这与解读抒情小调是绝然不同的路数。将《离骚》的这些看似意思雷同的文本解读为情节的反复(或情感的强调)正是犯了方法论的错误。

身出来，而投身到政治里了。但是，这一次的投身，绝非简单的重复（自行规谏楚王），因为这种策略在上文里说得很明白是行不通的，而与下文的展开也沾不上边。关于"四荒"的指向与所为，众说纷纭。王逸曰："言己欲进忠信，以辅事君，而不见省，故忽然反顾而去，将遂游目，往观四远之外，以求贤君也。"（《楚辞章句》）案此王说"四荒"乃他国，所为求贤君。两说皆误（详见下）。案前文的王注，从"悔相道之不察"至此，屈原一会儿要返事，一会儿要隐居，一会儿又要离国，再没有更能折腾的解释了。五臣云："观四荒之外，以求知己者。"洪兴祖补曰："皆四方昏荒之国。礼失而求诸野。当是时，国无人莫我知者，故欲观乎四荒，以求同志。此孔子'浮海'、'居夷'之意。然原初未尝去楚者，同姓无可去之义故也。"（《楚辞补注》）因此，洪注的意思是"四荒"乃他国，所为求知己。但是，"国无人莫我知者"是诗人最后的发现，自不应作为此时实践的依据。同时，洪的意思还是隐居，这与上文的意思显然是一致的，诗人又何必用"忽反顾"来作转折呢？洪说亦不达。但是，"礼失而求诸野"是正确的，而"求同志"只说对了一半。再看朱熹的说法："言虽已回车反服，而犹未能顿忘此世，故复反顾而将往观乎四方绝远之国，庶几一遇贤君，以行其道。"（《楚辞集注》）朱的说法与王一样，自是错的，只是错得更离谱，他连屈原的人格特质——爱国主义都没摸到，便自说自话地给安了个"行其道"的主张。与孔子不同，屈子的"道"只能在楚国。因此,"四荒"当解为"四方",且必为楚境内之四方。[1]并且,往观四方的目的不在求君,而是下文所述的"求女",即求同志,以共同辅佐楚王。这是诗人在以一己之力感化楚王以兴楚国而失败后的另一条实践途径。这么理解,才符合屈原的人设,也符合上下文的逻辑(详见下)。

值得注意的是,自"朝饮木兰之坠露兮"到"岂余心之可惩",正是失宠的"妻子"的最贴切生动的表现和心路历程。她先是要过好自个儿日子的"异爨独处"("謇吾法夫前修"),但这个大家庭又容不下她洁身自好的落落寡合("朝谇而夕替"),狐媚小妾们因为嫉妒她而造谣诽谤("众女嫉余之蛾眉兮,谣诼谓余以善淫")。于是她悲戚不已("长太息以掩涕"),但绝不低头认错迎合她们("亦余心之所善兮,虽九死其犹未悔"),又抱怨自己的"丈夫"不懂自己,更不懂保护自己("怨灵修之浩荡兮,终不察夫民心")。但门风就是如此不堪("固时俗之工巧兮,偭规矩而改错"),这种大环境下能指望她们改邪归正吗?于是她恸绝无望("忳

---

[1]《楚辞·远游》中描绘了诗人先后周游南、东、西、北之辽远之地,并总结曰"经营四荒兮,周流六漠"。可见,"四荒"即指"四方"。但是,《远游》中的"四方"带有强烈的仙幻色彩,并非人间之境,当然不是楚国的四方。需指出的是,《远游》似为后世借托屈原的伪作,表达了作者要进入清净无为的羽化逍遥之境,其思想接近汉代的黄老之学。因此,《远游》中的"四荒"并非《离骚》中的"四荒",前者是"出世"的,而后者仍不出楚境,但两者都指向"四方",在大方向上是一致的,因为《远游》正是借用"屈原故事"来表达"新思想"的夸张式杜撰(艺术创作)。

郁邑余侘傺兮，吾独穷困乎此时也"），哭天喊地，要死要活（"宁溘死以流亡兮，余不忍为此态也"；"伏清白以死直兮，固前圣之所厚"）。但她转念一想，自己真傻（"悔相道之不察兮，延伫乎吾将反。回朕车以复路兮，及行迷之未远"），倒便宜他们了，我得好好地活给他们看（"步余马于兰皋兮，驰椒丘且焉止息。进不入以离尤兮，退将复修吾初服"），还要找帮手跟她们对着干（"忽反顾以游目兮，将往观乎四荒。佩缤纷其繁饰兮，芳菲菲其弥章"）。值得注意的是，从"长太息以掩涕兮"到"固前圣之所厚"，是全诗中"妻子"闹得最"凶"的地方，句句涕泣，口口声声不离"死"字，正可谓"吾独穷困乎此时也"。但也正因为"凶"，说明其"劲头"还足，并未完全绝望（见下）。这一路的辗转微妙，淋漓尽致。要放在今天，诗人大抵也是数一数二的言情小说家吧，称得上男版琼瑶。

陈词

继曰：

女嬃之婵媛兮，申申其詈予，
曰：鲧婞直以亡身兮，终然夭乎羽之野。
汝何博謇而好修兮，纷独有此姱节？
薋菉葹以盈室兮，判独离而不服。
众不可户说兮，孰云察余之中情？

世并举而好朋兮，夫何茕独而不予听？

按传统的说法，"女媭"是诗人的姐姐。从文义来看，"女媭"作为家人的身份是可信的（"孰云察余之中情"之"余"当作"我们"解，否则文义不通，而"我们"当然是"自家人"）。从逻辑来说，也是合理的。诗人好不容易抽身出来，远离是非之政治，现在又要宁直不屈地投身进去（虽变更了策略），家人自然是不愿看到的。这也正是"忽反顾以游目兮"作为新的"转折点"的证据，因为若是诗人一任之前不问世事的"隐士"姿态，则"女媭"是绝不会这么不安的。并且，女媭的劝诫含摄两层意思：不要自己孤立地搞清高（"薋菉葹以盈室兮，判独离而不服"），更不要拉帮结派搞清高（"众不可户说兮，孰云察余之中情"）。这两层劝诫，既是针对诗人的离群索居、洁身自好（"制芰荷以为衣兮，集芙蓉以为裳。不吾知其亦已兮，苟余情其信芳"），更是针对其说的要奇装异服、排场隆重地去"求女"（即，寻找出身高贵的政治盟友，见下文的分析）的意图（"忽反顾以游目兮，将往观乎四荒。佩缤纷其繁饰兮，芳菲菲其弥章"）。

继曰：

依前圣以节中兮，喟凭心而历兹。
济沅湘以南征兮，就重华而陈词。
启《九辩》与《九歌》兮，夏康娱以自纵。

不顾难以图后兮,五子用失乎家巷。
羿淫游以佚畋兮,又好射夫封狐。
固乱流其鲜终兮,浞又贪夫厥家。
浇身被服强圉兮,纵欲而不忍。
日康娱而自忘兮,厥首用夫颠陨。
夏桀之常违兮,乃遂焉而逢殃。
后辛之菹醢兮,殷宗用而不长。
汤、禹俨而祗敬兮,周论道而莫差。
举贤才而授能兮,循绳墨而不颇。
皇天无私阿兮,览民德焉错辅。
夫维圣哲以茂行兮,苟得用此下土。
瞻前而顾后兮,相观民之计极。
夫孰非义而可用兮?孰非善而可服?

显然,这是诗人针对周围人("女媭")的不理解而采取的行动——跑到九嶷山向神明披沥其赤心。倾吐的对象当然是葬在楚境内的舜(与其说是诗人向"前圣"的倾诉,倒不如说是诗人自己跟自己的对话)。

撇开地理因素,为何屈子选择向舜倾诉衷怀?这是颇可玩味的。洪兴祖算是说到了点上:"天下明德,皆自虞帝始,其于君臣之际详矣,故原欲就之而陈词也。"(《楚辞补注》)舜的时代可说是儒家德治的典范与巅峰,其时君臣之义隆盛之至,是黄金时代中的黄金时代,即《史记·五帝本纪》所谓的"二十二人咸成厥功"。《九章·怀沙》说"重华不可遌兮，孰知余之从容"，也是恨无伯乐之意。因此，从君臣同德的目的而言，舜的时代是屈子的理想国样板，且现在诗人所要做的，并非通过自己一人之力，而是寻求志同道合的知己来共同辅佐楚王以达到政治理想，正合"二十二人咸成厥功"之旨。"就重华而陈词"，表明屈原的政治观是儒家的德治[1]，这呼应了其一开始就强调的"修能"，也符合其对于暴秦（虎狼政治）的一贯厌恶性。

同时，屈原在这里通过详细的历史梳理，明确了历史正义观，即，"夫维圣哲以茂行兮，苟得用此下土"以及"夫孰非义而可用兮？孰非善而可服"。善恶分殊，丝毫不爽。并且，历史正义的必然并非现代语境下的客观的产物（如人民的选择），而是至善至公的神（天）的意志，即，"皇天无私阿兮，览民德焉错辅"。因此，这部分是诗人之形上信仰的内容：天是存在而可知的，是至善至公的。这是诗人的终极依靠。至于现实的黑暗，并非天的意志，而是"党人"的堕落所致，而这不正进一步印证神的仁慈吗？因他给予每一个主体以充分的意志自由。因此，屈子是有坚定信仰的，即，正义终将胜利，而他的天——一如《国风》中的天那

---

[1] 所谓的"德治"，要与庸俗意义的"心治"（《九章·惜往日》中说的"背法度而心治兮"）相区别。"心治"是听凭一己好恶，而"德治"是大公无私的。特别地，"德治"包括"法治"的一些原则（《论语·颜渊》中孔子说的"听讼，吾犹人也，必也使无讼乎！"），当然也包括《九章·惜往日》中说的"明法度之嫌疑""国富强而法立兮"的做法。儒家的"德治"与法家的"法治"的根本区别在于对最高统治者的要求和约束，前者要求高、约束多，而后者正相反。

样(这一点,吉川幸次郎先生在《中国诗史·新的恸哭——孔子与"天"》《中国诗史·项羽的〈垓下歌〉》中分析得很明白)——在根本上是明朗的,虽然蒙着层层乌云,但穿过乌云即是晴空,而乌云也终将散尽。这一点,是理解诗人之实践的大前提,不可轻易放过。[1]另外,"夫维圣哲以茂行兮,苟得用此下土"亦是假设主句前置的倒装,作用与意义见上。

继曰:

> 帖余身而危死兮,览余初其犹未悔。
> 不量凿而正枘兮,固前修以菹醢。
> 曾歔欷余郁邑兮,哀朕时之不当。
> 揽茹蕙以掩涕兮,沾余襟之浪浪。
> 跪敷衽以陈辞兮,耿吾既得此中正。
> 驷玉虬以乘鹥兮,溘埃风余上征。

这是就重华陈词的后半部分。从大历史与天道中回到自己身上,一方面坚固了自己的道德实践的信念,另一方面却

---

[1] 需要指出的是,屈原对于天道的信念并非一成不变,作为"史诗"的《离骚》正展示了这种历时性变化,见下。这并非文本的、诗人的矛盾或解读逻辑的矛盾,而恰恰体现了史诗(不同于一般意义上的中国诗)的波澜壮阔的魅力。可见,《离骚》的文本是动态的,我们对于它的解读也要与"时"俱化,以体会诗人的一路跌宕起伏,绝不能像对待静态的"中国诗"那样"对号入座"。须知诗人从来没"坐定"下来(聪慧者都这样,挫折中的聪慧者尤是)。

又因乌云作祟而自身难保的时代悲剧而伤痛。带着正义的信念与悲恸的情感，诗人结束了陈词，要出发了。

求女

继曰：

> 朝发轫于苍梧兮，夕余至乎县圃。
> 欲少留此灵琐兮，日忽忽其将暮。
> 吾令羲和弭节兮，望崦嵫而勿迫。
> 路曼曼其修远兮，吾将上下而求索。
> 饮余马于咸池兮，总余辔乎扶桑。
> 折若木以拂日兮，聊逍遥以相羊。

诗人离开了"就重华而陈词"的地点——"苍梧"，出发去哪里呢？从字面上看，诗人到了天上。这固是虚指，从其描述来看，当是高洁的所在，可逍遥游的"四荒"。具体要干什么？详见下文。

继曰：

> 前望舒使先驱兮，后飞廉使奔属。
> 鸾皇为余先戒兮，雷师告余以未具。
> 吾令凤鸟飞腾兮，继之以日夜。
> 飘风屯其相离兮，帅云霓而来御。

纷总总其离合兮，斑陆离其上下。
吾令帝阍开关兮，倚阊阖而望予。
时暧暧其将罢兮，结幽兰而延伫。
世溷浊而不分兮，好蔽美而嫉妒。
朝吾将济于白水兮，登阆风而绁马。
忽反顾以流涕兮，哀高丘之无女。
溘吾游此春宫兮，折琼枝以继佩。
及荣华之未落兮，相下女之可诒。

闻一多先生在《离骚解诂》中令人信服地论证了"令帝阍开关"乃诗人的第一次求女，并谓"盖楚俗男女相慕，欲致其意，则解其所佩之芳草，束结为记，以诒之其人"。其实，何必楚俗？《郑风·溱洧》不也说"溱与洧，方涣涣兮。士与女，方秉蕑兮"吗？乃至到今天，情人节的玫瑰不仍脱销吗？因此，这里写了两次求女，且所求的女子当是与"下女"相对的天女或神女。至此，"忽反顾以游目兮，将往观乎四荒"的谜底（以及《九章·涉江》最末句"忽乎吾将行兮"的谜底）总算揭晓。诗人是要去求女，其间横生被女媭劝阻又向"前圣"哭诉的情节后，终于又回到了自己的政治实践上。但显然，诗人这两次求女都失败了。

继曰：

吾令丰隆乘云兮，求宓妃之所在。
解佩纕以结言兮，吾令蹇修以为理。

纷总总其离合兮，忽纬䌥其难迁。
夕归次于穷石兮，朝濯发乎洧盘。
保厥美以骄傲兮，日康娱以淫游。
虽信美而无礼兮，来违弃而改求。
览相观于四极兮，周流乎天余乃下。
望瑶台之偃蹇兮，见有娀之佚女。
吾令鸩为媒兮，鸩告余以不好。
雄鸠之鸣逝兮，余犹恶其佻巧。
心犹豫而狐疑兮，欲自适而不可。
凤皇既受诒兮，恐高辛之先我。
欲远集而无所止兮，聊浮游以逍遥。
及少康之未家兮，留有虞之二姚。
理弱而媒拙兮，恐导言之不固。
世溷浊而嫉贤兮，好蔽美而称恶。
闺中既以邃远兮，哲王又不寤。
怀朕情而不发兮，余焉能忍与此终古？

这是诗人三次"相下女之可诒"，其结果皆以失败告终。这几次求女是深可玩味的。首先是男女的身份定位问题。我们知道，上文里头诗人的身份是女子，那么，这里的求女就是挺奇怪的事情。对此，朱熹注"哀高丘之无女"曰："女，神女，盖以比贤君也。于此又无所遇，故下章欲游春宫，求宓妃、见佚女、留二姚，皆求贤君之也。"（《楚辞集注》）据朱熹的解释，诗人这里又变回了男儿身，而诸女则指向别国的君王。这种解释是最糟糕的。为何？因据朱解，我们不得不接受下面三条：一、诗人已糊涂到"安能辨我是雄雌"的地步；二、据"君臣男女"之喻，"夫为妻纲"变为"妻为夫纲"，是大不伦；三、诗人稍有不满便要改换门庭，不合屈原的爱国主义的本色。就"哀高丘之无女"，王逸《楚辞章句》注曰："楚有高丘之山，女以喻臣，言己虽去，意不能已，犹复顾念楚国无有贤臣，心为之悲而流涕也。……无女，喻无与己同心。"可见，王注就好很多，因其避免了朱注带来的三个麻烦。但王注在情节里尚有反复，称此时诗人的视线又回到楚王身边。联系王逸关于"四荒"的理解（王说"四荒"乃他国，为求贤君），则反复得更离谱了。这是没必要的，因诗人前面就明白了楚王身边无贤臣，即其两次劝谏而被贬斥的结论——"众皆竞进以贪婪兮，凭不厌乎求索"，"众女嫉余之蛾眉兮，谣诼谓余以善淫"，而身边人（女媭）的意见（"世并举而好朋兮，夫何茕独而不予听"）也坐实了这一点。同时，从五次求女之气息一贯性而言（"相下女之可诒"是承接的桥梁），也不能坐容此处横生枝节。但是，王逸注"相下女之可诒"条就很好："言己既修行仁义，冀得同志，愿及年德盛时，颜貌未老，视天下贤人，将持玉帛而聘遗之，与俱事君也。"

综此，关于《离骚》中的"求女"，我们要说：一、诗人在《离骚》全篇里身份从未发生变化，都是女子，君臣男女之喻始终明确稳定；二、诗人的五次求女所求的乃是"小姐妹"或道德知音，即，诗人所谓的"闺中"之追求，用今天的话来讲就是"闺蜜"；三、求女的最终目的不是为了诗人的自娱自乐（独善其身），而是为了诗人的政治抱负，即，众女一起侍奉、匡正"灵修"。这样，既确保了诗人角色的性别稳定性，也符合诗人的人格。屈子如磐石，绝不可能"贤尽可夫"。这种有别于孔子以及先秦诸子"周游列国"的"贞操"是屈原的最本色。这么理解，在逻辑假设上是最简约，而在艺术效果上却是最富有的。最重要的是，这种理解，也是情节脉络最妥帖的统筹。它避免了"求女"是"独善其身"的简单重复。这一点，在"进不入以离尤兮，退将复修吾初服"那里已经说尽，而"忽反顾以游目兮，将往观乎四荒"显然已与"隐士"生活划清了界限。

其实，"闺中既以邃远兮，哲王又不寤"，已可证"闺中"与"哲王"为两事耳。王逸注"闺"曰"小门"，洪注复引《尔雅》释曰："宫中之门谓之闱，其小者谓之闺"。可见，"闺中"之路就是走内线（走与"外朝"相对的"内廷"的"后门"），也就是"求女"以共事"灵修"的路线。"外朝"是以一己之力堂堂正正地道德感化——"哲王"。"闺中"是"哲王"之路（即以一己之力匡正"灵修"）失败后的必然诉求，因之前失败的原因即在于"灵修"身边无善女，而自己身单力薄难以对付（"众皆竞进以贪婪兮""众女嫉余之蛾眉兮""众不可户说兮"），故逻辑上而言，第一个反应即是加强我方阵营的力量，是为发动道德知音的策略。这正是针对《九章·惜诵》中说的"有志极而无旁"、《七谏·初放》中说的"又无强辅"的惨痛教训的总结。洪兴祖注"闺中既以邃远"曰"不通群下之情",可谓摸着了方向,却安错了对象:是诗人的"闺蜜",并非楚王真正的"宫闱",而只是比喻意义上的"宫闱"。正因如此,"女嬃之婵媛兮,申申其詈予"才说得通:诗人是要"党同伐异"——演"宫斗戏"。这可是走错一步就万劫不复的危险之路啊。因此,五次求女并非诗人的臆想,而是影射其真实实践(臆想没有危险性,不必大惊小怪。只有基于真实实践的背景,前文"虽体解吾犹未变兮,岂余心之可惩""女嬃之婵媛兮,申申其詈予"才说得通)。特别地,女子(臣)求小姐妹(同志)以共同事夫(君),既是当时贵族婚姻的常态(媵制),也是封建政治的结构。这不正是"后妃之德"的儒家诗路的体现吗,也不正是屈原的人格本色吗?最后,据此理解,"求女"也区别于后面的"远逝"以求美,避免了简单重复,从而丰富了结构、拓展了情节与空间(见下)。屈原不可能在艺术上沦落到一再重复(我都不会这么傻乎乎地写。谁这么理解只能说明其艺术水平的蹩脚)。

因此,在《离骚》中,诗人展示了四项追求:"修身"(道德)、"哲王"(政治)、"园艺"(教育)与"闺中"(知音)。当然,诗人也曾有"隐居"的念头("步余马于兰皋兮,驰椒丘且焉止息……芳与泽其杂糅兮,唯昭质其犹未亏"),但马上就作罢了,算不得其真正的追求。其中,"哲王"有狭、广两重义:狭者为一己之力导之,即以"修身"

济之，而广者则以众力辅之，即以"园艺"与"闺中"达之。可见，诗人的四项追求最终又都是为政治服务的，只是方式不同而已。《九章·思美人》里说"广遂前画兮，未改此度也"，正是对于屈原一生实践的概括。所谓的"前画"，就是一开始的"初心"——"哲王"，亦即"得君行道"的政治路径。"哲王"既是诗人的"初心"，又是其一生实践的终极指向，而这种终极指向的执着又离不开诗人的根本信仰——具天道意志的德治家国，即诗人所谓的"皇天无私阿兮，览民德焉错辅。夫维圣哲以茂行兮，苟得用此下土。瞻前而顾后兮，相观民之计极。夫孰非义而可用兮？孰非善而可服？"。至此，诗人的四项追求的面目都揭开了，并且我们看到，两条路（"哲王"与"闺中"）都没走通。

"哲王"无望，"求女"无果，此时诗人的心意情态，正如《九章·悲回风》中说的那样："登石峦以远望兮，路眇眇之默默。入景响之无应兮，闻省想而不可得。"王逸分别注此四句曰："升彼高山，瞰楚国也""郢道辽远，居僻陋也""窜在山野，无人域也""目视耳听，叹寂默也"。可见，后两句指的正是"闺中既以邃远兮"（"无人"即"无女"，求女无果），而前两句说的则是"哲王又不寤"。

关于屈原的五次求女，我们还要补充几点。

第一，是求女的地点。从字面上看，似乎天上人间，包罗甚广。除去纯粹神话的物事，只看"人间"的痕迹：第二次的"高丘"；第三次的"宓妃""穷石"；第四次的"有娀""高辛"；第五次的"少康""有虞""二姚"。其中，第五次的相关典故最清晰，王逸注曰："少康留止有虞而得二妃"（其事见《左传·哀公元年》），历来注家几无异议。"有虞"是舜的老家，旧说有虞氏曾都于今河南商丘之虞城。但有虞氏应是东夷的一支（《孟子·离娄下》说舜是"东夷之人"），分布松散，且有过几次迁徙，其活动范围横跨河南东部、安徽至太湖流域的广大地域。这片地域中的大部分在楚怀王时已纳入楚国版图。[1]因此，第五次的"求女"（"理弱而媒拙兮，恐导言之不固"，其实并未成行）当发生在楚国境内，或就在其边境附近。此外，王注"高丘"曰"楚有高丘之山"，复补"旧说"曰"高丘，楚地名也"。闻一多先生引宋玉《高唐赋》之"妾在巫山之阳，高丘之岨"，论曰"此尤高丘为楚山名之确证"，并以此推测"高丘"之所求当为"巫山神女"（见《离骚解诂》）。"神女"之说，五臣注亦已发明。另外，《九歌·山鬼》曰"采三秀兮於山间"，"於山"当即"巫山"（於巫谐音）。可见，第二次求女也在楚境内。第三次的"宓妃""穷石"比较复杂。传说中"宓妃"溺于洛水，妻于河伯，又宿于"穷石"，而"穷石"即有穷氏，影射东夷部落的后羿。因此，"宓妃"出没的范围至少涵盖河洛到黄河下游（山东半岛）的广大

---

[1]《战国策·楚一》载苏秦说楚威王曰："楚地西有黔中、巫郡，东有夏州、海阳，南有洞庭、苍梧，北有汾陉之塞、郇阳。地方五千里，带甲百万，……此霸王之资也。"至楚怀王，又并吞越国，尽收东南。可见，楚国版图在其最盛时，似乎囊括了当时"中国"疆域内黄河以南的大部分土地，而屈原东游西荡去"求女"的足迹之广，也有这方面的原因吧。

区域。这部分地区面积广大，大部分不在楚境内。诗中说"纷总总其离合兮，忽纬繣其难迁"，大概也有"溯洄溯游""道阻且长"又莫知所踪的意思。屈原又说："吾令丰隆乘云兮，求宓妃之所在。解佩纕以结言兮，吾令蹇修以为理"，可见诗人自己也吃不准"宓妃"究竟栖身何处，且并未亲自去求女。换言之，在第三次的求女中，诗人亦未离开楚国。距离楚国边境最远的可能是"有娀之佚女"，传统释为帝喾（"高辛氏"）之妃"简狄"，另据旧说，"有娀氏"的中心在今山西运城。因此，"有娀之佚女"当在楚境外。但此次求女，屈原亦未离开楚国，所以诗中说："览相观于四极兮，周流乎天余乃下。望瑶台之偃蹇兮，见有娀之佚女"，即，他只是远远地望见了而已（"瑶台之偃蹇"，所以见者远，连国外也望得见）。屈原接着说："吾令鸩为媒兮，鸩告余以不好。雄鸠之鸣逝兮，余犹恶其佻巧"，显然他并未亲自去，也只是请他人代为求女。屈原接着说："心犹豫而狐疑兮，欲自适而不可"，自然最终仍未出国。王逸注"欲自适而不可"曰："意欲自往，礼又不可，女当须媒，士必待介也"，注家多同其意。但此解释蹇涩不通，屈原的媒介队伍洋洋洒洒，不乏人才（见下），断非没有良媒的缘故，而是自家这边不愿派出去。为何？大概是不愿沾染上"私自通敌"的嫌疑吧："望"字重千钧。这从侧面佐证了屈原在整个五次求女过程中从未离开楚国半步。

综上，姑不论"帝阍"守关的"天女"，"高丘"指向楚国的"云梦","宓妃"指向（相对楚境）东北方（黄河下游），"有娀之佚女"指向（相对楚境）西北方，"有虞之二姚"指向楚国的东南方。若以战国后期楚国国都寿春（今安徽寿县）而言，诸"求女"之地，诚为楚国之"四方"。当然，迁都寿春当为楚怀王和屈原的"身后事"，但"国中"不必在国都，以楚国彼时的"几何中心"来论方位，第二次至第五次的求女指向，恰可大体对应南、北、西、东之"四方"。"四荒"即是"四方"，既是泛指，也是实说。

第二，是求女的情境。从前文情节来看，这五次求女当是诗人在遭放逐期间的作为或想为。女媭的埋怨以及"就重华而陈词"亦是放逐期间的事。《九章·涉江》说："哀南夷之莫吾知兮，旦余济乎江湘"；刘向在《九叹·忧苦》中称屈原"辞九年而不复兮，独茕茕而南行"，其情境皆颇可与"济沅湘以南征兮"相发明。这说明在整个求女过程中，屈原并未离开楚国。又，求女是接着上文的"忽反顾以游目兮，将往观乎四荒"而展开的逍遥游中的最后一环。或者说，前文"将往观乎四荒"的目的正是"求女"。"四荒"与"求女"乃一事耳。其间夹杂的"女媭之婵媛兮，申申其詈予"的劝诫，以及诗人"济沅湘以南征兮，就重华而陈词"的长篇反驳，都表明"忽反顾以游目兮，将往观乎四荒"是一个作别"人畜无害"的"隐居生活"的转折点。如果我们对于"四荒"（见上）与诗人人格的理解不差，那么，求女当在楚之"四方"，也可能是诗人的流放地，至多包括屈原外交出使的范围。[1]"礼失而求诸野",当是楚国国都大邑之"女"的礼失,求的当是楚国之野的"女"。道德的败坏就像瘟疫一样会传染:人越多,城市化越高,传染率就越高。这是"礼失而求诸野"的公共卫生学原理。屈原用"四荒"来指代"四方",大概也是为了突出"防疫"吧。这样,女媭的劝诫——"众不可户说兮,孰云察余之中情?世并举而好朋兮,夫何茕独而不予听?"——才接得上(既是女媭的城市逻辑,也是屈原的乡野逻辑)。特别地,既然"将往观乎

---

[1] 《史记·屈原贾生列传》中言及"屈平既疏,不复在位,使于齐";《史记·楚世家》中亦言"屈原使从齐来"。"使齐"可为屈原求"宓妃"事张本。此外,就屈原被流放的方向来看,也有些"四荒"的端倪。《九章·涉江》是诗人被放逐了"南荒":"哀南夷之莫吾知兮,旦余济乎江湘……朝发枉渚兮,夕宿辰阳……入溆浦余儃佪兮,迷不知吾所如。"《九章·思美人》亦是屈原在"南荒"时的作品("吾且儃佪以娱忧兮,观南人之变态。……独茕茕而南行兮,思彭咸之故也。"),但在情感上比《九章·涉江》更为恸绝,可能是顷襄王时期的作品。《九章·哀郢》则是诗人被放逐在了"东荒":"民离散而相失兮,方仲春而东迁……上洞庭而下江……今逍遥而来东。"又,《九章·哀郢》中说"当陵阳之焉至兮",洪兴祖《补注》认为"陵阳"指的是丹阳郡陵阳县(今安徽青阳县),那是够"东荒"的了。《九章·抽思》则是诗人被放逐了"北荒"(汉北):"倡曰:有鸟自南兮,来集汉北。……惟郢路之辽远兮,魂一夕而九逝。曾不知路之曲直兮,南指月与列星。……乱曰:长濑湍流,溯江潭兮。狂顾南行,聊以娱心兮。""汉北"当在郢都之北,"泝江潭"正是溯汉江北上,而"狂顾南行"只是为了"聊以娱心"地抒发怀乡之情罢了(吴广平《楚辞注译》,岳麓书社,2001)。偏远的流放地,极可能是"求女"的发生地,而"求女",可能也是在流放处境下唯一能继续其政治实践的方式了。此外,一些未可坐实是流放之作的屈原作品里也明确提到了其曾往"四荒",如《九章·怀沙》中说的"伤怀永哀兮,汨徂南土"。这些行程当然也可成为诗人"求女"的契机。

四荒"是为了"求知己"（亦见五臣注与洪注），那么，"求女"的地点当不出楚境。为何？试问：诗人最突出的人格特征是什么？爱国主义！然则知己能不爱国吗？然则外国知己能卖身楚国、侍奉楚王吗？也许正是出于这一层考量，对于有"外国嫌疑"的"女子"（"宓妃""有娀之佚女"），屈原都未认真追求，既未亲自参与，最终也都放弃了。《九章·惜诵》中说"欲高飞而远集兮，君罔谓汝何之？"，亦可见诗人尽量避免擅自离国的嫌疑。因此，"四荒"就是楚国的"四方"。这与下文灵氛指示的地方（"勉远逝而无狐疑兮，孰求美而释女？何所独无芳草兮，尔何怀乎故宇"），以及灵氛占卜后诗人的"远逝"（"路不周以左转兮，指西海以为期"）不同。因此，从情节、人格与艺术效果等综合地看，关于诗人求女的地点，我们应作此观。

第三，是诗人所求的女子的身份。从行文的直接描述来看，这些女子虽身处"四荒"（高贤大隐），却出身高贵不凡（与诗人自己一样）。这一点，就分封制的社会而言，是合情理的。从关于媒介的描述来看，也是如此。诗人在求女的过程中安排了隆重的媒介，而其五次求女失败的原因至少有三次是媒介不通（"鸩告余以不好""余犹恶其佻巧""吾令帝阍开关兮，倚阊阖而望予"）。什么对象才需要媒介？当然是大家闺秀。就媒介的铺垫而言，这些"女子"当属名门望族，甚至是宗室贵胄。这与前文"佩缤纷其繁饰兮，芳菲菲其弥章"的排场（"将往观乎四荒"的交代）正遥相呼应。[1]可见，诗人的五次求女与下文巫咸所说的"苟中情其好修兮，又何必用夫行媒"不同（巫咸建议的对象是不用媒介的贱人，所谓"礼不下庶人"，见下）。因此，诗人所求的"女子"或曰"知己"皆为高贤大隐于四方的贵胄。并且，这些"女子"很可能是诗人所熟知的旧相识，因为，分封各地的贵族子弟在特定时间，要到国都聚会（与分封制配套的朝聘制度）；虽然平时散居各地，但彼此间是熟悉的。东方朔的《七谏·初放》说"平生于国兮，长于原野"。"长于原野"可为屈原在《九章·惜诵》中说的"身之贱贫"作注脚。可见，屈原自己极可能是在封地（"原野"）长大的"乡下人"（"贱贫"只是比喻远离国都的生长环境，非指血统出身）。换言之，在五次求女中，"妻子"要求的既是知己，也是同志，同时很可能是其真正的"闺蜜"（与下文"巫咸"示意的对象不同）。因此，据《尔雅》义，将"闺中既以邃远兮"之"闺"字释为宫门之小者，就宗室贵胄的起居营造而言，是颇为恰当的，但历来注家安错了地点，理解成回到楚王的宫廷，就犯了方向性错误。

---

[1]《九章·抽思》曰："既茕独而不群兮，又无良媒在其侧"，又曰"理弱而媒不通兮，尚不知余之从容"，又曰"路远处幽，又无行媒兮"；《九章·思美人》曰："媒绝路阻兮，言不可结而诒"。这些都是说诗人自己与"楚王"（包括楚怀王和楚顷襄王）间无"媒介"可通，无法传心达意，亦从侧面反映了诗人自身的贵胄地位。此逻辑也适用在诗人所求的"女子"身上。以此，这些"女子"正可谓诗人的"闺蜜"（见下）。

如前所述，诗人不是为自己来求"女"的，乃是代楚王来求"女"的。因此，诗人自己即是媒介之一，是男方的媒介（《仪礼·士昏礼》中的"宾"或"使者"），而女方亦当有媒介的环节（《仪礼·士昏礼》中的"摈"）。特别地，如果是为君的"求女"，礼制当更为烦琐，涉及多人媒介（参见《仪礼·聘礼》中的"上介"与"众介"以及《礼记·聘义》中派出方的诸"介"，接待方的"上摈""承摈""绍摈"等。若是婚礼，纷繁或更甚于聘礼）。如此，上文的"望舒""飞廉""鸾皇""雷师""凤鸟"等当指的是男方的诸"介"。从"摈"的作用而言，王逸注"蹇修"为"伏羲氏之臣"是不无道理的。洪兴祖补注曰："宓妃，伏羲氏之女，故使其臣以为理也"，算是替王注背书，然亦须就"摈"的作用而言才成立：以女方家臣作女方的媒介是再自然不过的逻辑。

同时，从关于媒介的细节描述来看，五次求女的派头似有逐渐下降的趋势。第一次的排场可谓隆重之至。从"朝发轫于苍梧兮"到"帅云霓而来御"都是安排男方声势浩大的媒介，明明做足了繁文缛节，还要加一句"雷师告余以未具"，精益求精，可最终却连对方的门都没能进得去（"倚阊阖而望予"）。并且，第一次求女的写法非常含蓄甚至隐晦，乃至读者千载不悟诗人要干吗，直到闻一多先生的《离骚解诂》才看清了其在"求女"。来头越大，就越要云遮雾绕，让人捉摸不透，男方是这样，女方也是这样。"纷总总其离合兮，斑陆离其上下"是必不可少的障眼法。"帝阍""阊阖"云云，只是"夫子之墙数仞""不得其门而入"的意思：

庭院深深，正是一等一的贵胄府邸。第二次的排场就简陋得多，目的也清晰得多，但诗人自己仍是亲自出场作"宾"的（"朝吾将济于白水兮，登阆风而绁马"），倒是进了女方的家门，还在"她"家逗留了一阵（"溘吾游此春宫兮，折琼枝以继佩"），但"伊人"不在（"哀高丘之无女"）。其余三次屈原都只是拟请他人代劳而已。一出一进，正折射出"女子"地位的悬殊。"相下女之可诒"，正是两者的分水岭：前两次所求的是需要屈原亲自做媒的"玉女""神女"，而后三次是不配此规格的"下女"（正合"吾将上下而求索"）。"仙凡""上下"，只是指代，分殊的只是身份地位。在第三次的求女中，诗人以"丰隆"作"宾"，以"蹇修"作"摈"，并以"佩纕"为"彩礼"；而在第四次的求女中，诗人只是打算以"鸩"或"鸠"作"宾"，但并未真正派出去"求女"。"心犹豫而狐疑兮，欲自适而不可"，除了撇清"里通外国"的嫌疑外，是否也可理解为不愿自降身份去作"宾"呢？这种"一语双关"的表述或解读是否更理想呢？如此，对方的地位必然不如"玉女""神女"远矣。到了最末次，"理弱而媒拙兮，恐导言之不固"，诗人只是想到了"二姚"，连媒介都懒得去安排，便作罢了。因此，五女身份的贵族性，当是"每况愈下"的，但至少都是贵族身份（都须媒介），此是"吾将上下而求索""相下女之可诒"中的"下"字的底线（与其后"勉升降以上下兮""周流观乎上下"中的"下"字外延不同，见下）。这种变化，亦符合屈原的贵族情结：最好的"种子"的枝叶峻茂的可能性最大。换言之，出身地位不是那么高贵的"女子",大抵是配不上"我"的"灵修"的,至少配不上"我"来做媒。可见,这一路"每况愈下"又一路处处受挫的经历,正与之前女媭针对"将往观乎四荒"的劝诫("众不可户说兮,孰云察余之中情?世并举而好朋兮,夫何茕独而不予听")遥相呼应,也正是其后巫咸之建议(在贱庶中求贤)的前提。

第四,是宓妃的人设。关于求宓妃失败的原因,王逸的解释是此女高隐到洁癖的程度,绝不愿出仕。从儒家积极入世的视角而言可说是贪小洁而无大义,即,洪兴祖引子路语:"洁身乱伦"。当然,这种批评是偏颇的,孔子未必这么看(见下文)。另一种观点则认为此女貌洁实非,水性杨花(见吴广平先生的《楚辞注译》,岳麓书社,2001)。单就文本而言,两种意见都说得通。若是前说,"夕归次于穷石兮,朝濯发乎洧盘"当是洁癖的表现(王逸说的"用志高远""体好清洁"),而"日康娱以淫游"的"淫"字可解为"久"(五臣注)或"私逸"(洪注),且"信美而无礼"即是贪小洁而无大义的意思。如此,"宓妃"指代的就是真正的"明白人"、真正的"隐士"了。若是后说,则"夕归次于穷石兮,朝濯发乎洧盘"是偷情的表现,而"淫"当是"男女不以礼交"的意思,亦为"信美而无礼"的所发。

第五,五次求女是"将往观乎四荒"的展开。虽然"四方"遥远("路曼曼其修远兮"),但一路的整体节奏是非常舒缓的,并且,求女前和求女间还穿插了大量的其他情节。这种舒缓性与最后一次出游(见下)形成了鲜明对比。这种

"顾左右而言他"的"三心二意"也符合心理学逻辑：此时"妻子"对于负心人又生团圆的盼头（"忽反顾以游目兮"，正是策略的转折），但已然离家出走，只得走一步，还一步；走是假，还是真；与君生别是假，为君求女是真。"心犹豫而狐疑"的难解难分，正合痴心女子的心境："妻子"默默做的一切还是为了"灵修你"啊！"纵被无情弃，不能羞"，真是前世欠"你"的冤业，不可思量了。进而，联系前文（退隐）来看的话，诗人在求女过程中的心情和目的是非常复杂的，求女大概只是一个最为突出的诉求。《九章·悲回风》中"折若木以蔽光兮，随飘风之所仍"所表达的茫然，恰可与"折若木以拂日兮，聊逍遥以相羊"相参看。茫然与矛盾，正是表面上节奏舒缓与情节冗杂的深层心理机制。《九章·惜诵》中说的"欲儃佪以干傺兮，恐重患而离尤。欲高飞而远集兮，君罔谓汝何之？欲横奔而失路兮，坚志而不忍。"正可谓此种复杂而矛盾之心态的写照。于是，整体节奏越舒缓甚至拖沓，我们就越能感受诗人的无奈和挣扎。《离骚》的动人处，正在于诗人心理活动的纤毫毕露。

第六，是诗人求女失败的原因。站在诗人的立场上，我们固然要说，失败的原因是天上人间，都野四荒全都烂透了，一片漆黑。但同时，难道诗人自身没有一点责任吗？从文本里头，我们可以明显地感受到诗人的敏感、自矜、易焦虑、多狐疑又不擅交际的性格特征。你看："倚阊阖而望予"，就是"好蔽美而嫉妒"；"雄鸠之鸣逝"，又"余犹恶其佻巧"；"凤皇既受诒"，就"恐高辛之先我"了；而"心犹豫而狐疑兮，欲自适而不可"就更明白了（不论是"不擅自出国"还是"不辱身份"的解读）。[1]因此，我们可说，诗人五次求女的失败，除了宓妃事，都有诗人自身的性格原因。譬如有男生来追一女生，贸贸然拿着路边采的野花，跑到宿舍楼下，但宿管阿姨不让进（白了一眼，冷冷道："男士止步"），或者女生刚巧不在，或者他觉得可能有其他男生来追她，或者他居然羞怯到没有勇气开口，却委托某位阿姨来牵线又担心阿姨不稳妥得体。他居然竟就作罢，止步不前了。试问哪个女生会接受呢？况且他还是代为追求的呢。在这一点，是否也暗示了屈原自身之悲剧的必然性呢？

同时，我们要谈一下双声叠韵的艺术效果。《离骚》中使用了大量的双声叠韵，像这里的"犹豫""丰隆""纬𬘘""骄傲""周流""偃蹇""佻巧""犹豫""逍遥"，以及之前出现的"贪婪""颛顼""軏羁""规矩""郁邑""侘傺""婵媛""歔欷""相羊"和之后的"容与"。除《离骚》外，《楚辞》中其他篇目的双声叠韵也非常多，如：夷犹、荒忽（恍惚）、崔嵬（崴嵬）、须臾、愠悒、被离（披离）、忼慨（慷慨）、蹉跌、蹇产、动容、从容、烦冤、仿佛、仿佯、汋约、漫衍、便娟、呃啀、枯槁、泛滥、想象、罔象、倥偬、踉跄、彷徨、踊跃、徘徊、逡巡、宛转、潺湲、偓促（龌

---

[1]《九章·思美人》里说："令薛荔以为理兮，惮举趾而缘木。因芙蓉而为媒兮，惮蹇裳而濡足。登高吾不说兮，入下吾不能。固朕形之不服兮，然容与而狐疑。"这是说诗人自己既想与楚王"通情"又不愿"苟且"的犹豫不决，亦反映了其"脸皮薄"的社交性格。这当然是道德纯洁性的体现，却在实践上不免陷于困顿。

龈）。应该说，双声叠韵的联绵词是汉词来源的重要途径。那么这种组合到底具有怎样的艺术效果呢？直观而言，通过双声叠韵，一音节延为两音节，铿锵协律，有强调的作用。但是，这么讲是不够的。对此，我们不妨再看些例子，如辗转、蹒跚、啰唆、苍茫、迷离、缱绻、玲珑、呻吟、卑鄙、肮脏、呜呼。我们自可举出更多，但本着诗与公地美德的精神，却须就此打住，因我们所要昭示的已然明白。虽然这些词的具体内容及伴随的情感色彩间差异极大，但皆涵盖一共通点——情感的盘桓性（这也是种"叠韵"）。双声也好，叠韵也罢，都是保留一部分，变化一部分，意犹未尽，一音节拖成两音节。譬如蚕吐丝，下半身黏着，上身扭动。这正是"春蚕到死丝方尽"的意味，可谓悱恻、煎熬之至。因此，它与"重要的事情说三遍"的简单强调不同，也与同义联迭的拓展空间的强调不同，而是一种玩味，一种循环往复却走不出去的咏叹。它的用力方向不似前两者明显明确，却与人心发生了最深沉的黏着。它不是鱼死网破的孤注一掷，而是沉郁顿挫的点点滴滴。双声叠韵，而非简单强调或同义联迭，似乎更能契合《离骚》与屈原的心境吧。就屈原其他的作品来看，《九章·悲回风》被视为其沉江前不久所作，也正好是联绵词较多的作品，修辞与情感是两相呼应的。也许，正是在此意义上，而不单是音律铿锵上，方显出杜甫的"风尘荏苒音书绝，关塞萧条行路难"与白居易的"田园寥落干戈后，骨肉流离道路中"中的双声叠韵的全部意味来。

占卜

继曰：

> 索藑茅以筳篿兮，命灵氛为余占之。
> 曰：两美其必合兮，孰信修而慕之？
> 思九州之博大兮，岂唯是其有女？
> 曰：勉远逝而无狐疑兮，孰求美而释女？
> 何所独无芳草兮，尔何怀乎故宇？
> 世幽昧以眩曜兮，孰云察余之善恶？
> 民好恶其不同兮，惟此党人其独异。
> 户服艾以盈要兮，谓幽兰其不可佩。
> 览察草木其犹未得兮，岂珵美之能当？
> 苏粪壤以充帏兮，谓申椒其不芳。

此部分之文义似有蹇涩处。据传统的解读，头一个"曰"字，乃灵氛借诗人之口向神灵发问，而下一个"曰"字，乃灵氛借神灵之口向诗人告诫。自"世幽昧以眩曜兮"以下，则为诗人自诉。但是，单据文义，头一个"曰"字下的四句中，"两美其必合兮，孰信修而慕之"是一个意思，而"思九州之博大兮，岂唯是其有女"是另一个意思：前者的着眼点在道德实践的总的可能性，而后者的着眼点在道德实践的具体地点。又，"世幽昧以眩曜兮，孰云察余之善恶"与"民好恶其不同兮"以下部分的意思又有不同：前者是针对道德实践的总的可能性的怀疑，而后者是针对道德实践的具体地点（楚国）的否定。因此，从文义来看，似乎不像传统解释那么截然。又，此部分的形式在细部突破了四句一组的结构，即便总的来看仍然保持了四句单元的整数。因此，这部分文本的面貌真实性颇可怀疑。单从语意来看，"两美其必合兮，孰信修而慕之"是诗人的疑问。"思九州之博大兮，岂唯是其有女？勉远逝而无狐疑兮，孰求美而释女？何所独无芳草兮，尔何怀乎故宇？"则是灵氛的解答。"世幽昧以眩曜兮，孰云察余之善恶"是诗人的再次诘问，其后"民好恶其不同兮，……谓申椒其不芳"则是灵氛的再次解答。这正紧密衔接其后的"欲从灵氛之吉占兮，心犹豫而狐疑"。如此，逻辑方顺达。因此，"思九州之博大兮"前、"世幽昧以眩曜兮"前、"民好恶其不同兮"前当分别有"曰"字，而"勉远逝而无狐疑兮"前不当有"曰"字。[1]但证据不足，姑依旧说。

总体而言，灵氛的意思是清楚的，即，要诗人"远逝"，因此地（整个楚国，不论都野）完全堕落了，不存在变好的希望。远逝的目的也明确，即，合两美。据前分析，既然诗人是美女，那么，灵氛的建议是去美男所在的地方，即，彼

---

[1] 《九章·惜诵》："吾使厉神占之兮，曰：有志极而无旁。终危独以离异兮？曰：君可思而不可恃。"其中的"有志极而无旁"以及"君可思而不可恃"是厉神回答诗人的话，而"终危独以离异兮"则是诗人对厉神的再次问询，故此句前在逻辑上亦当有个"曰"字。此种"曰"字的过失性脱落或有意性省略，似亦发生在灵氛与诗人在《离骚》里的对话文本中。

求美而不释女（汝）的所在。国无二王，家无二夫，因之，灵氛的建议是远走他国，辅他国之贤君以实现其政治抱负。因此，灵氛可谓儒家正统（孔孟）之政治实践的发言人。行文至此，方才乍现诗人似有"改嫁"的念头。余路皆绝方远逝，乃见其贞。

　　有意思的是，既然诗人的道德政治与天道信仰深受儒家影响，又何必要求神问卜呢？须知"子不语怪力乱神"，而其"天生德于予"的自负正与诗人"纷吾既有此内美兮，又重之以修能"的口吻如出一辙，既然"夫孰非义而可用兮？孰非善而可服"——仁人（"明白人"）之"祷"固久矣，又何必"祷尔于上下神祇"呢？对此的解释，比起攀附"南蛮"的巫史文化，我更愿意归因于"病急乱投医"的自然心理。一是"乱"意。俗谚"穷算命富烧香"，大抵穷极怨命，结果越穷越算，越算越穷。舞台上的"算命戏"总是悲剧性命运的注脚。"妻子"的"算命"也益发赚人眼泪。二是"急"（"笃"）意。在《红楼梦》第五十七回里，贾宝玉从紫鹃处得知林黛玉的咳嗽好些了，便脱口"阿弥陀佛"；紫鹃笑道："你也念起佛来，真是新闻！"贾宝玉念佛与屈原占卜，正是同样的心理逻辑。明白人求神问卜"真是新闻"——此正衬托出事体的棘手与对对象的关切。《楚辞·卜居》中的屈原不正是"心烦虑乱，不知所从"，才"往见太卜"要占卜决疑吗？惟于理性相左处，方显出情感的炽烈。我们理解了这番苦心，就更能感受诗人的家国情怀。"林妹妹的身子能否好起来"之于多情公子的意义，正如"楚国能否好起来"（政治理想）之于屈原的意义，于是我们方能明白"灵修"之于"妻子"的分量。"穷且益坚"，正如"贫而无怨"的难能，绝非一句"南蛮文化"的区区特殊性所能含摄。

继曰：

> 欲从灵氛之吉占兮，心犹豫而狐疑。
> 巫咸将夕降兮，怀椒糈而要之。
> 百神翳其备降兮，九疑缤其并迎。
> 皇剡剡其扬灵兮，告余以吉故。
> 曰：勉升降以上下兮，求矩矱之所同。
> 汤禹严而求合兮，挚咎繇而能调。
> 苟中情其好修兮，又何必用夫行媒？
> 说操筑于傅岩兮，武丁用而不疑。
> 吕望之鼓刀兮，遭周文而得举。
> 宁戚之讴歌兮，齐桓闻以该辅。
> 及年岁之未晏兮，时亦犹其未央。
> 恐鹈鴃之先鸣兮，使夫百草为之不芳。

关于巫咸的意思，历来注家皆以为其与灵氛的相似。当然，博学的注家会引经据典，结合民俗学、考古学以佐证，从楚地占卜祭祷程序上论证巫咸之于灵氛的重复性。不幸的是，这些博学家们钻了历史的死胡同，却恰恰忘了艺术的康庄大道。事实性不等于应然性、艺术要高于生活的道理，大家都是明白的，却在博学家那里翻了跟头。无论如何，屈子的写作技巧定不至于拙劣到流水记事的程度。诗人即便占了两次，也不会亦步亦趋地重复写两次，除非这两次各具不同凡响的感染性。退一步说，即便诗人重复写了两次，我们也应从艺术效果上解读为不同意义的两次。毕竟"作者已死，而文本是独立的"。我想，这么做，设使诗人复生，他也会同意的吧。其实，也不必搬出这些大道理来为我们壮胆。你看，文本本身不是很明白嘛。"勉陞降以上下"，巫咸一开口的方向就与灵氛的"勉远逝"不同。一个是纵向挖掘的跳高，一个是横向迁移的跳远。跳得再高，还是在原地。因此，巫咸的意思（从"勉升降以上下兮"到"使夫百草为之不芳"皆是巫咸的话）是放下身段，仍在楚地找人。找何人呢？接下来的人物可分为两组：一组是汤、禹、武丁、周文、齐桓，一组是挚、咎繇、说、吕望、宁戚，当是君臣相合事。但不只是君臣相合，而且是"贱而贤者"成就"哲王"的佳话。[1]这一点，原话也说得很清楚，"苟中情其好修兮，又何必用夫行媒？"不用媒介的当然是出身低微的贱庶，所谓"礼不下庶人"，而"中情好修"当指的是这些贱庶。非但不用"行媒"，不用去"求"，"她们"自己会倒贴

---

[1] 巫咸所举例的这些贤臣都是"贱民"出身，当无异议，只有咎繇（皋陶）的出身未可确凿。关于咎繇的出身，信史无考，但举用咎繇的"伯乐"是尧、舜（《史记·五帝本纪》），而尧、舜，向以提拔贫贱著称。咎繇很可能是"苦出身"。舜本身不就是"倒插门"嘛，惺惺相惜，竟指定罪人（"仇人"）之子作自己的接班人，也有"隔代"指定接班人的可能。《史记·夏本纪》说"帝禹立而举皋陶荐之，且授政焉"，可能只是"程序正确"而已。

地送上门来。"学成文武艺，货与帝王家"，"贱庶"最热衷的，不正是"出卖"自己吗？"鼓刀""讴歌"的故弄玄虚，不过是行为主义的个人"广告"。因此，巫咸的建议是诗人在楚地的贱庶中寻求贤者，以成就"哲王"。这个建议，当然与灵氛的不同，也当然是作为之前诗人五次求女失败的实践策略之必要补充，虽然还是要诗人求知音，并最终乃是代楚王觅"美女"，只是诗人之前寻求的对象是"贵而贤者"，而巫咸的建议是"贱而贤者"。因此，这一面向是《离骚》的整体构架的一部分，是绝不能阙如的。若缺了它，那我们就须承担三个严重后果：屈原之思虑逻辑连正常人的都不及；艺术情节的单调重复；诗人之最后的决绝并非出于余路皆绝的煎熬痛彻，而是情绪性的意气。无论哪一种，都将大大弱化《离骚》的艺术震撼力。

继曰：

> 何琼佩之偃蹇兮，众薆然而蔽之。
> 惟此党人之不谅兮，恐嫉妒而折之。
> 时缤纷其变易兮，又何可以淹留？
> 兰芷变而不芳兮，荃蕙化而为茅。
> 何昔日之芳草兮，今直为此萧艾也？
> 岂其有他故兮，莫好修之害也。
> 余以兰为可恃兮，羌无实而容长。
> 委厥美以从俗兮，苟得列乎众芳。
> 椒专佞以慢慆兮，樧又欲充夫佩帏。

> 既干进而务入兮，又何芳之能祗？
> 固时俗之流从兮，又孰能无变化？
> 览椒兰其若兹兮，又况揭车与江离？

若我们对于巫咸之建议的理解不差，则此部分的意义也就壮大，否则，此部分又成了老生常谈的滥调。因此，这部分的意义也从侧面佐证了我们关于巫咸之建议的解读。那么，这部分到底在谈什么呢？不是别的，就是针对巫咸之建议的驳斥。字面上是芳草变坏了。"芳草"指的是什么呢？我们首先想到的，就是前文中"余既滋兰之九畹兮，又树蕙之百亩。畦留夷与揭车兮，杂杜衡与芳芷"中的芳草。因此，这部分肯定包括这一层意思，也是对前文之悬念的回应。教育工作的努力至此才尘埃落定，其结果却是诗人最不愿看到的"众芳之芜秽"，可谓彻头彻尾的失败。此正是"草蛇灰线，伏脉千里"的写法。又，若我们想到诗人的教育工作的对象——三闾大夫的教育对象——乃是贵族子弟的话，则芳草又含摄另一层意思，即，血统或出身的高贵。以此，"众芳之芜秽"就不单指向国都的贵族后生，而是包括楚国所有的贵族人士（当然"众人皆醉我独醒"的诗人自己除外）。正如洪兴祖所言："当是时，守死而不变者，楚国一人而已，屈子是也。"（《楚辞补注》）"固时俗之流从兮，又孰能无变化？览椒兰其若兹兮，又况揭车与江离？"正是诗人对于巫咸之建议的否定。这个判断，不是诗人的凭空臆测，而是其实践的总结，即其五次求女的惨痛结论。譬如宓妃，不论是"洁身乱伦"还是"男女不以礼交"，都称不上"志士仁人"。求女失败意味着当前的黑暗，而教育失败意味着将来的无望，故此处的兰椒，乃一枝两表或一象两征。于诗人而言，最伤心者莫过祖国的下一代也变坏了。

至此，诗人的自身经验（求女与教育）与其之于巫咸建议的驳斥间仍存一段逻辑脱节。这一段脱节是：诗人仅从贵族中得出的结论如何能用在巫咸涉及的所有对象（即"贱庶"）上。或者说，诗人的样本是有限的，而其之于巫咸建议的驳斥是从有限的样本中作了不完全的归纳。但是这种不完全的归纳也可视为一种"科学"归纳。你看，"览椒兰其若兹兮，又况揭车与江离"，诗人不是把自己的"科学性"的逻辑讲得很清楚了吗？血统高贵的都如此不堪，遑论出身低贱的呢？如果我们联系芳草变坏的原因，即，"时缤纷其变易"或"固时俗之流从"，那么，诗人之判断当是极具"科学性"的：如果是外部环境变化而导致的人心变坏，那么，最后变质的必然是本性原初最高贵的对象。因此，"贱而贤"者大概率只会出现在"好时代"或者至少留有一丝儿透气的环境。但你看，这个最黑暗的环境，烂得只剩下"我"一人而已，此正下文所以有"惟兹佩之可贵兮，委厥美而历兹"的强调。"固时俗之流从兮，又孰能无变化"，既指向"贵者"的变质，也指向环境的变质——"贱而贤者"的彻底消失。特别地，如果我们联系诗人的贵族性立场，即，《离骚》一开头便细大不捐地交代："帝高阳之苗裔兮，朕皇考曰伯庸。摄提贞于孟陬兮，惟庚寅吾以降。皇览揆余初度兮,肇锡余以嘉名。名余曰正则兮,字余曰灵均。"亦即,诗人将上述"内美"置于"修能"之前的信念,那么,诗人的"科学归纳法"当是顺理成章的。综此,我们可说,"余以兰为可恃兮,羌无实而容长"含两重义:一是教育的失败,二是"闺中"之追求之路的断尽断绝(此路至此方彻底断绝:上不行,下莫问而可知也)。以此,诗人也完成了其针对巫咸建议的驳斥。至此,诗人的四项追求中,即,"哲王"(以己感化楚王的政治途径)、"闺中"(国内的政治知音)、"园艺"(教育)与"修身",除修身外,皆沉沙折戟。行文至此,真可谓"人生就像剥洋葱","祈祷落幕时",沉痛之至了。也是直到这里,诗人才对楚国的政治彻底失望,因所有可能的政治途径都被堵死了。于是,才显出灵氛的出路来:祖国无望,于是将远逝。这才是合乎逻辑,又合乎审美的。

远逝

继曰:

> 惟兹佩之可贵兮,委厥美而历兹。
> 芳菲菲而难亏兮,芬至今犹未沫。
> 和调度以自娱兮,聊浮游而求女。
> 及余饰之方壮兮,周流观乎上下。
> 灵氛既告余以吉占兮,历吉日乎吾将行。

> 折琼枝以为羞兮，精琼靡以为粻。
> 为余驾飞龙兮，杂瑶象以为车。
> 何离心之可同兮？吾将远逝以自疏。

"惟兹佩之可贵兮"，也就是《渔夫》里说的"举世皆浊我独清，众人皆醉我独醒"。这正是诗人对于巫咸之建议（"勉升降以上下兮，求榘矱之所同"）的彻底驳斥，这块地方"烂"得只剩下"我"一人而已！若问《离骚》全文何处最佳，我要说，毫无疑问，是"惟兹佩之可贵兮，委厥美而历兹。芳菲菲而难亏兮，芬至今犹未沬"。斯是全诗之诗眼、最恸处、最动人处，亦是最佳处。为何？那是只有壮阔史诗才有的时空效果，从头吟诵至此方可体悟的压抑积累的出口。世间的黑暗层层弥漫，人生的道路条条瘫痪。"时缤纷其变易"，撕心裂肺的绝望至前文乃跌落至最低谷，而此四句，正是个人背对整个世界之"反动"的强大意志的震撼力。前面的低谷越沉黯，这里的高潮就越震撼。这种震撼不是意气风发、不是孤注一掷，而是历经蹂躏、遍体鳞伤却一息尚存的人性之光。他已没有挑战整个世界的精力，却葆有人性的精神。这难道不更令人动容吗？如果善人还有挑战的念头，那说明这个世界还没有糟透，而善的光还可寻找其他的出口。至此，耳畔不禁响起荷尔德林的名篇《人，诗意地栖居》：

> 如果生活纯属劳累，
> 人还能举目仰望说

>我也甘于存在？是的！
>只要善良、纯真尚与人心同在，
>人就不无欣喜
>以神性度量自身。
>……
>充满劳绩，然而人诗意地
>栖居在大地上。我要说
>星光璀璨的夜色
>也难与人的纯洁相匹。
>……

同样令人动容，也令人同样动容啊！荷诗的力量正在于善本身的力量：将所有"功利主义"（"神"）的"善"剥除干净，人竟还要向善，这真是捞不着半点好处的"傻"，真是无可理喻。是的，正是因为"傻"，人才突破了因果律，与一切"适者生存"的丛林成员划清了界限，从而实现了人本质的自由。荷诗要表达的，正是《离骚》行文至此的人性之灵光。因此，屈原关于"天道"的信仰，并非一径坚定的。《离骚》中正透露出逐渐走向怀疑的倾向。[1]这种变化性，又类似孔子。就艺术效果而言，也只有屏蔽了外在的"神"

---

[1] 这在屈原的其他作品里似也有所体现，如《天问》中的"何变化以作诈，后嗣而逢长"以及"天命反侧，何罚何佑"；《九章·哀郢》中的"皇天之不纯命兮，何百姓之震愆？"不过，诗人用语未必泥于字面意思，"天道反复"亦可能是针对"人道无常"的正义性表现。

的庇佑，才能突显"人"的无助以及由此折射出的力量，才铸就了"惟兹佩之可贵"的分量。诗意永远是诗意，不论它现身哪里。夜色越暗，星光越亮：《离骚》对"功利"的彻底剥离，正是对（突破因果律的）人本质的彻底提纯，从而展现出最高的美学力量：道德的纯粹性。

接下来，诗人似乎说，他要走灵氛（而不是巫咸）指出的路了，或曰他要"远逝以自疏"而非"勉升降以上下兮，求矩矱之所同"了。诗人为何选择灵氛而非巫咸的建议，上文已经分析过了。但是，诗人其实并未完全遵照灵氛的意思，而要"聊浮游而求女"，这与灵氛建议的"孰求美而释女"在本质上是不同的：一是两女相合，一是男女配合。就字面意思而言，诗人的目的是高山流水觅"知音"，而灵氛的策略是辅佐他国明君。此次诗人所要求的"女"，即知音，在不作引申的意义上，固可解为不带有政治目的的纯粹的朋友。但是，继上述求女的分析，我们或可作此惯性的也更"省力"的理解，即，诗人觅知音的最终目的乃为了与其共同辅佐楚王。因此，诗人在反复斟酌后采取的实践策略是一条综合灵氛与巫咸的路线：远逝而求女，并且放下身段"周流观乎上下"（此"下"字的外延之底线当远低于"吾将上下而求索""相下女之可诒"中的"下"字）：这里是烂透了，只剩"萧艾"了，但天尽头毕竟有"芳草"吧。

"浮游而求女"，正是诗人要采取的策略。在大方向上，必先"远逝"——"浮游"，故曰"灵氛既告余以吉占兮，历吉日乎吾将行"，这是第一步。"求女"以及"周流观乎上下"

是第二步。这些是诗人跟自己说的真话。"何离心之可同兮？吾将远逝以自疏"，是"女人"在离家出走前总要说给"男人"听的"气话"。要听得懂"反语"，始可言情，才读得通《离骚》；读懂了《离骚》，才称得上恋爱高手，不论男人还是女人。无论如何，屈原毕竟不愿为他国政治服务。这突出了诗人无瑕的"贞操"。这是屈原的本色，也是先秦时代即国家主义尚未建立的时代中极难能的品格。正是基由此义，屈子才成为自身，而非孔孟或其他先秦诸子。普遍性的道德迸发出鲜明的个性光芒，并由此沉淀为这片土地的新范式。

继曰：

邅吾道夫昆仑兮，路修远以周流。
扬云霓之晻蔼兮，鸣玉鸾之啾啾。
朝发轫于天津兮，夕余至乎西极。
凤皇翼其承旗兮，高翱翔之翼翼。
忽吾行此流沙兮，遵赤水而容与。
麾蛟龙使梁津兮，诏西皇使涉予。
路修远以多艰兮，腾众车使径待。
路不周以左转兮，指西海以为期。
屯余车其千乘兮，齐玉轪而并驰。
驾八龙之婉婉兮，载云旗之委蛇。
抑志而弭节兮，神高驰之邈邈。
奏《九歌》而舞《韶》兮，聊假日以婾乐。

从字面上看，这一次的出游与前几次的大不相同。纵观《离骚》全篇，诗人共写了四次出游。第一次发端于"步余马于兰皋兮，驰椒丘且焉止息。进不入以离尤兮，退将复修吾初服"。从描述看彼行是一人四处徘徊，消遣苦闷而坚守孤心，合是诗人遭贬斥而放逐的行程。第二次发端于"依前圣以节中兮，喟凭心而历兹。济沅湘以南征兮，就重华而陈词"。从内容上看是诗人面对周遭人不理解而埋怨后的临时起意，以祭拜先圣，鸣志宣誓，因之，是较为仓促草率的出行。第三次发端于"驷玉虬以乘鹥兮，溘埃风余上征。朝发轫于苍梧兮，夕余至乎县圃"。这是接着第二次出游结束后整顿而远行。如前所论，彼行乃是"五次求女"的过程，彼时诗人虽足迹偏远，颇有波折，然其范围尚不出楚境，历时亦不长久。这与文中稍备车马随从之排场的描述是吻合的。

相比前三次，第四次出行显示了新变化。一是排场、规模大："扬云霓之晻蔼兮""凤皇翼其承旂兮""腾众车使径待""屯余车其千乘兮"。第四次的排场和规模不但远超头两次，也盖过了第三次的"求女"。二是路途遥远、艰险。诗人明言"远逝"，又直言"路修远以周流""路修远以多艰兮"，皆是之前的出行所未有的字眼。王逸注"腾众车使径待"曰："言昆仑之路险阻艰难，非人所能由。故令众车先过，使从邪径以相待也。"可见，不论是概述还是细节，都透露出"道阻且长"的意思。三是节奏快。由"朝发轫于天津兮，夕余至乎西极"可见一斑。王逸注"天津"曰"东极箕、斗之间，汉津也"，又曰"言己朝发天之东津，万物所生。夕至地之西极，万物所成。动顺阴阳之道，且亟疾也"。一天就要周游宇宙，可谓"亟疾"之至。这与第三次出行的整体舒缓性形成鲜明的对比。四是转折性。转折性突出地体现在节奏的变化上。诗人在"腾众车使径待"处顿了顿；在"屯余车其千乘兮"处又缓了缓；在"抑志而弭节兮"处似乎已然停滞不前了；"奏《九歌》而舞《韶》兮，聊假日以媮乐"只用来打发时间了；[1]并最终在"忽临睨夫旧乡"处打道回府。因此，"亟疾"的节奏感只发生在第四次出行的前半部分。转折性也体现在排场的变化上。"腾众车使径待""屯余车其千乘兮"是明言出行排场的增大。五是明确的出行方向性。"朝发轫于天津兮，夕余至乎西极"正是动态的方向性展示。"昆仑""流沙""赤水""西皇""不周""西海"，毫无例外，所有的信息全都稳定地指向西方。这完全不同于之前（五次求女）的"四方开花"。六是不明确的目的地。虽然第四次出行的方向性极为明确，却未表明任何具体的目的地。这与之前的出行（特别是五次求女）截然不同。

细审第四次出行的特点，如果前述我们关于"聊浮游而求女"的惯性也更省力的理解不差，那么，诗人的此次出行意图似乎经历了一个转折。具体而言，在"路修远以多艰"之前，诗人的意图仍是求女而携之俱归以仕楚，但在其

---

[1] 诗人此时只是表面装得镇静，内心则充满了不知所往的矛盾和纠结。这种复杂的心态和表现，可与《九章·抽思》中说的"狂顾南行，聊以娱心兮"相参看。在《离骚》的文本里，舒缓性的背后往往是矛盾性。以"缓"写"急"，又比以"急"写"急"更显煎熬和有感染力。

后，则是不再归来的诀别。这么理解与文本的描述是较贴切的，即此句前后的心态与动作是截然不同的：前急切而后舒缓。同时，发生这一转折的原因也是清晰的，即，"路修远以多艰"：路途艰险到难以完成回程，或曰，发觉难以复返。这么理解也能使历来难解的"腾众车使径待"获得较通顺的归置，即，这一句及其后的"屯余车其千乘兮，齐玉轪而并驰"指的就不是个人的远游了，而是举家、举族的搬迁了。这绝非重复，而是新的变化。既然出行意图发生了变化，势必就有了等待与重整，而排场、心态与节奏也都不同了。因此，我们的关于第四次出行的中间转折说，固不具充分的证据，却可获得合理性的优势。

为何难以复返呢？这与目的地有关。第四次出行的最终方向是极为明确的：西方。西方是哪里？是昆仑山，是星宿海——"黄河之水天上来"，是通天的方向！李白的说法绝非夸张（那是与古人脱钩的贫血派"浪漫主义"），而只是地理学背书（《尔雅·释水》曰："河出昆仑虚"）：昆仑山正是"天路"[1]。诗人不正是要彻底作别污浊的人世间吗？行文至此，方显出真正的"远逝"的全部内涵。无论是排场、规模、装备（粮食、车马、仆从）、具体地名、路途艰险都盖过其他三次，显然是做好了长期远游的准备。是为"远

---

[1] 《史记·大宛列传》引《禹本纪》言曰："河出昆仑。昆仑其高二千五百余里，日月所相避隐为光明也。其上有醴泉、瑶池。"虽然太史公又强调此说不足征（"今自张骞使大夏之后也，穷河源，恶睹《本纪》所谓昆仑者乎？"），亦见其说由来久矣。

逝"！也正因诗人将往"非人所能由"的"天尽头"，"她"当然只有坚定的方向，而不知具体的目的地，也不愿有里通海外的嫌疑。

通天的远逝，自是艰难险阻，不止艰险，诗人最终发现将有去无回。不论是"逝者如斯夫"，还是"滚滚长江东逝水"，抑或"时光一逝永不回，往事只能回味"，所谓"逝"，不正有一去不回头的单程意味吗？哪里才会一去不复返呢？也只有天上吧。《九章·涉江》说，"登昆仑兮食玉英，与天地兮同寿，与日月兮同光"，亦是诀别人世的意味，正所谓"嫦娥应悔偷灵药，碧海青天夜夜心"，那是回不来的了。[1] 我们的诗人终于要从纷纷扰扰的世事中彻底抽身出来（前面的所有种种的变化，都只是在"事"的层面的实践策略的调整），从"事外"走向完全的"世外"。影片《完美假妻168》里头有句精辟的话："男人落泪，是选择回家了；女人落泪，是选择离开了。"真说得太好了！你听，《故乡的云》不亦唱道"那故乡的风和故乡的云，为我抚平创伤"吗？那是男人的歌吧。我想，楚怀王客死秦国时，必是落泪的，也必是想回家的吧。《史记·楚世家》载：

---

[1]《楚辞·远游》曰："悲时俗之迫阸兮，愿轻举而远游""贵真人之休德兮，美往世之登仙。与化去而不见兮，名声著而日延。"这些求神成仙的出世倾向，亦可作为屈原此时心态的一个注脚。但《远游》大概是后人伪作，表达了道家清净逍遥的人生理想，大不同于屈原的耿介本色。我们不妨将《远游》视为后人将屈原根据自己的口味作了过度发挥的艺术创作。虽然过度，总有因头，屈原本人大概也曾有过彻底"出世"的念头吧。

[顷襄王]二年，楚怀王亡逃归，秦觉之，遮楚道，怀王恐，乃从间道走赵以求归。赵主父在代，其子惠王初立，行王事，恐，不敢入楚王。楚王欲走魏，秦追至，遂与秦使复之秦。怀王遂发病。顷襄王三年，怀王卒于秦，秦归其丧于楚。

想家的怀王毕竟是男人。而屈子落泪时，就是真正离开的时候吧，屈原毕竟是"女人"。伤心的女人总是要出走的，所以我们的诗人一走再走。而伤透心的女人对男人的最大报复就是让他再也找不到她。这正是"远逝"的分量。诗人的君臣男女之喻，何其首尾一贯，又何其鞭辟入里啊！

至此，我们要回到《离骚》的题解。"离骚"之"离"，为"别"（散、违）还是为"罹"（遭、遇），纷争已久。分析至此，我们可说，作为题目，"别而骚"比"罹而骚"要贴切得多。这不仅因为文中的"余既不难夫离别兮"乃见作者之以"别"用"离"之实例[1]，更是因为，"罹"顶多算

---

[1] 纵观《离骚》全文，可以"罹"释"离"者，唯"进不入以离尤兮"，"飘风屯其相离兮"两处。但是，第一句中由于"以"的歧义性，"离"亦可解为"散"，而王逸注第二句为"屯其相离，言不与己和合也"，即是以"散"释"离"。在《离骚》中，除了固定搭配（"江离""陆离"），所有"离"字皆可释为"散"。特别地，"余既不难夫离别兮"，"判独离而不服"，"纷总总其离合兮"（两处），"何离心之可同兮"等处，皆只能排他性地以"散"释"离"。因此，就庸俗地用数据说话而言，"离骚"当压倒性地释为"别而骚"。当然，就《楚辞》中其他署名屈原的文本而言，亦可见以"罹"释"离"处（如《九章·惜诵》中的"恐重患而离尤"），即使在数量上仍无法与以"散"释"离"处相比。但数据多寡不足恃，我们绝不跟风经院的"比大小"。这就要回到正文中的定性裁夺上。

《离骚》的起因，而纵观《离骚》全篇的主心骨架，不是旁的，正是"别、别、别"：先是嫌隙神离，再是贬斥放逐，最后是彻底的诀别——远逝。"离骚"之"离"，是"离别"的层层推进深化、层层黯然绝望，是全局的总构架、主脉络。确实，我想不出还有比"离骚"更好的题目了。

继曰：

> 陟升皇之赫戏兮，忽临睨夫旧乡。
> 仆夫悲余马怀兮，蜷局顾而不行。
> 乱曰：已矣哉！国无人莫我知兮，又何怀乎故都！
> 既莫足与为美政兮，吾将从彭咸之所居！

这是我国最长也最伟大的诗——《离骚》的末章。"仆夫悲余马怀兮，蜷局顾而不行"正是诗人要一去不复返的最有力的证据。只有不再见面，才会迈不动腿。当然，诗人并未走成。

回顾第四次的整个出行，"妻子"的痴心更是淋漓尽致。你看，她一开始明明要为自己的丈夫去"觅新欢"（"聊浮游而求女"），却声称自己要永远离开"他"（"何离心之可同兮？吾将远逝以自疏"）。此时的"远逝"当然是佯称（就是要"丈夫"牵挂而已），否则也不会一口一个去"西方"、去"西方"……真是生怕楚王读不懂，而忘了"她"在西方！临了真发现去西方的路有去无回，于是"她"停顿、停顿、再停顿；煎熬、煎熬、再煎熬。此时的"妻子"只能做足

"远逝以自疏"的架势（自"屯余车其千乘兮"至"聊假日以媮乐"只是做给自己的"丈夫"看的），难道"你"这后知后觉的"冤家"竟还不来找"我"吗？等来等去，"灵修"还是没来。于是，走在半道上的"妻子"只能自己"灰溜溜地"回来了。"忽临睨夫旧乡"，"妻子"为自己的最后一丝尊严找了个"台阶"："你"问"我"为啥不走！"我"早走了，已走了一半："睨"（斜眼看）字为证。"睨"字传神：唯有走远，才能斜视。"我"斜眼里远远地瞥见"你"，并且"陟升皇之赫戏兮"（太阳才出来）——不是我不愿看，而是原先看不了，现在看清了，我再走下去就回不来啦。"你"真是什么也不懂！"我"绝非离不开"你"，只是随从奴仆们不愿走（"仆夫悲余马怀兮，蜷局顾而不行"），他们挂念"旧乡"。"你"还不如"他们"懂感情，还不如"他们"有良心呢！要死也死在这里，不离半步了，正是《七谏·沉江》说的"赴湘沅之流澌兮，恐逐波而复东。怀沙砾而自沉兮，不忍见君之蔽壅。"这一连串的字字血泪、痴心不改，是"贞妇烈女"写给"丈夫"的最后告白，也是最感人的"绝情书"。"楚王"若再无动于衷，就真无可如何了。

纵观全篇，诗人所并重者二，一为道德，一为国家。但使得诗人赴死的是"国家"，因不必以死捍卫"道德"（关于道德的古典理解当是自由的，如"我欲仁，斯仁至矣"）。以此，使得屈原成为屈原的最核心的因素是"国家"。爱国之强调，或自屈原始。这与孔子的周游列国的姿态是很不同的。但是这么说，似乎又太小觑孔圣人了（见下）。无论如何,诗人最终是没能走成的,而其远逝的破产也完成了其"贞操"的最后一笔。这是诗人之纯粹人格所注定的,也是诗篇之艺术效果所期待的。

在细处,颇可拿来一说的是"国无人莫我知兮"句。字面上看是双重否定,故按逻辑该是肯定的意思,但这么解释就对不上语境了。所以几乎所有的解读都将此句解为"国无人且莫我知也"。另外,贾谊的《吊屈原赋》援引其意曰"已矣哉!国无人兮,莫我知也",而朱熹的《楚辞集注》的版本则径作:"国无人兮,莫我知兮。"虽然文本上有差异,但意思是一样的。笔者认为,这种解读似有不妥,理由如下。第一,就"国无人莫我知兮"本身而言,作"国无人且莫我知也"的吃掉虚词的理解是说不过去的,因文法不通。虽说拿文法说事颇有刻舟求剑的迂腐,但作为语言天才的屈原似不可能以吃掉虚词这种看不出实质好处的做法而承担极易引起完全相反之意思的代价。第二,"国无人兮,莫我知兮"的句式(……兮……兮)不见《离骚》全篇,殆为后人为解说之便而变文。其实,从日常语言现象来理解,此句应当是"bipartite negation"(我译为"双歧否定")的体现。2017年,Mitchell G. Newberry et al.曾在《自然》(*Nature*)上发表了一项关于英语书面语中的否定句式的研究,其结论是,自12至16世纪,主流的表达经历了从"Ic ne secge(我否说)"到"I ne seye not(我否说否)",再到"I say not(我说否)"的变化,并且指出,语言的这种演化现象往往是由于强调需要的产物。也就是说,原来大家都说"我否说",X

要强调X的"否",便别出心裁作了"我否说否"的新颖表达而出乎众说,但众说跟风,"我否说否"成了普遍性的表达,于是其强调作用不存在了,便又有了"我说否"之出乎众说的出现与壮大。X是怎样的人呢?当然是在情感体验与语言驾驭上出乎众氓的人。这不就是屈子一样的人物吗?这是既符合语言逻辑,又符合诗人性格的解读。其实,当代美国人的口语里头也常有以双重否定表示否定之强调的说法。这当然不能归咎于美国人相较英国人的"智商低",而应是美国人相较英国人的情感重。如此,才是既符合语言逻辑,也符合国风民俗的理解。另外,在现代吴语里头,最常使用的否定词是"无没"或"无不",似也是一种"双歧否定"的痕迹,只是已如"I say not"那样,早泯然众说而丝毫不觉有强调的意味了。至此,我还要强调个式子:$(-1) \times (-1) = -\infty$。这在数学里头固然行不通,却在艺术上堪为法则。上述的"双歧否定"正是最好的注脚。只此一点,便现出形式逻辑或工具理性与情感价值的区别,后者是基于前者而又出乎前者的。人的本质以及艺术的本质,不正在后者吗?《离骚》及屈原的魅力,不也在此吗?

节奏感

好了,我们读完了《离骚》。在汉语世界,《离骚》可能是现存最长的一首古诗了。但是,我们读此诗,纵是一遍一遍地读,也丝毫不觉乏味。为何?或者说,抛开具体的思想性与人格性，这首长诗最大的纯粹审美性是什么呢？我想，《离骚》的美很大程度上要归功于其天才瑰丽的节奏感。这里，所谓的节奏感是广义的，指向的是引发读者的情感跳动。通观《离骚》全篇，这种节奏感可分为两大类：气息性节奏与意念性节奏，前者是诵读本身可直接感知的，而后者则需通过文本所传达的概念之投射来感知，也是高于气息性节奏的深沉性节奏。

气息性节奏可分为四类。

一是句式参差。《离骚》的句式长短参差，这是区别于《国风》的更明显的节奏感。并且，《离骚》的句式之参差，也强于《楚辞》中的其他作品，特别是非屈原的作品。可以说，《楚辞》的句式是向着齐整性而演化的。这一方面为后世的五言诗作了铺垫（见后），另一方面，形式的僵化也导致气息日益僵化。这或许是造成后人之辞赋味同嚼蜡的一个非常微观的因素。

二是虚字穿插。诗中穿插了大量的虚字，如之、兮、于、惟、以、又、与、其、乎、夫、而等等。这些虚字几乎每句都有，且往往出现在句首、句中与句尾，从而通过语气与停顿进一步增强了节奏感。

三是改变语序（典型的表现是倒装）。诗中使用了大量的倒装（如状语前置、假设主句前置等）以造成语序上的节奏感。

四是强化语素。诗中运用了大量的对仗、双声叠韵、同义联绵等修辞手法，从而营造了音律上甚至情感上的节奏感。

上述四类大体属于气息性节奏，是诵读本身可直接感知的。

意念性节奏也包括四项：意象丰富、情节起伏、情感跌宕（一别、再别、永别）与人格纯粹。其中，情节起伏包括了诗人的四层追求（其间又夹杂了"隐居"生活的彷徨）、五次求女、两次占卜、四次出游，且层层不同，次次相异，绝非简单的重复，可谓古往今来，天人神鬼。特别地，除了部分的气息类节奏，《离骚》中大部分的节奏手法都具有形式之外的情感表达上的优势，绝非只是抽象的形式主义的路径。这些丰富的节奏感交织在一起，产生了如交响乐般的震荡与壮阔，奏响了中国的史诗之绝唱。正是因为这些节奏感，使得这篇长诗读来绝不乏味。可见，《离骚》的节奏感并非只是某个方面的强化，而是体现在方方面面的"立体式"的交响，或可蔽之曰"节奏感中的节奏感"。这真是天才的艺术，即便是不自觉的，因为，在长诗中，任何一种节奏感的反复运用都可导致单调感，只有立体式的交响方可神逸万化。也正因其不自觉，才称得上真正的"天才"。今天，我们站在后知后觉者的立场上对这一"百世无匹"的文本作一番节奏感的考察，就不只是个中体验的消遣，而是关乎诗学与美学之普遍性大命题的重要工作。

情节的意义

艺术效果的节奏性，正是关于《离骚》情节与结构的重复性解读的"阿喀琉斯之踵"。东方诗学中的故事情节，直是茶室的髹饰，常有眩乱之累，绝少写意之功。然则为何要仔细玩味《离骚》的情节呢？答曰：《离骚》并非一般意义上的东方诗，其情节也绝非一般意义上的情节，只有参悟了它的情节，才可真正领悟其"震撼"——俗谓之"美"。《离骚》在中国诗学甚至文学中地位无两，不必赘言，但初读者不免对这首鸿篇巨制的内容生有重复杂乱的印象。朱自清先生在《经典常谈·辞赋第十一》中称《离骚》"没有篇章可言""顾不到什么组织"云云，就是颇具代表的话。我想，朱先生定是没能熟读《离骚》，至少没能背诵。因此，前文中对于《离骚》之情节的澄清，就不只是独乐乐的鸡肋，而是关乎众乐乐的大题目。我们如此解读文本，是出于应然性的艺术要求而非本然性的艺术史考证。这是哲学的判断，不是历史的判断。"作者已死，而文本是独立的"。即便作者不死，文本也是独立的。作品一旦产生，作者就失去了对于其作品的支配权。作者固然可改写，但新版将是另一个作品，并不能丝毫改变旧版的独立性意义。科学如是（如牛顿的 *Principia*、薛定谔方程），艺术亦当如此。

因此，《离骚》的情节就不是一般诗歌中的情节那样，是可有可无的或游离于纯粹艺术性之外的东西，它既是思想性的体现——或更精确地讲——屈子人格震撼的彰显，又是《离骚》之纯粹审美本身的组成部分，且是其最精致而高级的部分。借用西方经典美学的逻辑，无论是壮美还是优美，成就《离骚》之美的最紧要部分正是其情节的展开，因为，情节的起伏与情感的跌宕是交织在一起的，两者互为因果。正是通过诗人的四层追求、五次求女、两次占卜、四次出游，才展现了一别、再别、永别的起伏跌宕。又，正是通过层层不同、次次相异的情节与情感的起伏跌宕，才一步步强化并彰显了诗人的纯粹人格，百炼方可成钢。因此，《离骚》的美学锁钥在于其节奏性，而其节奏性的锁钥正在于情节的演化。这种深层次的节奏感，正是《离骚》有别于《楚辞》中其他任何作品的美学特征。

破解《离骚》的美学密码的核心，就是破解《离骚》的情节，这正是本章的重点。如果说，前面的诸节奏感尚不脱经典美学的范畴，那么，人格的纯粹性则将《离骚》推向巅峰的审美体验，由优美而壮美，正如康德在《判断力批判》中的伟大转向。而撬动这一审美转向与升华的不是别的，正是情节。

美是"体"，情节是"用"，体用不二。特别地，上述关于《离骚》情节的解剖与各注家的都不同。我不敢说这种解读是最"真"——符合作者原本意图的，却是最好的。为何？只有全方位堵死诗人的各种可能的出路，才显得出真正的"悲剧美"成色，而非匹夫匹妇的任性、意气、歇斯底里。只有真正的至暗，才震撼出人的伟大、人的自由、人性的光。唯其最好，方为最真——艺术精神的真。这当然为我们的关于《离骚》之情节的辨析工作作了艺术或诗学本身的辩护，而非打着"文学"旗号的琐碎历史的无聊考证。并且，这一认识为以《离骚》为典范的《楚辞》作了有别于《国风》的深度意义上的本质区分。要问这种本质区分何在，瞧,"情节"不正是亚里士多德在《诗学》中念兹在兹的"重中之重",而又不正是诸《国风》的抒情小调所最不愿沾染的吗?

"集部之祖"

《离骚》的价值绝不囿于纯粹审美的(广义的)节奏感。关于《离骚》的价值及其之于后世的影响,任何赞誉都不为过。

在形式上,以《离骚》为代表的《楚辞》给予了诗以极重要且必要的补充。诗不再是必须配合音乐甚至舞蹈的乐词,而是可独立成章的"言志"(朱自清先生在《诗言志辨》中的"言志"诸诗其实并非真正意义上的"诗",不可殉"名")。也就是说,诗从艺术或曰当时的"礼乐"中获得了形式上的某种独立性,虽然这种独立性还是不自觉的。这是中国诗甚至文学发展史上的第一次——虽则是不动声色的"洗礼"。有了这次洗礼,才有其后的辞赋文学,也才有六朝的美的自觉。

但是,我们仍在不断回溯《离骚》,这绝不仅仅基于出发点的意义上,不仅仅出于人类回溯走出非洲的事件层面,而是基于进行性的意义上:我们这个民族历史上最伟大的缪斯们都是《离骚》的某种"影子"。我们不妨列出《离骚》与屈原所开创的艺术特征,再来感受这母本的力量。不消说,直观上的第一特征是博采万象性。这直接影响了辞赋文学，司马相如就是最切近的私淑。连带的特征是丰富的想象力，李白当然是最好的代表。其次，如上所述，是灵动的节奏感，这在形式上滋养了六朝的美的自觉（从三曹到永明体）乃至从鲍照到李白，直到苏轼，是一以贯之的衣钵。再者，是情感的张力与深沉。诚如李泽厚先生所言，这是与"中和"相反的性情极致（《华夏美学·美在深情》）。在这方面，阮籍体现了最醇的传承。要辗转反侧哀而不伤的憧憬，还是形销骨立伤恸之至的煎熬？就"动人"而言，可能后者更甚吧。历久弥新的《孔雀东南飞》与《梁祝》乃至《牡丹亭》与《红楼梦》不都是至死不休地销魂吗？特别地，想象力与情感性也许是所谓的"浪漫主义"的最核心的要素吧。但是，我们切不要忘记"浪漫主义"的舶来品属性。正如朱光潜先生在《西方美学史·关于四个关键性问题的历史小结》中指出的，艺术的浪漫主义手法要与源于西方的浪漫主义思潮相区别，后者具有特定的哲学背景与历史任务。无论如何，以重想象与重情感的共通面向而言，屈原作为我国的浪漫主义之鼻祖的判语自是成立的。进而，是执着的道德性。这方面的垂范性，与其祖述于面目朦胧的诸《国风》，不如归功于泾渭分明的《离骚》。黑夜里此心光明的言志，连带这沉郁顿挫的一路佺偬困窘，不正是杜甫的第一模板吗？也不正是中唐以后"诗言志""复兴"之路的取之不尽的祖本吗？以此，《离骚》既是浪漫的，也是现实的，可谓浪漫中的现实主义，而说屈原也是一流的现实主义诗人，亦不算大错吧。我们可说，《离骚》与屈原影响的都是后世中国最一流的诗人的最一流的作品，或者说，在后世中国最一流的诗人的最一流的作品里，总能乍现《离骚》与屈原的面孔。以此而言，鲁迅先生论《离骚》的"影响于后来之文章，乃甚或在三百篇以上"(《汉文学史纲要·屈原及宋玉》)，以及李泽厚先生称屈子是中国"最伟大的诗人"(《美的历程·楚汉浪漫主义》)这两个判断，都是可以成立的。实际上，这些话也只是"集部之祖"的新注脚，并不出乎意料。至此，我还要说：我们这个民族历史上最伟大的缪斯们都是《离骚》的某种"影子"。不是吗？李白是他的一个版本，杜甫是另一个。

纯粹人格

屈原的伟大，并不仅仅在于其为后世伟大人物所效仿，而更在于其难以效仿。这难以效仿的伟大是什么呢？是人格的纯粹性，是纤尘不染的道德洁癖，是一片赤诚、洁白无瑕的"赤子之心"。他从头到脚，每一个毛孔都充满着光和高洁。以此，"死"是屈原的既定的命运与最高的乐调。

屈原的死充满了争议。班固在《离骚序》中说屈原"忿怼不容，沉江而死，亦贬絜狂狷景行之士"，而刘勰在《辨骚》中也认为其"依彭咸之遗则，从子胥以自适，狷狭之志也"，都是对于屈原之自杀的非议。"狂狷"也好，"狷狭"也罢，似乎都站在儒家的实践立场上。但是，这种儒家立场是颇可疑的。固然，孔子说"用之则行，舍之则藏"，又说

"危邦不入，乱邦不居。天下有道则见，无道则隐"，还说"道不行，乘桴浮于海"，似乎显示了孔子与屈原在道德实践层面的不同取向。但这是脱离背景的抽象视角。孔子在政治上是彻底的"自由身"，而屈原，正如洪兴祖在《楚辞补注》中说的，乃"楚同姓也。为人臣者，三谏不从则去之。同姓无可去之义，有死而已"——不，岂止同姓，更是宗室。孔子说的"殷有三仁焉"，不正是针对具体背景的具体实践吗？所以洪兴祖说的"有比干以任责，微子去之可也。楚无人焉，原去则国从而亡"（《楚辞补注》），既算得上"原儒"，也是给屈子的正名。这是十分中肯的。想来孔夫子的"我则异于是，无可无不可"，也并非没有前提的吧，否则他也绝不会大呼"志士仁人，无求生以害仁，有杀身以成仁"了。若将孔子放到屈原的位置上，恐怕会留下不一样的儒家吧。不，儒家还是儒家，只是对于屈子的非议大可消停了。

不信你看，儒家的本色不正是"知其不可而为之"的"情本主义"吗？《九章·悲回风》说"怜思心之不可惩兮，证此言之不可聊"，正突出了超越理性的情感本身的感染力，这正契合儒家的情感主义实践路线，与法家迥异。《楚辞·卜居》中屈原借太卜郑詹尹之口说"用君之心，行君之意，龟策诚不能知事"，正是"明其道不计其功"的儒家本色。

这么看，屈子的死，可谓一种殉道。"道"指向的不单是第二哲学，也是第三哲学，即，死亡完成了屈骚艺术的彻底升华。李泽厚先生说，"死亡构成屈原作品和思想中最为

'惊采绝艳'的头号主题"(《华夏美学·美在深情》),是不无道理的。记得李敖先生曾援引《渔父》,指出读书人应该"不凝滞于物,而能与世推移",毕竟"堡垒最容易从内部攻破"。就目的而论,斯固宜也。但是,李敖先生的结论当然不能用在艺术层面。悲剧美的艺术震撼,不正在于"知其不可而为之"吗?而人的本质,也不正在于突破工具理性的机械论枷锁之自由吗?以此,第一、第二与第三哲学,在最本质的层面又是彼此相洽的。我想,李泽厚先生的"最伟大的诗人"之命题,也可于此发明吧。回到第三哲学,铸就艺术的是情感,而非理性。所以,李敖先生可以嬉笑怒骂、游戏人生,却难得震撼艺术。你看,从东方朔的《诫子诗》到六朝的玄言诗,再到爱发议论的宋诗,慧黠的"寡味"不早是历史实证的真理吗?

　　唯于死亡,屈原是孤独的,是难以效仿的。《离骚》得以成为空前绝后的巅峰,乃是出于诗人的整个生命的燃烧。屈原是玩命的,宋玉、司马相如等不是。他们是琴挑,是通君侧的游戏文章,留下徒有其表的形式浪漫。因此,《离骚》达到了中国艺术的最彻底的震撼,是区别于优美的崇高,更是区别于慧黠的艺术。

　　至此,我们要问,屈子的死,为何为中国后世诗人所难效仿?不是吗?先秦以后,像屈原那样的"眼里容不得沙子"的纯粹人格越来越少了。屈原既是第一位诗人,也可能是唯一的纯粹人格的诗人。

　　关于纯粹人格式微的原因,我相信李泽厚先生在《华夏美学·美在深情》里已说得很明白。当然，肯定纯粹人格的魅力，并没有否定复杂人格的意思。距先秦不远的司马迁的《报任安书》，就是关于伟大的复杂人格的最好鉴证。纯粹也难，复杂也难，难分轩轾。但是不可否认，在瞬间摄人心魄的意义上，"质本洁来还洁去"的决裂是杀伤力更强的艺术力量，因为，这是纯粹理想与纯粹意志——"热血"的力量。热血是演化也是艺术的最初驱动。也以此，不同于一般的眩于文字的评判，我更愿意称《离骚》的震撼在审美体验上是纯阳刚、纯雄浑的男性美而非阴柔的女性美。《离骚》是修辞的典范，又绝非修辞而已。《离骚》难再，岂是"嘲风雪，弄花草"之所谓软？难再的是屈子为后世所难以效仿故难以企及的艺术的本质。不是吗？今日苏州尚有一处名为"沧浪亭"的园子，可称得上这座园林之城的园林鼻祖。然则何以不名"彭咸居"而曰"沧浪亭"？濯足濯缨，苏舜钦的人生写照恰是对《渔父》的诠释，亦由此接引了"渔父"对于"三闾大夫"这座孤峰的敬畏。

第三章

互补的《击壤歌》和《南风歌》：
两极社会的对立统一

《击壤歌》和《南风歌》都是伪作，却具有精辟的文化象征意味。《击壤歌》刻画了不问政治、自给自足的小农生活模式，体现了道家融于自然的人生哲学。这正是中国乡土社会的基点，并蕴含了循环性、经验性、务实性、质朴性等中国文化的基本性格特征。《南风歌》正相反，它是面向政治的，要求统治者对国民承担"富之""教之"的责任来达到无争无讼的太和社会。这体现了儒家的政治哲学——柔性教化，蕴含了中国式的平等性和不平等性，成为中国精英阶层的共同命题。因此，《击壤歌》和《南风歌》构成上下、进退、儒道的互补，成为中国文化的合题。这种文化国民性并非无本之木，它奠基于周秦之变（祛魅）的社会大背景下，是拿掉作为中间阶级的祭司和领主后的逻辑必然。

屈原之后、魏晋以前，这段时间称得上中国诗坛最沉寂的五百年。这是纵横争雄、崇事尚功的时代，要的是返朴归质的直接、宏大叙事的铺陈。这是策论和大赋的舞台，外物塞满了镜头，情感被有意无意地隐去。因而，诗歌从社会生活里全方位地淡出，几乎没有留下一位有名有姓的诗人。但只要人活着，诗就不会全然销声匿迹，不在夹缝里喘息，就在背后蛰伏。同时，"围剿"使得诗坛瘦身，留下最具生命力的种子，就像荒漠里的白刺果，能活下来的都是精华。《击壤歌》和《南风歌》就是这样的白刺果。

横亘时空

先说《击壤歌》，其辞曰：

> 日出而作，日入而息；
> 凿井而饮，耕田而食。
> 帝力于我何有哉！

乍一看，它是多么不起眼啊，简直与普通的杂草无甚分别，但再辨辨，它岂非已说尽我们的生活？天、地、人，能逃过它的手掌心吗？这正是所有的所有的所有——贯穿全部时间的全部空间的全部存在，不能加一字，不能减一字，亦不能易一字。任何其他花头，在它面前，都成了矫揉造作、无事生非的附赘悬疣。这是怎样的一种表达？正是文字中的文字——诗。

大概也正是因为这种包囊整个时空的魅力，《击壤歌》经常被标榜为远古时期就有的诗歌。沈德潜将此诗作为开卷第一篇，并注曰："帝尧以前，近于荒渺。虽有《皇娥》《白帝》二歌，系王嘉伪撰，其事近诬，故以《击壤歌》为始。"（《古诗源·卷一》）因此，沈氏认为此诗是第一首中国诗，出现在帝尧时期，远早于《诗经》。这是颇具代表性的理解。但这很可能又是杜撰的流传。毕竟，沈氏所引述的证据是《帝王世纪》，文曰：

> 帝尧之世，天下太和，百姓无事，有老人击壤而歌："日出而作，日入而息，凿井而饮，耕田而食，帝力于我何有哉。"

《帝王世纪》的作者是晋代的皇甫谧。击壤的故事不单出现在皇甫谧的《帝王世纪》里，也出现在他所著的《高士传》和《逸士传》里，文字略有出入。《高士传》曰：

> 壤父者，尧时人也。帝尧之世，天下太和，百姓无事。壤父年八十余，而击壤于道中。观者曰："大哉帝之德也。"壤父曰："吾日出而作，日入而息，凿井而饮，耕田而食，帝何德于我哉！"

《逸士传》的说法与此相仿,只是歌者变为"有八九十老人击壤而歌于康衢",并混入了两句《康衢谣》("立我烝民,莫匪尔极")。击壤的故事也多次出现在东汉王充的《论衡》中,这可能是目前可溯源的最早坐标。《论衡·感虚》曰:

> 尧时,五十之民,击壤于涂。观者曰:"大哉,尧之德也!"击壤者曰:"吾日出而作,日入而息,凿井而饮,耕田而食,尧何等力?"

《论衡·艺增》和《论衡·须颂》中也提到了此诗,只是将其与《论语·泰伯》里孔子的"大哉,尧之为君也"的赞语联系起来,前篇是将其作为"荡荡乎民无能名焉"的注脚,以反语赞颂圣人(帝尧),后篇则是对于"喑者不能言是非"(击壤者)的批判,以此衬托知圣且能颂圣的孔子。

此外,《庄子·让王》已有《击壤歌》的雏形,其文曰:

> 舜以天下让善卷,善卷曰:"余立于宇宙之中,冬日衣皮毛,夏日衣葛绨;春耕种,形足以劳动;秋收敛,身足以休息;日出而作,日入而息,逍遥于天地之间而心意自得。吾何以天下为哉?悲夫!子之不知余也!"遂不受。于是去而入深山,莫知其处。

善卷与舜,差不多是击壤者与尧的映射,已是头尾俱全，只缺了"凿井而饮，耕田而食"的字眼。《让王》属《杂篇》，当属后学之作，其创作年代可能是西汉早期。

可见，《击壤歌》以及击壤故事并非一成不变。在最早的《让王》的雏形中，"吾何以天下为"是作为隐逸榜样被肯定的，矛头指向有为政治。这与当时休养生息的无为思想在方向上是一致的。在王充笔下，击壤者的无所用心恰恰是替有为政治背书的，正是事功哲学的体现。到了皇甫谧手里，击壤者又获得了孤立于且高于政治的格局和意义，其背后正是"越名教而任自然"的对传统的叛逆。因之，击壤者地位的嬗变，折射出社会思想的变化。

乡土本色

上述都只是历史的坐标，非是说诗人的本事。我们要做的不是论证此诗的历史逻辑，而是要问：此诗的穿透历史的生命力量究竟是什么呢？摒去帝尧还是帝舜、壤父还是善卷的附会借喻，单就诗本身而言，其本色何在呢？

前述此诗是时、空、人的完备体，尚漏了一个前提："中国社会"[1]。这是中国社会所展示的时、空、人的完备体。每个中国人，一见此诗，就像照见了自己的灵魂，不由得身

---

[1] 所谓的中国社会，指的是中国化的社会，即传统中国的社会模式，而非（近现代的）中国的社会中所有的种种文化元素。前者的"中国"是一种文化概念，后者的"中国"是一个地理概念。地理上的中国当然可有种种非文化意义的中国的文化。

心俱安、欢喜赞叹。中国社会展示的是怎样的生活呢？

"日出而作，日入而息"，它首先是有限的、自然的、规律的、循环的；"凿井而饮，耕田而食"，它又是勤俭的、务实的、质朴的、直观的。

最有意思的是最末句："帝力于我何有哉"。"力"，结合各版本，当解为帝尧的影响。彼时"天下太和，百姓无事"，影响所及，当然只是圣人的"德"化而已。但这种影响被壤父归为"力"，则至少暗示了"勤勉"或"作为"的意思吧。"有"字当泛指为某种关系。因此，最末句的意思是说：壤父这样的生活与圣人的勤政之间没有关系。最末句的"无政府主义"的实质是批判有为政治，这正是《老子》的理想社会。我们不妨参看《老子》次末章，其文曰：

> 小国寡民。使有什伯之器而不用；使民重死而不远徙。虽有舟舆，无所乘之，虽有甲兵，无所陈之。使民复结绳而用之，甘其食，美其服，安其居，乐其俗。邻国相望，鸡犬之声相闻，民至老死，不相往来。

这当可作为《击壤歌》的注脚。也正因如此，王充要翻转人设，黜壤父以尊圣王，但普罗大众心有戚戚焉的，并非圣王的德化，却是壤父的人生姿态。我们更愿听壤父的，因我们与他的距离更近。

远离政治，回归自然，自给自足的小农经济形态，是老子的理想，是乡土社会，也是文化意义上的中国人的起点和归程。不信你看,"四大名著"的尾声,不都与这纷纷扰扰的污浊尘世愈行愈远吗?就连金庸笔下的主人公,来去也只是这条路子。相比《采薇歌》《接舆歌》乃至杨恽《抚缶歌》的不得已而"归隐江湖",《击壤歌》里的姿态是纯粹的、真诚的,因而它是饱满的、诱人的。这正是其与后世陶潜之间的文化纽带。

费孝通先生在《乡土中国》里说:

> 从基层上看去,中国社会是乡土性的。……乡下人离不了泥土,因为在乡下住,种地是最普通的谋生办法。……据说凡是从这个农业老家里迁移到四围边地上去的子弟,也都是很忠实地守着这直接向土里去讨生活的传统。……这样说来,我们的民族确是和泥土分不开的了。

这一番话,可作为《乡土中国》的总纲领:这个社会里的其他种种,包括社会风貌、日常生活、家族形态、道德律法、政治生活,都是从乡土这个"根"上生发出去的。费孝通先生总结了中国传统社会逻辑,其亦是中国社会在20世纪中期的结构主干。直至今日,我们的知足常乐、我们对于稳定秩序的渴求、我们对于经验的敬畏、我们的尊老与祖先崇拜……,不仍是这种乡土意识的体现吗?你看,走了那么长的路,《击壤歌》的魔力仍萦绕在这片土地上,一次次地印证了有限循序的图式。这么看,貌似不起眼的《击壤歌》,

倒可作为中国诗歌甚至整个中国文化的纲领了，正如不起眼但一望无垠的黄土一般，诚可谓意义莫大焉。

沈德潜编《古诗源》时将此诗列为最古之诗歌，判为帝尧时作品，固不可信。但是我们读此诗，纵是第一次读，都会产生似曾相识的强烈的默契感。中国人通过此诗认清了自己。纵是后世的道学家邵雍，也将其诗集名为《伊川击壤集》，并作序曰："志士在畎亩，则以畎亩言，故其诗名之曰《伊川击壤集》"。以此，沈氏将此诗作为最古之诗，又是可被理解的。或者说，我们很愿意相信此诗作为中国最古之诗歌的典范性。这个最古，是应然意义上而非事实意义上的。毕竟，艺术与哲学的精神总是高于历史的具体细节。

"生长之音"

再看《南风歌》，其辞曰：

> 南风之薰兮，可以解吾民之愠兮。
> 南风之时兮，可以阜吾民之财兮。

沈德潜在《古诗源》中注曰："《家语》：舜弹五弦之琴，歌《南风》之诗"。沈氏所本的《孔子家语·辩乐解》原文为：

> 昔者，舜弹五弦之琴，造《南风》之诗，其诗曰："南风之薰兮，可以解吾民之愠兮；南风之时兮，可以阜

民之财兮。"唯修此化，故其兴也勃焉。德如泉流，至于今，王公大人述而弗忘。

这大概是此诗最早的出处了。此外，《韩非子》《礼记》《尸子》亦提及了舜歌南风之事，具体内容略有出入。《韩非子·外储说左上》引述有若之言曰：

昔者舜鼓五弦之琴，歌南风之诗而天下治。……故有术而御之，身坐于庙堂之上，有处女子之色，无害于治；无术而御之，身虽瘁臞，犹未有益。

《礼记·乐记》其文曰：

乐著大始，而礼居成物。著不息者天也，著不动者地也。一动一静者天地之间也。故圣人曰礼乐云。昔者，舜作五弦之琴以歌南风，夔始制乐以赏诸侯。故天子之为乐也，以赏诸侯之有德者也。德盛而教尊，五谷时熟，然后赏之以乐。

此部分内容与《史记·乐书》的说法几乎完全一样，之后《乐书》又补充曰："夫《南风》之诗者，生长之音也，舜乐好之，乐与天地同意，得万国之欢心，故天下治也。"《尸子·绰子》其文曰：

> 尧养无告，禹爱辜人，汤武及禽兽，此先王之所以安危而怀远也。圣人于大私之中也为无私，其于大好恶之中也为无好恶。舜曰："南风之薰兮，可以解吾民之愠兮。"舜不歌禽兽而歌民。汤曰："朕身有罪，无及万方；万方有罪，朕身受之。"汤不私其身而私万方。文王曰："苟有仁人，何必周亲？"文王不私其亲而私万国。先王非无私也，所私者与人不同也。

综上可知，《南风歌》当为后世托名帝舜的伪作，其创作年代大抵是战国后期。真伪与否，只是历史逻辑的问题，并非哲学—文学逻辑的问题，因前者的载体是"肉身"，而后者的焦点是"精神"。伪作所蕴含的精神，未必不如寄寓肉身的精神来得纯粹、光大。因此，作品的真伪与其艺术成色间没有必然关系。《击壤歌》如此，《南风歌》亦复如是。

那么，《南风歌》的精神在哪里呢？

与《击壤歌》正相反，它是面向政治的。"民"当然是统治者的补集——被统治者（《尚书·咸有一德》："后非民罔使，民非后罔事"）。《南风歌》就是一首政治诗。政治诗不好写，成功的绝少。此诗是一个例外。它为何能成功呢？原因在于宣教而使人不知，令人如沐春风。这正是《毛诗序》所谓的教化：文艺的政治化或曰政治的文艺化。[1]当然，这个政治也需加个前提：文化中国的理想政治——纯粹的儒家政治。

为何这样的政治令人如沐春风？还看此诗。"南风之薰兮，可以解吾民之愠兮"，这是说南风芬芳柔和，可以化解百姓的愤懑；"南风之时兮，可以阜吾民之财兮"，这是说南风来得正是时候，可以丰足百姓的财用。

柔性政治

有几点值得注意。

第一，所谓南风，字面上自然是从南边来的风，就中国所处的地理位置——世界上最典型的季风气候带而言，显然是最怡人的风向：南风从海上来，冷天为干燥的大陆带来温暖湿润，热天则送来凉爽。《乐书》解为："生长之音"，紧扣了"薰"字，侧重点在春季，但南风的好处其实是涵盖一年四季的。因此，南风甚至南方，对于生活在这一片土地上的人来说，再没有比这更令人温馨的词汇了，也再没有比这更高明的象征了。

第二，前两句是后两句的结果，即，化解百姓矛盾的

---

[1] 中国文化总是倾向综合的思维：园林要有山水也要有屋宇；戏曲要音乐美也要舞蹈美、辞藻美；书画同源；文史哲不分家等等。今天的教育和研究的分科走得太过，畛域自封，实际与中国文化的气质格格不入。

方法在于丰足百姓的财用。这是"生长之音"的根本意思。"仓廪实而知礼节",正是孔子"先富之后教之"(《论语·子路》)的意思,也是孟子"有恒产者有恒心,无恒产者无恒心"(《孟子·滕文公上》)的意思。因此,若百姓日用不足、纷争不止,所应问责的对象并非老百姓,而是肉食者。肉食者也不应苛求老百姓,"凡所谓礼不下庶人者,以庶人遽其事而不能充礼,故不责之以备礼也。"(《孔子家语·五刑解》)百姓不但可免礼,往往也可免刑。这是什么逻辑呢?《说文解字》释"民"曰"众萌也",《康熙字典》注曰"言萌而无识也"。对于无识之群氓,"不教而杀谓之虐"(《论语·尧曰》),"焉有仁人在位,罔民而可为也"(《孟子·滕文公上》)。因此,在儒家所奠定的中国正统文化中,统治者对国家治理要承担无限责任:教化好百姓是统治者应尽的本分;世道不太平是因为统治者没有履行好教化的义务。"向上问责"的政治逻辑更是孟学体系的题中之义:百姓良善并非统治者的功劳,只能算其"管理称职"罢了,因百姓"性本善",正所谓"仁义礼智,非由外铄我也,我固有之也,弗思耳矣"(《孟子·告子上》)。但若百姓刁恶,则是"习相远"的环境扭曲了"人性"。"南橘北枳"的矛头直指"肉食者":正是他们的渎职导致了"众芳芜秽"。孔子说的"虎兕出于柙,龟玉毁于椟中,是谁之过与?"(《论语·季氏》)的问责逻辑也大可用于普遍情形。

因此,在正统儒家的政治框架中,"后"对"民"要揽无尽之事,担无尽之责。孔子说的"先之,劳之""无倦"

（《论语·子路》）是这个意思；孟子说的"此莫非王事，我独贤劳也"（《孟子·万章上》）也是这个意思。《韩非子·五蠹》说"夫古之让天子者，是去监门之养而离臣虏之劳也"，是为了用"功利主义"来解释古之"禅让制"，倒正可与"儒家"的政治"复古主义"互相发明，毕竟儒家是最早的"士"，掌握着诸子间共同"古籍"的话语权。因此，许由、善卷之类远离权力，甚至死也不接受天子之位的故事，并见《墨子》《庄子》《荀子》《韩非子》等古籍，并不足为奇。姑不论具体文本的窜伪与否，总是儒墨道法诸家的共识。

这个共识意味着：儒家（理想）政治中的"天子之位"正是个"烫手山芋"，谁都不愿接手：干得最累，束缚最多，战战兢兢，动辄得咎，其心态正如林黛玉初进荣国府时"步步留心，时时在意，不肯轻易多说一句话，多行一步路，惟恐被人耻笑了他去"，其本质正是揽无尽之事，担无尽之责。以此，孔子说的"听讼，吾犹人也，必也使无讼乎"（《论语·颜渊》）就颇有深意。所谓"无讼"，并非额外的恩惠，而是分内的义务了。因此，"后"需要提供的社会福利不只是兜底的，而且要保障全"民"的全方位发展。这是中国正统文化中关于（政治上下阶层间）"不平等"的最核心的含义，也是作为老百姓的我们如沐春风的深层逻辑。

啥都叫统治者兜着，那老百姓干什么呢？只是浑浑噩噩，返璞归真。正是《老子》说的"虚其心，实其腹，弱其志，强其骨"，此非退回原始社会，而是孔子甚为赞叹的曾晳的志向："浴乎沂，风乎舞雩，咏而归"（《论语·先进》）。

道家毕竟仍不脱儒家的框架。于是,我们看到作为《南风歌》对立面的《击壤歌》又融入《南风歌》之中了,正如道家最终融入儒家一样。背对政治又成了面向政治,不,是这种政治本身就自然自在,如若无存。这岂不是最好的政治?又岂不是最好的诗吗?

第三,中国政治是柔性的政治,正如南风一样,起着催化引导的作用,而非强制规范的作用。

柔性既包括对内的上下关系,也含摄对外的国际关系——怀柔。此即孔子所谓"远人不服,则修文德以来之"(《论语·季氏》),而《孟子·梁惠王下》和《孟子·万章上》论述的"用脚投票"的国际政治规则更是如此。这才是中华政治的本色,也是南风的弦外之音。

第四,劳心者对劳力者负责,劳心者鞠躬尽瘁,劳力者自食其力。这是上下级各自的本分。所以《南风歌》必是帝舜的歌,而非普罗大众的歌,所谓"不在其位,不谋其政"。然则舜不亦是从普罗大众中来的吗?是的,舜是最普罗的统治者,也是最合格的统治者,是圣人中的圣人。[1]可见,所谓上下之分、劳心劳力之别,并非天生注定,而是后天努力的结果,并且,人人可以作这样的努力而向上流动。此即孔子所谓的"性相近",也即孟子所认为的"人皆可以为尧舜"。强调人在本性以及其后实践可能上的平等性,是中国文化很早(与西方的不同)就显示出的色彩。这是中国文化

---

[1] 见本书第二章中关于《离骚》之"就重华而陈词"的讨论。

中关于平等的最核心的内涵。于是,《南风歌》就不只是帝舜的歌,而是每一位志士仁人的歌,由此汩汩流出"大庇天下寒士俱欢颜"的愿景、"先天下之忧而忧"的人生、"为生民立命"的理想、"位卑未敢忘忧国"的政治责任。《南风歌》的生生不息的生命,正是建立在此"平等性"的共鸣之上。

"祛魅"的互补

可见,《击壤歌》和《南风歌》最具中国国民性,但这种国民性并非无本之木。孕育这种国民性的,正是周秦之变的社会背景——三千年未有之大变局。此中变革包罗万象,但其核心可归为"祛魅"二字,它包含两层意义:一是宗教祭司阶层的消失,二是封建贵族阶层的式微。作为中间阶级的僧侣和诸侯被拿掉了,中国的社会只剩上下两级,两者直接面对面,"三级会议"开不起来。这是中国式不平等和平等的社会大背景。于是,政治成了与每个人都遥不可及却又密切相关的命题:《击壤歌》和《南风歌》所蕴含的正是这两层既互相矛盾又互相渗透的意思,它们其实是同一枚硬币的正反两面。它们以及重农、隐逸与出仕的交织,以及相关典籍——从《论语》到《史记》,统统出现在这个时期,难道只是某种巧合吗?不,我们无法想象更早或更晚的时代。就此而言,它们折射出"破家为国"的整体社会形态的转变,孕育着"天下兴亡匹夫有责"的政治心态,诞生了"耕读传家"的生活模式。瞧，这种国民性并未过时。

好了，我们说完了这两首微言大义的古诗。为何将它们放在一起呢？因为它们构成了互补性统一，是上与下的互补，是进与退的互补，也是儒与道的互补，合在一起才是完整的中国文化。儒道合题并非中国的第一张文化面孔，却是中国文化的面孔。两诗并观的重要性也在这里。因此，《击壤歌》和《南风歌》的意义是必要的，同时也是充分的，是中国人理想的生活方式和中国文化性格的写照，完备的自有自为，不能减一句亦不能增一句。

瞧，我讲了这么多，仍不脱这几句诗的范围。这就是"白刺果"的魅力。

第四章

"行行重行行"——
"乐"与"诗"的嬗变以及温厚的胜利

以《行行重行行》为代表的《古诗十九首》展示了中国诗的新方向，也蕴含着诗体演绎的内在逻辑。《古诗十九首》标志着五言诗站稳脚跟，是一个转型的拐点。之前的五言诗基本是叙事议论（内事），走的是"诗言志"的路数。之后的五言诗转向描写外物，走的是"诗缘情"的路数。《古诗十九首》正介乎两者之间，以外物为主，也不排斥内事，这种中庸路线达到了最大的审美共鸣性，成为后世世俗化社会的"诗母"。在章法（词项成分与词性的变化）上，以《行行重行行》为代表的《古诗十九首》亦展示了之前或之后的诗所难以媲美的灵动性、自然性、饱满性、真实性。中庸的美学命题在《古诗十九首》这里完成了形式和内容（不是情感基调）两方面的实现，展现了充满弹性和无限潜能的文本魅力——"行行重行行"。这正是温厚的精神，是常识的胜利，也成为后世种种诗学路径的共同母体。

在中国诗歌的发展史上,《古诗十九首》是一座巅峰,也是一座分水岭。出现在东汉末、被收录在《昭明文选》中的这组诗歌,历来被赞誉有加。《文心雕龙》誉其为"五言之冠冕",明代陆时雍在《古诗镜·总论》里称其为"诗母"。"回到《古诗十九首》",似乎成了中国诗在面临危机时总会喊出的口号,一如危机中的哲学总要呼喊"回到康德"一样。其实,《古诗十九首》,以及在风格上与之相似的几首《苏李诗》和另外收录在《玉台新咏》里的若干《古诗》和《杂诗》,展示的是中国诗的新方向。

"新"的意义

《古诗十九首》的"新"体现在多个方面。

首先,这些诗歌几乎都是悲言凄诉的,有消极的审美性。

吉川幸次郎先生在《项羽的〈垓下歌〉》(见《中国诗史》,复旦大学出版社,2012)一文中就指出了情感基调的"新":《诗经》中的悲言"都只是歌唱眼前的不幸;而《古诗十九首》里,却或隐或现地追怀着过去的幸福,把现在的不幸,作为不可理解的变化来歌唱。还有那种自己也不清楚在等待什么的对未来的不安,也是汉诗中新的情感",并将这个头追溯到汉初的《垓下歌》。一方面,楚汉风尚一脉相承，尚悲的基调也可视为整个汉代悲歌传统的延续（见李泽厚《华夏美学·美在深情》）。但另一方面，《古诗十九首》的悲音与东汉末的社会背景更相关吧：这个时代见证了外戚与内宦间你死我活的倾轧、党锢之祸、黄巾起义等一系列的动荡。此时的诗坛沉浸在悲凉情绪之中，就是题中之义了。

就社会嬗变而言，《古诗十九首》是"新时代"世界图式（独立人面对不确定的世界）中的人生咏叹。经过秦汉三千年未有之大变局，《国风》所处的"确定的黄金世界"已一去不复返。这是一个完全陌生的、不确定的世界，诚如司马迁在《史记·秦楚之际月表·序》中说的"五年之间，号令三嬗。自生民以来，未始有受命若斯之亟也"。汉代空前的大一统只是推迟了生民对于"天道"的怀疑，而一到再次分崩离析的汉末，这种无力的不确定感就完全抬头了。《古诗十九首》标志着中国人第一次全体性的悲剧性觉醒、迷茫、信仰危机与难以救赎。阮籍的"病根"也落脚于此。[1]因此，《国风》的悲哀是中和的，所谓"哀而不伤"，这背后是对天道的深深信仰，而这与后世中国却是隔了一层。换言之，《古诗十九首》的怆怏难释是"新"的基调，也是作为后世"诗母"的基调，因其与"失衡"的社会图式是相契合的。《古诗十九首》将中国诗从天上拉回到人间，这是其作为分水岭的核心意义。

其次，这些诗说的都是平常人的平常心。

---

[1] 见本书第六章关于《咏怀诗》的讨论。

不见惊天动地的事迹，没有深思玄览的洞见，也不会歇斯底里地倾泻情感，其口吻多是无名无姓的弱女子。也许，借用女子的口吻更易表达曲折哀婉、惆怅无处排遣的基调和内容吧，正如曹丕的《燕歌行》一样。《古诗十九首》的女性口吻又配之以上声韵，这进一步强化了情感悱恻百转的意味。上声总是抑扬顿挫些，更能表现难以平复的心声，而后世律诗须叶平声韵，大抵出于神韵淡雅的审美追求。

说起来，《古诗十九首》都是佚名（《玉台新咏》将部分托于枚乘名下，几不可信），托名李陵苏武的几首《苏李诗》大抵也是伪作。因此，《古诗十九首》包括《苏李诗》就是民谣，或者说，是经过文人之手在收录过程中加工的民谣。

对于《古诗十九首》，鲁迅先生在《汉文学史纲要·藩国之文术》里引述明代胡应麟语曰："畜神奇于温厚，寓感怆于和平，意愈浅愈深，词愈近愈远"（《诗薮·内编·卷二》）。所谓的"意浅""词近"，必置于民谣的属性上，才生发其意义。这些诗人是谁？正是你、我，路人甲、路人乙，一切没有身份却实实在在生活的普通人。它们正是写给你我的，朴实真切地反映了普通人的普遍性情感（离别、生死、相思等），因此具有强大的社会共鸣，以及与之而来的生命力与穿透力。尤可注意的是，这些诗多是离别之咏叹，特别是情人间的相思之苦。何以离别成为整个时代的心声？这也与时代背景不无关系吧：帝国版图的扩张、公社经济的解体、军事行动的频繁、汉武帝开始实行的屯垦戍边（嘉峪关魏晋墓群的砖壁画上就有屯垦图，而唐代边塞离歌之盛亦与其屯兵制不无关系）。这种题材上的特点，也将《古诗十九首》与之前的诗歌区别开来。《楚辞》是王公大臣们的事儿，《国风》则长期受到道学家的道统性解读，变得指向模糊。《古诗十九首》第一次将人生与死亡的咏叹纳入普通人的世界——"祛魅"的世界。

《国风》的世界是理想的，屈原的世界是贵族的，而《古诗十九首》是平民的现实世界。就此而言，《古诗十九首》是真正的、彻底的"俗"——"世俗"的诗歌，是"俗"文化在中国诗坛的第一次开花结果。它们离开了先秦天道的庇护，也尚未染上六朝的宗教慰藉，是人本身之脆弱与欲望的"纯粹肉段"，是为其魔力与魅力。我想，这也许是"回到《古诗十九首》"，比"回到《诗经》"或"回到《楚辞》"的口号更有共鸣性的一个原因吧。

在形式上，《古诗十九首》也许是五言诗的第一次正式亮相、集体登台。因此，《古诗十九首》在中国诗史上的意义类似1927年斯图加特住宅建筑展览会在建筑史上的意义，是"现代建筑"的第一次实物宣言。五言诗为何会兴起？这包括两个命题：一是五言诗为何会发生；二是五言诗为何会流行。

五言诗的发生

先分析第一个命题，五言诗是如何发生的？

首先是"外源说"——外来（特别是西域）音乐的影响。汉武帝通过河西之战、漠北之战，控制了河西走廊，在金城郡外设武威、张掖、酒泉、敦煌四郡，在宣帝时又设置了西域都护府，这促进了中国与西域的交流。中国诗歌最早都是用来唱的（《诗经》《楚辞》的本源形式），音乐形式的变化必然会推动歌词形式的变化。

《史记·乐书》载：

> 高祖过沛，诗三侯之章，令小儿歌之。高祖崩，令沛得以四时歌儛宗庙。孝惠、孝文、孝景无所增更，于乐府习常肄旧而已。至今上（武帝）即位，作十九章，令侍中李延年次序其声，拜为协律都尉。

可见，汉武帝正是（宫廷）音乐变革（包括祭司、舞蹈）的时期（中唐以前，中国文学的中心始终在宫廷）。当时的采诗也好，造诗也罢，都是为了配合新的音乐形式的"歌词"。

这种新歌词是怎样的形式呢？不妨参看当时乐坛的核心人物——协律都尉李延年自己的创作。

《汉书·外戚传上》载：

> 孝武李夫人，本以倡进。初，夫人兄延年性知音，善歌舞，武帝爱之。每为新声变曲，闻者莫不感动。延年侍上起舞，歌曰："北方有佳人，绝世而独立，一顾倾人城，再顾倾人国。宁不知倾城与倾国，佳人难再得！"上叹息曰："善！世岂有此人乎？"平阳主因言延年有女弟，上乃召见之，实妙丽善舞。由是得幸，生一男，是

为昌邑哀王。

这表明，翻新声、变新曲是当时音乐（雅乐系统）的任务，而李延年是改革的核心人物。班固在《汉书·公孙弘卜式儿宽传》赞曰：

汉之得人，于兹为盛，儒雅则公孙弘、董仲舒、儿宽，……文章则司马迁、相如，……协律则李延年，运筹则桑弘羊，……其余不可胜纪。是以兴造功业，制度遗文，后世莫及。

这亦表明李延年是当时的官方乐坛领袖（中唐以前，中国音乐的中心亦始终在宫廷）。同时，这首所谓的《李延年歌》——"北方有佳人，绝世而独立，一顾倾人城，再顾倾人国。宁不知倾城与倾国，佳人难再得！"正是李延年自己的现身说法。它在艺术上是成功的，至少打动了汉武帝，而武帝正是这一切"兴造功业，制度遗文"的总决策者。我们已无法得知"新声变曲"的音乐形式具体是怎样的，但《李延年歌》在节奏上显然突破了旧雅乐系统四字一拍（《诗经》）的传统。甚至，我们可以说，《李延年歌》是年代确凿的第一首句法逻辑上的"五言诗"，"宁不知"三字只是助词（可能类似曲文中的衬字），去掉也完全不影响文义。换言之，"宁不知"只是一个不影响句式逻辑的"浇头"。因此，虽然《李延年歌》在句式上并非严格齐整，但在气息和文义上显然属于五言的范式。

说起来,《诗经》中亦有零星的五言句式,但都从属四言范式。拿其中五言最明显的《召南·行露》来看:

> 厌浥行露,岂不夙夜?谓行多露。
>
> 谁谓雀无角?何以穿我屋?谁谓女无家?何以速我狱?虽速我狱,室家不足!
>
> 谁谓鼠无牙?何以穿我墉?谁谓女无家?何以速我讼?虽速我讼,亦不女从!

单从字数上看,此诗的四言占28字,五言占40字,五言占比远过四言。但是,此诗的头尾是严格四言的,而头尾往往是奠定全诗气息(配合主旋律的节奏性)的所在。进而,中间的五言其实只是表面效果(而非表达逻辑)的问题:"谁谓雀无角?何以穿我屋?谁谓女无家?何以速我狱?"的范式是"(谁)谓雀无角?何(以)穿我屋?(谁)谓女无家?何(以)速我狱?"(括弧内的可视为"衬字"),其余四句五言类之。通观"诗三百",并无一篇不合四言的范式。

此外,《汉书·外戚传上》也记载了另一首类五言诗——《戚夫人歌》:

> 高祖崩,惠帝立,吕后为皇太后,乃令永巷囚戚夫人,髡钳衣赭衣,令舂。戚夫人舂且歌曰:"子为王,母为虏,终日舂薄暮,常与死为伍!相离三千里,当谁使

告女？"

这里，"子为王，母为虏"，显然不是五言的句法逻辑，所以《戚夫人歌》只是含有五言的诗句，尚不属于五言范式的五言诗。另外，《史记正义·卷七》引《楚汉春秋》云虞姬《和项羽歌》曰："汉兵已略地，四方楚歌声。大王意气尽，贱妾何聊生！"其辞不载《史记》，应属后人杜撰之窜文，不提。

外来音乐推动诗体变革的痕迹亦体现在《乐府》里，"短箫铙歌"就是典型。这些诗歌被收录在《宋书·乐四》中，合称"汉鼓吹铙歌十八曲"（自《朱鹭曲》至《石留曲》），其后又注"今鼓吹铙歌词"曰："乐人以音声相传，词不可复解。"《晋书·乐下》曰："汉时有《短箫铙歌》之乐，其曲有《朱鹭》……等曲（列有二十二支），列于鼓吹，多序战阵之事"，其后注"鼓角横吹曲"曰：

鼓，案《周礼》"以鼖鼓鼓军事"。角，说者云，蚩尤氏帅魑魅与黄帝战于涿鹿，帝乃始命吹角为龙鸣以御之。其后魏武北征乌丸，越沙漠而军士思归，于是减为中鸣，而尤更悲矣。胡角者，本以应胡笳之声，后渐用之横吹，有双角，即胡乐也。张博望入西域，传其法于西京，惟得《摩诃兜勒》一曲。李延年因胡曲更造新声二十八解，乘舆以为武乐。后汉以给边将，和帝时，万人将军得用之。

在宋代郭茂倩汇编的《乐府诗集》中，这些诗被归入《鼓吹曲辞一》，其释"鼓吹"曰：

鼓吹曲，一曰短箫铙歌。刘瓛定《军礼》云："鼓吹未知其始也，汉班壹雄朔野而有之矣。鸣笳以和箫声，非八音也。骚人曰'鸣篪吹竽'是也。"

此外，《乐府诗集·横吹曲辞一》释"横吹"曰：

横吹曲，其始亦谓之鼓吹，马上奏之，盖军中之乐也。北狄诸国，皆马上作乐，故自汉以来，北狄乐总归鼓吹署。其后分为二部，有箫笳者为鼓吹，用之朝会、道路，亦以给赐。汉武帝时，南越七郡，皆给鼓吹是也。有鼓角者为横吹，用之军中，马上所奏者是也。……又有《关山月》等八曲，后世之所加也。后魏之世，有《簸逻回歌》，其曲多可汗之辞，皆燕魏之际鲜卑歌，歌辞虏音，不可晓解，盖大角曲也。

其后，明代杨慎《升庵诗话·卷十四》复云：

汉《铙歌曲》多不可句。沈约云："乐人以音声相传，训诂不可复解。凡古乐录，皆大字是辞，细字是声，声辞合写，故致然尔。"此说卓矣。近日有好古者效之，殆可发笑。

综上可知,以"汉鼓吹铙歌十八曲"为代表的这些作品,本身是配合军乐使用的,并且,此类音乐形式来自西北游牧民族。特别地,这些歌词可以夹杂音律名称甚至胡语,导致其辞往往乖舛难读。虽然"短箫铙歌"的词义变得讹误难晓,但在形式上,由于汉字的一字一音节的特殊性,它们展示了诗的句式可有的极大自由性:三言、四言、五言、七言,可以同时出现在一首诗歌里。但需注意的是,综合诸《铙歌》的文辞来看,其"句式"呈现高度离散的状态,并无类似《离骚》中的"期望句式"。[1]

由于"音声相传",我们已无法考证这种离散是出于某种音乐形式本身、不同音乐形式的拼凑,还是文辞指射的不同功能的杂糅,大概是皆而有之吧。无论如何,只要音乐流传开来,配合新音乐(胡乐)形式的新歌词形式肯定也会被继承下来,它们至少显示了突破四言框架的可能性。新风向首先体现在翻作的作品里,最先的翻作中心就是乐府,其领袖就是李延年,即《晋书·乐下》说的"李延年因胡曲更造新声二十八解,乘舆以为武乐"。因此,新音乐和新诗体这

---

[1] 对于铙歌的句式,我们也不能掉入技术主义的陷阱,精确地来个"算术平均",以得出统计意义上的"期望句式"。统计是有前提的,其最大的前提是预设唯一真值的存在性。但是,对象本身可能只是一团乱麻地拼凑,并无背后的"真值性"。对于此种对象的"统计平均"只是方法论错误,其结果也只是以假乱真的误导:它将没有真值的杂多改扮为具有真值性的具体变量。

两条互为表里的线索的交汇点就是汉武帝的乐府,就是协律都尉李延年。

五言诗的出现亦不能排除"内源说"——文学形式本身的演化力量。这个力量的源头就是南方的《楚辞》。

在分析《离骚》时,我们已指出其期望句式是"三字+虚字+二字",这些虚字大抵是之、曰、于、以、而、与、其、乎、夫、亦之类。拿掉这些虚字本身并不影响文义,只是气息、节奏的效果,其本质是为了配合南方(楚地)的音乐形式(《楚辞》的本源)。同时,《楚辞》中的句式,从屈原到汉代的作品,在大体上也是不断向着齐整性演化的。当《楚辞》的发展逐渐脱离音乐性,走向独立的文学形式——辞赋时,原始句式中虚字的脱落是必然的。正如钟嵘在《诗品·序》中所言:"虽诗体未全,然是五言之滥觞也"。若不信,诸君当自行熟读《离骚》去——当然不是音乐地唱,只是文学地诵。何谓熟读?不脱落句中虚字不可谓熟读也!这种脱落是极其自然的、必然的发生。不信者都是不读诗的,对于"躐等之徒",我只有一条建议:先大声读诗去——不是默默地"看"!终南没有捷径。

因此,就文学本身的自然演化逻辑而言,《楚辞》中"三字+虚字+二字"的期望句式,必然会走向"三字+二字"的五言句式。此内在逻辑也符合历史的传承关系。

《汉书·艺文志》曰:

> 大儒孙卿及楚臣屈原离谗忧国,皆作赋以风,咸有

恻隐古诗之义。其后宋玉、唐勒，汉兴——枚乘、司马相如，下及杨子云，竞为侈丽闳衍之词，没其风谕之义。

这一段交代了辞赋的历史传承关系，从屈原、宋玉（唐勒、景差）、枚乘至司马相如（杨雄）共四代，都是南方文脉的一脉相承，且前三代皆为楚人。汉承楚风，歌、舞、辞概莫能外。《汉书·礼乐志》载：

> 汉兴，乐家有制氏，以雅乐声律世世在大乐官，但能纪其铿锵鼓舞，而不能言其义。高祖时，叔孙通因秦乐人制宗庙乐。……又有《房中祠乐》，高祖唐山夫人所作也。周有《房中乐》，至秦名曰《寿人》。凡乐，乐其所生，礼不忘本。高祖乐楚声，故《房中乐》楚声也。孝惠二年，使乐府令夏侯宽备其箫管，更名曰《安世乐》。

这说明，宫廷雅乐系统在汉初（武帝前）经历了微调和补充，其补充的很大部分是来自南方的楚歌、楚声。

因此，五言诗的"内源说"的本质是"南源说"，并且，这严格说起来也不尽是文学内部的事体，而是涵盖歌舞在内的整体"南风"影响下的产物。又，《汉书·礼乐志》曰：

> （武帝）乃立乐府，采诗夜诵，有赵、代、秦、楚之讴。以李延年为协律都尉，多举司马相如等数十人造为诗赋，略论律吕，以合八音之调，作十九章之歌。

可见，通过司马相如等辞赋家的创作，"内源说"这条线索又回到了乐府，回到了李延年身上。

这并不奇怪。因为，外来的也好，南方的也好，音乐也好，文学也好，都是为了彰显汉武帝别开生面的功业。因此，五言诗缘起的内外两面——文人和乐工两条线索，其根本只是同一个宫廷故事。毕竟当时的艺术（歌舞音乐文辞）中心，就是宫廷。

可见，五言诗的出现应该是内外两方面共同作用的结果：一条线在受外来音乐影响的乐工手上，另一条则在来自南国的文人手上。但是，就《汉书·礼乐志》所记录的"《安世房中歌》十七章"以及"《郊祀歌》十九章"的体式来看，当时的补充并不出四言或三言的范畴，也偶见六言、七言（见下面关于七言句式的讨论），几无五言，且仅有的几处五言（如"日出入安穷"）也不合后世五言诗的句式结构。三言大抵是《楚辞》句式的产物（见余冠英《答李嘉言先生论七言诗起源书》）。因此，从五言诗的发生来看，相比"内源"，"外源"可能起着主导作用，至少就"立五言"的前提——"破四言"而言。毕竟御用文人的作品是直接可登大雅之堂的，其本身是严格的诗，而外来音乐的配词总显得无关痛痒，它们还只是歌。"外歌"不即是"内诗"，所以就革新诗体而言，前者相较后者在作用上要间接些，但在力度上则会彻底些。

"歌"不即是"诗"

诗,在六朝以前,并无文学意义上的独立格,而是作为配合整个雅乐体系的一部分。《尚书·舜典》载:

> 帝曰:"夔!命汝典乐,教胄子,直而温,宽而栗,刚而无虐,简而无傲。诗言志,歌永言,声依永,律和声。八音克谐,无相夺伦,神人以和。"夔曰:"于!予击石拊石,百兽率舞。"

这里,"诗"是文辞;"歌"是长言即吟咏(永即长);"声"是人声即徒歌("声依永"即是后世昆曲"依字行腔"的鼻祖);"律"是律吕,指代乐律或"宫调";"击石拊石"是器乐("击石"是打击乐,"拊石"是类似"壎【埙】"的吹奏乐,此两种大概是最早也最普通的器乐形式,正所谓"吹吹打打");"百兽率舞"是(装扮成百兽样子的)舞蹈。可见,这些元素都是互相配合的关系,各自在当时都没有独立格。它们最初的共同目的是"神人以和"(宗教)——原始的巫史祭祀活动(又蕴含了人伦的教化即"教胄子"),那"百兽率舞"不正类似于今天还能看到的傩戏吗?有意思的是,这些工作最早都是由"史"来承担的:他既要记事、教化、典刑(知识的垄断者、道德的宣谕者、司法的裁判者),

也要载歌载舞地娱鬼通神，以完成祈祷和祭祀。[1]"史"是多位一体的身份，正与"乐"的多维性相匹配，因"史"正是"乐"的实践者，且"史"代代世袭，类似于中国的"婆罗门"。[2]可见，在上古政教合一的时代，"史"实际上承担了"公共管理"的主要职能，正合文质彬彬的儒家政治实践，而"夔"大概就是"史"的代言人，所以孔子说"夔（者），

---

[1] 《周礼·春官宗伯》曰："大史：掌建邦之六典，以逆邦国之治。掌法以逆官府之治，掌则以逆都鄙之治。凡辨法者考焉，不信者刑之。……正岁年以序事，颁之于官府及都鄙，颁告朔于邦国。……大祭祀，与执事卜日。……大会同、朝觐，以书协礼事。""内史：掌王之八柄之法，以诏王治，一曰爵，二曰禄，三曰废，四曰置，五曰杀，六曰生，七曰予，八曰夺。执国法及国令之贰，以考政事，以逆会计。"可见，"史"的权职几乎无所不包，俨然《周礼·天官冢宰》中的"大宰之职"。《周礼》大概成书于战国，是儒家面临中央集权的新时代所给出的官制方案：一方面要方便一家一姓之独裁，于是突出了源于君王之内廷私臣的"宰"（相）的地位，另一方面也遗留下崇古的"尾巴"，倒正透露出"史"在上古时具有"一手遮天"的全方位权能。《通典·秘书监》曰："汉武置太史公，以司马谈为之，位在丞相上，天下计书，先上太史，副上丞相。谈卒，其子迁嗣之。迁死后，宣帝以其官为令，行太史公文书而已。"可见，在汉初（宣帝以前），太史仍保有相当大的政治影响力。

[2] 司马迁的父亲司马谈也是太史公，除了记事掌书，也承担祭祀等宗教活动。《史记·太史公自序》中称"司马氏世典周史"，又说汉武帝封泰山（宗教祭祀活动）却没带上司马谈，这对谈打击很大，导致其"发愤且卒"，而司马谈在临终前对司马迁说："余先周室之太史也。自上世尝显功名于虞夏，典天官事。后世中衰，绝于予乎？汝复为太史，则续吾祖矣。"这说明"史"在上古时期世代承袭，且其核心功能是宗教性的。所谓的"天官事"，就《史记·天官书》来看，不外乎观天象以豫人事："日变修德，月变省刑，星变结和。……为天数者，必通三五。终始古今，深观时变，察其精粗，则天官备矣。"

一而足也（矣）"。(《韩非子·外储说左下》《吕氏春秋·察传》)。孔子（儒家）对原始宗教完成了"祛魅式"的传承，即在剥离了"神"的成分后将此类图腾活动降格为纯粹礼制的操练（见李泽厚《华夏美学·礼乐传统》）。于是"神人以和"的重点过渡到人伦克谐的"直而温，宽而栗，刚而无虐，简而无傲"；道德人伦从原始宗教中独立出来并取代了"神学"。儒家的祛魅其实是对"史"的祛魅，而"史"的祛魅和分化[1]也注定了"乐"的祛魅和分化，只是由于"风俗"相对"制度"的滞后性，"乐"的嬗变也往往滞后于"史"的革变。《舜典》当属撰于战国至秦汉时期的伪作，但正因其是"祛魅"时代的成品，故既体现了现实立场，也保留了历史的痕迹。

在祛魅的帝国时代，诗、歌、声、律、乐（器乐）、舞，就共同构成了"雅乐"系统（广义的乐，即"命汝典乐"的"乐"），其指向是礼，其目的是教化，即《毛诗序》中说的"经夫妇，成孝敬，厚人伦，美教化，移风俗"。这种理解也体现在《礼记·乐记》和《史记·乐书》里，是一脉相承的礼乐观。《史记·孔子世家》说"（《诗经》）三百五篇孔子

---

[1] 《通典·中书令》曰："史官：肇自黄帝有之，自后显著。夏太史终古，商太史高势。周则曰太史、小史、内史、外史。而诸侯之国，亦置其官。……（汉）宣帝以其官为令，行太史公文书。其修撰之职，以他官领之，于是太史之官，唯知占候而已。自汉以前，职在太史。"这恰可窥见"史"之不断分化的历史轨迹，故后世文官官职，多出于"史"。这有如"哲学"的不断分化，而后世讲求普遍规律性的学科（除了神学、医学、法学），亦多出于哲学。

皆弦歌之，以求合《韶》《武》《雅》《颂》之音。礼乐自此可得而述，以备王道，成六艺"，虽然未必合乎历史事实，却也反映了当时的文学只是雅乐系统的"婢女"，并无独立格可言。

官方雅乐的艺术特征如何，我们已不得而知，但《礼记·乐记》描述了这种雅乐的具体功能：

> 先王耻其乱，故制雅颂之声以道之，使其声足乐而不流，使其文足论而不息，使其曲直繁瘠廉肉节奏足以感动人之善心而已矣。不使放心邪气得接焉，是先王立乐之方也。……所以合和父子君臣，附亲万民也，是先王立乐之方也。故听其雅颂之声，志意得广焉；执其干戚，习其俯仰诎伸，容貌得庄焉；行其缀兆，要其节奏，行列得正焉，进退得齐焉。

这段话也出现在《史记·乐书》中，仅个别字稍有差异。可见，狭义的雅乐或曰礼乐最切近的功能是要"止乱"，这在音乐格调上大抵是沉闷无聊，令人昏昏欲眠的，无怪乎魏文侯说"吾端冕而听古乐，则唯恐卧；听郑卫之音，则不知倦"，因古乐是"和正以广"，而新乐是"奸声以滥，溺而不止"（见《礼记·乐记》，《史记·乐书》作"奸声以淫"）。所谓的古乐就是官方钦定传承的狭义的雅乐，而新乐就是以郑卫之音为代表的本在民间流传的音乐，它们当然是无所顾忌的抒情小调，其目的是"淫滥沉溺"了。因此，郑声正是雅乐的对立面，即孔子说的"恶紫之夺朱也，恶郑声之乱雅乐也"（《论语·阳货》）。因此，孔子说的"放郑声，远佞人。郑声淫，佞人殆"（《论语·卫灵公》），其矛头不可能指向《诗经·郑风》（"《诗》三百，一言以蔽之，曰思无邪"），而是以郑国民间音乐或者以其为代表的主流民间音乐，因为民间音乐构成了对整个礼乐系统的威胁。但是，民间音乐是一直流传的，所以司马迁说"自雅颂声兴，则已好郑卫之音，郑卫之音所从来久矣"（《史记·太史公自序》）。刘向在《九叹·忧苦》中借"屈原"之口说"恶虞氏之箫韶兮，好遗风之激楚"，指的也是"郑声"之于"雅乐"的侵夺。

我们厘清了郑声（民间主流音乐）与雅乐（宫廷正式音乐）的关系，这可以帮助我们更客观地看待从官方那里流传下来的文本。在之前讨论《国风》的时候，我们曾将《国风》的四言句式归因于原始耒耜的劳动模式。这自然是唯物的解释，但唯物的世界未必是纯净的理想版。司马迁在《史记·孔子世家》里称"古者诗三千余篇，及至孔子，去其重，取可施于礼义，……三百五篇孔子皆弦歌之，以求合韶、武、雅、颂之音。"

姑不论孔子删诗是否属实，司马迁的说法恰恰反映了"诗三百"都是由宫廷（史官或乐师）编纂整理而成的事实。《国风》（诗）当然是当时的"民谣"（歌），但不即是民谣，这中间隔着一个"流"和"源"的距离，并且这个"流"在当时有着高度统一的标准或范式——宗周的雅乐体系。因此，"十五国风"地跨数千里、时逾数百载，尽管思想内容不尽相同，其形式却高度统一，都像是一个模子里出来的。不，不是像，它们就是同一个模子里捯饬出来的，它们跟《雅》《颂》共用同一个模子。因此，《国风》的形式与当时第一手的民谣形式之间的距离，就是雅乐与郑声之间的距离。我们不能以《国风》的四言句式，就武断判定当时的民谣都是四言，或以四言为主。凡是民间的，就是充满生机的，生机在形式上包括生活形态因地制宜的多样性。

"第云理之所必无，安知情之所必有邪？"汤显祖的这句话可作为我们讨论的一个小结，这里的"理"指的是文字资料，"情"指的是历史逻辑。考据是重要的，但听凭考据是危险的，也是幼稚的。这正如实证科学的研究一样：亦步亦趋地"低头走路"（观测数据）是重要的，但只"低头走路"从不"抬头看天"（没有审美信念）则是可笑的。数据是重要的，但被数据牵着鼻子走却是可笑复可悲的。大数据未必足恃，无数据或"反例在在"未必足惧。[1]没有一种解释是完美无缺的，现实的杂多性和偶然性也注定了反例往往是常态，因此，科学精英们持有的美学信念对于科学的发展至关重要。可见，真正的科学研究绝不会被数据牵着鼻子跑。现代以来，文科不断向理科（实证科学）学习研究方

---

[1] 从出世至今，生物演化论一直面临种种数据空白甚至大量"反例"的攻讦，但是达尔文以及科学精英们并未舍弃演化论，而是结合物种迁徙与演化的特性归咎于化石资料的不完善与缺失，毕竟演化论在解释力上呈现压倒性的美学优势。这方面，可参见拙作《为何要信达尔文的演化论——论〈物种起源〉的二十五重简约美》，载于《生物多样性》(2022年第9期)。

法,这是好事,可补疏阔之弊,但过犹不及。希望文科的实证方法(考据功夫),不要只学了人家的皮毛,剩下只在形式上(量上)较劲的出息:见木忘林,违背了常识。

因此,我要说:《诗经》时代的民间谣谚,肯定有四言的,也当然会有其他句式。今天,我们无法做更进一步的分析,因为所有流传下来的文本形式,都是经过雅乐阉割、轧制的。但纵是在经历"脱胎换骨"的《诗经》的文本里,除了标准的四言,也间或留有三言、五言、六言、七言,甚至二言、八言的尾巴。到了不拘礼法的《楚辞》里,句式的参差性就更常见了。但是,以此就认为当时中国诗已经形成五言或七言的句式,则未免言过其实了。诗与谣谚间具有距离,诗式具有范式性,而谣谚是杂多的存在。每一个民族,不论其文明程度如何(即便没有文字),都具有种种样式的谣谚,不能就"源"在偶然意义上的杂多性就认定"流"在规范意义上的多元性。揪其一点,不及其余的判断方法是要不得的。

余冠英先生在《七言诗起源新论》一文中认为:七言诗(歌谣)的出现未必晚于五言诗(歌谣),诗体句式并非"由简而繁"。这不无道理。但我要补充的是,歌谣不即是诗,前者反映了生活本身的丰富多彩,是纯感性的,谁早谁晚难有定论[1],而后者是宫廷燕乐的载体,其形式必然是由简而

---

[1] 在宫廷垄断艺术同时也垄断记录、传承的时代,"诗"之外的"诗"(民歌),就像康德的"物自体"一样,是存而不论的。这种对象,就"认识论"而言,也可说是"本体上"不存在吧。

繁，因其是理性规范的产物。

　　某种民歌形式一旦被钦定为官方的雅乐范式，成为标准的诗歌格式，又会反过来对民歌的形态起到教化、引导的作用。雅乐源于民歌，后者会革新前者，而前者会反作用于后者。雅乐的形态是较统一的，民歌的形态是较离散的，但随着前者之于后者的教化作用的持久和深入，后者的形态参差性将逐渐削弱。因此，在五言、七言诗式成为标准的后世，汉地的民歌都或多或少朝向五言和七言句式靠拢。明末冯梦龙收录的《挂枝儿》《山歌》等第一手的民歌歌词就以七言和五言为主要句式。且越到后世，民歌中七言句式越普遍。及至近代，各地滩簧及其苗裔——地方戏曲的唱词更是七言的天下了。地方戏曲在音乐形式上源于民间小调，观其文辞，亦可推知当时（清末）的民歌句式。地方戏曲的唱词大多是基于五言或七言的句式，其余像三言是《楚辞》句式脱落的变体，在民间亦久已流传；八言往往是五言句式加上三个字的"过门浇头"（如京剧《空城计》中"我正在城楼观山景"的"我正在"即是三字"浇头"）；十言往往是七言句式加三个字的"浇头"（如京剧《铡美案》中"尊一声驸马爷细听端的"的"尊一声"即是"过门"）。此外，加上不定数的衬字，还可有十言以上的句式，且越到后世，句式有渐渐变长的趋势。但这些都可视为基于五言、七言句式的变体。因此，五言、七言构成了后世民歌与戏曲的句式单元，且越到后世，七言的比重越大，成为这些句式的基本骨架或单元。[1]无论如何，四言的句式或句式单元几乎销声匿迹了。

可见，关于五言诗体的发生，严格而言，我们的"内源说"应该在文人这条线上增加一个民谣的三岔路口。说起来，文人的祖本——《楚辞》的源头也是民歌，因此这个三岔路口，毕竟还是同一个内源大方向。同时，仅仅是民间的力量（民歌本身）在当时根本无法撼动甚至影响诗坛的格局。七言诗的难产就是最好的证明。因此，这个三岔路口最终还是要绕道（宫廷御用）文人那里才走得通，其作品才流传得下来。所有的"内源说"以及"外源说"最终还是只有一个出口——乐府。

乐府的异质性

关于乐府，《乐府诗集·新乐府辞一》在卷首有一个历史总结：

> 乐府之名，起于汉、魏。自孝惠帝时，夏侯宽为乐府令，始以名官。至武帝，乃立乐府，采诗夜诵，有赵、代、秦、楚之讴。则采歌谣，被声乐，其来盖亦远矣。凡乐府歌辞，有因声而作歌者，若魏之三调歌诗，因弦

---

[1] 昆曲的形式来源主要是传统的词曲系统，故昆曲的文辞句式就复杂很多。这在源头上将昆曲与包括京剧在内的地方戏曲划清了界限。是为"花雅之争"的本质，也是"雅乐"和"郑声"之争的余绪——在近代的某种变相呈现。

管金石，造歌以被之是也。有因歌而造声者，若清商、吴声诸曲，始皆徒歌，既而被之弦管是也。有有声有辞者，若郊庙、相和、铙歌、横吹等曲是也。有有辞无声者，若后人之所述作，未必尽被于金石是也。新乐府者，皆唐世之新歌也。以其辞实乐府，而未常被于声，故曰新乐府也。……如此之类，皆名乐府。

可见，乐府首先是一个官职，其次是一个行政机构，又是歌辞的加工场所。在乐府这个机构里进行的加工有各种形式：采集民间歌谣（"采歌谣"），给文辞配乐（"被声乐"）；给乐曲填词（"因声而作歌……造歌以被之"），给清唱的民歌配器乐（"因歌而造声……被之弦管"）。因此，乐府这个机构里的产品，有既可诵又可唱的歌曲（"有声有辞者"）——这是传统的、主流的乐府产品；也有未能配上器乐的纯文辞（"有辞无声者"）——这主要是文人的仿作（"后人之所述作"）；还有受到后世民歌影响以及相应文人仿作的新乐府——这主要是唐代新增的产品，它们在文辞形式上符合乐府音乐的范式，却往往未能配上器乐（"其辞实乐府，而未常被于声"）。姑不论具体枝节，郭茂倩的理解大体是不错的。自汉迄唐（中唐以前），乐府是雅乐的代名词，也是诗歌的代名词，而雅乐和诗歌（诗、歌、乐是一体的互相配合，并无独立格）就是保存在乐府里。

乐府的四重指向性——官职、机构、音乐（声、歌）、文辞（诗），恰恰说明，无论内外起源，关于诗体形式的任何革新的推动力都要通过宫廷这个口子，因为宫廷是当时艺术的中心，也是唯一的中心。

同时，所谓的雅乐并非铁板一块，它既呈现时间上的变化性，也存在内部的差异性。并且，纵向的变化性和横向的差异性之间有关联。《乐府诗集》里将其收录的乐府歌辞分为十二类编目，其顺序分别是：郊庙歌辞、燕射歌辞、鼓吹曲辞、横吹曲辞、相和歌辞、清商曲辞、舞曲歌辞、琴曲歌辞、杂曲歌辞、近代曲辞、杂歌谣辞、新乐府辞。此顺序大体反映了歌辞形态上的某种排名：在前面的东西其形态较古老，其面貌随着时间的变化较少，内部的差异也较小，而在后面的东西其形态较新近，其面貌随着时间的变化较多，内部的差异也较大。以此，我们不妨将诸乐府歌辞分为三大类：古乐、燕乐、杂歌（此三术语只是为了方便区别广义的雅乐演化的内部异质性，并非是狭义的、专门的用法）。狭义的雅乐指的是古乐，尽管多数是（仿）古乐；广义的雅乐包括古乐、燕乐和部分杂歌；一些杂歌尚不入"流"。因此，雅乐系统的历时性变化往往体现在排在后面的东西的不断增多，而排在前面的东西往往非常稳定（除非亡佚）。

《礼记·乐记》曰："《大章》，章之也。《咸池》，备矣。《韶》，继也。《夏》，大也。殷周之乐，尽矣。"似乎宗周时代的雅乐就这么几首。当时的《诗经》可能就只有《颂》和《大雅》的部分篇章，一时还不怎么够"乐"格。到了孔子的时代，情况就不同了，雅乐系统的文本增至"诗三百"，但也显示了类似的差异性：《颂》《大雅》《小雅》《国风》，越在前面的形态越古老、其面貌的历时性变化越少、内部差异越小。《风》《雅》《颂》，倒正好对应了"杂歌"、"燕乐"和"古乐"的状态，《诗经》系统正是当时的"乐府系统"。到了六朝和隋唐，雅乐文本的体量就更大了。同时，越是前面的东西（古乐），由于其稳定性造成了其与时代主流音乐的脱节性，在宫廷里演奏的机会就越少，最后只剩下象征性的特定祭祀，成了死摆设，这就非常容易佚亡。

《乐府诗集·近代曲辞一》卷首曰：

> 两汉声诗著于史者，唯《郊祀》《安世》之歌而已。班固以巡狩福应之事，不序郊庙，故馀皆弗论。由是汉之杂曲，所见者少，而相和、铙歌，或至不可晓解。非无传也，久故也。魏、晋以后，讫于梁、陈，虽略可考，犹不若隋、唐之为详。非独传者加多也，近故也。

因此，雅乐的变化当含摄两义：越到后世，（古乐部分）丢的东西越多，而燕乐以及杂歌部分新增的也越多。历朝历代几乎都有填补古乐（郊庙歌辞、燕射歌辞）的工作，但这些工作只是象征性的礼制意义（宣示道统的法理性），故其文辞风格一仍仿古，死气沉沉，对于宫廷日常的雅乐和相应的实际诗体的走向几乎没有影响。论乐府的嬗变，尤可注意者是中间类别（如相和歌辞、清商曲辞）——燕乐的变化，它们才是真正的雅乐系统从量变到质变的指示剂。

"活"的因而是真正的诗体是配合宫廷日常音乐的。结合各部类的情况来看,汉初(至武帝)、曹魏、隋及唐初(至玄宗),是乐府中间类别——燕乐迎来重大变化和增补的三个历史时期。"清商乐"的命运,大体可代表"活的"宫廷雅乐系统的演变轨迹。《乐府诗集·清商曲辞一》卷首对"清商乐"的历史作了一个摘要:

> 清商乐,一曰清乐。清乐者,九代之遗声。其始即相和三调是也,并汉魏以来旧曲。其辞皆古调及魏三祖所作。自晋朝播迁,其音分散,苻坚灭凉得之,传于前后二秦。及宋武定关中,因而入南,不复存于内地。自时以后,南朝文物号为最盛。民谣国俗,亦世有新声。……及隋平陈得之,文帝善其节奏,曰:"此华夏正声也。"乃微更损益,去其哀怨、考而补之,以新定律吕,更造乐器。因于太常置清商署以管,谓之"清乐"。开皇初,始置七部乐,清商伎其一也。大业中,炀帝乃定清乐、西凉等为九部。……自周、隋以来,管弦雅曲将数百曲,多用西凉乐。鼓舞曲多用龟兹乐。唯琴工犹传楚、汉旧声及清调。蔡邕五弄,楚调四弄,谓之九弄。雅声独存,非朝廷郊庙所用,胡不载。

材料虽然七拼八凑,但取舍亦算中肯。可见,"清商乐"是宫廷音乐的一部分,其祖本是汉乐府的大宗——《相和歌辞》(相和三调)。《南齐书·萧惠基传》载:"自宋大明以来,声伎所尚,多郑卫淫俗,雅乐正声鲜有好者。惠基解音律，尤好魏三祖曲及相和歌，每奏，辄赏悦不能已。"这既说明了"紫之夺朱"的再演，也说明了彼时的"相和歌"已然登堂入室，俨然以雅乐正统自居了。这些汉魏以来旧曲在传承过程中，既受到南方谣俗新声的影响，又受到西域音乐的影响。《魏书·乐五》曰："江左所传中原旧曲，《明君》《圣主》《公莫》《白鸠》之属，及江南吴歌、荆楚四声，总谓《清商》。"可见"清商"的来源是非常庞杂的。隋代曾将雅乐系统作过部分调整："新定律吕，更造乐器"，"清商乐"被正式"扶正"，冠曰"清乐"。这既说明了"清商"正式接班"相和"，成为雅乐的大宗，也说明了在接班过程中雅乐（作为"流"的相和）对郑声（作为"源"的清商）进行了大幅的修正（"反作用力"）。"微更损益，去其哀怨"，就是根据"流"的范式对"源"进行了阉割和轧制，俨然"孔子删诗"的历史再现。同时，彼时旧系统的古乐名分仍在（"雅声独存"），只是已然无人问津，不但已"非朝廷郊庙所用"，连记录工作也不愿做了（"胡不载"，"胡"通"故"，古谐音），它们终将亡佚，其宿命又是《大章》《咸池》的翻版。

"清商"之名，又是颇为玩味的。

商者，金音秋声也，大抵是悲凄哀婉、哭哭啼啼的调门，所谓"如怨如慕，如泣如诉"，正是倾诉相思之苦的情歌路数。爱情总占有最大市场，不论是看戏还是听曲，所以歌女竟也可以"商女"作其全权代表了。所谓"清"者，大概指的是不用管弦的徒歌，正中《乐府诗集·新乐府辞一》中"有因歌而造声者，若清商、吴声诸曲，始皆徒歌，既而被之弦管是也"的说法。《晋书·乐下》曰:"吴歌杂曲并出江南,东晋以来,稍有增广。……凡此诸曲,始皆徒歌,既而被之管弦。"可见一斑。情歌起于民谣,故其本源必是没有配乐的徒歌,而纵是"被之管弦"以后,就"打动当事人"而言(这是情歌的本初功能和目的,不同于跳出"功利性"的旁观者审美心态,后者当然更希望享受综合性的音乐效果)而言,也是清唱比伴奏的效果来得好("清"比"浊"好),因为越少掺杂异音,人声(心声)就越纯粹、突出。爱情之主题配合徒歌之形式,是合乎发生学逻辑的,可以说,凡"清"多"商",凡"商"原"清"。[1]

给情歌配乐,则是后起的工作,既是乐府的形式统筹,也是为了提升旁观者的审美体验,而以此,唱歌的目的也发生了异化。即便如此,配乐也有讲究。《魏书·乐五》说"清调以商为主",也反映了"流"层面的音乐调式与"源"层面的情感基调之间的紧密联系。"清""商"联名,渊源有

---

[1]《淮南子·修务训》曰:"圣人见是非,若白黑之于目辨,清浊之于耳听。"注曰:"清,商也;浊,宫也"。此"清浊""宫商"之指向是广义的,也是本源的。音声之变,繁复无尽,但总不外乎针锋相对的两大类:非清即浊,非商即宫。发声时气流受阻的部位,特别是发声时的声带振动与否(浊清),总会影响到声调的低高(宫商),这是两者在本源上的逻辑关系。推而广之,它们不是委婉的,就是庄重的;不是声乐(清唱)的,就是器乐(伴奏)的;不是民间的(广义的郑声),就是宫廷的(狭义的雅乐)。因此,"宫商"一词,总而涵之,既可表示音(乐)之所有,也可表示声(调)之所有了。《毛诗序》曰"情发于声,声成文,谓之音";《毛诗传笺》注曰:"声,谓宫、商、角、徵、羽也。声成文者,宫、商上下相应"。宫商之辨,正可总涵声、音之变。

自，其源头正是民谣，而民谣多是情歌。

不但"清商"如此，"相和"似乎也是这么来的。《晋书·乐下》曰："相和，汉旧歌也，丝竹更相和，执节者歌。"旋又言："但歌，四曲，出自汉世。无弦节，作伎最先唱，一人唱，三人和。"可见，"相和"与"但歌"的关系密切，似乎"相和"是"但歌"发展的高级形式。《乐府古题要解·卷上》曰："案相和而歌，并汉世街陌讴谣之词，丝竹更相和，执节者歌之。"可见，"相和"与"街陌讴谣"同属一类，大概两者间就是"流"和"源"的关系，而"街陌讴谣"一开始必是徒歌的，一如但歌。但歌又是没有管弦的清唱，且是对唱的形式，这岂非民间情歌的套路？就《荀子·成相》中的"相"字，俞樾注曰：

> 《礼记·曲礼篇》"邻有丧，春不相"。郑注曰："相，谓送杵声。"盖古人于劳役之事，必为歌讴以相劝勉，亦举大木者呼邪许之比，其乐曲即谓之相。请成相者，请成此曲也。

"春"只特例耳。泛而言之，两人及以上的集体性劳动号子，发展为两人及以上的对歌，皆可称"相"。"相和"的"相"字，大概与就"请成相"的"相"字共享同一个源头。其实，"相"之核心义，不就是旁助吗？不论形式如何，本义不脱旁助的歌，是否类似"对歌"的路数呢？以此，"相和"的"和"字，是否落在"人声更相和"的情境中更合乎其本源呢？"人声相和"的歌，除了言情之外，还能剩下些什么呢？所以毫不奇怪，今天收录在《乐府诗集·相和歌辞》中的后世之作竟也充斥着你侬我侬、卿卿我我的情调，因为它们与"清商"本共享同一个"源"。就此而言，相比"成相"的流离，"相和"的流行倒更显出了一些不忘本源的骨气。

可见，作为补充"雅乐体系"之新鲜血液的，正是民歌，正是"郑卫之音"，不论是先熬成婆的"相和"，还是后入门的"清商"。"雅乐"和"郑声"，双方既是对立的，又是互补的。《汉书·礼乐志》曰："今汉郊庙诗歌，未有祖宗之事，八音调均，又不协于钟律，而内有掖庭材人，外有上林乐府，皆以郑声施于朝廷。"大可视为"以紫代朱"之雅乐演替的规律性总结。

滞后的流行

基于上述分析，现在可以谈诗体流行的问题了。五言诗为何会发生是一个命题，五言诗为何会流行则是另一个命题，两者未必同时。并且，就文学史而言，流行往往比发生更重要，因为前者是必然性的命题，而后者是偶然性的命题。从目前已有的资料看，至少在汉武帝时，已有五言诗的轮廓了。但是，一直到汉末，五言诗仍未大显身手，这当然与整个汉代诗坛不振的大背景有关。钟嵘在《诗品·序》中论曰：

> 自王、扬、枚、马之徒，词赋竞爽，而吟咏靡闻。从李都尉迄班婕妤，将百年间，有妇人焉，一人而已。诗人之风，顿已缺丧。东京二百载中，唯有班固《咏史》，质木无文。降及建安……彬彬之盛，大备于时矣。

撇开关于作者的附会，诗（包括五言诗）直到汉末才振兴起来的论断是中肯的。因此，《古诗十九首》称得上五言诗的第一次闪亮登场，宣告了一种新诗体的成功与站稳脚跟。

五言诗的流行当然离不开其体式优势。相比四言诗，五言诗的表达效率要高得多。一句五言可顶两句四言。四句四言，如"关关雎鸠，在河之洲。窈窕淑女，君子好逑"可缩减为两句五言，即"关关在河洲，窈窕君好逑"。这使得文本变得紧凑、简洁，变得更像"诗"了。同时，五言也更符合汉语修辞的习惯。以最常见的主——谓——宾的词序为例，修饰名词（主语和宾语）往往在其前加一定语（修饰字），而精辟的"炼字"则完成对于动词（谓语）的修饰。这正是"白毛浮绿水，红掌拨清波"的结构，也正是五言句式的好处；若以三言句式表达（"毛浮水，掌拨波"），则索然无味；若以四言句式表达（"白毛浮水，其水曰绿，红掌拨波，其波曰清"），则松垮无力。修辞上的"多快好省"，是五言最终取代四言成为中国诗坛正宗句式的重要因素。

钟嵘在《诗品·序》中亦指出了五言之于四言的表达优势：

夫四言，文约意广，取效《风》《骚》，便可多得。每苦文繁而意少，故世罕习焉。五言居文词之要，是众作之有滋味者也，故云会于流俗。岂不以指事造形，穷情写物，最为详切者耶？

但是，五言的表达优势不是与生俱来的，它是阶段性的产物。钟嵘指出了汉代诗坛冷落的重要原因是辞赋的挤压，但我们也须看到，正是祖述《楚辞》的汉赋在长期发展中的不断积累，才极大地丰富了汉字与汉词，最终使得双字词超越单字词成为汉语表达的基本语素。这是五言诗最终得以流行的语用学因素。辞赋之于古典诗坛的挤兑恰恰为五言诗的最终壮大铺垫下了语言基础。相比司马相如的《上林赋》，曹植的《洛神赋》在表达的丰富性与语义的精微性上远远胜出，而这很大程度要归功于双字词的积累和运用（后者中的占比远高于前者）。因此，钟嵘在《诗品·序》中说的"指事造形，穷情写物，最为详切者"只是抽象的"事后聪明"，它须置于汉语演化的历史现实这个大前提下，才是有意义的。诗坛在建安时代重新雄起，五言诗始居正位，其原因绝非偶然，也绝非某某天才的创见，而是有其深厚的历史逻辑。

类似地，七言诗的发生和七言诗的流行之间亦存在相当的脱节。就目前的资料看，七言诗的发生未必晚于五言诗，但是七言诗的流行却远远晚于五言诗。自魏晋而终六朝，七言诗一直不振，直到盛唐，才成为流行的诗式，而其取代五言诗成为诗坛正体，则要到杜甫之后了。

余冠英先生在《七言诗起源新论》一文中将七言诗的起源归于民间谣谚。他指出：

> 原来七言和五言一样在起初都是"委巷中歌谣"之体，五言诗体初被文人应用是在东汉时，并不比七言早些，但因为乐府中所收的歌谣多五言，五言普及得很快，到魏晋已经升格为诗歌的正体了。七言虽早已有人用之于诗，但并未能流行起来。未能流行起来的原因，我想，一是因为两汉的那些"七言"中佳制太少，除张衡的《四愁诗》外很少流传人口，因而不曾引起多数人仿作；二是因为七言歌谣在汉时不曾有一首被采入乐府，没有音乐的力量来帮助它传播，自然难于普遍。后者应是最主要的原因。在中国文学史上，凡是普及的诗体，无不出于乐府，即初时皆借音乐的力量而流传。七言的乐府辞应以曹丕的《燕歌行》为第一首，这是文人偶然仿歌谣而制作的乐府辞，当时也没有别人做，并不普遍。晋宋时《白纻》等舞歌是七言，但也并不甚多。所以到汤惠休、鲍照的时代，七言仍只流行于委巷歌谣中，七言的身份仍然是民间体，在士大夫眼中仍然是"俗"的。所以汤、鲍偶然仿作仍然不免于被颜延之那样的贵族诗人所轻蔑讥评。

这一段话是非常中肯的。但需注意的是，五言能入乐府,而七言却不能入乐府,这并不是偶然的,而是当时的"雅乐"(宫廷燕乐)体系所决定的。中唐以前,宫廷是艺术的平台,民间没有力量、资源或动力来进行独立的艺术创作和传承。因此,余冠英所举例的"委巷歌谣",只是"源",是自然形态的东西,其在严格意义上尚不是"诗"("流")。

新诗体的流行相对于其发生的滞后性反映了雅乐在形式上的滞后性。一切官方标准其最初的源头都在民间,但是一旦成了钦定的"标准",它就具有很强的惯性,轻易不会改变,并逐渐成为不断变化发展的民间形式的对立面。一种民间音乐形式总有自己的"声腔系统",这是某种"识别符号",就像我们听戏,一听"腔调"就知道是京剧或越剧而不是其他剧种。一种"声腔"对于其相配合的文词句式的要求是非常严格的,就像京剧、评弹或越剧的唱词,若不计衬字、拖腔或"浇头",一般总以七言为主。某种民间音乐形式登堂入室,成为燕乐主流后,配合这种声腔的歌词形式也就成为主流诗体,并逐渐成为标准。如前所述,培植真正诗体的是宫廷日常燕乐(而非死的"古"乐),它在三个历史时期发生过剧变:汉初、曹魏、隋及唐初。五言诗在汉武帝时代终于从"委巷歌谣"翻身做主,成为文人的新宠,其背后的最大驱动力正是汉武帝的燕乐改制,后者又离不开西域音乐形式的影响。五言诗在建安时代开始喧宾夺主,也离不开曹魏对于日常燕乐的有力补充。历史是环环相扣又交相作用的。同样的道理,七言诗在整个汉代都难登大雅之堂,主要也是不合宫廷雅乐的形式(不论是"古乐"还是

"燕乐")。

在以宫廷为艺术中心的时代,除非改换宫廷燕乐,否则诗体的变化是不可能的,并且我们现在能看到的当时的诗,就是从宫廷里出来或只能通过宫廷而流传下来的。余冠英先生称"两汉的那些'七言'中佳制太少,除张衡的《四愁诗》外很少流传人口",其实是因为文人(当时的文人就是宫廷文人)没有创作不登大雅之堂作品的动力,当时根本没有独立的文学。余冠英先生又称"七言的乐府辞应以曹丕的《燕歌行》为第一首,这是文人偶然仿歌谣而制作的乐府辞",这其实并不偶然。一方面,曹魏正是燕乐迎来重要补充的时期;另一方面,须知曹丕正是"纯文学"的代言人,当时正是文学开始走向独立的时代。鲁迅先生在《魏晋风度及文章与药及酒之关系》一文中说"曹丕的一个时代可说是'文学的自觉时代',或如近代所说,是为艺术而艺术(art for art's sake)的一派",当为不刊之论。因此,在崇尚(纯)艺术的时代——六朝,七言诗开始崭露头角。特别地,收录在《乐府诗集·清商曲辞》及《相和歌辞》中的七言句式,自萧梁开始明显变多。这背后的原因,与昔日五言诗逐渐壮大的历史逻辑是类似的。一方面是外源:胡风、胡乐的浸染日深;另一方面是内源:文人借鉴南方的民间歌谣形式。特别地,萧梁是建安时代之后的又一个"文学自觉"的高峰[1],七言诗自萧梁朝廷开始抬头亦非偶然。

---

[1] 见本书第八章关于两谢诗的讨论。

值得补充的是，七言诗亦可能源于"四言诗"。在《楚辞》的"四言诗式"（严格而言是奇句四言，偶句三言加个句末助字）中，语气助词常位于偶句末，且韵脚往往押在助词的前一字。例如，《九章·橘颂》曰："后皇嘉树，橘徕服兮。受命不迁，生南国兮。……"；《楚辞·天问》曰："遂古之初，谁传道之？上下未形，何由考之？……"。类似的规律亦体现在《九章·涉江》《九章·抽思》《九章·怀沙》等篇的《乱》词部分。可见，句末语气助词往往只是为了配合音乐的节奏，既不表意，甚至也未必真实发声，所以在脱离音乐进行文本本身的诵读时，极易发生脱落。此类"四言诗式"在发生句末助词脱落后，可将偶句与奇句并联，由此成为七言诗式。[1] 其实，这种"四言诗式"并非源于南方，《诗经》里比比皆是，《老子》中也有类似的韵文。可见，在屈原时代，此类"四言"久已是常见的诗式（"流"）了，并业已成为一种广义的韵文体。因此，在《楚辞·卜居》中，屈原向太卜郑詹尹的问话（"吾宁悃悃款款，朴以忠乎？将

---

[1] 要补充的是，在奇句的句末是语气助词的情形中，助词前一字也可成为韵脚。例如，在《孟子·离娄上》和《楚辞·渔父》都出现的《孺子歌》（亦名《沧浪歌》）即是这样，其辞曰："沧浪之水清兮，可以濯我缨；沧浪之水浊兮，可以濯我足。"（"我"或作"吾"）。并且，奇句句末助词前押韵的现象，在《诗经》里也很常见（如《王风·采葛》）。无论奇偶，句末助词可能就只是为了配合音乐的节奏性，而在纯文本诵读时往往弱化甚至不发声，否则押韵的效果就不好了。因此，在诵读时，只承担配乐之节奏性功能的助词极易脱落。这进一步表明，五言诗式在逻辑上可由《离骚》的"期望句式"（三字+一虚字+二字+一叹字，三字+一虚字+二字）演化而来。

送往劳来，斯无穷乎？……"）就全文使用这种韵文体，若除去"衬字"，竟也可视作某种"四言诗"。这正说明了"流"对"源"的强大影响力。但是，作为"古乐"的"流"毕竟不行了，所以仅在作为"燕乐"的《楚辞》中的特定地方才会出现，如《乱》。王逸注"乱"曰："理也，所以发理词指，总摄其要也"（《楚辞章句》）。大概"乱"总归是全诗最庄重、最正式的部分，所以往往会借用"古乐"的音乐形式以及与之相配的文辞句式。类似地，《楚辞》中的两篇"祭文"（《大招》《招魂》）就大量使用了这种"旧诗体"，正如直到今天的祭文体式还会用呆板的四言一样，毕竟祭祀是最庄重的活动了。

若七言诗式源于此类"四言"的话，七言诗的内源说就未必像五言诗的那样是"南源说"或"歌源说"，而是"文源说"。"文源说"倒颇可解释七言诗在历史上的"难产"，其原因正在于音乐与文辞的分离。节奏性的语气助词的脱落，并非是音乐变化推动的，而是诵读文辞本身造成的。所以在"乐府"打包文艺的时代，此类变化就不可能通过音乐的力量而跻身正统诗坛，只能是文人笔下自娱自乐的文辞游戏，它们的共同出口是辞赋，而非"诗"。可见，就诗体演化而言，单单出于文人之手的"优化"毕竟还是次要因素，任何优势都须介由音乐形式及其相应的嬗变而获得生命力。五言诗式的出现和流行，也是这样。

饶是如此，燕乐改革并非一蹴而就，而是一个量变到质变的过程。这正是余冠英先生说的："晋宋时《白纻》等舞歌是七言，但也并不甚多。所以到汤惠休、鲍照的时代，七言仍只流行于委巷歌谣中，七言的身份仍然是民间体，在士大夫眼中仍然是'俗'的。"

魏征在《陈书·列传第一》末述曰：

（陈）后主每引宾客对贵妃等游宴，则使诸贵人及女学士与狎客共赋新诗，互相赠答，采其尤艳丽者以为曲词，被以新声，选宫女有容色者以千百数，令习而歌之，分部迭进，持以相乐。其曲有《玉树后庭花》《临春乐》等，大指所归，皆美张贵妃、孔贵嫔之容色也。其略曰："璧月夜夜满，琼树朝朝新。"

《隋书·五行上》曰："祯明初，后主作新歌，词甚哀怨，令后宫美人习而歌之。其辞曰：'玉树后庭花，花开不复久。'"可见，纵是在新声艳辞竞相杂起（"去圣逾远，繁音日滋"）的六朝末尾，宫廷燕乐的配词仍以五言为主。虽然隋代再次修订雅乐，但宫廷燕乐仍配以五言体式。今天挂名隋炀帝的诗作也几乎都是五言的。

《隋书·五行上》曰：

大业十一年，炀帝自京师如东都，至长乐宫，饮酒大醉，因赋五言诗。其卒章曰："徒有归飞心，无复因风力"。令美人再三吟咏，帝泣下沾襟，侍御者莫不歔欷。帝因幸江都，复作五言诗曰："求归不得去，真成遭个春。鸟声争劝酒,梅花笑杀人。"帝以三月被弑,即遭春之应也。是年盗贼蜂起,道路隔绝,帝惧,遂无还心。帝复梦二竖子歌曰:"住亦死,去亦死。未若乘船渡江水。"由是筑宫丹阳,将居焉。功未就而帝被杀。

这既表明隋炀帝宫廷燕乐的五言诗式,也借"二竖子歌"("竖子"当然是未受教化的粗鄙后生,正所谓"竖子不足与谋")表明当时民间歌谣的七言句式的普遍性(七言民谣经常以两个三言句式起头),两者判然迥别。七言诗式在宫廷燕乐里真正站稳脚跟要到唐代了,特别要归功于源于边塞的"新乐府"(如《凉州词》,文化交流的重要性可见一斑)以及唐明皇(又一个爱好音律文学的艺术皇帝)。彼时,李白的《清平调词》正是宫廷御制的样板,标志着七言的"扶正"。

可见,从自娱自乐的标新立异到成为全社会追捧的流行形式之间存在巨大的时差:五言诗拖了差不多三百年(从《李延年歌》到《古诗十九首》),七言诗则用了五百年以上(从曹丕的《燕歌行》到李白的《清平调词》),而若从刘彻的《秋风辞》算起,则七言的发育时长要在八百年以上了。

七言诗的崛起要归功于隋唐的新气象:一方面是重新打通西域带来的边塞新声的影响,另一方面是对于燕乐系统的有力补充,从而进一步解放了诗体形式。还是内外两源的推动,还是回到宫廷这个中心点。这跟五言诗的逻辑是一样的。

在诗体结构上,我们也能看出滞后的端倪来。在讨论

《国风》时，我们已指出，中国诗的骨架是四句一组。这是规范化的理性产物，是"入流"的一种标志。但作为"源头"的民歌未必是四句一组的。甚至可说，凡是不入流"瞎哼哼"的，其文辞往往不合四句一组。荆轲的《渡易水歌》、刘邦的《大风歌》、刘彻的《秋风辞》、杨恽的《抚缶歌》、曹丕的《燕歌行》，甚至带有传奇性色彩的《击壤歌》《采薇歌》《接舆歌》，莫不如此。以此，不合四句一组的体制，成为标新立异的、针对传统诗体结构的一种潜意识甚至有意的叛逆姿态。即便是"入流"的《国风》，其文本虽然已经"微更损益"，仍时不时会露出不合四句一组的"尾巴"来。在五言诗以及七言诗兴起的过程中，这种"尾巴"就更常见了。这表明五言诗与七言诗的源头正在于不入"流"的民间，在民间歌手的嘴里，而非御用文人的笔下。但追求新句式的文化人正可借用民间歌手的"不入流"的结构来突显自身的卓尔不群。这是新诗体兴起的第二阶段了。同时，尾巴的脱离是一个长期的过程，反映了"入流"的滞后性。就五言诗而言，一直到两谢那里，还间或可见这条尾巴。[1]尾巴的脱落（四句一组的结构的巩固），标志着新诗体兴起的最终完成。

就审美形式本身而言，七言诗亦具自身的特点。如前所

---

[1] 当然，总句数的不合"四"之倍数，其实可能只是"四句一组"的变体。形式上的"尾巴"可能只是内容上的"尾椎骨"，一如部分杜诗中不合四句一组的"尾椎骨"。详见本书第一章关于《关雎》的分析。

述,一句五言可顶两句四言,五言胜在精辟。但一句七言并不能顶两句五言,七言胜在"繁复"。相比五言,七言多出的两个字经常是虚词或作"同位语",它们并不新增明确的指向性,往往只是添油加醋地对既有对象进行状态性修饰。同样数量的对象在扩充的文本时空中就可显出种种微妙、细腻的意境了。

此亦有利有弊。如杜牧的《清明》:

清明时节雨纷纷,路上行人欲断魂。
借问酒家何处?牧童遥指杏花村。

常被诟病啰唆,我们大可将其删至五言:

时节雨纷纷,行人欲断魂。
酒家何处有?遥指杏花村。

或至四言:

时雨纷纷,行人断魂。
酒家何处?遥指杏村。

或至三言:

雨纷纷,人断魂。

酒何处？指杏村。

甚至二言：

雨纷，断魂。
何处？杏村。

甚至一言：

雨，魂。
酒？村。

诸君当可品出个中差异：字数越少，当然越精简，就最核心的指向而言，大体意思也不差，但时空却越来越逼仄，越来越远离原诗所表达的不尽无端的氤氲绵绵的意境。

类似的，侯宝林先生有一段相声《戏剧与方言》，用不同的方言表达了同样意思却各自大相径庭的味道，内中差异也主要是语句字数（音节数）的长短造成的。就是在同一方言区内部，听感上也有明显的差异性。上海话与苏州话同属吴语，两者在语素、音素上非常接近，但苏州话听起来似比上海话更软糯，部分原因也是苏州话中的语气词（如表完成的"哉"、表提醒的"宛"、表疑问的"介"、表感慨的"盖"、表强调的"嬢"）要丰富得多的吧。可见，无意义的虚字是"无用之用"，它不发生实质意义，却通过空间的铺垫，产生别样的意境和味道。对于诗意而言，"虚意"未必轻于"实义"。这方面，亦可参看本书第二章中关于《离骚》的讨论。

一般而言，字数越多，就越"繁复"：气息越婉转，情感越蕴藉，心情越曲折，更适合细腻性的抒发。因此，与四言、五言相比，七言余音绵长，且往往只是延长了余音，而并未增加新的指射。换言之，文本的空间扩张了，但实体还是这些实体，于是它们在偌大的空间里飘来荡去，而读者的心也跟着飘来荡去。"飘来荡去"，既是本义，也是引申义；既是字面上的，也是意味上的。可见，七言取代五言的目的不是为了表达的精辟，而只是为了"飘来荡去"。但是，飘来荡去的繁复只是美的一种（它往往牺牲了精辟的、简洁的、阳刚的美），它的共鸣性亦有时代性。正是在中唐以后的社会形态和心态中，飘来荡去的繁复成为整个时代的心声。[1]这不正是七言诗取代五言诗成为诗坛正体的时代，而民歌句式在后世不断繁复化的倾向不亦是题中之义了吗？可见，所谓的形式美，仍非纯然抽象，它亦折射出具体的社会属性。

"厚"的内容

"行行重行行"是雅乐及诗体之演化的一个拐点，也可

---

[1] 见本书第十三章关于杜甫、第十四章关于白居易的分析。

作为其整个演化轨迹的写照。《昭明文选》将《行行重行行》置于《古诗十九首》之首,并非是全然随机的吧。就像拍集体照,大家并不在意边上的座次,但谁在C位(center,指核心位置),则总不免推敲一番。我们参透了《行行重行行》的妙处,也就把握了《古诗十九首》的玄奥,其余不论可矣。如此说,《行行重行行》倒可占得"古诗第一"的座次。

言归正传,其诗曰:

> 行行重行行,与君生别离。
> 相去万余里,各在天一涯。
> 道路阻且长,会面安可知。
> 胡马依北风,越鸟巢南枝。
> 相去日已远,衣带日已缓。
> 浮云蔽白日,游子不顾返。
> 思君令人老,岁月忽已晚。
> 弃捐勿复道,努力加餐饭。

我们乍读此诗,觉得不过如此,仿佛有些什么,但细细辨去,又说不着实,待要撂开手去,却又有些不舍,毕竟还是藏些物事的。究竟是什么东西,却一时说不上来,这就是此诗的吊诡之处。

说诗人的功夫就是要将难以言表的滋味钓将出来。为方便比较,我们不妨将其与之前与之后的五言诗作一对比。

先看之前班固的《咏史》:

三王德弥薄，惟后用肉刑。
太苍令有罪，就递长安城。
自恨身无子，困急独茕茕。
小女痛父言，死者不可生。
上书诣北阙，阙下歌鸡鸣。
忧心摧折裂，晨风扬激声。
圣汉孝文帝，恻然感至情。
百男何愦愦，不如一缇萦。

再看之后孔稚珪的《游太平山》：

石险天貌分，林交日容缺。
阴涧落春荣，寒岩留夏雪。

可见，之前的五言诗尚停留在"言志"的阶段，其手段是"叙事"，总要讲大道理。无怪乎《咏史》在文学自觉的时代中被讥为"质木无文"（钟嵘《诗品·序》）。之后的五言诗是通过写景的手段而往缘情的目的发展，叙事的比例越来越低，乃至最后发展为全然白描景物之镜头切换的写法，以此，情已在不言中。那么，《行行重行行》就介乎两者中间：它既有借景抒情，也有叙事，但叙事只如藕断丝连，若存似无，并且，其文本也不排除言志的空间，按传统的解法，不亦留有"以喻邪佞之毁忠良"的落脚点吗？

其实,叙事的比重,恰恰是诗学的大命题:何谓诗的文本(就独立的文学体裁本身,而非就作为雅乐之婢女的历史事实而论)?难道诗就是句式齐整的"押韵之文件"?然则诗岂非太"贱"?明明可以好好说话,偏要削足适履,胶柱鼓瑟!班固的《咏史》说的是"缇萦救父",其事并见《史记·孝文本纪》及《扁鹊仓公列传》,姑举后者,其文曰:

> 文帝四年中,人上书言意(齐太仓令淳于意),以刑罪当传西之长安。意有五女,随而泣。意怒,骂曰:"生子不生男,缓急无可使者!"于是少女缇萦伤父之言,乃随父西。上书曰:"……妾愿入身为官婢,以赎父刑罪,使得改行自新也。"书闻,上悲其意,此岁中亦除肉刑法。

这岂不比班固的《咏史》表达得更自然、更清楚、更全面、更有效、也更深入吗?看官若觉尚不过瘾,不妨添油加醋,补上班诗中的两句——"忧心摧折裂,晨风扬激声"以及"百男何愦愦,不如一缇萦",但句式齐整或句末押韵是不必了,甚至是要回避的,因它们往往会增加"喜剧性"效果,适得其反。如此,要"诗"何用!是的,在叙事、议论方面,诗是顶糟糕的文体,它是"戴着镣铐跳舞",且其"作茧自缚"不免"搔首弄姿"之嫌。应该说,中国人的诗性是早熟的，一开始走的就是抒情路线[1]，但其后因为道德文艺观的影响，又走了不少弯路。这种后天扭曲的诗风正体现在班固的《咏史》上，它以己之短攻彼所长，太蠢笨不过了。这是历史的"进步"，却艺术的"退化"！就艺术本身而言（不谈历史的逻辑），相比太史公的文字，班诗的表达太差劲了，只剩下添油加醋、无妨格调的二十字尚可凑合（只留下"忧心摧折裂，晨风扬激声。百男何愦愦，不如一缇萦"，余皆砍去，倒还像首"诗"的样子，至少比原诗好得多）。

反过来，倘若将孔稚珪的《游太平山》改为"自然语言"，就索然无味了。可见，就艺术本身而言，"诗"仅仅指向特殊的表达方式——跳跃性，这种表达方式是配合特殊的对象，即独立于人事的事物（外物）。所谓的跳跃性，含摄内容和形式两方面。在内容上，跳跃性指的是略去不同对象之间的关系，或不同视角之间的联系性。此类对象，以及相应的跳跃性，带来丰富的朦胧性甚至歧义性，这给予读者自由的弹性空间，从而为个体的审美生发留足了余地。我们说汉语是"诗"的语言，也往往是出于这种语义层面的"跳跃性"。所谓的外物，指的是独立于人事的东西，正与"内事"相对。外本无"事"，只有存在性——"物"，如春、花、秋、月是也，外在"事"只是人的附会；内本无"物"，只有规定性——"事"，如礼、乐、征、伐是也，内中"物"只是人

---

[1] 见本书第一章关于《关雎》的讨论。

的概念。一切由文字编制的概念，即便再复杂，也是有限的东西（人内在规定的东西），不足以产生丰富的韵味（激发人的东西）。一方面，人只能从不受自身规定的独立存在者（外物）那里获得关于自身生存的激发（审美），获得无限的启示；另一方面，无限的"物"又给予具体主体在解读上的自由性，从而不同主体皆能设身处地地产生具体的共鸣性。这正是"说事"不如"写物"的美学逻辑，也正是《国风》在不自觉中摸索出的诗路。但写物抒情的诗路在两汉经学的浓重氛围中遭到围剿，现在《古诗十九首》的工作正是"拨乱反正"。以《行行重行行》为代表的《古诗十九首》，正是六朝诗的头，而作为艺术自觉的六朝，不正是要做到自觉的"事绝言象""言不尽意"（见李泽厚《美的历程·魏晋风度》）吗？以此，《古诗十九首》的意义又并非只是"拨乱反正"了，其源头虽然仍属民谣，却有了由"不自觉"向"自觉"的飞跃：正如文艺复兴，它不是要回到过去，而是面向未来的。

　　过犹不及。难道越跳跃就越是诗的表达，难道诗里应该将"内事"赶尽杀绝吗？不，"外物"的最终目的还是为"内事"服务的，审美的最终实现还是要回到人自身上来。若"跳跃"过了头，诸对象就找不到回家的路，成了纯然杂多，成了游离于诗这一艺术王国之外的独立对象，并无审美意义可言。"外物——跳跃"的诗风在整个六朝持续发酵，并蔓延至初、盛唐，最终在王维手里达到最纯净、最彻底的做派。这当然是极美的做派，但其背后离不开贵族社会的壮大。[1]夺人心魄的贵族派头的美，未必是对所有人都发生作用的美，而在后世——日益世俗化的时代，就更显得曲高和寡。也许，最"中庸"的路数，才是在审美共鸣性意义上最"完美"的路数。[2]它未必是所有人心目中最理想的，却是所有人都不讨厌的，因而成为大家都能接受的"起点"和"栖身"的"港湾"（特别是在世俗化的社会里）。这正是《行行重行行》为代表的《古诗十九首》在写法上的高妙处，它是以"外物""缘情""跳跃"为主的，但取得了"外物"和"内事"、"言志"和"缘情"、"跳跃"和"论述"间的一系列平衡。[3]我想，《古诗十九首》的"诗母"地位，也当含摄此层意思吧。

"温"的形式

跳跃性还指向章法——形式（文本本身）的变化性，最典型的是词项成分和词性的变化。我们读（不是"看"！）诗，当然是有概念投射的。句子成分和词性的变化引导概念投射产生跌宕起伏的韵律美，投射的赛道（分类）是感知的第一步，投射的具体内容则是感知的第二步。这就是第一步

---

[1] 见本书第八章关于两谢诗、第十一章关于王维诗的分析。
[2] 见本书第八章关于两谢诗的分析。
[3] 相比之下，阮籍的《咏怀诗》也是一种平衡的写法，但却是以"内事""言志""论述"为主的，故其意义不是文体上的，而是思想上的（见本书第六章关于阮籍《咏怀诗》的分析）。

蕴含形式性跳跃（章法）的美学原理，且其发生在内容性跳跃（第二步）之先。投射的赛道的组合变化，就是概念意义上的章法，譬如书法美的轨迹。

　　章法，是书法中突出的范畴，是最纯粹的形式美。就此而言，书法是最抽象，因而是最纯粹、最艺术的艺术，它将非必要的一切附赘完全滤去，只剩下韵律感本身。试观《兰亭集序》，畅快之余，我们会煞有介事地去考证王羲之的生平、情感和思想，甚至人生志趣、家国情怀吗？不，这种"做学问"的勤快只会牺牲我们的快感，让我们变得麻木不仁。于是，艺术史埋葬了艺术。作者与作品，大可分离。作者当然有其目的，但其目的不是读者的目的，这是艺术审美的第一前提。书法中的章法之美，其实也蕴含在一切艺术作品之中，而我们关于艺术品的分析，也必须以类似品鉴书法的最狭义的眼光去打量，才可避免被无聊的信息出卖灵魂，而获得透过现象直达本质的纯粹真谛。因此，我们可将《行行重行行》还原为纯粹的词性，如下：[1]

　　动—副动—，介名副动—。

　　介动（名）数副量，副系（动）名数名。

　　名—动（形）副形，名—（动—）（动名）副助动。

　　形名动形名，形名动形名。

---

[1] 各字分别表示如下对应：动：动词；副：副词；介：介词；名：名词；数：数词；量：量词；系：系动词；形：形容词；助：助动词。括号内表示由于字词本身的歧义性，该字词所可映射的其他词性。"—"表示由于双音节词的兴起而导致的某种固定搭配，其词性与前字一致。

介动（名）量（名）副副（形），名名量（名）副形（副）。

形名动形名，形名副动动。

动名系名形，名—副副形（副）。

动动副副动，副—（副动）动名名。

还可将其还原为词项成份，如下：[1]

谓谓状谓谓，？宾状谓—。

谓—状——（主—表——），状谓表——。

主—表状表，宾—状—谓（谓—状—补）。

定主谓定宾，定主谓定宾。

谓—状——（主—表——），主—表——。

定主谓定宾，定主状谓—。

谓宾补——（谓宾补宾状），主—状—表（状———）。

谓—状—谓，状—谓宾—

这种概念还原将文本抽象为最本质的韵律感，不涉及具体内容（情感和思想）。结合词性与成分来看，全诗几乎没有两句是完全一样的章法。它在形式上是饱满的、灵动的，因而是健康的、有力的。

《行行重行行》的章法美首先表现在参差变化上：多种元素的排列组合的多样性，就像泰式炒饭中各种食材在微观层面的穿插混合所构成的丰富色彩和口感。这在章法上将孔

---

[1] 各字分别表示如下对应：谓：谓语；状：状语；主：主语；表：表语；宾：宾语；补：补足语；定：定语。括号内表示由于语义本身的歧义性，该字词所可充当的其他成份。"—"表示其与前字一起构成一个相对完整的成份。"？"表示该字相对独立，不作为有效的句子成份。

稚珪的《游太平山》远远抛在后面。难者曰：词性与句子成分都是西方舶来的概念，如何能挪用到古诗上。须知概念一直存在，西方舶来的只是名词，不是概念本身，只是将概念投射从台面下的事实放到台面上来说了而已。但台面上的"投票"（论诗）结果，譬如冰山一角，依托的正是台面下未必说得出口的心路总和。难者又曰：汉语语法并不精确，词性与句子成分未必如是。我要说，汉字本身的歧义性以及汉语本身的不精确性，更使得文本充满了弹性的跳跃以及丰富的味觉。上面的还原只是一个不精确的可能的版本，章法要的正是"蛋包饭"的效果：边炒饭边打蛋进去使得你中有我我中有你的含混，这样才入味。粽子最好吃的部分不也是肥肉和糯米之间互相滋润的地带吗？

同时，《行行重行行》的词性/成分变化本身是变化的，它不是"等差数列"或"等比数列"，而是某种随机性的、没有"中心期望"的开放的不定式。句子两两之间有的词性差异大，有的词性差异小，成分亦如是；有的词性组合几乎一样，其差异由成分组合而显出区别，有的则正相反。变化的变化，才是真变化，说明这种章法不是"机器人"的"掷骰子"，因而是活的，而不是像"机器人"一样是死的。

过犹不及，《行行重行行》并不完全排斥重复，"胡马依北风，越鸟巢南枝"就是两句在章法上完全一样的句子。有限的重复，在内容上正流露出人的真实情感，而在形式上正是"变化"的一种必要构成，是机器人所万万做不到的"大隐隐于市"。这也是某种"中庸"，却是充满生命力的中庸。

在内容和形式上，有限的重复都是极其自然的——在意料之外却在情理之中，故能感化人。特别地，首句"行行重行行"，真是千古奇句。它连用四个"行"字，而中间的"重"字只是强调，因而整句的指向就只是不断重复的"行"而已。逻辑上只是行，但又不止行，要说换其他的字，还真达不到这种意境。这是出其不意的重复，更是大巧若拙的真心，但却见好就收，也唯有见好就收，才显真情慧心，不像后世一任歇斯底里地继续"花花柳柳真真……"地无聊下去。"I should hate to be predictable"（我须讨厌可被预测），《唐顿庄园》中的 Lady Mary 活出了"人"的活力。诗的章法也一样。相比之下，后世五言诗的跳跃性只停留在内容上做文章，在形式上却不断僵化，最终在律诗那里做成了死局。失去了自然性，也就没了人的气息。

"中庸"的路数也体现在《古诗十九首》的音律上。班固的《咏史》只是将散文式的自然表述"掐头去尾"，锁进字数的囚笼，再安上韵脚而已，不但"质木无文"，且别扭得很，更谈不上音律的修辞。《古诗十九首》中的音律美突出地反映在《迢迢牵牛星》中，各处叠词，或是清浊相对，或是平仄相对，已开后世律诗的先声，但又没有落入可预测的（"predictable"）的窠臼，保持了自由的活力。

常识的胜利

想放就放，想收就收，简简单单，自自然然，绝不刻意尚行，深思高举，这正是以《行行重行行》为代表的《古诗十九首》的核心美学。

　　《古诗十九首》历来颇受称誉，但评论达三昧者，不外乎"温""厚"二字。然则何谓"温厚"？扑朔迷离，其实并不玄奥。"温"是不过度；"厚"是保持了种种方向的潜能；"温"是"厚"的前提。这正是"中庸"美学的发酵。你看，连美学精神，《古诗十九首》也跟《国风》如出一辙呢。这似乎是矛盾的，前面才说"怆怏难释"，怎么又往"哀而不伤"上靠？"怆怏难释"说的是《古诗十九首》的情感基调，就此而言，《国风》自然是"哀而不伤"的。但是，诗的意义不在于表达了什么，而在于如何表达。前者是可廉价批发的，而后者是难以伪装的。相比"表达温厚"，"温厚地表达"才是表达的本质，才是真正的"温厚"。表达温厚的《国风》未必温厚地表达，《卫风·硕人》就是如此："齐侯之子，卫侯之妻，东宫之妹，邢侯之姨，谭公维私"——"手如柔荑，肤如凝脂，领如蝤蛴，齿如瓠犀"——"河水洋洋，北流活活。施罛濊濊，鳣鲔发发。葭菼揭揭，庶姜孽孽"。生怕撑不满，用尽了蛮劲儿，"笔相"是够令人着急的。这种"又手并足如田舍郎翁"的"笔相"，又岂不是煌煌汉赋的体态呢？以此，《古诗十九首》的温厚，就不止是在表达的本质上完成了中和的命题，而是逆转了整个文坛的"莽汉风"。

　　这里又有个新问题：中和地表达不中和，岂非造作？其实这正体现了"代言体"的魅力。《古诗十九首》源于民谚，但传唱者未必是当事人，他要的只是沉浸式的"内容逾越"，但在表现形式上却要保持高度的一丝不苟，如此处理才能最大程度地满足旁观者出乎功利的审美心理（这不同于陶潜的"但识琴中趣，何劳弦上声"，那只是自娱自乐，也是不同的审美路径，见后）。今天灌制的唱片，不都是这样中和地表达不中和吗？这也正是《古诗十九首》得以流传的路径，亦正契合六朝人蕴藉风雅却又一往情深的口味。

揖别了"蛮汉"的"脚手架"，《古诗十九首》的弱女子口吻不亦宜乎？平白如话而情真意切，这不止内容上的女性化，也是做派上的女性化。为何称《古诗十九首》是"诗母"，而非"诗父"呢？潜意识里的慈母严父到底有别吧！试问谁是"诗父"，谁又能是说一不二、令人敬而远之的"诗父"呢？大抵"母亲"总愿善解人意地"妥协平衡"——"行行重行行"，不像孤注一掷的"大丈夫"那样偏执，总喜欢谈理想、走极端，斩钉截铁，不留余地。因此，人走投无路之时，总愿呼唤母亲，而在诗坛危机之时，也只有诗母才能提供温馨的港湾——另辟蹊径、整装重新出发的余地。回到《古诗十九首》，岂是说说罢了。

俗曰英国人多有"母性情结"，而其不流血的光荣革命大概也与此国民性不无关系吧。"妥协平衡"虽然不那么理想纯粹，却往往长生久视，保障了时时微调的适应性。回到中国，我们的至圣先师孔夫子，不就是温厚之至的样板吗？所以万世师表的香火代代鼎盛，纵然到了生死存亡的关头，守旧派要用他，维新派也要用他，甚至革命派都要用他。待热闹一时的"打倒孔家店"尘埃落定,今天不还是离不开他老人家的"言犹在耳"吗?孔门的生生不息与孔子的温厚路径亦不无关系吧?不论是英国革命还是中国哲学,所谓的温厚,并不玄奥,只是尊重常识,蕴含的是对现实复杂性的敬畏之心。温厚的胜利,正是常识的胜利。社会如此,哲学如此,诗也概莫能外。

可见,与之前或之后的诗歌相比,《古诗十九首》是革命未彻底、"斩草不除根"的状态。这是历史的解读。但正是这种状态,留下了具萌发力的种子,待等条件合适,就散叶开花。恰如干细胞的涵养于中,却并不特化、限定、僵化其发展路径,这就保持了其在各方面的潜能性和成长空间。君子不器,正是《古诗十九首》的意蕴。万事俱备,只欠东风,而东风只是外在条件,不是精神本身。君子求诸己,既蕴含生态演化的大智慧,也指向"诗母"的生命力。这是哲学的解读。

演化是开放的,非封闭的,未完成的,正是"行行重行行",也正是《古诗十九首》的深沉审美意蕴。这是《行行重行行》以及整个《古诗十九首》的最根本的美学意义。谁要搞绝对形式,谁就自绝于缪斯的门槛——或早或晚。我们不晓得未来的路在哪里,外在的环境如何,最好的姿态就是中庸。《礼记·中庸》曰:"喜怒哀乐之未发,谓之中;发而皆中节,谓之和;中也者,天下之大本也;和也者,天下之达道也。致中和,天地位焉,万物育焉。"这正是《古诗十九首》的路径、命运,是"诗母"的根本内涵,也是"意愈浅愈深，词愈近愈远"的深层逻辑。《国风》的中和是情感基调的中和，而《古诗十九首》的中和是形式、内容、路径的中和。到了以《行行重行行》为代表的《古诗十九首》这里，中庸的美学命题，不论是形式还是内容，才算得上完成了。历史和哲学这对宿怨，毕竟还是要统一的，其路径正是诗坛的演绎，正是"行行重行行"。这大可作为"古诗第一"的最根本的注脚。

第五章

撇却枝蔓辨真味:《短歌行》究竟好在哪里?

作为六朝文学的开山之作,曹操的《短歌行》千古流芳。但要问该诗究竟好在哪里?答者往往隔靴搔痒,枝蔓迷离。这体现了美学的吊诡:知其然而不知其所以然的"当局者迷"。鉴于此,本章以全诗的脉络为主线,细辨了每一处所能带给普遍意义上的读者的纯粹形式的审美体验。分析表明,此诗的美学奥妙在于章法架构与质地纹理的行住收放。它赋予文本以系统论的意义:每一字句,都是基于整体的联系才显发其真本色与光泽,譬如黑格尔的"手"与赖特的"有机建筑"。以此,我们诵读此诗,从结构到气息,要生出音乐的高低错落、跌宕起伏来,方得其真与妙。

引子

屈原之后,是中国诗或者说中国诗人沉寂的五百年,直至曹操出现,才打破了种种沉寂。殊可惊异的是,这一声惊雷是通过沉寂得更为漫长也更为彻底的四言形式而震发的。有了曹操,前面五百年的寂寞也不值一提了。慰此地老天荒,一人、一篇足矣。虽多,亦奚以为?这就是《短歌行》的意义。此话怎讲?除了天才,以及对天才的毫无保留的惊叹,我们还能说什么呢?

说起《短歌行》,当然是曹操的《短歌行》,也当然是曹操的那首《短歌行》,还能有其他的谈资吗?这就是伟大的意义!它使我们的生活不为平庸所羁绊,得以翱翔四海、并参日月,而非陷足滋蔓的泥沼。让我们先瞻仰一番本尊再细细分说吧:

> 对酒当歌,人生几何。譬如朝露,去日苦多。
> 慨当以慷,忧思难忘。何以解忧?唯有杜康。
> 青青子衿,悠悠我心。但为君故,沉吟至今。
> 呦呦鹿鸣,食野之苹。我有嘉宾,鼓瑟吹笙。
> 明明如月,何时可掇?忧从中来,不可断绝。
> 越陌度阡,枉用相存。契阔谈䜩,心念旧恩。
> 月明星稀,乌鹊南飞。绕树三匝,何枝可依?

山不厌高，海不厌深。周公吐哺，天下归心。

写得真好！叹得个"好"字，大抵是十人十赞，故也是懒人顶稳妥的口彩。若"好"字尚不足尽兴，我们也只能望洋兴叹，得意忘言了。但问"好"在哪里？则恐怕十说九失了。特别地，以思想性、内容性、政治性、目的性意义来说"好"，实是不堪一击，也不值一提。为什么？我们不妨将最后两段（上述之"好"的脐带）拔个精光，也丝毫不能掩盖它穿越两千年的一等一的嘹亮。拿此思想实验作照妖镜，庸人自扰式地说"好"不攻自破，读者诸君亦悠然心会，毋庸赘述。要说此诗到底好在哪里？我们须按此神龙的脉络去感受其伟大的脉搏。

章法

"对酒当歌"，一开篇就是最高音。不是吗？是祈使之雄起！"对""酒""当""歌"，都是最有分量的"全料"词。譬如一上来就是烤全羊——实打实的干货，让忸怩作态的开胃菜、雕花与和头都见鬼去吧，那些只是小脚婆娘的软底布。我们的诗人什么也没有，他赤身露体，只有眼前的一杯酒。这是什么境界？正是"兴"，平地惊雷的兴、最强大的兴！谁能平地惊雷？除了天地造化钟毓的最强大的灵魂外，还能有谁！正是没有任何枝节铺垫或环境基调的"污染"，开篇四字才是情感的喷薄而出。于是，我们非止见其情感，实见其强大胸襟，而竟可泵动精神雄起而喷薄。

强大的胸襟要唱歌了，一张口就是最高音。这是怎样的艺术效果呢？是"百灵鸟从蓝天飞过"，是《北国之春》的"mi-mi-mi-mi"，一张口就把跳动的心蹦到喉咙口。你听，去（↘）——上（↗）——平（→）——平（→）[1]，正是喇叭花开的阵势。"对酒"的声调正是喇叭口，形成天然的扩音效果，音门高高提起，又大大打开。于是，诗人不但音调最高，连音量也最大："歌"声嘹亮。你再听，1——2——3——4，正是最有力的节奏。除了四言，还能容得下其他形式的

---

[1] 平、上、去、入，指的是汉字的声调（四声）。《短歌行》的魅力，非反复吟咏不足以发之，这就涉及到声调问题。汉字语音是变化的，今天的读音与历史的读音并不完全一样。纵是如此，我们拿今天的普通话念，反复吟诵，也能有个大体不差的感觉。但本章之关于语音的分析，主要是基于古音而言的，因其比用普通话来分析更有"韵味"。须警惕的是，此方法并非适合所有的"古诗"，因为具体作品的魅力不同。亦须说明的是，由于魏晋属于上古音与中古音的转折点，所以本章中的"古音"也会尽量寻求这样的中间状态并偏向中古音，毕竟，《短歌行》得以流传的最关键的接力棒在中古那里。关于古音，就音素（声母、韵母）而言，我们今天的理解已然大体清晰（特别是中古音），但就声调而言，由于完全缺乏校准平台，我们尚不能给出具体调值。纵是如此，当时以"平、上、去、入"四字指称四声（见《梁书·沈约传》《南史·陆厥传》），其调值走向未必与此四字的含义完全无关，而结合当时人的描述，如日本遣唐僧人空海在《文镜秘府论》中的说法："平声哀而安，上声厉而举，去声清而远，入声直而促"。我们似乎可以说，古音（至少就中古音而言）中的平声声调是平的低调位，上声是急剧往上走的（调位变化大），去声由高调位逐渐往下走（拖得长），入声与今天的促音（吴、闽、粤诸方言中保留的入声）类似。因此，对于古音（中古音），虽然我们无法坐实平、上、去、入的具体调值，但可推得其调值变化的大体方向，即，平、上、去、促。

拖泥带水、忸怩作态吗？谁说四言没落了！形式与内容，岂能拆开了说？是天时与天才的相得益彰，是性情，是强大，是最艺术的艺术！

起调太高，后面托不托得牢？这又构成艺术的挑战。这么说，似乎亵渎了伟大，因为从来是伟大碾压挑战，正如挑战碾压平庸一般。

伟大是如何碾压挑战的？看，立马"人生几何"，压得连屁都放不出半个！前面的雄起稳稳地被甩向无穷的边际。这是主谓结构的问句：个体从现实中一下子惊醒，又一下子陷入迷茫。若无天生灵敏的性情，试问谁能如此？

"譬如朝露，去日苦多"，接的是一个比喻。怎样效果的比喻呢？"譬""露""去"三个去声将情绪逐层下跌，至"多"之平声，乃成哀伤之涟漪，无限推远。这是怎样的感觉？正是经典力学的永恒意象：从斜面滚下的物体在绝对光滑的平面上将永远地平移下去——无限远去。无穷的跌落是人生的永恒无奈。这是艺术的魅力：它不是说理，而是渗透在每一口气息中的活生生的体验。对象本身是次要的，而如何面对对象才是重要的。

更有意思的是，"日"是入声，"苦"是上声。什么意思呢？诗人不但三次跌落，又在"促音"处打了个磕绊，被绊了一跤，真是够蹇涩的。于是诗人试图通过上声来振奋一下，但用的却是"苦"字，真是言不由衷，杯水车薪般地无济于事。单单一个苦味的"上声"，如何"跳"得起来，又如何跳得出来。譬如大坝泄洪，闸口下的水道纵有起伏，也挡不住滔滔之势，而水道起伏所造成的湍涛飞浪，不进一步反衬出下跌势头的威力吗？终究还是一路"多"下去了，也多了几分周折和唏嘘，于是"多"下益多了。

"慨当以慷"，又是一个祈使。此时是由内而外的用力方向：上——平——上——上，诗人努力跳了三次，是想止住沉沦的趋势！与其说是盘旋式上升，不如说是强作振奋，显然不同于"对酒当歌"的瞬间飞跃。这是一个轮回后的否定之否定，蕴含着"努力加餐饭"的强大意志。"力"，不正是这个世界即人的世界（道德与艺术）的本源吗？

"忧思难忘"，瞬间又推翻了强作振奋的否定之否定。感动我们的不止内容上的破产，更是音律上的震撼。"慨当以慷"的盘旋式上升至"忧思难"三个平声，是什么意思？正是水库不断蓄水的势能增强的意味。至"忘"之去声，乃决泻千里，一发不可收拾。

"何以解忧"，又是一问。在音律上是平上上平的缠绕，至"忧"字挥之不去，正如香烟袅袅。于是，读者诸君的耳畔亦响起"忧——忧——忧"的黏着不脱的驻音盘旋——"忧愁它围绕着我"。这是怎样的效果呢？我想，庾信《愁赋》中的几句，当可拿来作最好的诠释："闭户欲推愁，愁终不肯去。深藏欲避愁，愁已知人处。谁知一寸心，乃有万斛愁。"在结构上，此问句结构为条件状语加谓语，异于"人生几何"的主谓结构。

"唯有杜康"，又将视线拉到眼门前。从首句的"对酒"至此，诗人带着我们绕了一个大圈，又归来拘束在此。除了酒，竟还是一无所有。不，还有一个新出炉的声音！不信你听：是一个低沉的驻音，与"何以解忧"的盘旋驻音不同，它一遍遍地敲打着这个世界——"康！康！康！"。永不停歇的单调地强调，正是"到黄昏、点点滴滴"的境况。

"青青子衿，悠悠我心"，情境一下子变得明朗，换了人间。在音律上也是平平上平，尖音叠音如鸣佩环，珠落玉盘，悦然可爱。两句结构相似，但内（"心"）外（"衿"）不同。自"杜康"至"子衿"，由内而外，从"子衿"到"我心"，由外而内，俯仰之间，变化毕矣。此句也是用典。钱锺书先生在《宋诗选注》里援引《颜氏家训》说"用事不使人觉"是"用事"的最高水平。此论公允。若砍去（也应砍去）像苍蝇竞血般关于《诗》之"微言大义"的缠夹附会，曹公的此处用事，也担得"不使人觉"的最高境界。

这似乎就带来一个艺术问题。既然用事要"不使人觉"，又何必用事？我们当然不能同意"用事"的意义仅在于铺设了山寨文学的捷径。对此，还是要展开了说。读者或晓事或不晓事，故"不使人觉"的用事，当使不晓事的无妨其感受的满足，而晓事的亦无妨其发生最大的共鸣。以此，"使人觉"的用事就堵了前门，而可用事却直不用事，则失了侧窗的景致。当然，中国诗在后世的跟头，老栽在祠堂的高门槛上，而说中国诗的才俊们，因受了后门的蛊惑，总很不争气地拉胯在备弄里，两者都变得步履蹒跚、面目狰狞。用事之执念，大概是这两种悲剧的共同注脚。

"但为君故，沉吟至今"，又是一个低长音，明朗又蒙了灰。与之前"何以解忧"的内部盘旋不同，此时的目光是向外的，至少心是向外的。"独上高楼，望尽天涯路"，难道真是身子上楼，眼睛望路吗？世事不问可知矣！问的只是自家心的轻重薄厚：面对这不堪闻知的世事，还剩下几斤几两的煎熬的本钱。

"呦呦鹿鸣，食野之苹。我有嘉宾，鼓瑟吹笙。"视线又拉了回来，情境也一下子又变了。这里不只明朗，更是欢快。良辰美景赏心乐事，好像再没有比这更完美的组合了。于是，我们听到也看到了《四小天鹅舞曲》的轻松活泼。

"明明如月"，视线再次上扬。此四字所给予的，固然是明朗又清晰，但其意义绝不止于意境的变化。这究竟是怎样的审美性呢？除了一轮明月，竟啥都没有！没有"杨柳月中疏"的朦胧参差，也没有"月如钩"的黄金分割，甚至连"皎兮""皓兮""照兮"的浇头都不用了。单剩下"明"字——不——是两个"明"字，所以这并非率滥的"明月"，而是意志的定格与特写，是一幅典型的儿童画。说儿童画，似乎有点儿"小儿科"。但是诸君可知，儿童才是最强大的。你看，老子不是说"含德之厚，比于赤子"吗？"明明如月"，不正是"终日号而不嗄，和之至"的心境吗？"心使气曰强"，儿童之所以强大，正在于其心气充实。"天下莫能臣"者，其唯"赤子之心"乎？至强至大者才会不惮以"明明"充满存在的全部空间，因他是普遍的必然，故绝不屑狡兔三窟。此四字所给予我们的，实是至强至大至真至纯的胸怀。如不信，诸君不妨品品"大漠孤烟直，长河落日圆"，

第五章　撇却枝蔓辨真味：《短歌行》究竟好在哪里？

195

不也是这种艺术感染力吗？但相较之下，仍分轩轾。曹诗是清蒸全蹄，而王诗是香芋扣肉，不单走了油，又加了和头。卖相是王的好，论胃口还是曹的大。今天流行的虚化背景的单反拍法，虽然在形式上暴露出肿脸充胖的潜意识，但这股强劲的当代简约风不仍透出大道至简的消息（纵然跟风饮水的普罗未必就自知冷暖）吗？

"何时可掇"，又是一问，是时间状语加谓语的结构，其意境大堪玩味。从占据全部空间的"明明如月"，到似乎蕞尔之间的一"掇"，这力透纸背的，不分明是举重若轻的"目送归鸿，手挥五弦"的气宇吗？偌大的宇宙，竟在俯仰之间成掌上之弹丸耳。这不正是"欲上青天览明月"的张本吗？相比曹操，李白的心竟还嫌小，揽月何如掇月来得意态潇洒啊。不止潇洒。你听，这恰是个清脆的全清入声（可能是汉语中最干脆的语音了），像流霰轻扣风铃，利落地不带任何泥水。于是失重的我们分明听到一个不稳定的半音，正是日本民歌《樱花》的最末拍的耐人寻味。而这，不正是对"明明如月"的最好承托吗？

"忧从中来"，我们的情绪一路下滑，引向《天鹅之死》的跌落，至"来"之平声，乃生无尽的复沓。不是吗？扪心自问，里头像碰了回音壁般无限放大又无限传递的，正是"来、来、来……"故此"来"字是平声，也是颤音。回首看，上述的"掇"又岂非最好的拐点？

"不可断绝"，连接横向无限的是一个"绝"字，正以全浊入声（最决绝有力的汉字音）斩截。斩截音律，而我们的忧愁竟乃拘束在此。于是非止横向的不见阛阓，更是纵向的不见天日，而成此无以复加的彻底的绝望。同是绝望，其音律与心绪，又何尝是"去日苦多"或"忧思难忘"的写照？生活的灰暗绝非重复的摧残，个中正是剥洋葱的三味。

"越陌度阡，枉用相存。契阔谈䜩，心念旧恩。"诗人跳出了囚笼，以至广至长的镜头，送给我们一个至宏至远的世界：前者是空间，后者是时间，而充贯其间的是人情。这是何等的视域，又是何等的情怀！

"月明星稀，乌鹊南飞。绕树三匝，何枝可依？"世界又被浓缩成了精华。但，月亮已不是那个月亮，重生的世界当然是不可重复的。你看这形象的具体与犀利，你闻这基调的清冷幽邃，不啻"明明如月"——旧世界的朦胧宏大、澄净无余的对立面。又，"何枝可依"的宾谓结构，与此前的问法都不同。

"山不厌高，海不厌深。"如果定要举全诗的败笔，则最大的嫌疑非此莫属吧，因所谓的败笔自是艺术败笔，而这里也是全诗唯一的僵化。但，相比《卫风·硕人》中"手如柔荑，肤如凝脂，领如蝤蛴，齿如瓠犀"的麻木不灵，实已优胜良多。"君子可逝也，不可陷也"，故从"山不厌高"至"海不厌深"，一如从"手如柔荑"至"肤如凝脂"，一而再也，敏感者已然皱眉。但前面的走神尚可有瑕不掩瑜的借口，而后面的入魔则堪比命犯强迫的贫弱，及至"领如蝤蛴"，再而三现出的是人来疯的情态。狷介如屈子是读不到第四句便净手的，而迟钝如吾侪读到"齿如瓠犀"也只剩下撕书的冲动。图穷匕见的本义用在"齿如瓠犀"处真再贴切不过，纵补以"巧笑倩兮，美目盼兮"的香草，也难去其污之渐渍，而"君子不近"了。读不如不读，谁说多多益善呢？

"周公吐哺，天下归心"，这当然是以政治思想工作的目的性来收尾。联通前两句，这最末章是全诗最稳重的部分。从句法到意象，莫不如此。你看，连押的音韵都是平声加闭口音（m）。四平八稳的黄钟音虽甚无趣，但旋律与情绪呈现出与前趣的差异，也可算得无趣之趣吧。特别地，这种稳重性与诗人自己的目的（"政治工作"）是契合匹配的。因之，就作者的目的而言，此诗算得"成功"，即便这种成功上不了缪斯的台面。作品与作者，毕竟要分开了说。若我们放低身段，站在平庸的"用"的层面，亦不妨说，此诗完美地将抒情艺术与政治思想工作结合起来了。可见，曹操是当时的综合性领袖，既是政治领袖，也是军事领袖，更是文学领袖。也许正是这一点，使得睥睨秦皇汉武唐宗宋祖成吉思汗的毛泽东独避魏武不谈。这自是俗见，未必为《短歌行》多挣得几分面子，却可减几分对于曹操的苛责。

结言

我们走完了过场，现在可以回到出发点。此诗妙在何处呢？我想上述分析已褰堂奥。此诗妙就妙在章法架构（structure）与质地纹理（texture）的行住收放。万变不离其宗，这种行住收放所给予我们的，正是一个"动"字。这一点，用曹植的话来讲，是"动无常则，若危若安，进止难期，若往若还"，而用苏轼的话来讲，则是"行于所当行，止于不可不止"。[1]这是他们的共同特点，是艺术在形式上的第一要义。这种"动"何以就有艺术感染力呢？理由很简单，因为"动"的是"活"的！俗话说"活人死人只差一口气"，我们判断是死是活，不正在于是动还是不动吗？所以成为艺术的第一步必须是"活人"的东西[2]，或者说，可以让人感觉是活的东西。"活"的方式各有不同。曹植的"动"譬如树冠的飘动，而曹操的"动"是百年树根的虬结盘纡。曹操的动与苏轼的动也不同，后者的"动"乃"真如"的外幻乍现。若单以速度论，曹植的最快，而曹操的最慢。快中见动易，慢中见动难。快和慢具有怎样的差异呢？诸君不妨对比一下洋流运动与板块运动，两者内力厚薄及相应震撼的区别也就昭然了。你看，《短歌行》的诗人从未正式登场，

---

[1] 当然，就艺术发生的角度而言，曹操的动是"不自觉"的，而苏轼的动是"自觉"的。"美的自觉"或李泽厚先生所谓的"文的自觉"（《美的历程·魏晋风度》）的口号可追溯到曹丕那里，形式美的自觉则要到六朝中后期才张本明目，而"灵动"的形式美的自觉就更晚了。但是，自觉不自觉只是历史的问题，不是艺术的问题。特别的，不自觉的美恰恰突出了其艺术品质——诗人的天才性。

[2] 难道还有"死人"的作品吗？当然！这个世界最不缺的就是棺材里掉出来的货色，虽然它们一问世就注定要打哪儿来回哪儿去，却丝毫不妨碍它们回光返照式地蛊惑视听："你方唱罢我登场"，以流水线接力的热闹来掩盖其死气沉沉的贫弱；凭着数量的优势挤占镜头，以蚕食世界的代价来粉饰其自身的墓壁。因此，美学—哲学的使命正是要廓清这个世界，还（活）人的生活以清凉。

却无处不辐射其强大的脉搏，腾挪之间，斗转星移。这与曹植的不同，与曹丕的更不同。这不是最纯粹也最强大的象外之象吗？这才是真正的、纯粹的、彻底的天人合一。谁要再囫囵地说"三曹"，我就跟谁急！

可见，我们诵读此诗，从结构到气息，要读出音乐的高低错落、跌宕起伏来，方得其真处与妙处。惟真乃妙，惟妙乃真，合是一事，分说而已。用系统论的话来讲，每一字句，都是基于整体的联系才显出其真本色与光泽。这里没有最佳句，因每一句的佳处都是基于整体的配合而显发，正如黑格尔的"手"与赖特的"有机建筑"。因此，诗的好处，须读且须诵，以与诗人的气息情感合拍符节，方出得来。诗是看不出来的。以小说家的目光去打量诗，譬如将饭量充代肺活量，岂止是方法错误，直是糟践天物。让他们去说诗，真不如噤声。

综观《短歌行》，我们感受到诗人最充沛、最强健的气息，也借此形式，让读者诸君皆生发出最自由的气息。于是我们不单为诗人的活力所浸染，也燃起自身的活力。纯粹形式由此转化为纯粹内容。这不是别的，正是最纯粹、最本质、也最高级的艺术！

四言诗到曹操手里，终于成为真正的巅峰，也终于成为彻底的绝唱。这种彻底性在于，曹操之后的四言，不但没了峰岳，直连墩阜也眇不可见。这是可叹又可幸的，纵是长途索然，又何必让鸡肋污了缪斯的祭坛呢？曹操埋葬了一个世界，也开辟了一个世界，而新的光，要到下一位圣火炬手——李白的手里才完全昭亮。那又是五百年的等待。哲人如此，诗人亦莫能外。作为六朝风流的头牌（既是时间意义上的，也是价值意义上的），除了曹操的《短歌行》，还能有其他染指的份儿吗？气贯长虹，一泻而下，这正是魏晋的最高音，正是魏晋的李白，而李白，岂不恰似盛唐的曹操。

难者戏曰：设使曹公复生，未必道得《短歌行》竟有如许好处，亦未必觉察自家竟有如此能耐。作为回答，我们固然可以"客观"地说，这里头有一个自觉与不自觉的区别。诗人是不自觉地写得"好"，而说诗人是自觉地说得好。这么看，说诗人不免占了些曹公的便宜，但我要辩证地主观地讲，曹公未必不揩我们说诗人的油光呢。纵然诗人并非写得好（不论自觉与否），我们说诗人也要将其"洗白"成"自觉地好"。文本的独立性意义正在这里，于此亦生发出诗学的意义——诗学存在的理由。否则要你喋喋不休何用！大家自去写诗、读诗，何劳闲人指手画脚、云遮雾绕？说诗要成为诗，才是真说诗，而真说诗正是文本的再创作。我们将作者"生吞活剥"压榨一番后，须要有作品的"剩余价值"：只有实现了作品的"审美增值"，才称得上"再创作"。"作者"不过是说诗人的道具罢了，大可随物赋形，听君打扮，须知历史只是艺术的手段。"原来诗人写得这么好"，亦不妨是说诗人"借腹生子"后的礼节性致敬（courtesy），毕竟"肚皮"是人家的，何必揪着"弱势群体"去鉴定"种子"呢？可见，"原来诗人写得这么好"，只是说诗人要打造的读者效应，此现象却只是说诗的常态，是鉴定说诗人合格与否的判据，因其潜台词不是别的，正是"原来可以说得这么好"。至于"真不真"，又有什么可介意的呢？"好不好"不是已然总包括了吗？

第六章

中国诗的"至暗时刻"
——《咏怀诗》与阮籍的美学意义

阮籍的《咏怀诗》是中国诗的"至暗点"。如何解读这个"顶点"的意味，尚存商榷的空间。本章的分析指出，将《咏怀诗》的绝对消极性归因为"时代之黑暗"或"政治不得意"的思路并不贴切。拔乎其萃的阮籍要表达的是针对所有时代的抗议，指向的是存在本身的荒谬性。只有在此意义上，我们方可理解诗人与诗境的种种矛盾性。由此激发出《咏怀诗》的悲剧性美学意味：以最真实、最纯粹的人本身直面无垠的痛苦。作为"核力"来和合智慧与深情（两大互斥的品质）为一个整体，从而构成魏晋风流的，是强大的个体意志。人的至渺小映射着人的至伟大，这正是"至暗时刻"的终极意义。

说起《咏怀诗》，当然是阮籍的《咏怀诗》，其给中国诗划定了某种意义上的边界。吉川幸次郎先生在《中国诗史·阮籍传》中强调，"如果问我，在中国诗歌中什么作品是格调最高的，我将毫不犹豫地回答，是阮籍的八十二首《咏怀诗》"（章培恒、骆玉明等译，复旦大学出版社，2012）。吉川先生自有他的道理，而《中国诗史·阮籍的〈咏怀诗〉》一文，发前人所未发，真有训蒙之功。我的关于阮诗的理解，大端还是从吉川先生那里来的，而在这里的不悉续貂，也只算得"小木作"，不过拿成品来熨烫一番使其更为挺括罢了。

关于《咏怀诗》，我们要回答三个问题：一、《咏怀诗》写了什么？二、诗人为何要这么写？三、你会这么写吗？这些问题解决了，我们也就读通了。

消极的绝对性

关于问题一，《咏怀诗》写了什么？答案是显然的。《咏怀诗》的基调是绝对消极的，其内容不外乎孤独、悲哀、无奈与矛盾。特别地，与之前的消极性相比，《咏怀诗》表现出消极的绝对性，指向彻底的、难以解脱的无奈。对比之前的《古诗十九首》与《苏李诗》，这种变化是明显的，而若比照更早的《楚辞》与《国风》，那么，中国诗的消极性几乎是历时性单调递增的。这几点，吉川先生已论述精详，并以"天道"之信仰的不断动摇给出了漂亮的解释。也可以说，在情感基调层面，吉川先生完成了某种"诗式"的庞大叙事，这对于中国诗自先秦至魏晋的宏观演化历程而言是中肯的。

再说问题二。诗人为何要这么写？诗人这么写，似乎是出于对天道的彻底否定。这既合吉川的范式，也合我们的逻辑。但吉川先生似也未能免俗，他在《中国诗史·阮籍传》中一会儿诉诸历来百搭不爽的时代之黑暗，时或归因人类的恶意背弃，又说阮籍亦向往神仙的、真诚的生活。这种杂乱无章的解读恰恰是对他在《阮籍的〈咏怀诗〉》一文的开头所抛出的伟大命题——"阮籍所咏唱的内容，不像从来的五言诗那样是个人性质的哀欢，而是扩展到广大人类全体的问题"——的嘲弄式走调。可见，吉川先生的潜意识是灵敏的，但其革命尚不彻底。我们的任务就是要将吉川先生（当然也包括其他人）留下的"尾巴"彻底清除。

在关于《咏怀诗》的所有解读中，最普适也最偷懒的莫过政治黑暗了。阮籍生活的时代大致涵盖了曹魏政权的正式登场到行将就木。这固然不是什么可称为"盛世"的好时代。对此，吉川先生在《中国诗史·阮籍传》中说，"他（阮籍）所生存的时代是一个充满伪善和欺诈的肮脏时代，他的生活态度是对这个时代的抗议"。对于这个论断，我们须一分为二。诚然，这是一个"充满伪善和欺诈的肮脏时代"，但试问哪个时代能例外呢？既然时代没有例外，何以《咏怀诗》就能例外呢？换言之，"伪善和欺诈"的普遍性并不能解释阮诗的独特性。又，如果我们抛开主观的"伪善和欺诈"，而以客观的政权稳定性来看，则阮籍生活的时代未必是最糟糕的吧，至少北方克定的局面要强过不知"几人称帝几人称王"的生灵涂炭吧。按政治黑暗的机械决定论逻辑，永嘉之乱后的中国当出现比《咏怀诗》更"咏怀"的诗，但事实并非如此。此外，我们不妨换一种心态去打量：糟糕的时代岂非更需要人的努力？不是吗？时代越糟糕，方向越明确，屈原的《离骚》就颇具说明性。那么，《咏怀诗》中的矛盾，这种不但不可为、不可解，甚至不可知、不可谓的彻底性，不是很奇怪吗？

最离谱的解读莫过于将《咏怀诗》中消极性归结为诗人的政治不得意。此真罔顾历史。《晋书·阮籍传》载：

> 文帝初欲为武帝求婚于籍，籍醉六十日，不得言而止。……及文帝辅政，籍尝从容言于帝曰："籍平生曾游东平，乐其风土。"帝大悦，即拜东平相。籍乘驴到郡，坏府舍屏鄣，使内外相望，法令清简，旬日而还。

这段话告诉我们两个事实。一、阮籍想做官，便做官了，且想做什么官，便做什么官了。婉拒"国丈"身份的阮籍可能是距离政权中枢最近的"散淡人"了。二、阮籍具有常人难以比拟的出色的政治管理能力，旬日克治一郡。须知孔子的"中都宰"尚需一年而四方则之，则阮氏的政治才干真如神话般地存在，绝非杨修、孔融等"小聪明"可比。从能力到条件，政治可能是阮籍最不放在心上的掌上玩物。没有而说不要，放在手里却扔掉，大概可算两种境界吧，于是更显出阮籍的难能可贵。你看他"步兵校尉"当的，不正是一种游戏的缺吗？"政治不得意"——这帖不乏跳蚤市场的狗皮膏药，却在《咏怀诗》处栽了跟头，因这些江湖郎中们忘了一个大前提：阮籍并非凡夫俗子！

存在的荒谬性

我们要说，拔乎其萃的阮籍要表达的，乃是针对所有时代（并非某个具体时代）的抗议！用现代话语说，《咏怀诗》所说的，正是存在本身的荒谬性！这种荒谬性当然是在空间上也在时间上普遍成立的。不是吗？谁能逃过！"既生瑜何生亮"是站在相对层面上的，"既生善何生恶""既生何死"则指向了绝对层面。阮籍与《咏怀诗》所触及的，正是后者。因此，一方面，《咏怀诗》仍属"诗言志"的正统。这个"志"是普遍性的物事，而非个体性的东西（见朱自清《诗言志辨·诗言志》）。也正是在"诗言志"（"道"）的意义上，《咏怀诗》标志着五言诗的彻底成熟，而其意义当然是内容上而非形式上的。另一方面，"志"的内涵在《咏怀诗》中发生了更替，这要接续到吉川先生的天道信仰一路下滑的大框架里。到阮籍手里，"天"被彻底祛魅，正是其在《大人先生歌》中说的"天地解兮六合开"的影射。可以说，

《诗经》的天是明朗的，至《楚辞》乃有层层乌云，但乌云只是暂时的，终究要雨过天晴。汉魏以来乌云渐多，洎乎阮籍，岂特不见天日，实无有天日，亦非一时阙如，而是亘古无垠的一片混沌而已。阮籍算是彻底活明白了，于是生发出至深至沉之恸。世界或存在的残酷莫过于其经不起推敲，是为《咏怀诗》的本质。因之，吉川先生所谓的"扩展到广大人类全体的问题"，尚需加上一个时间（时代）的无条件性，才是有意义的。

　　正是存在本身的荒谬性，赋予阮籍与阮诗的矛盾以终极性意义，而终极性支配着普遍性。正如吉川先生所指出的，"酒"是阮式矛盾的典型写照。我们在嗜酒的阮籍的《咏怀诗》中竟闻不到一丁点儿酒味。他只是"堂上置玄酒"，与篇篇透着酒气而"大适融然"的陶潜迥然不同。他又是"对酒不能言"，不但难有"斗酒诗百篇"的意兴，直是"对酒当歌"的劲头也提不起来。酒之于侟，竟连"不如饮美酒，被服纨与素"的慰藉也谈不上。但现实中的阮籍却是可连"醉六十日"的酒神般的存在。对此，我们可作的最简约解释是，诗人并非将酒视为存在的提升物或慰藉物，而是荒谬本身的最好搭配甚至象征——荒谬物。不是吗？应对荒谬之"在"的最好姿态不正是荒谬之"生"吗？梦魇最好的归宿是让它终至遗忘消亡，又有什么好说、有什么好写的呢？

　　由此逻辑，我们当可理解诗人与诗境的其他种种矛盾。读《咏怀诗》，第一印象是孤独，第二是冰冷，一种冰冷的孤独或孤独的冰冷。但是，阮籍可能是最不缺朋友也是最富温情的，友谊也总以情感为纽结。《世说新语·任诞》里终日"集于竹林之下，肆意酣畅"的"竹林七贤"的代表甚至魁首，不正是"陈留阮籍"吗？自古迄今，"朋友圈"的最完美代名词，恐怕也非"竹林七贤"莫属吧。《晋书·阮籍传》载阮籍遭母丧而"吐血数升，毁瘠骨立，殆致灭性"，试问除了最富深情者，谁能如此呢？但为何诗人在诗中将这些东西完全隐去不谈呢？毋宁这么问，人到底应该谈些什么呢？至少是有些意义的东西吧，无意义的是不必谈的。酒也好，朋友也好，温情也好，又有什么意义呢？是啊，若我们能彻底正视存在本身的荒谬性，这些东西不都是镜花水月、梦幻泡影吗？非但不能解决问题，反徒增烦恼。因此，"努力爱春华，莫忘欢乐时"也好，"愿君崇令德，随时爱景光"也好，"奄忽随物化，荣名以为宝"也好，"不如饮美酒，被服纨与素"也好，"昼短苦夜长，何不秉烛游"也好，"客行虽云乐，不如早旋归"也好，在阮籍笔下，统统成了不能正视"真"的笨驴或不敢正视"真"的鸵鸟。阮籍接手了"古诗"的"命"，又革了它们的"命"。八十二首《咏怀诗》的意义就在这里！

"真"是荒谬，于是，矛盾成了唯一的真、唯一可作的文章——岂特诗人与诗的矛盾，更是诗本身与诗人本身的矛盾。你看：他才说"日暮思亲友"，又说"晤言用自写"；才说"西方有佳人，皎若白日光"，又说"悦怿未交接，晤言用感伤"；才说"宁与燕雀翔，不随黄鹄飞"，又说"岂与鹑鷃游，连翩戏中庭"；才说"孔圣临长川，惜逝忽若浮"，又说"渔父知世患,乘流泛轻舟";才说"愿登太华山,上与松子游",又说"采药无旋返,神仙志不符";才说"曲直何所为,龙蛇为我邻",又说"谁云玉石同,泪下不可禁"。一切对象,在阮籍的法眼里,如波浪般都化为暂时的驻点,旋又推散开去。他彼时"喜怒不形于色",此时"能为青白眼";彼时为"天下之至慎",此时则"箕踞啸歌,酣放自若";彼时"饮啖不辍,神色自若",此时"废顿良久";彼时"不与世事,酣饮为常",此时又曰"时无英雄,使竖子成名";彼时使"仲容预之",此时又道"卿不得复尔"。一切实践,在阮籍的法眼里,都透出消散"质点"(中心与引力)从而彻底"变质"的"无可无不可"。撕去保护层的世界充分氧化而现幻谬。这正是"变质"的本质。至此,人真是汪洋一叶,浮萍无寄了。这种姿态颇类《吕氏春秋·杨朱》中标榜的"废而任之"。这也许是与真正的(而非庸俗的)享乐主义共通的深层前提吧。

崇高的意志力

至此,我们不禁要问,基于存在本身的荒谬性的阮诗的审美意味何在呢?莫若问:天道或曰天道信仰(本体论的本质是认识论)的崩塌具有怎样的意义?答曰:人类的生活再没有这么可怜了。不是吗?幸福(eudaimonia)不应内含好的(eu)神(daimōn)吗?祛魅后的世界,岂特神明不彰,连神明自身都解构了。由孔子撕开的对"天道"存疑的那道小口子，至此门户大开，但前面是一片漆黑混沌，正所谓"天地解兮六合开，星辰陨兮日月颓，我腾而上将何怀"？存在之残忍与荒谬，莫过于此。被"天"彻底抛弃的人类，也总算出现一个可以直面现实的人了：他将《苏李诗》与《古诗十九首》的近视与怯懦远远抛在身后，独自（也只能独自）地承担着一切痛苦。于是，《咏怀诗》所给予我们的，不单是无所逃遁的宇宙学意义，更是向死而生的人本身的意志与情感。面对彻底的恸，谁能盯着不动？唯有何劭在《王弼传》中援引王所理解的"圣人"吧："圣人茂于人者，神明也；同于人者，五情也。神明茂，故能体冲和以通无；五情同，故不能无哀乐以应物"。这两个侧面就是李泽厚先生在《华夏美学·美在深情》中所总结的"魏晋风流"的两个基本点，即智慧与深情。智慧当然是源于老庄的复兴——玄学，而深情则祖述儒家，或更确切地说，是屈骚的传承。

但如此岂非可怪？何谓智慧？勘破勘透。何谓深情？执着执迷。两者难相兼容。"鼓盆而歌"是一副"知者乐"的面孔，针锋反衬着"一日复一夕，一夕复一朝"，"一日复一朝，一昏复一晨"的煎熬。智慧与深情，像油和水，如何合一？诗与哲的宿怨，不亦早在柏拉图学园里就生根了吗？"挥慧剑，斩情丝"，正是这个排他性选择题的最佳参考。"谁云玉石同，泪下不可禁"："同"是智慧，"不同"是情感，任凭自我的两个矛盾面向互相争斗而不作丝毫妥协的，正是大无畏的意志力！李泽厚先生强调智慧与深情，固然不错，但尚需一味强作用的"核力"，方才齐全。这个核力就是勇气，就是意志。知、情、意于此汇流而和合成核。可见，《咏怀诗》既是解构的，也是结构的，且再没有比这更强大的结构了！

如此，方显出痛彻的三昧。世界是荒谬的，"我"何其不然！对存在的批判达此最深层，而阮诗即是站在时代之风口浪尖的顶点。《咏怀诗》表达的绝非小女子的情绪性哭闹，而是大丈夫反刍后的深层悲哀，不再是顾左右而言他的怯弱，而是一哭到底的坦彻。它不单指向人生的终极性，也迸发出最强大的人的意志力。因此，"废而任之"的浇头尚须加上"怆快难怀"的汤底，即悲情版的"享乐主义"，才够得着阮籍的台面。

《咏怀诗》的美学亮剑了。这种审美力量当然不是智慧，不是会心地拈花微笑、欢喜赞叹，而是心神震颤，六神无主而强自做"主"。玄学是第一哲学的象限，与第三哲学毕竟隔了一层。阮诗的力量源自一切艺术的本质——深情，又不止深情，是经过智慧洗礼的深情，是本能的否定之否定——人本质！这正是一般感怀所难以企及的阮诗的高度。不是吗？设使"皇天"既倒，则《离骚》能否一如既往地气贯长虹，当是颇可怀疑的。纵不谈皇天，屈原所面临的四条道路中，尚有道德之路是通畅的，但至阮籍，连这最后一条路也全然断绝。《大人先生传》曰"汝君子之礼法，诚天下残贼、乱危、死亡之术耳"，当然是说给"君子儒"而非"小人儒"听的。可以说，在阮籍这里，中国诗迎来了基调上的至暗时刻。至此，我们也真可理解他的穷途之哭了：谅天下之大、天生之灵，又何往而非"车迹所穷"呢？除了"恸哭而反"，人又能干什么呢？除了"恸哭而反"，美还能干什么呢？这冰冷的眼泪，绝非鳄鱼的条件反射，也不是匹夫匹妇的歇斯底里，而是真正的人的值得的眼泪。这种美正是美中之王——悲剧性的崇高！可见，《咏怀诗》的美学意义在于试图仅仅以自身最纯粹的人格（智慧+情感+意志），即真实的、脆弱的人本身，而非自欺欺人式的强作勉力、麻痹、回避或求神问道，来面对普遍必然的荒谬性悲哀，从而达到在巨大矛盾中彰显人性之伟大的悲剧性震撼。以此，基调上的至低谷又是审美上的至高峰，人的至渺小映射着人的至伟大。这难道不是第三哲学的全部任务吗？又难道不是全部哲学的终极面向吗？

　　再看问题三。你会这么写吗？我想，阮诗的独特性已在历史经验上替我们作了回答。不论是曹操的"对酒当歌"，还是陶潜的"采菊东篱下"，都没能迈过这道坎，而未达阮籍的终极性体验。面对人生悲剧，普罗大众总是难脱纬缊忸怩的小女子心态。这在《董娇饶》的末四句里表达得再鲜明不过："吾欲竟此曲，此曲愁人肠，归来酌美酒，挟瑟上高堂。"愚者不及，懦夫回避，能盯着血淋淋的现实而目不转睛的，必须有一等一的勇敢与意志。借辩证法的思路，我们不妨说，《咏怀诗》的终极意味的出现既有时代的因素（自汉初以来经《苏李诗》《古诗十九首》对于失衡世界的反思性悲哀的层层加深），也有阮籍自身的气质因素：他最具智慧、最具深情，也最具勇毅，因而他能够去伪装，能够有直面人生之悲剧与荒诞的彻底性。这是我们替吉川先生的"最高格调"之命题所作的补充,以及替我们自身的局限所作的坦白。

回过头来,我们虽然缺乏足够的智慧、深情和勇气,去攀登阮籍的巅峰,却不妨碍将此峰作为我们自身实践哲学的参考。《天才梦》中"爬满了虱子"的"华美的袍"、《围城》中充满荒谬与伪善的象牙塔神话,固然都步阮的后尘,却绝非阮的足迹。刻舟求剑是做不到的,也不必如此,因为重要的是走自己的路——真正的人的路。巅峰是最好的灯塔,而非目的地。苏格拉底说:"未经审视的人生,是不值得过的。"这真是一句重言格的废话!能称作人生的当然蕴含"审视"的前提。因此,德尔菲神庙上"KNOW THYSELF"的箴言,尚需加上一个"BE THYSELF"的命题,才构成人与世界的本质以及全部。

今朝如是说,千年前亦复如是,千年后概莫能外。这就是人文的力量:原地踏步而穿透时空!人文何曾过时!只要有人,就有人文。吃紧处更在逆否命题。于是,我们又以第三哲学反哺了哲学的全部。我想,这是《咏怀诗》以及阮籍所给予我们的意义,既是终极的意义,亦是当代的意义。

第七章

浑然说"道":"放过自己"的《归田园居》

《归田园居》是中国诗在自然主义路径上的巅峰。此诗在章法上独树一帜，其视角是流畅的，其文字是粗粗笨笨的——钝化、糊化、虚化。王维的诗鲜明犀利，后世仿陶诗亦不免透出显微镜式的"尖新"，但陶诗却没有诗眼，通体浑然。陶诗的独特坐标源于其百分百的纯粹人格，是为陶诗之"醇"。在整个六朝至盛唐的贵族式诗路中，超级早熟的陶诗远远地走在前面，达到自尊与勇毅的最高级状态——"放过自己"。《归田园居》的种种"自然"表征，指向的正是心宽体胖的自由状态。陶诗的本质，只是半醉半醒、毫无滞涩的纯情流动，并由此生发出"浑"来。王明陶糊、王瘦陶浑的本质，是禅瘦庄浑。陶诗正是说"道"的样板。明白直话、举重若轻的《归田园居》展示出五言诗最本质、最彻底的形式美——"活""力"两彰。但陶诗非是做出来的，只是诗人不得不然的率性写真，其三昧在于"忘"。忘不是无，更不是死，是摒却杂扰，还原为人—本体的本质悸动——纯粹灵性的流化。以"人的自觉"这个六朝命题为基点，陶潜成全了庄学，也成全了自我。《归田园居》正是"从心所欲不逾矩"的水到渠成，也终于成为后世难以企及的自然主义艺术的典范。

粗粗笨笨

陶渊明是一个绕不过去的诗学题目,但陶诗却顶顶难说。陶诗最难说,因其味道最淡,譬如极低浓度的电解质,你要加倍提纯,用最灵敏的嗅觉作显色剂,才能显发其本色。这正是对于说诗人来说最难的文本。于是,只用"脑子"解诗(而非用心读诗)的"精明人",就将陶潜与陶诗抽象为隐逸的文化象征。就此而言,陶诗的卖点不过是卸下一切的生活方式而已。与其说陶诗,不如说陶潜其人,因世之所重,不过其人生姿态耳。写不写诗,说不说诗,似无关紧要,或只是关乎文人酸气的显摆,反倒画蛇添足了。此亦不无道理,毕竟陶潜给中唐以后充满矛盾性的文人士大夫留下了最后的心灵寄托与港湾。苏轼等人与其说是为陶诗本身的艺术性而倾倒,更像是迷恋陶潜的人生方式,借其所象征的最后一条退路的可能性慰藉自身。然则"诗"的意义何在?如此,单由《五柳先生传》《归去来兮辞》《桃花源记》们娓娓道来即可,又何劳《归田园居》《饮酒》诸诗登场呢?试问"精明人":后者出乎前者的美学意义何在?此正是"包打天下"的精明人的滑铁卢。

欲说陶诗,惟先用"心"(万不可先用"脑子",见下分析)。一用心,品诗的第一前提就出来了:只品"陶诗"(真陶诗),至于那些不似陶诗的陶诗,不妨捐置。然则还有不是陶诗的陶诗（并非仿陶诗）吗？当然！就任何真正的艺术家X的历史创作而言，不似X的作品（并非赝品）总是占了多数，称得上是X的作品的总是少数，毕竟溶剂的含量总比溶质多，但X的溶剂稀松平常，正是和诸君身上一样的溶剂。然则说它作甚！诗学精神要的只是提纯的溶质，不是溶液，那只是杂烩。何况陶诗的浓度又是那样的淡，那可真要"挂一漏万"了。挂一漏万，此是诗学正道，亦是艺术精神（溶质）和历史现实（溶液）的大分所在。但是，历史的精神最终还是要回到艺术精神上来，不信你看，作品的历时性淘汰不正是不断地在提纯"溶质"吗？无论如何，提纯之演化总未完成。然则坐等沧海变桑田、一万年后再说"诗"是可笑的，须知"我不待时"——精神要做历史的主人。因此，本章中所谓的"陶诗"，皆是配得上陶诗（风骨）的陶诗（真陶诗），且不以数量多寡为判据（须知超验理想是唯一，而经验杂多是无量）。用脑子的就喜欢细大不捐，拼拼凑凑，左右讨巧，终究沉溺于偶然性的杂多迷宫，难以自拔。经验世界本是残缺，又何必抱残守缺、啜嚅趑趄！

  陶诗的好处，在于所有一切似乎都化在一片自然之中，看不到一丝斧斤痕迹。将这种自然解析出来，才是说诗人的本事。我们不搜肠刮肚、寻奇觅僻，只看家喻户晓的文本——当得陶诗第一的《归田园居·其一》（其后简称《归田园居》），其诗曰：

    少无适俗韵，性本爱丘山。

> 误落尘网中，一去三十年。
> 羁鸟恋旧林，池鱼思故渊。
> 开荒南野际，守拙归园田。
> 方宅十余亩，草屋八九间。
> 榆柳荫后檐，桃李罗堂前。
> 暧暧远人村，依依墟里烟。
> 狗吠深巷中，鸡鸣桑树颠。
> 户庭无尘杂，虚室有余闲。
> 久在樊笼里，复得返自然。

结尾点名归于"自然"，但诸君品品，何谓"自然"呢？着实不好说。砍掉一切缠夹附会，"自然"本是道家概念。《老子》中多次出现了"自然"，最经典处当是"道法自然"。熊十力先生在《新唯识论·成物》中释曰：

> 天化者，自然耳。老氏所谓自然，犹印度佛家所云法尔道理。法尔亦自然义。盖理之极至，非有所待而然，是谓自然。又此理体，其显现或流行，只是德盛而不容已，非有意造作而然，是谓自然。岂尝有意造作哉。谓其预定计划，则是以人意测天化也，奚其可。

可见，"自然"含摄两义。其本义是"非有所待而然"，即，自然而然——自在自有自为的状态。其衍生义是"非有意造作而然"，即，去掉人工的规范（理性的束缚）。其实，陶诗的种种好处,也不外乎自然之义,只不过就审美的发生而言,方向正相反,乃由其衍生义而升华至其本义。

　　细品《归田园居》,确乎全方位的"非有意造作而然"。先是文脉自然。仁者或谓不然。然谓不然者大抵是不背诗的。先背诗去,再来听我说诗。背诗是自家用功,一分一厘他人顶替不得。对于背过诗的,文脉自然可谓不证自明,自家心里有数。诸君背诗,此诗最易,记得最牢,纵是初遇,滋溜下去,豁豁然如己出,沛然畅快。何以如此?除了"平淡真率"——这些关于陶诗评论的"狗皮膏药"[1],最大的因素当属文脉的自然:"少无"→"性本"→"误落"→"一去"→"思恋"→"开荒"→"守拙"→"堂前屋后"→"巷口闾里"→"庭室"→"回归"。这岂不是最自然的逻辑、最自然的视角转换和最自然的文脉吗?诗是开放的、文本是开放的、内容是无限的。要让我们改诗,似有无限种可能,上述的每个视角,亦似有无限种选项,但改来改去,还是不如原诗的逻辑、视角来得"自然"。陶诗的魅力就在这里:它是平平无奇却是无限组合中最自然不过的唯一。

---

[1] "文科"多的是"狗皮膏药",它们无关痛痒但永远不会过敏,医不好也治不死,不致引起医疗纠纷,无功也可算"有劳"了吧。于是,"文科"堕落成了附赘悬疣。文科要复兴,要重新成为人的精神阵地(配得上"人文"二字),则须与"伪学"划清界限。凡说,就要说得真切、透彻,这才是文科真正应该向"理科"学习的地方(不留模糊地带地说"死",才是理科的根本范式),而不是去追逐理科的末技——用大数据说话的"实证式"考据。

再品《归田园居》，其文字是自然的。"平淡真率"这张狗皮膏药，虽不中用，但"狗鼻子"毕竟还是有些嗅觉的，只不过要将这股气味彻底追踪下去，方才顶事，就像必要在黄花蒿中提纯了青蒿素，方称得上抗疟疾的良药。陶诗的文字不止"平淡真率"，而是"粗粗笨笨"的——借用《红楼梦》第七十七回袭人关于晴雯的评语："太太只嫌他生的太好了，未免轻佻些。在太太是深知这样美人似的人必不安静，所以恨嫌他，像我们这粗粗笨笨的倒好。"晴雯必是精致的，正所谓"晴为黛影、袭为钗副"，不论是颦儿般"水蛇腰，削肩膀"的相貌、爱憎分明的性情、不让人半句的"磨牙"，还是勇补雀金裘的女红，正是贾母说的"这些丫头的模样爽利言谈针线多不及他"（《红楼梦》第七十八回）。什么叫粗粗笨笨呢？正是爽利尖刻的对立面——模糊性。你看陶诗的文字，真是太模糊了。"丘山"就只是山而已；"羁鸟"就只是鸟，还是不会飞的笨鸟；"池鱼"就只是鱼，还是不怎么动的懒鱼；"榆柳""桃李""鸡狗"，纯粹只是最单纯的要素——柏拉图的"理念"本身，不带任何色彩或修辞，没有任何进一步的限定，真是"粗笨"得可以！你拿捏不准它们的具体形象。不止名词不求甚解。你看《归田园居》的谓词：爱、落、去、恋、思、开、守、吠、鸣，也都是"粗"得不能再粗的变化或状态。只立了个大概的方向，甚至只停留在基本语素的层面：只可用来解释其他语素而其本身无法被其他语素所解释。有的压根就没有正儿八经的谓词，只是"有""无""在"，以及"不在"的"在"："方宅十余亩，草屋八九间。榆柳荫后檐，桃李罗堂前。暧暧远人村，依依墟里烟。"这就不止动词的钝化、糊化，更是弱化、虚化。这样的好处，正是虚怀容天地，于我无不适。这已经非常接近王维的诗路了。[1]

真假胖子

　　陶诗和王诗的相似处，不乏前说。在《红楼梦》第四十八回中，林黛玉指点香菱说，王维的"大漠孤烟直，长河落日圆"，毕竟还是套用了"暧暧远人村，依依墟里烟"；于是香菱悟道："原来'上'字是从'依依'两个字上化出来的。"一样的"不在"，一样的虚，一样的若有似无，一样的"钝"。就此逻辑而言，王诗似是陶诗的变体。纵是如此，两者的本色毕竟不同。这个区别正在王诗的诗眼——"直""圆"二字上。借用香菱的说法，正是"想来烟如何直？日自然是圆的。这'直'字似无理，'圆'字似太俗。合上书一想，倒像是见了这景的。若说再找两个字换这两个，竟再找不出两个字来"（《红楼梦》第四十八回）。其实香菱说的只是形象的鲜明性，就像在眼前似的贴切。王诗鲜明，陶诗则是灰色的，它似乎搁哪儿都无妨，实则到哪儿都灰尘仆仆、无关痛痒地悠然自处，因为陶诗没有诗眼，通体浑然。正可谓王明陶糊。拿更典型的王诗《辛夷

---

[1] 见本书第十一章中关于王维诗的分析。

坞》来看:"木末芙蓉花,山中发红萼。涧户寂无人,纷纷开且落",对比就更明显了。王诗不但是鲜明的,且往往是犀利的。用语一犀利就落了单,它突出的是世界的本真——彼岸,就不得不撇弃经验的杂多——此岸。

因此,陶诗与王诗在对象的含摄上判然迥异:陶诗"胖胖的",王诗"瘦瘦的",可谓陶浑王癯。《旧唐书·文苑下·王维传》载:

> 维弟兄俱奉佛,居常蔬食,不茹荤血,晚年长斋,不衣文彩。……斋中无所有,唯茶铛、药臼、经案、绳床而已。退朝之后,焚香独坐,以禅诵为事。妻亡不再娶,三十年孤居一室,屏绝尘累。

瞧,连其为人也这样地"消瘦清癯"。反观《晋书·隐逸·陶潜传》中的陶潜形象:

> 其亲朋好事,或载酒肴而往,潜亦无所辞焉。每一醉,则大适融然。又不营生业,家务悉委之儿仆。未尝有喜愠之色,惟遇酒则饮,时或无酒,亦雅咏不辍。

正是笑纳百态的随遇而安。诚然诗如其人。王诗是"茶",让人精觉;陶诗是"酒",让人酣眠。就本色而言,王诗毕竟是六朝风流的变体[1]，而非陶诗的变体。何谓六朝风流的气派呢？按《文心雕龙·明诗》中的说法，正是"俪采百字之偶，争价一句之奇，情必极貌以写物，辞必穷力而追新"。最典型的代表，就是两谢走的贵族化诗路。[2] "粗粗笨笨"的陶诗，恰是这种"爽利尖刻"风格的对立面，无怪乎其在钟嵘的《诗品》中只能屈居"中品"，虽不乏"风华清靡"的赞语，总不脱"田家语"的质直。

贵族风流的兴衰，恰恰映射陶诗的沉浮史。在整个六朝贵族风尚蔓延的时代（包括盛唐），陶诗总是中不溜的存在。中唐以后，陶诗逐渐逆袭，并在全面世俗化的宋代，终于问鼎诗坛，成为不加冕的宗主。

从陶潜和陶诗的"大适融然"中，又生发出苏东坡的憨态不拘。苏轼的崇陶，本是相看俨然。这位寄寓《猪肉颂》，创制东坡肉并被讥为"墨猪"的大文豪，"嬉笑怒骂，皆成文章"，大概也是"胖胖"的吧。苏辙在《子瞻和陶渊明诗集引》引苏东坡语曰：

> 吾于诗人，无所甚好，独渊明之诗。渊明作诗不多，然其诗质而实绮，癯而实腴，自曹、刘、鲍、谢、李、杜诸人皆莫及也。吾前后和其诗凡百数十篇，至其得意，自谓不甚愧渊明。

---

[1] 见本书第十一章中关于王维诗的分析。
[2] 见本书第八章中关于两谢诗的分析。

毕竟是天才的嗅觉，远出泛泛之见。但有个"和"字作祟，心境总是差了一层，文字也就差了一截。并且，苏轼也只不过和和调调而已，"小舟从此逝，江海寄余生"的话，只是过过口瘾罢了，一如孔子说的"道不行，乘桴浮于海"，直是宽慰子路的不受待见。你看他兜兜转转大半个中国，一贬再贬至天涯海角，只做了官家的"棋子"，连死都死在"皇恩浩荡"——遇赦北还京师的半道上。两种人生轨迹的区别，正如《荀子·劝学》中说的"君子之学"和"小人之学"间的差距。古今之分，判然著矣。苏辙在《子瞻和陶渊明诗集引》叹曰：

　　嗟夫！渊明不肯为五斗米一束带见乡里小人，而子瞻出仕三十余年，为狱吏所折困，终不能悛，以陷于大难，乃欲以桑榆之末景，自托于渊明，其谁肯信之？虽然，子瞻之仕，其出入进退，犹可考也。后之君子，其必有以处之矣。

　　此话说得非常中肯。纵然"可考"，总有挂碍。于是，后世的清流君子再也走不出这弯弯绕绕的尘网樊笼。试看后世的"隐逸""归田"，谁又不是呵呵、说说、做做样子呢？纵是前世，"归隐"也不那么纯粹。《采薇歌》《接舆歌》以及杨恽的《抚缶歌》，总夹杂些"顾左右而言他"的言不由衷。亏了"诚"字，落笔总差火候，聪明反被聪明误。举目四顾，方显出陶潜的坐标，钟嵘的《诗品》称其为"古今隐逸诗人之宗也"，殆非虚言。陶诗的独特，正源于其百分百的纯粹人格。陶诗之"醇"，也含摄这层意味，不止厚，也是纯。

李泽厚先生在《美的历程·魏晋风度》中称陶潜和阮籍是"魏晋风度的最高优秀代表"。就"诚"而言，殆为的见。阮籍与陶潜都是纯粹人格面对黑暗的真实轨迹。[1]看，连他们的语言也是这样单纯。阮籍与陶潜的诗是写给自己的，而非给人看的，并无其他目的（如屈原之规谏），更无沽名钓誉之杂念，故得其情真意切。无目的性，恰是其语言"平淡"的人生背景。黑暗恒常，故"至诚"之轨迹的意义也永恒。[2]

无论如何，借由苏轼的强大辐射，其后的中国文坛总散发些陶诗的味道，归隐和田园正是陶家招牌。参看典型代表——范成大的《四时田园杂兴》，其一曰：

柳花深巷午鸡声，桑叶尖新绿未成。
坐睡觉来无一事，满窗晴日看蚕生。

---

[1] 见本书第六章中关于《咏怀诗》的分析。

[2] 真正的（大学）教育归根结底就是思考两个命题：KNOW THYSELF 与 BE THYSELF。它们分别指向认识论与实践论，是教不来也学不会的，因没有标准。教育仅仅是激发我们思考怎样描画自身的轨迹。阮籍与陶潜分别走出了迥异的人生。诸君何去何从，并无成说。无论如何，只要人是真实意义上的存在，就永远无法回避，也永远无法回答完毕这两项命题，直至其生命的终点。

确有些陶诗的韵致。但细辨就露了马脚，破绽正在"尖新"上。"桑叶"已甚细屑，诗人还嫌不够，更要强调个"尖新"，譬如剪纸，本已能抓破美人脸，还要来个激光定位。是"绿"又道"未成"，"鸡声"偏在午时，雕画越来越细，分辨率越来越高。"深巷"中的"柳花"，增加了晕染与层次，借助七言的空间感，像是贝壳内侧珍珠层泛出的色泽，既紧凑又丰富。"觉来"必先"坐睡"，真是够矫情的。"无事"偏要说"无一事"，"一"只是内容的虚设，但又是形式的精确，像煞必要竖起一根根格栅，才有勇气来严谨地标识窗框的位置。末了，诗人更愿意透过这"满满"的"窗口"来感受"晴日"的存在。充其量只是"窗"的空间，硬要说"满"，好像整个世界太大了，诗人的小心脏受不了，非得要"坐井"才能"观天"——才看得清"天"。任他弱水三千，痴人只取一瓢饮。"三千"是陶诗的"天"，"一瓢"是仿陶诗的"天"。到底哪爿天更"真"，却也难道。正如园林中的移步换景总须借由小小的漏窗来宣泄，又恰是宋以后的营造法，大概也是非"小孔"不足以"成像"吧。这倒不乏科学根据，毕竟诗人要看的是"蚕"，真是够小的，不放大了看还真看不清其形象呢。不，连我们旁观者都未看清，他要看的竟是"蚕——生"，真真是芥子尘埃的量纲——显微镜的视角。"显微镜视角"恰是整个宋代诗风（包括词风）的主流，而仿陶的失败，也多可归咎于"显微镜"情结。"显微镜"这个头其实是老杜起的，而七言在中唐以后得以取代五言成为诗坛正体，似乎也体现了两字之差的"显微"优势。

陶诗以及陶潜，终究是唯一的存在。后世的仿陶者们只是"吃"得多，但胖不起来，形容瘦削，且改不掉如数家珍的臭显摆，再也做不到"不求甚解"的吞吐汪洋。陶潜，毕竟还是六朝的没落贵族；而他们只是新富的"寻常百姓家"——庶族地主。[1]

滚滚而来

现在说说"自然"的好处。答案很简单，"自然"的衍生义的意义正在于"自然"的本义——自在自有自为。《庄子·逍遥游》曾通过扬弃"列子御风而行"，指出了无所待而然的自由状态。自由，不单是本体上的，也是审美上的。特别地，在这个残缺的经验世界中，要达到绝对自由的状态，只有两条路：宗教或审美。这正是诗的意义，其意义正是一切哲学的根本。蔡元培先生要"以美育代宗教"，就此根本目的而言，诚为良策。

陶诗的种种自然表征和指向的正是自由。视角的流畅、文字的粗笨，甚至酣醉、浑圆，正是心宽体胖的自由状态。陶潜的难能，陶诗的难学，也正是这种不假程式、没有规范的自由性。陶诗的本质，只是半醉半醒、毫无滞涩的一片

---

[1] 陶诗也体现了"外物"与"内事"的平衡以及章法的灵动（见本书第四章）。这继承了《古诗十九首》的风韵，也就更拉开了其与后世诗风的距离。

意识流动而已。《五柳先生传》中说的"造饮辄尽,期在必醉,既醉而退,曾不吝情去留",就是这种状态的体现。苏轼《文说》曰:

> 吾文如万斛泉源,不择地而出,在平地滔滔汩汩,虽一日千里无难。及其与山石曲折,随物赋形,而不可知也。所可知者,常行于所当行,常止于不可不止,如是而已矣。其他虽吾亦不能知也。

亦可为此种心境、此种文字作一说明。

要达到陶诗的成色,必先达到毫无滞涩的自由心境。陶诗正是写心。一路行来,用词遣句、气息流动、对象出没等等,并无新奇之波澜,但中和之至,可行可止,可长可短,是与脉搏同构的节奏与幅度,恰如小提琴的咏叹调。诗之至易是觅字,诗之至难是写心。仁者或问:人人皆有心可写,丽字奇句却非人人都能觅得,岂非写心易于觅字?答曰:世人之心多是不可写的,写出来也不够诗格,因其难掩贪嗔痴的猥琐鄙戾,以及这种心境下行文的种种滞涩(不是表达什么的"滞涩",而是如何表达的"滞涩")。但只要识字,就能觅字,就能通过光鲜外表隐藏内心的鄙陋,可惜此类文字无法"摆渡"读者到达光明自在地,反倒拖累仁者沉溺,自然现世不得。因此,诗的终极状态,就是写心而已,这是最掺假不得的干货。

陶诗的早熟,就在这里。从根本理路上讲,陶诗也是弥漫在整个六朝至盛唐的贵族式审美的产物（这或许是后世仿陶者总是"画虎不成"的氛围因素），但两谢的高贵在于"不食人间烟火"的纤尘不染，陶诗则化在一片酒酣耳热之中，浑然不问今夕何夕。两者的外在形式正相反，内里却是一个贵族式本体的演化。"贵族"的本质，正在于出乎常人的心性——超级的自尊，以及维持这种自尊所要求的勇毅。个性解放的贵族气质正与门阀士族的崛起相表里。刘伶的背对普罗是勇毅，两谢的不杂普罗是勇毅，陶潜的不知普罗也是勇毅，且是更终极的勇毅，后者正是前者的扬弃。西方贵族的演化轨迹，不亦与此相仿佛吗？要做给人看的与众不同、拿腔捏调是自尊的最初形式，"人不知而不愠"是其进一步发酵，"相忘于江湖"才是自尊的最终成熟。从"爱上层楼"到"欲说还休"，最终到无功无名无己的境界，愈高愈冷也愈难——最难在于放过自己。自尊的发展，正如人的自然生长发育。陶潜与陶诗的难能，正在贵族化人格的超级早熟：他远远地走在同时代精英的前面。这么看，陶诗地位的后来居上，不亦宜乎？

可见，陶诗的贵族精神，比两谢诗更彻底。两谢的精工，不是仍有要做给人看的心理在作崇吗？精工往往累己娱人，其潜意识仍未完全抛开名誉的羁绊，自家生活还是得寄生在他人嘴上。陶则不然，写诗纯粹是心意流泻，到哪里是哪里，不留斧斤之迹。陶诗最难学、最难讲，正在于其不可模仿。这岂不是最贵族化的诗风吗？要论何以写诗，也不脱钟嵘在《诗品·序》中的贵族化逻辑：

> 若乃春风春鸟，秋月秋蝉，夏云暑雨，冬月祁寒，斯四候之感诸诗者也。……凡斯种种，感荡心灵，非陈诗何以展其义；非长歌何以骋其情？

这说得很明白，不是啥政治目的，或为了某种名利，而只是"不得不然"的纯情感发而已。仔细想想，这真是顶神奇的效应："春风"一吹，"我"就要写诗了，具体什么内容则是未定的，"我"只是油然而生一种纯粹意兴。恰恰是这种非因果性的感发，才是人之为人的根本，也是撬动整个人类文明的支点。灵性必然基于血肉之躯，是凭借"心"（情感）而非"脑"（理性或逻辑）而发生的。

因此，"春风春鸟"的感发太重要的，它是不可预设的主动，正与预设的被动（一切人工智能的本质）划清了界限。因此，陶诗只是"春风"的感应；陶潜只是要"写"，不求人观，甚至也不是给自己看的，完了就扔。写诗，只是一个过程，类似撒尿。这才是陶潜的活法和写法，拿他自己的话说，正是"既醉之后，辄题数句自娱，纸墨遂多。辞无诠次，聊命故人书之，以为欢笑尔"。

从天然具足、圆融无碍的状态中，亦从不得不然、完了就扔的过程中，生发出"浑"——"浑沌"来。"浑沌"亦是道家的概念。《庄子·应帝王》曰：

> 南海之帝为倏，北海之帝为忽，中央之帝为浑沌。

倏与忽时相与遇于浑沌之地，浑沌待之甚善。倏与忽谋报浑沌之德，曰："人皆有七窍，以视听食息，此独无有，尝试凿之。"日凿一窍，七日而浑沌死。

浑沌是未分化的整体，但正因其未分化，故内在生机最足，譬如"干细胞"。儒家要"喜怒哀乐之未发"，要不失"赤子之心"；《老子》要"比于赤子"，要"复归于婴儿"，都是这个根本"道"理。陶诗没有诗眼，故没有罩门；它只是浑然的整体，故内力十足。这正是苏轼说的"癯而实腴"的终极指向（若苏轼的灵性还可信的话），也是"粗粗笨笨"的内因。陶浑王瘦的本质，是庄浑禅瘦。环肥燕瘦，各有春秋。清瘦白嫩的好处是棱角分明，看着干净，却经不起风霜，不堪大用。要"里里外外一把抓"，还得"硕大且笃"。这是人体美学，也是极明白的诗理。《红楼梦》第四十八回中，林黛玉认为陆放翁的"重帘不卷留香久，古砚微凹聚墨多"失之浅近，初学诗者"断不可看这样的诗"——"一入了这个格局，再学不出来的"。内中逻辑，也是出于要有耐得沧桑的内在生命力的考量。"堪怜咏絮才"的绛珠仙子虽然改不掉嘴上的尖刻，但心里还是明白通透的。

这个"浑"字，既表征"未发"的混沌状态，也含摄盛大的体量，还有"滚滚不息"的意思，所谓"财货浑浑如泉源"。其实，这几层意思只是一个终极本体的不同具体表现，正是《老子》的不可道之"道"。它必是大的（统摄一切），也必是模糊的（一特化就僵死），且必是滚来滚去、川流不息的（圆融化生）。《老子》说的"吾不知其名，字之曰道，强为之名曰大。大曰逝，逝曰远，远曰反。"就是"烘云托月"地说"道"。但请看，《归田园居》不正是此三者的绝佳样板，且"烘托"得更惟妙惟肖吗？

"道"（含摄真善美）是活的、动的，活的就要动，动的才算活。"活"与"动"相互发明。此正熊十力先生所说的"生灭流行不已，而造化之情可见"（《新唯识论·成物》）。所以圆（圜）总是"道"（含摄真善美）的象征，因其正是活动的绝对抽象，也是活动体的理想形态。谢朓所谓的"好诗圆美流转如弹丸"，颇可玩味。同样是圆的、动的，两谢诗是水晶球的圆滑，陶诗则是石墩子的圆浑。水晶球光净剔透，但只堪在天鹅绒上摩挲，正如"美人灯儿，风吹吹就坏了"。石墩子皮糙肉厚，倒不妨风吹雨打，正如压路机滚来滚去，还是这般"处处可导，且导数为零"。这就是浑圆的力量！浑要圆得起来，圆要浑得实在，"滚"到哪里都钳制不得，才是陶诗的风骨。

现在可说五言句式了。这是对开头抛出的诗文之辨的补充。诗当然不等于句式齐整的押韵文件，两者间并无蕴含关系，后者既非前者的充分条件，也非前者的必要条件。但是，《归田园居》及其他真陶诗，只能是五言。少一字是四言，用力太甚了[1]，多一字是六言，则"关节"轻脆易折，七

---

[1] 见本书第一章关于《诗经》句式的分析。

言就更轻飘无力了。[1]四言是打军体拳，七言是跳华尔兹，而五言，正是风尘仆仆，如太极拳一般，是最能"浑"（兼得"活""力"）的形式。也正是在陶潜手里，五言展示出了其最彻底、最本色的形式美。陶潜成就了五言，正如曹操成就了四言，老杜成就了七律，小杜成就了七绝。

然则何不用杂言？莫若问：何用杂言！君不见韩愈的杂言，岂非处处是斧劈刀削的人工造作吗？然则字数齐整岂非"掐头去尾"，造作更甚？固不能一概而论。班固的《咏史》确是造作更甚的。要论造作与否，我们只需将字数齐整的文件还原为"正常话"，该删的删，该添的添，最终"平淡真率"的还原品的杂言程度正是原诗造作程度的指示剂。这么看，《归田园居》竟是一字也删不得，一字也添不得，甚至一字也变不得的。这齐整的自然岂非比杂乱的自然更难能吗？陶诗的五言，用"正常话"还原后还是五言，这说明陶诗的齐整性是自然的（未经"整容"）。先天的好看，才是真正自然的好看；先天的自然，才是真正好看的自然。

其实，自然亦非只是一盘散沙、毫无韵律的杂多，而是参差与齐整的统一，是寓齐整于参差的。钟乳石柱、风蚀残丘、层峦叠嶂、长河九曲甚至漩涡星系，都是如此，且齐整的韵律感是终极性的。你看，自然的两极——微观的粒子运动和宏观的天体运动，不正是近乎绝对齐整吗？今天，人类已有的最精确的理论（小数点以后几十位）正是指向自然这

---

[1] 见本书第四章关于《古诗十九首》句式的分析。

两个极端尺度的物理学，这正突出了自然的"齐整性"。如此，相对齐整的自然比绝对离散的自然就更"自然"了，如此倒成了寓参差于齐整了。无论如何，齐整正象征着从中心到边界的等距——圆（圜）的本质，那大概是自然（存在）的理想形态吧。因此，人类总是将"圆（圜）"作为神圣之美的象征，古罗马的万神庙（Pantheon）是这样，中国的天坛也是这样。

陶诗粗粗笨笨的五言句式，岂不正是寓参差于齐整的最自然的形态——"滚来滚去"的参差统一？就像卢沟桥上的石狮子，粗看一般浑圆，细看各有参差之韵致，正是沧桑的见证。粗粗笨笨的浑圆，才是真正自然洗礼的硕果。粗粗笨笨的浑圆的活动，就不似曹植的轻浮，也不似李白的夸张，恰恰是超越人籁、地籁的天籁频率。瞧，体量越大的圆周运动，其角速度不是越低，而其蕴含的力量也越大吗？直观的角速度蕴含的正是看不见摸不着却处处存在的"向心力"，天体运动如此，诗文亦是。似动非动、非动实动所同构而映射的，正是整个宇宙的大能量。明白直话、举重若轻的《归田园居》的力量真可与日月争辉了。

再品陶诗，要说陶潜在形式上有意为之，则是以"小人"之心度大人了。诗人之大者，心中有大块，"情动于中而形于言"，自然而然。也唯有全过程的绝对自然，才能保证作为结果的形式的绝对自然。自然没法造假。就自然旨趣而言，句式齐整只是胸中大块的水到渠成，真诗人本不觉形式的存在。伪者搞错了大方向，揪着齐整，囚心钳意，只是东施效颦罢了。

❀ 忘的本体

不得不然的纯粹自然总是要"忘"的,《庄子》是这样,陶潜也是这样。陶诗的忘,与阮诗的"难忘"正相反。两者虽然同属贵族化人格的作品,但"忘"总比"难忘"自在些、从容些。效仿这种从容自在的后世"耕读"、前世"击壤",却不是忘,只是想忘而已,这就比较尴尬,文字就不免拮据些。我们读陶潜诗,就像三伏天浑身不着衣裳,无不自在;读仿陶诗,总有些过了白露冲凉水澡的感觉,少不得打几个寒战。

短短的《五柳先生传》,连题目算在内,通篇是"忘":"先生不知何许人也,亦不详其姓字"→"好读书,不求甚解"→"每有会意,便欣然忘食"→"忘怀得失,以此自终"→"无怀氏之民欤?葛天氏之民欤?"真是"此中有真意,欲辨已忘言",字眼用事,还是道家的路数。

为何要"忘"呢?《庄子·达生》曰:

> 工倕旋而盖规矩,指与物化而不以心稽,故其灵台一而不桎。忘足,履之适也;忘要,带之适也;知忘是非,心之适也;不内变,不外从,事会之适也。始乎适而未尝不适者,忘适之适也。

要忘了经验世界的一切条件性束缚，才能达到圆融无碍的自由境界——"灵台一而不桎"。前者是人—造作，后者是天—自然。所谓"忘己之人，是之谓入于天"（《庄子·天地》），说的正是这层天人之辩。去掉人工造作的"天"并非死气沉沉的"物自体"，而是生生不息的大化流行，是纯粹灵性的流动不羁，是绝对自由的本体形式。人外无天，天毕竟还在人身上。此是天人之辩的合题。当然，人非人。真人之于普罗，正是否定之否定的扬弃。《庄子·大宗师》中说的"坐忘"（堕肢体，黜聪明，离形去知），毕竟还是要"同于大通"，因"同则无好也，化则无常也"。因此，"忘"既是手段，也是最终目的——状态。陶诗就是这样的手段和目的的同一。什么才能是手段和目的的同一呢？正是无所待于外的自然具足——本体。审美的终极目的是什么？不就是摆脱经验束缚，达到具足无碍的本体境界吗？小我成为大我：以合规律性向合目的性升华，并以后者还原前者的本质，正是不二的美学大道。

庄子哲学是美学，而美学不即是美，陶诗正是庄子美学的代言与实现。比起庄子的说"忘"，文本本身是浑沌的《归田园居》，岂不比直说更彻底、更贴切吗？道家说得再好，总缺一味药引，那就是"人"。正如黑格尔的形而上学体系总要接到唯物的根上，才生发出马克思的生命力来，庄子美学也须回到人的主体性上，才实现为美。"身若槁木之枝而心若死灰"的状态是为了"畸于人而侔于天"，但若将人彻底丢了，也就丢了撬动一切意义的基点——主体，须知

"人能弘道，非道弘人"，美亦如是。《荀子·解蔽》说"庄子蔽于天而不知人"，殆非虚言。"忘"不是无，更不是死，而是洗尽铅华，撇去浮云，还原为人——本体的本质悸动，即纯粹灵性的流化。真是"归去来兮"！"载欣载奔"的陶潜与道家在立足之本上还是截然不同的。陶潜毕竟是六朝的陶潜，他的立足之本正是整个六朝的最大命题——"人的自觉"。李泽厚先生将"魏晋风流"归结为"智慧兼深情"，而深情是对屈骚的传承（《华夏美学·美在深情》）。深情，正是"人的自觉"的核心，这也大概是陶诗与庄学的最大不同吧。以此基点，陶潜成全了庄学，也成全了自我。

回过头来，我们辨析陶诗，不能忘了"忘"字。诗是普罗大众的渡船，真人"乘天地之正，而御六气之辩"，自无所待，得意忘言，用不着"先王之陈迹"——狭义的"诗"了。我之说诗，诸君观诗，毕竟还是在此岸的顺俗谛说——方便法门耳。近人论陶诗，好论其矛盾性和事功性，并将抱负难展的矛头指向社会的黑暗。若说矛盾，诗人的潜意识里或是有的，落诸笔端，亦不乏张力，但必止步于此。若凿凿而论壮志难酬云云，则是从潜意识走向前台，动辄得咎（含人生实践与艺术创作两方面），恰恰背叛了陶潜以及陶诗的大方向和真目的。吉川幸次郎先生在《中国诗史·陶渊明》中称：

> 陶渊明的语言通常是平静的，但那是具有高密度的平静。平静的内部，复杂而浓厚，并在碰撞冲突。就像

深渊之水，表面沉睡在一片令人静穆的碧色之中，可在它的底下，几股相互矛盾冲突的潜流在撞击着、争斗着，它们力量的平衡产生了表面的沉静。

这种感觉是不错的。其实，"潜流"蕴含的正是有别于庄学的深情。并且，唯有"高密度的平静"才是真正的"平静"，正如生物种群的"动态平衡"才是真正的平衡（稳定点）一样。但观者须止于"表面的沉静"或"高密度的平静"，若偏要下去潜水，考证"矛盾"的构成、称量"密度"几何，则绝非诗学本事，反糟践了文本。就像"夸克封闭"，一剖析就失散了力，变得面目全非。唯有"未发"的深情，才是纯粹的深情。《红楼梦》第一百十一回借秦可卿的真灵向鸳鸯的亡魂开释道："'情'之一字，喜怒哀乐未发之时便是个性，喜怒哀乐已发便是情了。……未发之情，就如那花的含苞一样，欲待发泄出来，这情就不为真情了。"弘一法师的绝笔也只是"悲欣交集"四字，是不落具体内容的。瞧，连深情在陶潜身上也是"干细胞"的状态。钱锺书先生说："假如你吃了个鸡蛋觉得不错，何必认识那下蛋的母鸡呢？"（杨绛《记钱锺书与〈围城〉》）"吃鸡蛋"才是文学—诗学的正经活，"认母鸡"是狗仔们的花边事，惜乎本末倒悬的还不少。近人妄以"冗冗俗事"来为苏轼的"诗质而实绮，癯而实腴"作注，成了"向死而生"的灵性退化，诚不如子瞻远甚矣。

因此，陶诗易懂而难解，甚至可说直不可解，一解就不是陶诗了。"解"已预设理性分析之眼镜，而陶诗乃去理性之朦胧心意耳。一说破就失了本真。若岔了真气，动了痴念，定要刻舟求剑、考证明白，便走失陶诗三昧，成了死物，又何必论诗？"精明人"用脑子解陶诗，分明是南辕北辙，愈解愈蠢！就像《庄子·应帝王》中的"浑沌"，要是像分析一般诗那样肢解陶诗，为了"视听食息"而"尝试凿之"，陶诗就死了。只剩一堆臭皮囊，要它何用！

矛盾也好，张力也好，只能维持在隐隐约约、含而不破的状态，才是陶诗也是陶潜的矛盾和张力。此正所谓"不求甚解"！乃至"一去三十年"，当作一笔糊涂账理解，方妙。难道不是"十三年"吗？"十三年"是仁者的难忘。"三十年"早已不论粗细，也唯有忘得不论粗细，才成全了陶诗。忘了自身，自然记不清年岁，正是酌酒半酣、半醒未起、惺忪朦胧的状态。失去理性，纯粹灵性生化不已，纯任流泻。究竟何者为"真"呢？必先破了形式逻辑的枷锁，才显出自由的精神。一切欲以前者染指后者的虚妄，只是痴人说梦，不，是花岗岩脑袋不知梦——他们的脑袋硬得连"梦"都挤不下，连"做梦"都不够资格呢。

陶诗至难处，正在"忘"上。《晋书·隐逸·陶潜传》曰：

> 尝言夏月虚闲，高卧北窗之下，清风飒至，自谓羲皇上人。性不解音，而畜素琴一张，弦徽不具，每朋酒之会，则抚而和之，曰："但识琴中趣，何劳弦上声！"

正是忘了自身、忘了环境的纯粹灵性的一路徜徉。由此境界,早已不论文字粗细,字字皆由己出又皆非己出,是再容易不过也再难能不过的了。陶诗不单是写给自身的(所谓"颇示己志"),更是自己的心路图或心电图。就此而言,陶诗绝难模仿,因陶潜只是写他的心,而他的心是流畅无碍又浑朴有力的统一与独一。心电图造不了假。你写不出那样的诗,其实是你做不到那样的人生姿态,没有那样的心性。谁说作诗可"学"得来!

若说陶诗像小提琴,小提琴尚可模仿,其实陶诗只是"弦徽不具"的"素琴一张"。这个诗人必须五音不全("性不解音"),才能"六根清净"("忘得精光"),只剩纯粹灵性的流泻("抚而和之"),我已非我——小我成了大我("但识琴中趣,何劳弦上声")。就像小孩子乱敲乱打,只有一心,并无二心(染于技法或机心),才是真"情"。

艺术本是自己的发泄(给他人看的艺术是后起的,且今日已异化到要代替其本义的地步),本只是排泄,谁让庸人来看的?庸人看了还不够,还要小心翼翼地收集样品,毕恭毕敬地高高捧起、处处叩拜、代代瞻仰,真是好笑。但这似乎又是可以理解的,因为庸人没法做主,总要通过诗人的排泄物来获得"渡"的船票。如果人人皆是尧舜,"艺术"(作为看的艺术)以及连带着的艺术评论也就消亡了,我也就不必多磨嘴皮。艺术只是自家份内事,大家各自体悟,又何必惊扰他人清净。太平无事,那可真是一个再美好不过的理想时代了。陶潜算是彻底通透了。

诗人像孩子，但不即是孩子，而是否定之否定。《归去来兮辞》中说的"觉今是而昨非"，恰可视为"变态"的完成。殊途同归，还是一个"忘"字，正所谓"从心所欲不逾矩"——"不勉而中，不思而得"。这真是天底下最难的事！数来数去，也就这么几位哲人、这么几位诗人。哲学是这样，艺术也是这样，因前者的起点和出路正是后者。

第八章

两谢——中国诗的拐点

两谢（谢灵运与谢朓）诗代表着中国诗演化的拐点，具有革命性意义。以两谢诗为代表的新局面体现在三个方面：它在基调上扭转了两汉以来不断下跌的衰颓倾向而转为清新；它以山水为主题从而跳出了传统的"诗言志"的窠臼；它的精工炼字的路数昭示了语言艺术（修辞）的本体意义。相比大谢，小谢体现了两个特点：章法的精简与行文的协畅，前者涉及以"文本元素"为媒介的作者与读者间体验之共鸣程度的具历史属性的复杂命题，后者则是永明体以及声律论的结晶。上述种种，都离不开"贵族化"（门阀士族）的志趣，它将中国诗的审美推向纯粹形式的高度——"美的自觉"。是为此拐点的本质，以及上述种种表现的共同指向。

在中国诗的历程中，两谢（谢灵运与谢朓）是最重要的拐点。今日回首，拐点并非巅峰，却是巅峰的奠基石。但在当时，大约两谢就是巅峰，是中国诗坛继第一代诗神——曹植之后的第二代诗神。追古抚今，对于诗之精神的理解不无裨益。关于两谢，我们要回答三个问题。一是两谢诗有了怎样的变化；二是何以会有这些变化；三是这些变化具有怎样的意义。这三个问题又是彼此交织的。

新的基调

两谢并称，自有共同点，体现在三个方面：基调的清新化、主题的自然化与形式的精工化。

先谈基调。

中国诗的调子一路下滑，在阮籍处探了底，但这个底并未延展，旋又纵跃而上了。阮诗并非海底盆地的标志，而是海沟的位置，左右皆峭壁。三曹在左，两谢位右，几何对称又非历史之反复。

否定之否定的"右"是如何炼成的呢？至少有三方面的因素。其一，是宗教的深入。魏晋是玄学时代，南朝是佛学时代。祖述庄老的玄学当然继承了"深根固柢，长生久视"的终极诉求，纵是夸口"一死生""齐彭殇"的"齐物论"不仍指向作为其根本目的的"逍遥游"吗？道家也好，道教也罢，这个信仰仍放不下对于经验存在本身的执着性（亦见李泽厚《美的历程·魏晋风度》）。大概也正是基于这种特质的第一哲学才能与屈骚的"揽茹蕙以掩涕兮，沾余襟之浪浪"相结合而孕育出所谓的魏晋风流（亦见李泽厚《华夏美学·美在深情》）。阮诗正是此风流的产物。但佛学、佛教就大不同了，它带来了认识论更为彻底的洗礼：感官的、经验的存在是必破也当破的。跳出三界外，不在五行中，才是真如。在与不在，有何分别，又何必执着挂念呢？存在本是梦幻泡影，谈不上欢喜受用，也绝不致怆怏难释。

这又带出新问题：佛教何以至此方大展光芒，不是早前，亦非稍后？这大概与当时动荡的社会背景有关吧。此岸不可恃，便将目光转向彼岸。精神是逃过物质网罗的游鱼，网愈疏，鱼越大，此消彼长，真有点儿反比例函数的暧昧。瞧，西方宗教的全盛期不正是"黑暗"的中世纪吗？"南朝四百八十寺，多少楼台烟雨中"，再应景不过了，而《洛阳伽蓝记》所描绘的，是丝毫不亚于南国的佛门香烟。正是在先秦之后的至乱之世，佛教完成了自底层向顶层的全面渗透，展现出先前及后世其所难以企及的主导性局面，俨然基督教的轨迹。不论是梁武帝舍身出家的传奇，还是四大石窟的肇始兴建，数百年间演绎于大江南北的，皆是朝向彼岸的东方面孔。

其二是门阀士族的强化。钱穆先生在《中国历代政治得失》中总结得很精辟：我们中国人不是不讲平等，而是太讲平等了。"人人平等"似乎是中国文化在社会结构层面的突出理解。[1]从孔夫子的"有教无类"到中山先生的"天下为公",都是一脉相承的逻辑。回过头来,最早的世俗社会得以出现在中国,这与"人人平等"的理念(信念)亦不无关系吧。但这一径世俗化、平等化的国度在六朝则上了新妆,出现了并非严格意义上的(先秦的或西式的)贵族,却类似贵族的门阀士族。他们垄断仕途、囤积田产、蓄养仆从,形成类似封建的小王国。曹魏的九品中正制,更巩固了士族的门槛。迨至永嘉之乱,"王与马,共天下",真可谓流水的王朝,铁打的门阀,皇帝往往只是士族的代言人。除了一纸名分,真正的贵族也不过如此吧。

贵族也好,士族也罢,代代承袭的人上人阶层与中国诗之基调的扭转有什么关系呢?不妨先问,贵族具有怎样的特质?答案也要撇去枝蔓,因"纯正的"西方贵族亦曾"与时俱进"。他们曾以自己不识字而自豪,后又生发出文艺复兴的狂热,多的是斗转星移。变化的是偶然的属性,不变的才是本质属性。有不变的吗?可能只剩下勇敢或血性了。贵族往往最先拍案而起,也是抵御专制最切近的力量。不信请看,"有为之君"总要先拿贵族开刀,因他们构成集权最大的威胁和挑战。权力是不会骗人的。从《大宪章》、西蒙议

---

[1] 涵摄文明的文化独特性当然是放在前现代社会(地域文化具本体意义的时代)的层面上讲的。在本质上只有一种文明的现代社会中,一切旧文化要么保留其独特形态而躺进博物馆,要么像"人人平等"一样获得类似牛顿定律般的普遍价值,不存在第三条出路。同时,这里讲的文化当然是安身立命的精血,而非馒头上有几道褶的花头,所以表面上熙熙攘攘的"第三条出路"只是后者的热闹。

会到光荣革命,谁是最有力的推动者?从郡县制、推恩令到开科取士,谁又是头一个受害者?以此,世袭勇敢的士族不可能放任脆弱泛滥,即使他们不信"四大皆空"的教义,面对人生无常也须装出个若无其事的"俯仰自得"来。精神自由的投射是将现实踩在脚底的解脱。谢太傅轻轻一句"小儿辈大破贼"的"意色举止,不异于常",可真是贵族式的淡定!真也好,装也好,纵不免"不觉屐齿之折"的破绽,至少不能让外人嗅出"枕头边泪湿透"的软弱。你现得个虚化,我们就道得个淡化,哪管谁曾"矫情镇物"。理解万岁!

其三是美景的慰藉。这几乎是常识。爱因斯坦不亦说过"死亡意味着我再也听不到莫扎特了"?谢灵运不正借由"池塘生春草,园柳变鸣禽"方换了《登池上楼》的调门吗?而谢朓的《游东田》劈头就是"戚戚苦无惊,携手共行乐"。衣冠南渡的士族步履方定,旋即沉湎流连于江南的"盈盈秋水,淡淡春山",正所谓"自富阳至桐庐一百许里,奇山异水,天下独绝"。既然沉醉,至少是暂时地(留给艺术创作之窗口期的)离开了功利的、理性的考量。忘怀式的抚慰,称得上审美最大的"功利"吧。天时地利之便的神奇,莫过山水诗诞生此时此地的佳话。

综上,两谢诗在基调上代表性地完成了从《苏李诗》《古诗十九首》到《咏怀诗》的一路下滑的刹车,止跌于此而"扭亏为盈",坐标国诗的拐点——"龙抬头"。因此,阮籍是士族不假,但是彼时的士族,而非此时的"贵族"。时代不同了。这么看,"衣冠南渡"还真不是个孤立事件,正是文化意义上的分水岭。于是,中国诗也走出了自己的新路。

精工山水

新基调配合新对象——山水。山水之精工,发轫于斯,这是共识。《文心雕龙·明诗》曰:"宋初文咏,体有因革。庄老告退,而山水方滋。俪采百字之偶,争价一句之奇,情必极貌以写物,辞必穷力而追新。此近世之所竞也。"寥寥数句,含摄了主题与形式的变化。以诗歌为代表的中国文艺在此时迎来了一场革命,其意义是无论如何都不会高估的。革命体现在两方面,一是主题,一是手法。

主题上,山水替代玄言而成为表现的对象。这看似不经意,却标志着真正艺术的出现。这么讲,其意义就凸显了。何出此言?你看,之前的诗千变万化,但都有一个"目的",或是明道,或是会心,要么俯仰自得,要么不平则鸣,即便以"国风"的本色来看,不亦如此吗?上述种种,都可冠以一顶"诗言志"的大帽子。诗或文艺,只是工具,是"志"的手段。演化至最近的"玄言诗"(《兰亭集》中诸诗是典型)仍不出"诗言志"的范域,且是其纯正的体现。山水诗则不然。为何要写山水?正所谓"吹皱一池春水,干卿何事",这是没有目的的,至少没有自觉性的显见目的。当然,从绝对的意义上说,山水诗也有"目的",其内核是"我不得不如此",是艺术——美本身的召唤。因此,山水诗标志着纯粹艺术的成立。至此，鲁迅先生讲的滥觞于曹丕的"为艺术而艺术"的冲动才算寻着自身的真载体，而李泽厚先生提出的"文的自觉"才算竖起自家门楣。诗至此方获得独立格，而不需再做"载道"或"言志"的婢女。从纯粹或自觉的角度而言，"诗"至此才真正诞生了。这岂非堪比西方启蒙的伟大——还有比这更伟大的意义吗？单凭这一点，第二代诗神这顶冠冕，大谢也担得绰绰有余。

再说形式的精工。原也无需赘言，诸君去读便了。一眼扫去："林壑敛暝色，云霞收夕霏，芰荷迭映蔚，蒲稗相因依"，"馀霞散成绮，澄江静如练，喧鸟覆春洲，杂英满芳甸"，真配得上"错彩镂金"，称得上"芙蓉出水"。这份刻意炼句的执着、勾勒精工的功力，绝非阮籍或三曹所能为，遑论前贤。一个"敛"字、一个"收"字，真是化平常为神奇的文字，真"十八个画师先生难画难描"。不是吗？真正大厨的试金石，不在"腐鼠"的嗜痂之癖，也不在龙虾鲍鱼的"戆大菜"，而正在青菜豆腐的"货比货"。就此而言，两谢算是完成了对"赋"的积贫积弱到只剩雕虫嚼蜡的炫技以及曹植以赋为诗的局面的清算。数百年贵族化涵养总算摸到正路上来了，铺就了以王维与杜甫为代表的唐诗以及一切祖述老杜的手法捷径。语言的强大辐射力，第一次被自觉性体现得淋漓尽致，使得其他艺术手段望文兴叹。也唯有在使其他艺术望尘莫及的层面，语言才获得了其应得的艺术本格。出乎其众，本是语言艺术的题中之义，因存在本身，也只能依靠语言去编织。这才是真正的语言——诗本质。因此，文字精工是主题纯粹的体现,形式内容互为犄角。重要的不是要说什么,而是如何说、为何说。这才是说的本质意义,或曰"说本身"的意义。诗亦如是。这个头,还得追溯到第二代诗神——大谢头上。

壅塞还是精简

关于两谢的共同点,我们说得足够了,现在来看不同处。相比大谢,小谢的特征体现在两方面:章法的精简与行文的协畅。

先说第一点。拿大谢的《登池上楼》与小谢的《游东田》并观,显有篇幅的区别。

《登池上楼》曰:

> 潜虬媚幽姿,飞鸿响远音。
> 薄霄愧云浮,栖川怍渊沉。
> 进德智所拙,退耕力不任。
> 徇禄反穷海,卧疴对空林。
> 衾枕昧节候,褰开暂窥临。
> 倾耳聆波澜,举目眺岖嵚。
> 初景革绪风,新阳改故阴。
> 池塘生春草,园柳变鸣禽。
> 祁祁伤豳歌,萋萋感楚吟。
> 索居易永久,离群难处心。

持操岂独古，无闷征在今。

《游东田》曰：
戚戚苦无惊，携手共行乐。
寻云陟累榭，随山望菌阁。
远树暧阡阡，生烟纷漠漠。
鱼戏新荷动，鸟散余花落。
不对芳春酒，还望青山郭。

可见，大谢的篇幅冗长，又交代翔实，时间、地点、人物、事件、背景、心绪，像是叙事文一般，生怕漏了啥，而小谢就精简多了。这一层变化，并非两谢的个体性诗风的变化，而是整个时代的变化。这种齐梁之变，骆玉明先生（2003）在《壅塞的清除》（《复旦学报》）一文中作过论述。当然，骆先生是站在"历史进步"的格局中来看待此种变化的，并认为作者对诗歌的空间占有性与读者体验的审美性两者间存在负向作用。此理解当然不无道理。与一般读者直接发生关系的是文本本身，而非作者本人。因此，文本中作者个人的信息越多，就与一般读者的距离越远，也就越难与他们发生共鸣。这是艺术创作的一般规律。"意愈浅愈深，词愈近愈远"，正是《古诗十九首》成功的关键。简文帝的"会心处不必在远，翳然林水，便自有濠濮间想"（《世说新语·言语》）亦可算园林艺术在共同气候背景下的"趋同演化"。

但此说不免小觑我们的第二代诗神了。聪慧如彼岂不谙晓人情世故？粗看《登池上楼》："池塘生春草，园柳变鸣禽"固是佳句，且删去一些背景性的句子似乎非但不影响此诗的好处，更能扩增其与读者的共鸣。但若反复吟诵，正如吾乡贤黄淳耀先生所指出的，"此句之根在四句之前"，"其妙在章而不在句"（《陶庵全集·卷二十一》）。这可与我国古典建筑中"欲扬先抑"的布局相发明。何以太和殿前要有层层院落的空间分隔处理，正如何以拙政园、留园的传统入口前要经过狭窄的长长弄堂？正是要通过对比来锁定视线，达到聚焦效果，从而突出审视对象的审美心理机制。因此，《登池上楼》的句子删得越多，"池塘生春草"的色彩似乎越失鲜明。当然，这么讲，也绝非多多益善的意思。综合来看，每增一句（文本量x），反衬之鲜明（正面效果量y）就增一层，但y之于x的单调递增是逐级递减的，即，y之于x的"二阶导数"是负值。相应地，每增一句（文本量x），冗余之反感（负面效果量w）就增一层，且w之于x的单调递增是逐级递增的，即，w之于x的"二阶导数"是正值。两相权和，必存在一点$x = x_{max}$，使得综合效果$z(x) = y(x) - w(x)$达最大值。要求得x_{max}的具体值是蠢笨的思路，因压根不存在普遍意义的x_{max}。是为艺术相较算术的复杂性。但我们可说，x_{max}不等于0，很可能大于1，但往往不会很大。这是我们唯一可以达成的共识。以此，"壅塞的清除"就未必是普遍有效的美学命题。至少《登池上楼》给了我们作此判断的底气。

进而，精简的审美局限性亦体现在内容本身的共鸣性上。姑举戴复古的《织妇叹》：

春蚕成丝复成绢，养得夏蚕重剥茧。
绢未脱轴拟输官，丝未落车图赎典。
一春一夏为蚕忙，织妇布衣仍布裳。
有布得着犹自可，今年无麻愁杀我。

从最普通的情形来看，将前半部分去掉，似乎更好，这正是精简美学的逻辑。但这种"好"是依主体为转移的，即，建立在对当时社会具体情境较陌生的（现代）人的前提上。对于当时本身从事或熟悉养蚕业、丝绸业的人（总量非常可观）而言，前四句当引起极大的共鸣。我们可将艺术作品中的要素x_1对于读者r_1产生的共鸣效果记为y_1，而x_1对于r_1产生的冗余效果记为w_1。假设效果间互相独立并满足可线性叠加的关系，则此艺术作品对于r_1而言的净正向效果Z当是：$Z = Y - W = \sum_{x=1}^{x=n} z = \sum_{x=1}^{x=n} y - \sum_{x=1}^{x=n} w$，而此艺术作品的综合（平均所有读者数$m$）正向效果$\Psi$当是：$\Psi = (\sum_{r=1}^{r=m} Z)/m = (\sum_{r=1}^{r=m} Y - \sum_{r=1}^{r=m} W)/m$。可有如下推论：$Z$与$\Psi$都是关于$n$的函数，其应变量随着自变量的增加都呈现先增加再减少的变化趋势。同时，Z又是r的函数，是关于r与n的二元函数。对于r_1而言，必然存在一点$n = N_1$使得Z达最大值$=G_1$，则G与N亦都是关于r的函数。亦可推论：其他条件相同（ceteris paribus），若$G_1 < G_2$，则$N_1 < N_2$，并

且相比 r_1，r_2 对于作品（对象）背景的认知更深入。换言之，读者对于对象背景的认知越深入，则可以引发读者之最大共鸣的作品的"壅塞"程度要越高，且这种共鸣的程度相比陌生读者的也越强。并且，随着时间的推移、时代的变化，读者群中"陌生"的比例将攀升，即，可以达到 Ψ 的最大值（该值也是关于时间的函数）的 n 的值将变少，而同时，给定文本（给定任意 n），相应的群体平均共鸣程度或曰群体平均意义上的综合审美效应（Ψ）也将降低。这才是"壅塞的清除"的意义之本质，其蕴含文本共鸣性的历时性贬值与背景认知的历时性陌生化。可见，艺术作品的综合美学"成色"（Ψ）必具历史属性。无论如何，壅塞与精简间任何博弈的最优解必不落在端部，还是从容"中道"，才能左右逢源。不计代价地增加预设来撑满离散空间，并无意义。这是奥康姆剃刀的精神，也是数学模型中 AIC（akaike information criterion）的智慧。艺术与科学，毕竟相通。

回到谢诗。普通现代人一般难以与《登池上楼》中的"壅塞"部分发生深层次的共鸣，于是只被"池塘生春草，园柳变鸣禽"吸引了过去。这是泛泛之众的泛泛之论，而大谢又岂是写给泛泛之众的呢？"徇禄反穷海，卧疴对空林"，是贵族的心声，也是留给贵族的菱花镜。"索居易永久，离群难处心"，"一般读者"并不在他眼里，也上不了他的台面。世俗社会与大谢之间，始终隔了一层，所以我们拿"一般读者"的圈去套他，便首先犯了方法论的错误。彼无凡意，奈何以凡臆之？于是，诗的厚度在历史的冲刷下渐行渐薄，本色失了光泽，譬如磨损的琥珀，便仅以透明的折射率来兜售自身了。毕竟，不变的是要从作品中看到自己，不是反射的，就是折射的。距离，是折价壅塞与哄抬精简的杠杆。小谢在现代的身价高于大谢，未尝不可说大谢的力臂远过小谢。讨好了当代精英，便疏离了后代普罗，与其说作品本身的轩轾，毋宁说支点的造化。作品应该包括哪些元素到什么程度，作者显然可有多重乃至于展望未来的受众面的考量，而屈心抑志、取媚众人，又何必为文？如此看来，大谢的贵族意识或自我意识，似又高于小谢。

从诗体嬗变的背景上看，大谢的"壅塞"也反映了"诗言志"的历史惯性。先说什么，再说什么，细大不捐，一一交代，是"赋"的路径，也是"言志"的路数。以大谢为代表的元嘉体，凝重典雅，铺陈雕饰而略显板滞，不正是最巧妙的折衷吗？这么看，大谢又是承上启下的矛盾体了，他一方面嗅到了新的也是真的味道，另一方面又没有勇气决然抛舍旧家生，继续着传统的惯性。正如林琴南译的《茶花女》，旧瓶纳新酒，可能是先觉者的共同姿态。革命的彻底性，要到小谢手里才告完成。我们也不必苛求大谢，一代人自有一代人的任务，没有大的升堂，也不会有小的入室。

"圆美流转"

再看行文的协畅。小谢说："好诗圆美流转如弹丸"（《南史·王筠传》），固是赞王筠语，也确系自家风格。两谢并观，更显出后者的清新流丽。为何？上述"壅塞的清除"自是原因之一。此外，小谢的视角转换也更为自然。拿《游东田》来看，"寻云陟累树，随山望菌阁，远树暧阡阡，生烟纷漠漠，鱼戏新荷动，鸟散余花落"，正合观景的历时性逻辑，由远而近，由宏而微，由静而动。比照《登池上楼》的"倾耳聆波澜，举目眺岖崟，初景革绪风，新阳改故阴，池塘生春草，园柳变鸣禽"，在大谢笔下，主体体验更显跳跃性。自然转换是无我的反映，小谢是入景的、静心的；主体跳跃是有我的体现，大谢并未真正融入自然。一如形式上的矛盾，主题的自然化在大谢手里仍不彻底，乃至让我们不由得怀疑他只不过以自然作为忘怀痛苦的手段。此念一起，越是刻意炼句，越是勾勒精工，就越显得大谢用力过猛，其背后正是放不开的主体性。这恰恰显出谢灵运与陶潜的巨大差异：谢诗精工雕琢，画面感强，主客却仍龃龉；陶诗不究细节，无谓对象，却有自得之心境。一则凝滞，一则自然。谢诗如着西装登山，外靓丽而内执着，而陶诗如光着身子游泳，外不拘而内自在。谢是"剑宗"路数，而陶走的是"气宗"。作为纯醇贵族的小谢不愿效仿"早熟的"因而作为后世庶族精神领袖的陶潜，于是裁制了流线型的运动装。它不是可闻而不可食的幽兰，亦非一吃就饱的香芋，而是取长避短的弹牙口香糖。梁武帝说"三日不读谢诗，便觉口臭"，倒正中小谢的瘦诗目的，亦贴合这位贵族君王的茹素脾胃。

小谢的"圆美流转"还有更深层次的逻辑，那就是永明体致力于声律论，其前提是汉字语音的自觉。汉字在中古的正统语音大概可分为四声八调：平上入去各分清浊。"四声"的说法出于六朝后期，周颙的《四声切韵》、沈约的《四声谱》、周舍的"天子圣哲"差不多是最早的条目了。上古怎么样，就不好说，但据高本汉先生的研究，清浊是必分的，或至少有个类"平仄"的二元论，而带爆破尾音的（类）入声也当是有的（《汉语的本质和历史·语法》）。不论具体音位，就四声八调的大类而言，想来上古也不差太多。这就有了困惑：汉人说了至少千年的汉语，何以竟如此后知后觉，直至六朝后期才觉察原来自己的语音是可据"调"分类的？拿《梁书·沈约传》中沈约的说法，其"撰《四声谱》，以为在昔词人，累千载而不寤，而独得胸衿，穷其妙旨"，正是第一手的疑窦，而钟嵘在《诗品·序》中径曰："千百年中，而不闻宫商之辨、四声之论，或谓前达偶然不见，岂其然乎"，算是替我们道出了心声。钟氏接着说：

> 古曰诗颂，皆被之金竹，故非调五音，无以谐会。……故三祖之词，文或不工，而韵入歌唱，此重音韵之义也，与世之言宫商异矣。今既不被管弦，亦何取于声律邪？

此真高见。也就是说，过去的诗都是拿来唱的，而既然是歌辞，就关注在曲调的音乐性而非文词本身发音的"音乐性"了。这算得是"四声说"的内因。但是，钟氏的内因尚需加上一个"美的自觉"的时代前提才完整，即，只有到了对美的形式有自觉性追求的程度才可生发出对文字本身的音韵之美的兴趣，否则，纵不算上《离骚》，我们也要面对阮籍的成熟的五言诗"不被管弦"且"不闻宫商之辨、四声之论"的难题。其实，音韵的自觉是内外因共同推动的。外因是佛经翻译的功劳，这个头可上溯至东汉。字母文字在表音上当然具备汉字所难以比拟的明晰性，也自然启发了译者对母语音韵的认识。这一点，陈寅恪先生在《四声三问》里头讲得很好。可见，文化交流的重要性是无论如何都不会高估的：没有佛教的输入，可能我们对于汉语音韵的理解仍在后知后觉中呢，而没有音韵的自觉，唐诗的辉煌也就无从谈起。有了内外因的共同作用，于是有了汉语音韵学，第一步是反切，第二步是系统性的韵书。这一套程式，从那时起直到《康熙字典》，在方法上几乎没有丝毫变化，直到西方现代语音学的导入，才有了第二次"革命"。这么看，文化交流对于我们真至关重要，因这个文化的惯性或惰性是极大的。

　　回到六朝，音韵学的出现促成了声律论，后者的结晶就是所谓的永明体。永明体具体长啥样？众说纷纭，莫衷一是。但不论是"蜂腰鹤膝"的具体指向问题，还是"八病"的根在沈、谢还是初唐的问题，抑或"五色相宣，八音协畅"的"五"或"八"是声或调或韵或兼之的问题，都只是次要的操作层面的问题。我们关注的是重要的理论意义。郭绍虞先生在《蜂腰鹤膝解》中将声调（音高）上的"飞沉抑扬"视为"八病说"的总纲领，是颇有见地的，但还未能完全放开手脚。我要说,不论声母还是声调还是韵母,语音元素的"飞沉抑扬"是声律论或永明体的根本精神。不论出处,"八病"只是这一精神的具体违和罢了。因此,撇去云遮雾绕、支离附会的文字游戏,永明体的声律论说的只是"审美愉悦需要参差变化"这个最朴素的道理。沈约在《宋书·谢灵运传》中说"一简之内,音韵尽殊,两句之中,轻重悉异,妙达此旨,始可言文",无它,指的就是这个粗浅的道理。小谢胜于大谢的协畅,也是这个道理。

但若定要辨个清楚明白,说"音韵"何"殊"、"轻重"何"异",就是自说自话了,因其与那个时代的贵族精神格格不入[1],倒恰是后世庶族的"自负亦自卑"的表现心态。这就落到近体的窠臼——格律之中了。不信请看,沈约、谢朓本人的创作,又是何种规矩所能范围的呢?沈约自己也说得再明白不过:"韵与不韵,复有精粗,轮扁不能言,老夫亦不尽辨此"(《南齐书·文学·陆厥传》)。大约在他们眼中,最一流的还属"高言妙句,音韵天成,皆暗与理合,匪由思至"(《宋书·谢灵运传》),绝不会有作茧自缚的蠢笨。近体与永明体间当有密切关系,但相比前者是后者简化的说法,我倒更愿相信前者是后者的僵化。成也格律,败也格律。钟嵘在《诗品·序》中说:

故使文多拘忌,伤其真美。余谓文制本须讽读,不

---

[1] 见本书第九章关于六朝的"云"与"风神"的分析。

可蹇碍，但令清浊通流，口吻调利，斯为足矣。至平上去入，则余病未能，蜂腰鹤膝，闾里已具。

虽未必是至正中道，却保持了恰当的留白，也是该有的贵族品位。当然，永明体最终是失败的形式巅峰，但这个巅峰却促成了中国诗史上最大的形式变革——近体诗的完成。今天，我们回看这段历程，大可不无公允地说：艺术是文质彬彬，形式要讲，却不要过于繁苛或自由。但繁苛或自由，不正是贵族的派头吗？君不见，孔子的"礼"，不正是既繁苛又自由的吗？风靡后世的却是"吃人"的"纲常"。所谓的成功与失败，往往一言难尽。

回到声律论，参差变化的道理虽然粗浅，意义却甚非凡。此番意思并不陌生，所谓"和实生物，同则不继。……声一无听，物一无文，味一无果，物一不讲"（《国语·郑语》)，而更早的"清浊大小，长短疾徐"的"相成相济"也是这个道理（《左传·昭公二十年》)。音律之美，参差变化而已。但诗的历程并非"而已"二字即可涵盖，不见"青山遮不住"，则未必可说"毕竟东流去"。重要的不是面孔，而是面孔的朝向，过去他们都面向功利之"用"，目的是"政平而不干，民无争心"（《左传·昭公二十年》)，现在则来了一个180度的转向——这就是了不起的革命！从屈原的《离骚》到曹操的《短歌行》，当然也蕴含了参差变化的审美，但那是不自觉的，所谓"张、蔡、曹、王，曾无先觉，潘、陆、谢、颜，去之弥远"（《宋书·谢灵运传》)。在《古诗十九首》中,叠词的清浊平仄相对,已颇可观,只是未自觉耳。永明体可谓登峰造极,且是自觉的做法,后世的近体格律只是进一步地调整罢了。

有没有这个自觉,意义是完全不同的。我们不妨还借沈约在《南齐书·文学·陆厥传》中的话来作个了断:

> 若斯之妙,而圣人不尚,何邪?此盖曲折声韵之巧无当于训义,非圣哲立言之所急也。是以子云譬之"雕虫篆刻",云"壮夫不为"。……以此而推,则知前世文士便未悟此处。

这里的"圣哲"少不得打个引号,而"子云"之流大抵荀学遗毒,至此方得决除,真大快人心!所以这个粗浅的参差变化,就有莫大意义了。它正是"文的自觉"的高度升华,是"为艺术而艺术"的终极体现。

"美的自觉"总算帷幕大开了,而这岂不正是"人的自觉"的最高乐章吗?真人与真美,互为体用。这是我们今日可有的胆量,顺带给沈氏所谓的"圣哲"作的必要还原。由此还原,方现出永明体的充分意义:它是"美"的巅峰,从曹丕一路而来,书画的兴起、宋文帝的"文学馆"、元嘉体的兴衰,至此臻达纯粹的极致,即美本身。美的自觉总算升华到最精粹的形式——形式即内容(最本质的内容)。这不是别的,是本能的直觉、直觉的快感,是人的自觉的最干净的境界。这么看,似乎再没有比这更伟大的时代了,而这个时代舞台上的主角，当然是两谢！这么说，他俩的光芒可真不得了。

作为煞尾，我们还要提一下他俩（特别是小谢）之于唐诗的意义。不必獭祭，只看近体诗，其做派不正是两谢衣钵的收身吗？严羽在《沧浪诗话》中说的"谢朓之诗，已有全篇似唐人者"，指的当然不仅是形式的传承，更是格调与主题的开花散叶。是啊，又何止是六朝的两谢！

第九章

"只可自怡悦,不堪持寄君"
——六朝的"云"与"风神"

陶弘景的《诏问山中何所有赋诗以答》，短短二十字，却是六朝诗的极品。此诗的妙处在于以云说"云"。云不可说，不可把握，"脱有形似，握手已违"。这指向了"神龙见首不见尾"的六朝"风神"，其本质是人的无限可能性，即内在的灵性本身，而不被任何外在的限定性概念所定义。这正是在贵族化社会背景中滋养的六朝风流的核心。它触及了艺术的精神——自由，从而深化了"人的自觉"的伟大命题。

在六朝出现的"兴象玲珑"的诸诗中,陶弘景的《诏问山中何所有赋诗以答》最得风骨。为何?请看全诗:

> 山中何所有,岭上多白云。
> 只可自怡悦,不堪持寄君。

短短二十字,纯任白话,却意味无穷。这是所有读诗人都知其然的,而我们说诗人的任务则要昭示其所以然。

大家都晓得,陶弘景与萧梁皇室有着密切的联系,而从题目来看,想必是这位隐居的"山中宰相"之于梁武帝邀其出山的回函。陶的回答当然是否定的,但重要的不是结果,而是效果。是怎样的效果呢?曰"云"。

云非云

云,是诗的核心,是出发点,是目的地,也是路径。何出此言?你看,不正是因为云,陶才高卧林下吗?而陶的高卧,不正意味他本是云,亦当是"云"吗?"云"到底是啥物事?陶说得再精辟不过:"只可自怡悦,不堪持寄君"。

这真太妙了。云可云,非常云,正是"名可名,非常名"。"吾不知其名,字之曰云",不过借其形象的方便譬喻罢了。要指向什么呢?正是司空图《二十四诗品》中的第二

269

条"冲淡":"遇之匪深,即之愈希,脱有形似,握手已违"。这又是什么呢?说了等于没说。这才合意:并非我们的表达不够,而是语言的局限——"真"是莫可名状!"云"不正是莫可名状的最不坏的"代言"吗?除了让诸君看"云",关于"真",我们又能说些什么呢?刻舟求剑,于语言而言,大抵是难免的。意义只是位移的多少,言之凿凿纯属痴人说梦。于是,我们从实践论转向了本体论,而这根接力棒最终要交到王维手上。

本体论以后再说,让我们回过头来,细细品味一番这了不起的实践论吧。皇帝要陶出山,陶说"只可自怡悦,不堪持寄君"。这差距,真显得韩愈之流的诗品没地儿钻去。这不是别的,是六朝的纯醇的贵族气息!它首先不信政治在"事"的层面是可以通过人力的算计与努力来改善的。这当然是庄老玄学的题中之义。要做减法(疏的方法),而非加法(堵的方法)。王安石的"痴",正是后世格局渐狭的最好说明,遑论明清的细碎庸常。这是陶不愿出山的外向维度。

"风神"是"干细胞"

更重要的内向维度则落到"风神"的概念上。何谓"风神"?不妨借当时人的丰采来弥补一下我们的苍白。《世说新语·任诞》载:

> 王子猷居山阴,夜大雪,眠觉,开室,命酌酒。四

望皎然，因起仿偟，咏左思招隐诗。忽忆戴安道，时戴在剡，即便夜乘小船就之。经宿方至，造门不前而返。人问其故，王曰："吾本乘兴而行，兴尽而返，何必见戴？"

好一句"乘兴而行，兴尽而返"！做人的最高境界不就是废任这个"兴"吗？莼鲈之思的故事，亦得异曲同工之妙。吴谚曰："囫囵球球扁塌塌——吃俚弗煞"，就是要外人"吃不准""摸不透"。不，不是要，是本来如此。"要"字只是外人的玻璃心作祟，但须知此等人物的世界中本就没有他人的位置，何曾要你念想？怎奈我们又不得不想，除了赞叹一声"神龙见首不见尾"，还能说什么呢？不可传达、不可预测、不可规范、不可定义、不可把握，正是最高的存在！因此，"道可道，非常道"，就不只是本体层面的，亦是认知层面的，更是实践层面的。孔子说的"君子不器"，也是这个意思。毕竟，一切存在还是要回到人本身，回到我本身上来。

何为第一流的存在？是婉娈皎灼还是功名不朽？是诺奖得主还是美国总统？此等皆已落第二义矣。还看当时的评价："时人目王右军：'飘如游云，矫若惊龙'。"（《世说新语·容止》）第一义者，正是"云"，"云"即是"龙"。为何？任何既定规则下的"赢家"都只是"物"，是二流以下的货色，是广义功名的"禄蠹"。真正的人（真人），第一流的存在者，乃是任何规则所无法笼罩因而无法明确的，是"君子不器"，是"神人无功，圣人无名，至人无己"，是"脱有形似，握手已违"，是"只可自怡悦，不堪持寄君"！

因此，对于王右军最好的注脚，莫过《世说新语·雅量》中的神来之笔："王家诸郎，亦皆可嘉，闻来觅婿，咸自矜持，唯有一郎，在床上坦腹卧，如不闻。"不消说，此郎正是逸少。此即风神！

说了半天，还是没说清楚。只怪我们直接诠释的方法不对，道不可说。艺术通处，正乃经济不通处。我们只得借用寓言的手法说，"风神"类似干细胞，其自身不成任何形式，却是一切限定性存在的母体。换言之，风神指向的是人的无限可能性——灵性本身。风神一般的干细胞，正是人文的精神。它最没用，却渗透在有用的方方面面，是所有"体细胞"的共同母体。无用之用，方为大用。现代社会对此是陌生的，因分科教育亦是对"道"的"阉割"和"异化"。所以当代诸学科（包括所谓的"人文"）几乎都将脑袋埋进经院式的琐碎之中，只剩下完全僵化的"体细胞"，难以超拔，不但迷途不返，而且恐怕也积重难返。这非特无益于应对时代的危机，抑且赔上了正常人的生活。今天的"知识人"总喜欢画地为牢："我做理科的""我念文科的"，岂非可悲？哪有整日价标榜"人格自宫"而沾沾自喜的道理？借用庄生的逻辑，我要说："天选子之形，子以文理鸣。只见理与文，不见全乎人。"马克思批判的人的异化（劳动分工）都荼毒至当代的基础教育中了。"道术为天下裂"的悲哀，何甚于今！

可见，"云"是象征，其指向无它，就是"风神"。风神两字，实在太妙！是"风"就不可规范、不可羁笼、不可限定，但又不是一盘散沙似的绝对离散，其内中含摄"神"。

神不可知又如昭天显明、在在处处。天地宇宙的"神"、芸芸众生的"神"就是每一个主体的"神"。"风"只是譬喻，"神"才是主语，只是这个譬喻相当重要，它防止了异化者的"异端"——渎"神"。于是赞叹：真神不二。

"艺术"的时代

好了，回到那个距离黄金时代最近的伟大时代。附带的庸俗问题是，何以彼时崇尚风神？答案并不繁难。大家都晓得，两汉所重的是功业、名节等外在的东西，而这种东西在汉末已完全沦为世人追名逐利的虚伪面具。因此，这一相反的风尚可谓对于当时社会背景的"革命"。进而，风神等内在的精神状态具有无限的潜在可能性，而功名等外在的东西总是有限的。正如李泽厚先生在《美的历程·魏晋风度》中所指出的，这种突出人本身之潜能的思路符合当时"人的自觉"的社会思潮，是"人的自觉"这一主题的深化。"风神"正是六朝风流的核心内涵，也是"人的自觉"的最精粹的体现。当然，站在当时动荡的社会现实层面，对于"无限可能性"的崇尚也可谓是关于"不确定"之世界的一条出路。世事无常，人力缥缈，则何不清谈玄言，磊落畅怀？重要的是，当时的魏晋玄学与贵族趣味之于两汉经学的革命破除了固定标签或藩篱，从而突出了"风神"的生命力。这一点在艺术上的反映，正可与谢朓所谓的"好诗圆美流转如弹丸"相发明。这些都是贵族化结晶的社会风尚。

只有基于这一点，才能看穿此诗。你说山中多白云，然则哪里没有云？走出金銮殿，皇帝老儿自有一样的天、一样的云。不，皇帝老儿是走不出来的。他说看见了，其实不曾见着，业障使然。陶的"云"云得精辟！但你若如此小觑他的皇帝老儿，则未免狭了自家视域。梁武帝出家多次，当是知云、爱云、有云的。贵族式的政治与宗教式的皇帝，彼此含摄。那真是一个彻底"贵族化"的时代，君臣皆化。既如此，你有你的云，我说我的云，各受各好，不留挂碍。正是"知之濠上"的洒脱、通透，语言只是多余的下酒菜，何必当真呢？正如《坛经》所云："真如自性起念，六根虽有见闻觉知，不染万境，而真性常自在。"只有虚化了问答，才是贵族式的对话。只有彻底的"云"，才是真正的"云"。此诗正是"云"的化身。

回到艺术。至此，诗的光芒显现了。"只可自怡悦，不堪持寄君"，不正是"云"的最好描画，也不正是具无限潜能的"风神"的最好体认吗？正因为"道不可说"，我们才要有艺术。前者既是后者的前提，也是后者的判据，因艺术不是别的，正是个体的自我认知方式——最高级的方式。所谓的"高级性"指向人之为人（区别于动物性存在）的本质规定性。个体最宝贵的内核是什么？不就是风神或曰灵性吗？我要说，（真）艺术就是哲学的艺术，（真）哲学就是艺术的哲学。艺术或曰"诗"指向的还是"道"，既是老子的也是孔子的"道"。

诗也好，哲学也好，都只是此岸到彼岸的"譬喻"之

"渡"罢了，其成色也在于"渡"得如何。"渡"，显然又是贵族式的哲学、贵族式的美学了。这真是一首顶好的诗，因它是最通畅的"渡"。你看，陶弘景不是比孔子、老子都要说得好吗？难道"云"不比"不器"、不比"无"更惟妙惟肖吗？你看，"云"不是既具体又抽象，既看得见又摸不着的吗？云，正是两个世界间顶好的桥梁——"黑洞"，它就像肥皂的乳化作用，一头连着亲水端的极性分子，一头连着疏水端的非极性碳链。于是，我们顺着这个"黑洞"，涤净尘垢而瞬间转入那大化万有、圆融无碍的本体世界了。滋溜一声，不觉一丁点儿阻涩。以此，不止六朝，要论拔得"兴象玲珑"头筹的，除了此诗，还能是哪首呢？

末了，值得一提的是，千年之后，西方迎来了浪漫主义，彼时湖畔诗人William Wordsworth写道：

I wander'd lonely as a cloud
That floats on high o'er vales and hills
……

西方的诗在历经千回百折后终于望见"云"了，由此有了他们真正的"诗"，而西方人也终于要回归"云"，由此吹响了自由的号角。这真是一场至伟大的运动，其意义在于发现了"艺术"（艺术的真谛），因之发觉了"人"（人的本质）。而"云"的东方面孔，自中唐以后，这个民族是否已全然忘却，从而否认伟大也曾光耀过这片古老而神奇的土地呢？

第十章

何以"孤篇盖全唐"
——请君六诵《春江花月夜》

诗不能看，须"诵"。唯此，方体会得《春江花月夜》的曼妙，得窥"孤篇盖全唐"的门道。我们一诵此诗，道个摇曳流利的好；再诵此诗，道个空明澄澈的好。此等音律与意境的好，只是皮相。三诵，乃生发出存在的无限性，指向无尽的人生、无穷的宇宙。四诵，宇宙意识让位于个体情感，而我们的兴趣也从上阕转向下阕。五诵，人类的世界被情感化了，人的存在亦升华为绝对的、普遍的、深沉的情感。至此，"孤篇盖全唐"的命题方站得住脚。六诵，我们罢黜了一切无意义的纠缠，洗尽铅华，只彰显的个纯粹形式（纯粹情感、纯粹意向、纯粹灵性）。这不是别的，正是纯粹形式的"兴"——人类学意义上的"神迹"。以此，我们以"第三"哲学完成了"第一"哲学的未竟事业。这正是《春江花月夜》的终极性审美体验。于是，就连"诗中的诗，顶峰上的顶峰"这顶桂冠也成了无足留恋的过眼云烟。

说起《春江花月夜》，指的当然是张若虚的《春江花月夜》，还放得下他人的位子吗？要有，那可真够闲的。我们绝无虚耗的兴趣，必须就诗论诗。看吧，这才是不二的真诗：

春江潮水连海平，海上明月共潮生。
滟滟随波千万里，何处春江无月明。
江流宛转绕芳甸，月照花林皆似霰。
空里流霜不觉飞，汀上白沙看不见。
江天一色无纤尘，皎皎空中孤月轮。
江畔何人初见月？江月何年初照人？
人生代代无穷已，江月年年望相似。
不知江月待何人，但见长江送流水。
白云一片去悠悠，青枫浦上不胜愁。
谁家今夜扁舟子？何处相思明月楼？
可怜楼上月徘徊，应照离人妆镜台。
玉户帘中卷不去，捣衣砧上拂还来。
此时相望不相闻，愿逐月华流照君。
鸿雁长飞光不度，鱼龙潜跃水成文。
昨夜闲潭梦落花，可怜春半不还家。
江水流春去欲尽，江潭落月复西斜。
斜月沉沉藏海雾，碣石潇湘无限路。

不知乘月几人归，落月摇情满江树。

　　世人都说好，可好在哪里，却并不好说。初读此诗，我们的第一印象是一种神秘的美。神秘是此诗的基因。我们翻检《新唐书》《旧唐书》，关于作者，似皆只提到一处。《旧唐书·文苑传》载："神龙中，知章与越州贺朝、万齐融、扬州张若虚、邢巨、湖州包融，俱以吴越之士，文词俊秀，名扬于上京。"而《新唐书·刘晏传（附包佶）》载："佶字幼正，润州延陵人。父融，集贤院学士，与贺知章、张旭、张若虚有名当时，号'吴中四士'"。两处实一事耳，真"穷"得可怜。由此，我们只知道张若虚是一个颇有才名的江南人。就像关于此诗，我们仅得出一个"美"的抽象概念，余概不知。何时、何地、何人、何事，为何写此诗，真是一个怎么也说不清的永远的谜。既说不清，那就让它永恒地神秘下去吧，唯此方得本色。此话怎讲？最后自见分晓，诸君先须读诗，不，要诵！诵者，颂也，踊也（上古谐音），正要"手之舞之足之蹈之"。诗非诵（踊）无以发之。诗能"看"出来吗？看诗是堕落的现代捷径，其终点是显摆牺牲的太庙，绝非缪斯的神坛。看诗说诗，作小说用场，真痴人说梦。

一诵而再：摇曳流利、空明澄澈

　　一诵，味道就出来了；再诵，味道更浓：是摇曳流利而又空明澄澈。此味当分两说，前者并不陌生。我们读南朝民歌的极品——《西洲曲》，就是这个味道。不信请诵：

忆梅下西洲，折梅寄江北。
单衫杏子红，双鬓鸦雏色。
西洲在何处？两桨桥头渡。
日暮伯劳飞，风吹乌桕树。
树下即门前，门中露翠钿。
开门郎不至，出门采红莲。
采莲南塘秋，莲花过人头。
低头弄莲子，莲子清如水。
置莲怀袖中，莲心彻底红。
忆郎郎不至，仰首望飞鸿。
飞鸿满西洲，望郎上青楼。
楼高望不见，尽日栏杆头。
栏杆十二曲，垂手明如玉。
卷帘天自高，海水摇空绿。
海水梦悠悠，君愁我亦愁。
南风知我意，吹梦到西洲。

真是美得曼丽委婉、勾连摇曳！沈德潜在《古诗源·卷十二》中评道："续续相生，连跗接萼，摇曳无穷，情味愈出"，是恰当不过的。从技法上说，亦可见端倪。我们早说过四句一组的骨骼，而在上组末和下组头上，往往有相同的字词，起着平滑过渡的作用。众所周知，这种接字法俗唤"顶针"。"风吹乌桕"——"树"——"下即门前"；"仰首望"——"飞鸿"——"满西洲"是最贴身的"顶针"。这是诸君谙熟的艺术手法。吴绛雪的回文诗《春》《夏》《秋》《冬》是这样的文字，许镜清的《女儿情》是这样的旋律，就连馆子里端出来的白斩鸡也是这样的刀法。

看似简单的顶针却大有门道。凡事不可做绝，一做绝就没意思了。若通篇用最贴身的蝉联，那就成了捆绑、束缚。所以，"出门采红莲"接的是"采莲南塘秋"，"莲子清如水"接的是"置莲怀袖中"，"尽日栏杆头"接的是"栏杆十二曲"，"海水摇空绿"接的是"海水梦悠悠"，中隔数字不等。空了数格，贯连却更强了，譬如园林铺地的踏石片片，比起簇攒猬集的卵石铺地，不更显方向性与意向性吗？不但不能尽用贴身的接字，也不能通篇用接字（不论贴身还是空格），而要留出"气口"。这气口就开在"双鬓鸦雏色"与"西洲在何处"之间，但你瞧，这口气竟还是窜到"忆梅下西洲"的头上。那可真够长的！扎个猛子一口气游出50米，这是一级运动员的元气满满，当然比一蹬腿、一打水就按捺不住要抬头换气的人心肺功能强得多。于是我们周身气血顺畅，无不通泰。顶真的美无它，就是这口气的行云流水。不顶而真，才是真顶针。识得"无之以为用"的道理，方可用顶针。不然，只是童谣的心肺，鼠目寸光，气息奄奄，何美之有！

《西洲曲》的蝉联还有两妙。一是全诗末尾的"吹梦到西洲"又接到了"忆梅下西洲"的头上,于是产生了循环往复未央无垠的极限美感。二是在某些地方,用一字贯联而下。"树下即门前,门中露翠钿。开门郎不至,出门采红莲"整组四句以一"门"字相贯通,而"出门采红莲。采莲南塘秋,莲花过人头。低头弄莲子,莲子清如水。置莲怀袖中,莲心彻底红"更厉害,以一"莲"跨七句三组。这是怎样的艺术效果呢?正是血管在器官内(组内)以及器官与器官之间(跨组)的勾连通畅。有了跨组,才有了"系统"。于是,"人"就活了。至于"西洲""郎""望"的不规则出没,颇似筋脉穴位的隔空呼应。于是,我们"活"得更畅通滋润了。

讲了这么多,我们的结论是,单就音律与内容的摇曳流利而言,《春江花月夜》效法的是《西洲曲》,且并未超过后者的成就。这是明白的。但《春江花月夜》具有而《西洲曲》没有的是空明澄澈的意境,是"桂棹兮兰桨,击空明兮溯流光"的琉璃净土。有了这层意境,不将摇曳流利推向为音律及内容上所难企及的质跃吗?何解?空明的净土,是没有摩擦力的纤尘不染;澄澈的琉璃,是万花筒样的层层无穷。这不正是摇曳流利发生的最切合的场合,也是其最理想的效果吗?意境或意韵上的空明澄澈,才是最高层面的摇曳流利。以此辨之,一诵与再诵的体验,虽分两说,究竟还是一种真味的归并。

三诵而四：从宇宙到情感

至此，我们要应对"孤篇盖全唐"的命题。不禁要问，上述这些论断、这些要素加在一起能否在天平这头抵得上"孤篇盖全唐"的分量？恐怕悬。怎么办？三诵！新的东西出来了：存在的无限性——无尽的人生、无穷的宇宙。原来是无限性这个新命题，绝非"人生无常"的旧调！于是，我们盯上了"江畔何人初见月？江月何年初照人？人生代代无穷已，江月年年望相似。不知江月待何人，但见长江送流水"。但这并非新货色。稍前刘希夷的《代悲白头翁》已道得此理：

> 今年花落颜色改，明年花开复谁在。
> 已见松柏摧为薪，更闻桑田变成海。
> 古人无复洛城东，今人还对落花风。
> 年年岁岁花相似，岁岁年年人不同。

这也是绝漂亮的句子。我们固可拘泥小节地说，刘诗中花开花落的意象毕竟不如"春江花月夜"来得综合、丰富、绵长，"桨声灯影"也毕竟是"幻灭的情思"的最佳背景。就像闻一多先生在《宫体诗的自赎》一文中所说的：

> 刘希夷又一味凝视着"以有涯随无涯"的徒劳，而徒劳地为它哀毁着，那又未免太萎靡，太怯懦了。只张

> 若虚这态度不亢不卑,冲融和易才是最纯正的……诗人与"永恒"猝然相遇,一见如故,于是谈开了……对每一问题,他得到的仿佛是一个更神秘的更渊默的微笑,他更迷惘了,然而也满足了。

谁说"不亢不卑,冲融和易"高于"哀毁"的比较级定然成立,特别是基于全唐诗的背景下呢?所以闻一多先生这段给张若虚加权的称重工作,落手竟是这般虚浮。拆东补西,还是这般分量。

说来奇怪,自个儿说服不了自个儿,却偏信"孤篇盖全唐"的邪。邪门正是艺术的路径之一。为求天平两端的平衡,我们还须正本——回到诗本身。四诵!"白云一片去悠悠",呀,竟忘了还有下半部分。是啊,要只是存在的无限性的拷问,又何必留下"但见长江送流水"的"阑尾"呢?要知道,艺术绝非生物演化的"旧瓶装新酒",阑尾终只是"烂尾"。于是我们看见两张面孔,上面是人生宇宙的哲理,下面是卿卿我我的情感。且慢,《代悲白头翁》不亦有情感吗?那不过是人生苦短、及时行乐的老生常谈罢了。重要的不是情感,而是怎样的情感。你看《春江花月夜》的情感,竟是那样微妙地余味无穷。于是,我们懊悔自己的粗心,竟放过了下阕的面孔,同时也懊恼自己的迟钝,竟悟不出这张面孔的好看。瞧,了不起的闻一多先生也只是说:

> 于是他又把自己的秘密倾吐给那缄默的对方……因

为他想到她了，那"妆镜台"边的"离人"。他分明听见她的叹唱……他说自己很懊悔，这飘荡的生涯究竟到几时为止！……他在怅惘中，忽然记起飘荡的许不只他一人，对此情景，大概旁人，也只得徒唤奈何罢？……这里一番神秘而又亲切的，如梦境的晤谈，有的是强烈的宇宙意识，被宇宙意识升华过的纯洁的爱情，又由爱情辐射出来的同情心，这是诗中的诗，顶峰上的顶峰。

好了，闻一多先生完成了"诗中的诗，顶峰上的顶峰"的论证。可我们并不领情，隔阂有二。其一，情感是艺术最廉价的浇头，如何担得起"孤篇盖全唐"的重任，遑论"诗中的诗，顶峰上的顶峰"？其二，哲理或曰"宇宙意识"如何与情感发生关系？若意在前者，何必提后者；若着眼后者，又要前者何用？我们又碰到了阮籍的《咏怀诗》的难题，但这次意志的力量不再奏效。大杂烩的拼盘只会让逻辑掉价，却绝不会增值艺术，即"被宇宙意识升华过的纯洁的爱情"，如何可能呢？

五诵：情感化的存在

怎么办？唯一的办法——诵！五诵，将心沉浸，我们就不再迷茫，于是惊叹：哲理宏构的世界原是情感的空间。这真太伟大了。我们不止发现了存在，也发现了存在的价值。以此，我们的情感穿越了"江月年年"，铸就了"人生代代"。是情感而非别的物事，赋予存在以意义，由此也赋予了存在本身。于是我们的焦点从上阕移向下阕。"玉户帘中卷不去，捣衣砧上拂还来"的不是别的，正是它。诵至"鸿雁长飞光不度，鱼龙潜跃水成文"，谁能不潸然泪下！这么看，"人生代代无穷已，江月年年望相似"毕竟还是太嫩了，而嫩是应该的，因其只是引子。说诗而拘泥此句的，必犯了看诗的罪过，迷失了真心。

我们要将心沉浸，不，是整个世界被我们的心——情感所沉浸。这才是真正的人的世界！李泽厚先生在《华夏美学·孔门仁学》中以"时间的情感化"（将世界予以内在化的最高层次）解释孔夫子的"逝者如斯夫不舍昼夜"，不免有过度发挥的嫌疑。但若我们将李先生的"时间的情感化"借来用在《春江花月夜》上，却丝毫不为过。非但不过，直嫌其少。我要补充说，这是将时间与空间——整个世界——都全面地、彻底地情感化了！这正是此诗的深沉魅力：情感铺天盖地，源源不断，塞天满地。闻一多先生所谓的"宇宙意识"，亦须于此"情感化"的宇宙上生发其引力与意义，而借着这宇宙，人的存在亦升华为绝对的、普遍的、深沉的情感。

回到命题"孤篇盖全唐"，天平两端似乎持平了。不是吗？情感化的时空与存在，不正是唐诗艺术的永恒的内核精神吗？这个"盖"字，真用得再贴切不过！也正是基于情感化的存在这个内核，我们将唐诗（既非六朝诗也非宋诗，遑论三曹前或崖山后）作为诗的典范与巅峰。这么看，非但

"孤篇盖全唐"的命题不为过，闻一多先生的"诗中的诗，顶峰上的顶峰"亦可作数。

就诗的演化路径而言，人的自然化与自然的人化构成唐诗之于六朝山水诗在意蕴上的突破与升华。此时，人不是以自然本身来获得审美，而是通过自然达到人对自身的关照来获得审美。这么看，陶诗确实符合唐宋的口味，也注定了其在后世地位的一路飙升。可见，《代悲白头翁》与《春江花月夜》所表达的都是人事之于世界（闻一多先生所谓的"宇宙"）的意义。这种人本质的情感审美，是新鲜的，也是六朝以来"人的自觉"的进一步深化。在这里，人与世界都是有意义的，两者是共存的、对话的，不存在谁吃了谁，不似谢诗的暌隔，也不似李白的一方独大。

六诵："兴"本身

至此，达成目标的理性可以歇业，而感性则不知所止。我们禁不住又诵起来了。不诵不知道，一诵叫声好，层层脱壳去，不觉高几许。这点亮时空的情感真是耐人寻味啊。你看闻一多先生说这情感，一会儿是爱情，一会儿是相思，一会儿是思乡，一会儿又是同情。哪一个作准呢？哪一个都不作准！要作准，须问诗人为何写此诗？最经济的解释当然只是为了娱乐。古乐府名嘛，还能干吗？所以对"春江花月夜"各字之组合、组合之意境的煞有介事地爬罗推敲的一切把戏，真让人啼笑皆非。罢黜一切无底线的意淫，站稳文本的脚跟，你敢说"扁舟子"就是"张若虚"，我就敢说"离人"不是"爱人"。是或不是，爱情也罢，乡情也罢，一个人也好，两个人也好，不知几人也好，诸君都可完全代入而与文本不发生直接的冲突。此诗就像一个开放的函数，自变量是待定的，应变量当然合是未知的。这难道不比言之凿凿、旁征博引的"考据式"说法，更具解释力，也更具艺术魅力吗？道理很简单：唯此才是最简约的，也才可发生最大的共鸣！当然，作者必是存在的，也必是有故事的，但他的故事已无关紧要，重要的是文本本身及其之于我们的意义，是哲学的意义而非单纯历史的意义。不论作者有意无意地在文本中埋了多少雷，踩雷要立时爆了才作数。若好事者再去补根导火索，那叫玩火自焚的自娱自乐，绝非哲学的态度——艺术的精神，只是混饭吃的累赘，却直给我们的行程添堵。

该沉沦的就让它沉沦，该蛰伏的就让它蛰伏：要给历史划界，留出人的空间。须砍了"事"的枝蔓，才有"神"的主干，历史如此，艺术更甚。创作如此，评论何尝不然？以此，"作者为何要写诗"，抑或，"这个作者为何要写这首诗"，就是一个无足轻重的非艺术层面的问题。无论如何，张若虚名下的果是一首绝然好诗，莫管是出于其炉火纯青的功力还是歪打正着的凑巧（从"历史数据"看，大概后者更具"科学统计"的说服力吧，这倒可作为"考据式"说诗的挽歌）。让他们精益求精地去打磨木乃伊的模具，刻舟求剑去吧。诗学的工作是面向活人的，是感动你我的心跳，绝不会为了"博闻强识"的虚名浪费一丁点儿的气力。

那么,《春江花月夜》的本质究竟是怎样的情感呢?答曰:只是情感本身。"青枫浦"也好,"扁舟子"也好,"明月楼"也罢,"离人"也罢,"春江闲潭""碣石潇湘",统统只是代名词,是调起诸君情绪的现象(调味剂)而已,其背后的真如只是情感本身——纯粹情感!"不知乘月几人归,落月摇情满江树",让我们欲罢不能却不知所谓的也只是一种纯粹情感而已。李泽厚先生在《美的历程·盛唐之音》中说此诗:

> 是有憧憬和悲伤的。但它是一种少年时代的憧憬和悲伤,一种"独上高楼,望断天涯路"的憧憬和悲伤。所以,尽管悲伤,仍感轻快,虽然叹息,总是轻盈。……它显示的是,少年时代在初次人生展望中所感到的那种轻烟般的莫名惆怅和哀愁。……它实际并没有真正沉重的现实内容,它的美学风格和给人的审美感受,是尽管口说感伤却"少年不识愁滋味",依然是一语百媚,轻快甜蜜的。

李泽厚先生的感觉是对的,因他有一颗活人的心,也是面向活人的。我要补充的是,正是这颗"没有真正沉重的现实内容"的青春年少之心,才是纯粹的真心。它只是"纯粹形式",却可折射万般现实以产生具体内容。这正是此种余味无穷的情感之奥秘。所以它是最强大的基点、能动的灵枢，这不正在最单纯的青春年少的心中才透彻纯粹吗？借用现象学的术语，纯粹情感不是别的，正是纯粹意识、纯粹意向。它是充盈整个空间与时间并规范每个角落的"以太"。这正像歌曲《明天会更好》所唱的：起头是"轻轻敲醒沉睡的心灵，慢慢张开你的眼睛"，落脚在"让我拥抱着你的梦……让我们期待明天会更好"。这一切，正是"春风不解风情，吹动少年的心"才有的境界，从形式到内容，无不如此。有了年少的心，就有了青春的时代与世界！这正是唐诗的意义，也是"诗"的意义。

说到这里，我们当可回答"哪句最好"这个虽庸俗却一针见血的问题。不是"人生代代无穷已，江月年年望相似"的阔大，亦非"不知乘月几人归，落月摇情满江树"的深沉，却是"江天一色无纤尘，皎皎空中孤月轮"的一览无余。不是吗？都一览无余了，还要什么，还能有什么？它是一切阔大与深沉的基点、灵枢，是全诗的"诗眼"！正是从这口"活眼"里，汩汩流出了阔大与深沉，流出了整首《春江花月夜》，流出了以情感重塑的全部时间与空间，流出了人本身。因此，"江天一色无纤尘，皎皎空中孤月轮"，是特写，也是全部，是人直面这个世界的纯粹与澄澈，是纯洁的真诚——真诚的纯洁。面对这一轮明月，你难道不会流泪吗？没有眼泪的不是花岗岩脑袋，就是真诚得不够、纯洁得不够。我要说，这正是诗中的"帕特农神庙"。"希腊的建筑如灿烂的、阳光照耀的白昼"，恩格斯的这句评语，何妨用在《春江花月夜》上？

回过头来，也正是这种明朗、这种健康、这种青春年少及其没有现实负担的"纯粹灵性"，才是摇曳流利的底色，也最大程度地激发了"空明澄澈"的意境美。至此，摇曳流利与空明澄澈才完成了其美学形式。这一切，都要落脚到没有内容的情感，不知忧愁的惆怅本身。弘一法师的"悲欣交集"之绝笔，真可谓洗尽铅华，返璞归真了。青春，既是人的出发点，也是人生的终点。孟子所谓的"赤子之心"，固然是针对第二哲学的发明，但一样可用在第三哲学的层面，不，合当是三大哲学的共通层面。如此，《春江花月夜》既是诗的起点，也是其归宿。于是，"孤篇盖全唐"的命题亦不过是个过程罢了。忘了它，才是应有的气度，才是真正的青春。

　　追根溯源，这轮明月于我们，不是太熟悉，又太陌生吗？感动到了吗？是霎时间被点亮的效应——毋宁说是"震颤"。万古如长夜，乍一抬头，蓦地怅然觉悟，于是有了情感，才有了世界，才有了人——"就有了光"，这是真正的人类学意义上的"神迹"。好了，"江天一色无纤尘，皎皎空中孤月轮"这个"诗眼"，又是什么呢？不正是"兴"吗！可不！它是最根本、最纯洁、最真诚，因而最伟大的"兴"，是"兴"本身。它不再是物我一体的闲情逸致，而是有物有我再有万物的生死大端。

　　《国风》的小调至此终于奏起了黄钟大吕的交响巅峰：它唤起的不再是卿卿我我的暧昧，而是整个世界与全人类。借用黑格尔的逻辑，我要说，"兴"的终极意义在于：激活人之为人的绝对精神，以完成主体及其世界的确立，并构造宇宙自然、人事沧桑及其有机融合。这个确立的世界当然是情感或"通感"的世界，并非哥白尼以数学编码的世界，亦非康德以理性塑造的世界，却是所有世界中最根本的世界。这正是《春江花月夜》所给予我们的最高的审美体验。第三哲学的终极意义正在于完成"第一"哲学的未竟事业，"第三"成了名副其实的第一。还有比这更伟大的任务吗？于是，就连"诗中的诗，顶峰上的顶峰"这顶桂冠也成了无足留恋的过眼云烟。

第十一章

经验"摆渡"超验——王维之诗的
"不在"之"在"

王维的诗空前绝后，其独特性在于以"不在"的方式来观照"在"。"不在"是限定的，"在"是不可限定的，前者是经验的具体对象，后者是超验的大全（道本身）。第一哲学的"根本"在第三哲学，这是语言的本质所规定的。诗，是以经验向超验"摆渡"的引子，典型莫过王诗。诗之好坏，正在于"摆渡"的顺畅与否。唯有通过"做减法"的至虚之"无"——最省净的"兴"（莫名之通感的悸动），方可臻达至大之"有"的境界。这正是王诗的妙处，也是审美贵族化的成果。

两谢以来的风流氤氲，历三百年的萦纡涵养，终臻化于王维——化在王诗里。王维与王诗的合一，是真与美、第一与第三哲学的合一，合一并非统一。这到底是怎样的一种"在"呢？却是"不在"！

"不在"的"在"

他的最惊心的诗、他的最动魄的事，不都是"不在"吗？你看，"渡头余落日，墟里上孤烟"——"荒城临古渡，落日满秋山"；你听，"流水如有意，暮禽相与还"——"倚杖柴门外，临风听暮蝉"。白天"行到水穷处，坐看云起时"，夜里"松风吹解带，山月照弹琴"，不都走向"迢递嵩高下，归来且闭关"的结局，甚至"但去莫复问，白云无尽时"的不留痕迹吗？"兴来每独往，胜事空自知"是"不在"，"古木无人径，深山何处钟"也是"不在"。《旧唐书·文苑·王维传》如此记载这位"不在"的诗人：

> 斋中无所有，唯茶铛、药臼、经案、绳床而已。退朝之后，焚香独坐，以禅诵为事。妻亡不再娶，三十年孤居一室，屏绝尘累。

他的生活真是一成不变的"不在"。撇去早年的应俗随喜以及安史之乱这不可抗力的干扰,王维的传堪比康德的省净。他的"自顾无长策,空知返旧林"也好,他的"返景入深林,复照青苔上"也罢,这个世界恒是"泉声咽危石,日色冷青松",即便"白云回望合,青霭入看无",纵是"大漠孤烟直,长河落日圆",一切也都深深透着他的气息——"不在"。这才是王维的诗,才是王维的味道!有了"不在","在"也不必提了。余诗余事,略之也可。以此,"在"究竟还是"不在"。上官周在《晚笑堂画传》中为"王摩诘"勾描了张斜靠座椅的背面像,一无所有,真是绝品。我想不出任何比这更贴切的王诗视角,也想不出任何比这更丰富的王诗画面。生活正应砍掉诗之多余,于是,烛照中的灵心一点正是王维的纯净生活,也是其诗的最佳载体——诗本身。

"不在"[1]究竟妙"在"哪里呢?不妨以王维的《鸟鸣涧》来做我们的引子,诗曰:

人闲桂花落,夜静春山空。
月出惊山鸟,时鸣春涧中。

不用想,也毋庸念,触目就叹得绝妙好诗。然则为何?霎时倒说不上来。理性分析告诉我们的手法是"以静写动"。此话只是儿戏。要论以静写动,不妨拎王籍的"蝉噪林逾静,鸟鸣山更幽"(《入若耶溪》)出来,这才是一览无余的"反

---

[1] 精确地说,是"不在的在"而非"在的不在",前者是真王诗,后者是东施效颦的仿王诗。

衬"。难者固可硬说是异曲同工,并不犯方向性错误。但"知了叫"是大家都惯听的,而"桂花落"谁曾听见来着?说听到桂花落,那只能归于静得出奇的场景才有的传奇。异曲同工的说辞固不犯方向性错误,却混淆了程度性区别,须知彼此高下迥异。但我要进一步问,是怎样"静得出奇"的程度呢?你会说,是能听到自己心跳的程度。是吗?你确定是听到的吗!则不免"口将言而嗫嚅":像是听——又不像是听。大概"是听"的潜台词是"相信是听",而与其说是"听",毋宁说是"通感"。"人闲"才有"桂花落",诗人不是一开始就明说了吗?出乎五官的通感,找不到对接的回路,于是我们将超验的对象嫁接到经验的耳朵上。

超验嫁接经验

"将超验嫁接到经验感官上",正是王维诗的本色!然则超验的对象是什么?就《鸟鸣涧》而言,二十字无一字谈及它,但它却离不开这二十字的引领。诗和艺术,是引子,也只是引子。拿更典型的《辛夷坞》来看,诗曰:

> 木末芙蓉花,山中发红萼。
> 涧户寂无人,纷纷开且落。

再没有比这更素净的画,也再没有比这更素净的诗了。素净到什么程度呢?第一句说有花,第二句说是红花,第三句什么也没有,第四句是花的出现与消失。"不在"到了极致,也正是这种极致才最大程度地引领了超验的对象。意欲何为?曰做减法:把乱七八糟的东西拿掉得越多,就越能感知超验性的存在本身。王维诗的魅力就在这里:将超验的世界——本体或"道",嫁接到经验的感官上。

这里涉及两个问题。其一,为何不能直接说"道"?其二,为何间接说"道"所用的材料越少越小越弱就越好?

关于第一个问题,原已不必赘言。《老子》的总纲领就是"道可道非常道",西方哲学两千年的发展也终于悟得这个道理。简言之,道不可说,因道是大化无穷,而语言必是限定的。不是吗?诸君读的这些文字,为何能读得下去而不怀疑是乱码?不就是背靠一套约定俗成的包括字义在内的解读的规矩吗?规矩即是限定,正所谓"没有规矩不成方圆"。不单语言,一切经验的内容必然是限定的,因经验必是具体的,而一旦具体,就落了限定的窠臼。完了!"在"一旦限定,就与"道"本身隔开了,因"道"是不可限定的、活的存在本身。打个比方,"在"是体细胞,而"道"是干细胞。形式逻辑的根本性破产一开始就命中注定,是严格意义上的胎死腹中。但很不幸,我们的"眼镜"是先天限定的,是永远摘不掉也换不了的。

"正的方法"行不通,只剩下"负的方法"。庄子的"寓言""重言""卮言"就是间接说"道"的出路。冯友兰先生提出的"烘云托月"也是这个方法。此话怎样?画月亮有两种思路:要么直接画,但这不可能,因月本无色;要么间接画，即画出有色的云彩，就现出无色的月了。可见，以"不限定"的方式说"限定"（"不在的在"），正是间接说不可限定的"真自在"，是说"道"的唯一途径。云彩在云彩层面是限定的（客体的"不在"），而借着我们的限定的感官（主体的"不在"），则可投射出不限定的"幻像"："负负得正"，隐射的是"不可限定"的"大自在"。诗说云彩，不是真说云彩，更非说真云彩，只是借云彩让诸君自家来体认"道"。"云彩"只是"先王之陈迹"，终要弃之如敝屣，正所谓"得鱼而忘筌"。吴谚"打碎水缸泅到隔壁"，恰可与此相发明。

以此，王维的诗，就不单是第三哲学的杰作，也是第一哲学的样板。背对诗的道是假大空，而隔着道的诗是耍流氓。丢了诗的"哲人"实是守株待兔，不闻道的"诗人"终亦买椟还珠。道向诗的回归，是西方走了两千年的迷途知返；诗向道的升华，则在王维这里打开了出路。

回到第二个问题。答案不言而喻。既然诗不是直接说"道"，而是间接地让人来体认"道"，故其材料越小越少越弱就越好。这有两方面的考量。一是背景性因素，所谓"绘事后素"，纸面越白洁，形象就越鲜明。二是对象本身的性质。道既然不可限定，不可经验，即便在实践论层面的效用"可为天下母"，但其所可直观感知的（认识论层面）必是至小至少至弱的，正是《老子》所说的"视之不见，名曰夷；听之不闻，名曰希；搏之不得，名曰微"。若材料越大越多越强，则道的可感知性就越小越少越弱，成了喧宾夺主的局面。陈从周先生在《续说园》一文中说："白本非色，而色自生；池水无色，而色最丰。色中求色，不如无色中求色。"也是这个道理。王维在《辋川闲居赠裴秀才迪》中的"渡头余落日，墟里上孤烟"一联，好就好在"上""余"两字绝妙，其妙处也是通过弱化动词来弱化人为性：要做减法，拿掉得越多，指向就越真切。又，王维在《终南别业》中的"行到水穷处，坐看云起时"一联，好就好在信手拈来，全不用力，也是从至虚处发至真性。这在形式上类似《列子·仲尼篇》中说的"物物皆游，物物皆观"。何以非如此不足为"游其至矣"呢？沈德潜说的"行所无事，一片化机"（《唐诗别裁集》）隐约透出消息。唯"行所无事"，方"一片化机"，其逻辑还是以弱化的"不在"溢出"在"，"不在"不弱则不足以溢"在"。此既是第三哲学的逻辑，也是第一哲学的出路。

就"道"而论，我们又可为诗划定另一个方向的界限：虽然材料要越小越少越弱，但不可直归于"无"。道理很简单：空而不空，有而非有，非空非有，真空妙有。《老子》说"道之为物，唯恍唯惚，惚兮恍兮，其中有象，恍兮惚兮，其中有物"，又说"无状之状，无物之象，是谓惚恍"。象又不象，物又不物，说得太矛盾了，又太好了——正因是矛盾的，才是真的、好的。"道"是最大的二律背反，是一切二律背反的总根源。康德的认识论大厦，正如梁柱结构，要彻底"解放空间"，毕竟还有待黑格尔的拱券技术来打桩。矛盾是必然的。一方面，道是活的，不可把握又不可思议的，不落任何窠臼，故曰"无"；另一方面，道又是一切有的根本，大化万有，故曰"有"。"无中生有"，必然亦必须，是"上帝"的"第一脚"。可见，"无"并非真无，只是譬喻，正是《老子》说的"吾不知其名，字之曰道"，也是其一开口就大呼不可道却仍道了五千言的大前提与方法论。

这意义太重大了！它宣告：艺术不但是可能的，也是必须的。这种过渡，正是《庄子》的重头戏。徐复观先生在《中国艺术精神》中将庄子哲学整个作了艺术化的人生来理解，从大方向上来看是不错的。纵是禅宗宣称"不立文字，直指人心"的"无"，却又免不了"劈柴担水，无非妙道，行住坐卧，皆在道场"的"有"。李泽厚先生在《华夏美学·形上追求》中说"禅正是诗的哲学或哲学的诗"，真是精辟！这是智慧的人生，也是艺术的人生。我们厘清了艺术的可能性与必须性，也就顺带回答了为何诗的材料不可直归于无。认清了艺术的左右歧途，我们就看清了王维的恰到好处！

语言悖论

回到王诗，《辛夷坞》究竟妙在哪里？不是别的，正在于其唯做减法，意在言外；繁芜尽去，乃现悸动；喧杂不染，出落本真。王诗的本质，是在"空寂"中映衬道——存在本身。这些意思，前面已经说得够多了，这里再说说中国艺术的"意在言外"。

"意在言外"这一条其实还是从"道"这个根上来的。从认识论的"言不尽意"到美学上的"得意忘言"与"意在

言外",一头一尾,还是老庄的路数。《庄子·天道》中有个精辟的总结:

> 世之所贵道者,书也。书不过语,语有贵也。语之所贵者,意也。意有所随。意之所随者,不可以言传也。

这里涉及了三个层面:书(文字)、语(说话)、意(意念)。举例来说,"这是一朵红花",看似简单的表述(文字),沾着不同的语气(说话)却可生发不同的意思,不妨以结尾句号、叹号或问号来体会语气所带来的区别。相对语气的微妙,文字当然是粗陋不堪的。文字是死的,说话是活的。

又,说话是死的,意念(意思)是活的。我说"这是一朵红花",即便不带任何语气,你如何能保证你获得的信息正是我要传达的意思呢?每个字都有问题。"这"是什么?如何划定"这对象"的统一且独立的边界?"是"又是什么?是"是什么"的"是"还是"是怎样"的"是"?你又如何判断这是是什么的是而不是是怎样的是?每一字的信息传递都是一番或然性的赌博。"一"是什么?什么是"一"?谁能指出来?既指不出来,你的语言又是如何习得,而这种习得又是如何保证最起码的主体间的一致性,即便撇去不敢奢望的客观性?"朵"是什么?那可真漫无边际。我如何在漫无边际中度量了个"朵",而你又如何在漫无边际中坐实了个"朵"。"红"是什么?是一种感觉。但如何保证你的感觉指向与我的感觉指向所指向的是同一个东西呢?又,如何能保证你的感觉与我的感觉是同一的感觉呢？"花"是什么？就更麻烦了。你不妨问问植物学家，看看即便在最庸俗的"客观实证"的层面可否给"花"勾勒一个边界？科学再发达，实证再深入，都没法解决这些问题，不但不能解决，还会扩张问题。难者可说，我们感觉到的"红"指的是波长为780纳米到620纳米的"光波"。但你看，一个概念（"红"）的问题，被扩张为两个概念（"光"与"米"）的问题。什么是"光"？什么是"米"（长度或空间）？"最聪明"的人——爱因斯坦穷其一生的努力也未能给这两个问题画上"认识论"意义的句号。我们这些"笨人"居然也能心安理得地昏昏然日用而不厌，非止以讹传讹，直是鸡同鸭讲。退一万步讲，纵是我们彻底理解了光与米，我们也没有解决"红"的问题，因为后者是主体感觉的问题。任何"外在"（客观）的指标都只是一种方便的表象或映射，而不是我们的感觉本身。[1]

由此，偌大的牛津词典亦不过"七宝楼台，拆开不成片段"罢了。不是吗？词X_1建立在词X_2上，词X_2又建立在词X_3上，……叠床架屋，叶叶相生。但若一一追溯，所有的词都将被还原到若干个只能解释其他而其自身不能被解释的"基本语素"上。这些封闭的、不可被解释的基本语素的"真值性"永远得不到保障。但是，我们居然可以互相交流！这真是世上最大的奇迹，而奇迹是得不到保证的。于

---

[1] 这里，"外在"指的是"（他者）可感知的"存在形式，包括借由人的脑神经构造与传递运动所映射的形式。

是，整座语言大厦不过空中楼阁。语言既是空中楼阁，则逻辑学、数学就是空中的空中楼阁，物理、生物等等"纯正科学"就是空中的空中的空中楼阁罢了。我们只得老实不客气地悲叹：人类的所有知识都是靠不住的。从柏拉图到罗素的悲剧是两千年西方哲学的总结，也是老庄一开始就抛出的命题。

难者还可狡辩说：不必穷究底细，我们能习得语言且我们能有效交流就从侧面保障了这种习得的"真值性"。这种结果主义的"心"实在是太大了，是典型的懒人逻辑。若从结果的"用"的层面出发，不妨借用库恩（Thomas Kuhn）的话说，科学革命将是不可能的。若以"科学革命时代"的"用"来判断，托勒密体系将碾压哥白尼体系；中世纪的机械力学将碾压牛顿体系；若无视爱因斯坦的"无用"，牛顿体系也将包打天下；若没有西医的输入，中医也将包打天下。执着于"用"，旧有的一切将继续"有用地"与天地并参、与日月同辉，至多增设几个优美的修正，以充盈其优容气度。这正是库恩给我们展示的科学革命的经验总结。但谁能担保所有革命已经完成，历史已经终结，不会有新的"无用"盖过旧的"有用"——新的"裂土称王"呢？因此，结果主义的效用性与基本语素的真值性之间，不存在必然的交集。主体的感觉既是基本语素，用或不用，就是额外的、偶然的、相对的而非本质的、必然的、绝对的属性。对于主体的感觉与意思，我们永远只可能"刻舟求剑"。刻舟求剑是蠢笨的办法，却是唯一的方法，因主体对外是限定性的存在。世界之路在何方，我们不知道，但真正的主体性是

"道"。成玄英《疏》曰"随，从也。意之所出，从道而来，道既非色非声，故不可以言传说"，可算上路。

可见，王维的诗是刻舟求剑。此话绝非贬义，因我们只能做到刻舟求剑，糟糕的是闭门造车，那是大量不是诗的"诗"的货色。作为第一哲学的"刻舟求剑"在第三哲学上的对应——"意在言外"，不但是应然的，也是必然的。按庄子的逻辑，文字是死的，而语言是活的，又语言是死的，意思是活的。方生方死，层层破去，方现真如。拿柏拉图的比喻来说，语言是"真"的影子，而文字是影子的影子，但主体只能通过"影子"来导向"真"，不论是说出口的还是保持缄默的。《庄子·外物》说"言者所以在意，得意而忘言，吾安得忘言之人而与之言哉"。这是默然的"语言"，本质上还是艺术的精神。因此，语言是局限的，又是伟大的，但唯有彰显其伟大的时刻，方生发出艺术的光芒！

"渡"

回到《辛夷坞》。大千世界，都只是"木末芙蓉花，山中发红萼"的面孔，而千言万语，都只是"纷纷开且落"的注脚。在诗人手里，存在净化到了最纯粹的形式，而此形式，借由"纷纷开且落"的刹那，被注入了生气。于是我们惊呼，"它"竟是"活"的——形式升华为本质的灵性！"它"是主体是世界也是道，再没有比这更干净利落又包罗万象的了。绝佳处正在"纷纷开且落"，而其气孔却在前三句之铺垫。试与1990年版电视剧《封神榜》主题歌《神的传说》中的"花开花落，花开花落。悠悠岁月，长长的河"相比，意境大不相同。此歌只是重复故事之沧桑耳，王诗则呼出了道之本真。

王诗说"道"，是将一切干扰纷杂摒去后的彰显效果，譬如生物实验的无菌条件，但又不尽如此。"山中发红萼"，不正是绝对光洁透亮的玻璃皿上仅有的一粒"尘埃"吗？必须要有一粒，也只能是一粒，于是看得真切：撬动整个宇宙的正是微观的布朗运动。

可见，王诗的效果，实是"兴"的效果，且是最以小博大的"兴"。它赋予世界以意义，也赋予主体以灵性。以小博大，正是自由的美。此种玄妙，莫若一个"渡"字：从有限的此岸升华至无限的彼岸，是庄更是禅，才是正宗的摩诘路数。

那么，王维诗与玄言诗乃至道学诗间的区别何在呢？它们都蒙着第一哲学的面纱。但我们读王诗而不知倦，见玄言诗、道学诗却唯恐卧。原因何在呢？我觉得是生命感。王诗再空寂，体悟的却是空寂中的存在感、生命感。空寂是禅道的底色，而生命总是艺术的内核。王诗的魅力在于以禅道的空寂底色凸显了生命的悸动。"道"涵内外，一体两面：乍一悸动，即有"感动"，无中生有，空即是色，乃有三生万物、大化流行。

但此解仍嫌粘滞：悸动即灵动，灵动即道。生命与否毕竟还是存在与否：道与主体，体用不二。对象究竟不是本体。因此，根本区别在于：玄言诗、道学诗是直接"说"

道，而王诗不直说"道"，只是譬喻的方便法门——"渡"。前者说道，后者引导（道）。道是可喜的，但说道就可厌了。玄言诗或道学诗犯了双重错误：第一哲学的方法论错误与第三哲学的主体性错误，自是里外不讨好的面目可憎。板起面孔做文章，是最可笑又最讨人厌的。

不妨再回味一番王诗的悸动。悸动当然也是"兴"，但王维的"兴"是至虚又至强的。它不但抹去了内容，也消解了纯粹意识、纯粹意向，而仅仅是一种莫名的"悸动"，拈花微笑而已。它只是通感——莫名的感触，内容如何凭君自会。譬如只是看天，我们也会莫名地感动得流泪。王维的《山中与裴秀才迪书》的最佳处，就在于"村墟夜舂，复与疏钟相间"，这"此时独坐，僮仆静默"的最抽象而又丝丝合拍入扣的悸动。这种天人合一的意境当然高于两谢的自然主义，是宇宙人事主体客体间大适融然的互相生发。是"我点亮了世界"还是"世界点亮了我"的命题，在王诗里化为"蛋生鸡还是鸡生蛋"的一笔糊涂账。难得糊涂！"庄生梦蝶"在内容上完成了泯然，但尚留有形式的尾巴，而今这阑尾终于被王诗的悸动一刀剪尽：是庄生还是蝴蝶，一切无须再谈，只剩悸动。至于这悸动是不是我的，我不知道，也不见分晓。一分晓就不再悸动，"不在"就在了，而"在"也就残破了。于是我们摸着混沌大全的门槛，完成了老庄的使命。若问"门槛"之后如何"登堂入室"，却是未入门槛的痴见。问非所宜，不答是答。言归正传，在王维手里，"兴"真正成为第三哲学与第一哲学的共同基质——"渡"的方舟。

贵族志趣

最后，我们愿意从中国诗的演化体系中考量王维的坐标。这个坐标落在哪里呢？还在六朝的贵族精神上。语言的局限性是阮籍衣钵的进一步解体。语言既无法把握真道，又不可达"意"，则人在本质上注定是孤独的。这两层意思在王维的《竹里馆》里再明白不过：

> 独坐幽篁里，弹琴复长啸。
> 深林人不知，明月来相照。

一样的寂寞，不一样的冷静。存在的荒谬，连同情感的沉恸，阮籍的"毁瘠灭性"经过王摩诘的语言剿杀，化为狻猊口中的袅袅青烟，剩下一星半点的幽幻明灭。不论是哲学倾向、宗教情怀，还是艺术路数，王维代表的正是贵族趣味的极致。正是在此至深沉的意义上，我要说，六朝的贵族气息终臻化于王维与王诗。王维差不多是最后的"贵族"了，是六朝精神在盛唐的继续，终成绝响。

因此，贵族志趣是走进王诗的门槛。如果我们能体验同样作为贵族精神的产物（如草庵茶室与枯山水）的美，那么，王诗的美就不言而喻。如若不能，我们也只能作罢：凡是绝响就有了隔阂，后世毕竟是世俗时代了。于是，誉满天下又谤满天下的命运，王诗大概是难免的，特别是样本"均值",不正是贵族精神的对立面吗？在抽象统计的扁平化时代，"众人皆醉我独醒"的出类拔萃被扣上"极值/异常值"的罪名，被远远放逐，如若无存。要换得熙熙攘攘的共鸣，巨人须将身子蜷缩至"均值"。真正的巨人只能寄希望于斗转星移，因人一旦成"人"，总不免今是而昨非。于是，王诗的地位就在你方唱罢我登场的朝三暮四中一路颠簸。无论如何，我对王诗的未来充满信心，这当然是建立在对"人的自觉"之普遍化的信心上。还是那句老话：是金子总会发光。

第十一章 经验「摆渡」超验——王维之诗的「不在」之「在」

第十二章

《山中与幽人对酌》
——我们的李白与我的自觉

李白具有摄人魂魄的强大感染力，这突出地体现在其短诗《山中与幽人对酌》中。首句"两人对酌山花开"昭示了"我"的自觉。这对于我与世界的关系发生了哥白尼式的革命。次句"一杯一杯复一杯"通过三次重字蕴含了诗意的"宇宙大爆炸"的轮回，其核心是整个时空被完全的个人主义的情感化。末两句"我醉欲眠卿且去，明朝有意抱琴来"通过陶潜的典故，展示了"青出于蓝而胜于蓝"的极致的自由性，也将全诗涵笼于汩汩不断的一片纯粹意向中。至此，诗人与艺术达到了自在自有自为的最高境界。这正是大写的我——"我的自觉"的本质，是孟子哲学——美学的发扬，是盛唐之音的巅峰，也是六朝贵族精神的最终结晶，即，"人的自觉"与"美的自觉"这两大命题的彻底完成。李诗空前绝后。

"说李白",这真是一个做滥的题目,却是绕不开的话题。诗话缺了李白,赛过办酒席少了红烧蹄膀,把门面连带着名声一起丢了,不成体统。那是挂羊头卖狗肉的罪过,不但白办了酒席,吃过的全不认账,一抹嘴还要骂骂咧咧东家诱奸脾胃。但我们的脾胃确也装不下许多,只得拣个最袖珍而入味的蹄膀上桌。借用"性价比"这个概念,不妨拟一个"质量比"的新名词。这个"质",当然是李白的质。其实,再没有比说李白更难或更易的了。难是因为我们的词穷一粟,而彼是意态汪洋,易则因为这无垠的沧海竟除了水外不含丁点儿杂质。于是,这个"质量比"用在李白身上竟也是最好的说诗诀窍了。

要论质量比的翘楚,头牌要数《山中与幽人对酌》,诗曰:

> 两人对酌山花开,一杯一杯复一杯。
> 我醉欲眠卿且去,明朝有意抱琴来。

乍观平平无奇,细细一品,则波涛汹涌。诸君大抵不信,且看说诗人的本事。

难者诘曰:此诗连长相都差劲儿,因锋芒毕露的太白句式总是参差不齐的嘛。此亦一曲之论耳。这涉及句式与气息的参差性之组合,二二得四:齐整句式配齐整气息、参差句式配齐整气息、齐整句式配参差气息、参差句式配参差气息。

形式上的参差与齐整有什么意义呢？

形式是心思的反映，正如眼睛是心灵的窗口，扯不得谎，做不得假，装得再一本正经煞有介事也会走光。哪种组合才是最灵性的体现呢？大概第一种像黄庭坚的诗，第二种像周邦彦的词，再怎么堆砌，也嚼之无味。剩下的两种似难分轩轾。但诸君不妨对比曹操的《短歌行》与鲍照的《拟行路难》，自然体会得哪颗心更强大。借用康德伦理学的逻辑，不妨说，参差句式诱导下的参差气息总还有外因的借口，不免有打肿脸充胖子的嫌疑，而突破齐整句式之钳制的参差气息就突显出纯粹的内在强大，"真人之息以踵"，无往而不胜了。齐整句式透出参差气息，就像运动员穿上挺括的套装，动不动就裂缝绷线，正突出了令人血脉贲张的筋骨健壮。因此，我要说，《山中与幽人对酌》的形式才是最能突出李白之健美的套装。这正是"质量比"在形式上的胜利。

"两人对酌山花开"：我的自觉

再看内容。首句"两人对酌山花开"已然妙极。何出此言？若让普罗写去，不是"两人对酌尽开怀"就是"山花开时两人酌"的腔调。有区别吗？区别可大了去！还原各自的逻辑：诗人是喝酒才花开，普罗要么是干喝，要么是花开才喝酒。干喝自不必论，那是连两谢的门槛都迈不过，遑论"阳春召我以烟景，大块假我以文章"的畅快。喝酒才花开还是花开才喝酒，区别何在？是我改变了世界还是世界改变了我，正是个体与世界之关系的安身立命之根本！李白不经意就露了"马脚"，更见普罗的三寸金莲之窘迫，真是"布乎四体行乎动静"。谁说写诗是可以后天训练的呢？天才的难以模仿的本质，无它，只是天才的心。

盛唐诗独步天下的支点，也架在这里。于是，我们想起孙逖的《观永乐公主入蕃》，诗曰"边地莺花少，年来未觉新。美人天上落，龙塞始应春"。人的本质力量被放大到了极致，是世界围绕着人来转的自信，而不是人必须适应世界的无奈。这是康德的革命，又远比康德革命来得振奋人心，因盛唐不是解释世界而是改造世界的。我们看到了最伟大的时代之光，不，是人的光芒——是人的力量被高高举起！由此，六朝的宗教与美景便褪去阿司匹林的胶囊，化为甘草这味百搭引子，不但王维的"劝君更尽一杯酒，西出阳关无故人"显得蹇涩，就连"醉卧沙场君莫笑，古来征战几人回""羌笛何须怨杨柳，春风不度玉门关"的《凉州词》的格局也嫌逼仄。

"美人天上落，龙塞始应春"说的是人，而"两人对酌山花开"说的是我。于是，人的世界成了我的世界。此非孤证，而是充斥着李白诗篇的主心骨。这是李诗经PCA（Principal Component Analysis）投影的"主成分"。不信你看，翻开太白集，到处是"我""我""我"，绝然与众不同。岂止要有"我"的意思，更是明白地要说"我"，就连"余""予""吾"都嫌其开口太小而"弃捐勿复道"。只有

"我"的开口够大，一口吞得整个世界，其他都是小脚婆娘迈不开步子！甚至"我"还嫌不够，于是要说"'李白'——乘舟将欲行"。真是太可爱了！是生怕全世界不晓得"我是李白"的心思。究竟什么心思？正是大写的我——"我"的自觉，正是陶弘景的显化。自六朝而来的"人的自觉"与"文的自觉"这两大命题在李白处升华为"我的自觉"，而"我的自觉"正是"人的自觉"与"文的自觉"的最深层次与最高级别——彻底完成。这意义太伟大了，伟大到怎么说也不过分。不嫌过分，只恨我们的嘴笨。李白正是中国文化的顶点！

六朝以来的革命终于画上了句号，终点就是盛唐之音，后者借由李白这双天足完成了登峰，空前、绝后。因此，我习惯把初盛唐视为六朝的继续，一样的高昂不羁，一样的天才流丽，一样的神龙见首不见尾，难以模仿，一样地与这个国度的其他历史时期格格不入。这是贵族精神的继续发酵。这是最后的贵族时代，而我们的李白也在弥漫着贵族精神的盛唐从头到脚染上了一身贵族气息。他是最后的贵族，却是最贵族的贵族！不是吗？试看杜甫笔下的"李白斗酒诗百篇，长安市上酒家眠，天子呼来不上船，自称臣是酒中仙"。这岂不是六朝风流的贵族精神的写照？纵是背对《世说新语》的强光，也丝毫不见对焦的迷茫。自尊是贵族精神的灵魂。惜乎伟大很快暗沉，中唐以后是另一个世界，而划界的精神标尺，也正是"我的自觉"与否。为何后世再难有李白？时代不同了。让我们暂时丢开后世的惆怅与唏嘘，临行前先饱餐一顿"辞阳饭"，也不枉曾经的辉煌璀璨。

回到"两人对酌山花开"。诗人的谕告是：世界因我而生成。那么，两人是谁，而山花又是什么花，就很可疑了。我们的疑窦恰可与《月下独酌》互参消息，其诗云：

> 花间一壶酒，独酌无相亲。
> 举杯邀明月，对影成三人。
> 月既不解饮，影徒随我身。
> 暂伴月将影，行乐须及春。
> 我歌月徘徊，我舞影零乱。
> 醒时同交欢，醉后各分散。
> 永结无情游，相期邈云汉。

诗人自是"独酌"，曰月曰影，不过是诗人的分身、自家影子罢了。此诗的精髓正在一波三折：俯仰之间行云流水的只是自我的不同侧面。由独而不独，由不独而独，再由独而不独，可谓自立自破，自破自立。只是游戏自我！

借着"游戏"的酒劲儿，我要斗胆说，诗人这里又是一人独酌罢了。瞧，题目中的"幽人"不也拖着长长的身影吗？甚至可说，"山花"不过诗人法眼中的心相。十方琉璃，相生相灭，自与肉眼凡胎无缘。是啊，能够《梦游天姥吟留别》的，也必能以一己的想象与意念生成整个世界。自己跟自己玩儿，自家生成世界。何人克能如此？只有最自恋的人吧。不，不只庸俗的自恋，而是具有最强烈的自我意识与最深沉的自我爱慕的人——真正的人！爱、想象与意志，是一切学问的根本，也是人之为人的灵性的三足鼎立。正是在此意义上，我们要说，"我的自觉"是"人的自觉"与"美的自觉"的真正完成。在李白身上，中国历史中最稀缺的光泽熠熠生辉。李白的空前绝后，绝不止形式上、文学上的，而是精神上、灵魂上的。正因这种宝贵的稀缺性，后世的中国人既将李白高高举起，又只是远远地膜拜，却不愿也不能挽着巨人的臂膀去开辟新的天地。距离的互补心理，是李诗命途的风向标。

　　回到诗里，"应"（哲学地而非历史地）有此事：雨横风狂的黑夜里，李白把帘子一撩，说，阳光真好！他可在孤衾独枕中"两人对酌山花开"，又可在青天白日里"举头望明月"。境由心生，至伟大之心灵才可生发至伟大之境界。中夜见杲日，才是跳出旁观者表象的真历史、真精神。太史公何曾要写给肉眼凡胎的庸碌之辈？君不见，彼等宵小眼如针芥，心似木灰，恒于现象中轮回。历史如此，况曰诗？"黄鹤楼中吹玉笛，江城五月落梅花"，博闻者说是梅花落的古曲。但我偏要说是真的"摽有梅"。要论哪个更真，毋宁辨哪个更好：唯其更好，方为更真。诸君不妨做个思想实验，要只是个曲名，我们大可将"落梅花"换成"浣溪沙"或其他，辨辨味道看此诗的折价！你说"五月落梅花"岂非怪事？我说唯其怪异，方显自由意志。留下诗人的自由，庸人走开，莫污了缪斯的净坛。放开手脚，我们愿意相信我们的解读——真诗学的解读。《旧唐书·文苑传》载：李白"尝月夜乘舟，自采石达金陵，白衣宫锦袍，于舟中顾瞻笑傲，旁若无人"。这不是历史的最好证明吗？

"一杯一杯复一杯"：虫洞宇宙

续读第二句，"一杯一杯复一杯"。我要说，这是比第一句更伟大的宣言。何解？诸君尽可倒头写去，撑死不过"觥筹交错尽开怀"的成色。为啥不敢"一杯""一杯"又"一杯"地写下去。理由很简单，庸碌之辈都不敢逾矩。什么规矩？不犯重。规矩自有意义，不犯重自有参差的优美。但任何规矩也都有其局限性。优美的代价是阉割崇高。李白当然不会为犯规而犯规，那只是为了博得关注的贫"爱"症，正是太白的对立面。所以"一杯""一杯"又"一杯"的好处与犯规无涉，只是一种精神过程的展开。怎样的过程呢？正是满世界都是酒气源源不断的过程。这不同于"唯有杜康"的孤独，也异于"杯尽壶自倾"的安逸。天地间沛然充盈着酒的意境，似乎也唯有"一杯一杯复一杯"才能表达出来。说来说去，只是"一杯"重复来、重复去。重复，正要表达时间的无限性，而这种无限性，也只有通过简单的重复才直观、过瘾、尽兴。至简单往往也至强大。我们想来想去，竟找不到其他更贴切的替换词语了。大道至简，而画蛇添足之徒只是不够自信。因此，酒是李白与世界对话的工具，这个对话的根还在第一句上。

拨开云雾，再品首句，其本质是：我成全了整个世界。这不是霸王硬上弓的生硬，生硬是王令的"长星作彗倘可假，出手为扫中原清"，也不是漱石枕流的孤僻，孤僻是柳宗元的"孤舟蓑笠翁，独钓寒江雪"。李白生成的是怎样的世界呢，不如用他的《独坐敬亭山》来讲："众鸟高飞尽，孤云独去闲，相看两不厌，只有敬亭山"。起句是天地之大境界，而结尾乃见"人（我）"之境界更比天地大，天地只是作为欲扬先抑的垫脚石。品品这般吞吐万象的等闲气度！不是"采菊东篱下，悠然见南山"的容膝易安，亦非"仰首攀南斗，翻身倚北辰，举头天外望，无我这般人"的负隅自拔。

可见，李白的世界是极大的，但这并非是刻意用力吹出来的。"我要说大"是做给人看，就像河豚鱼鼓起腮帮子，面上做强的背后逻辑恰恰是里子卑弱。真正的强大是举手投足间不经意的流露。你看"两人对酌山花开"，再看"一杯一杯复一杯"，粗粗一扫，其貌不扬，何曾说大？但细细一品，字字乾坤，处处是大。读者恍然大悟，作者也恍然大悟，哈哈一笑说：原来是大。忘了说大的说大，才是真大，那是无论怎样也挡不住的"绷线脚"，也唯有在最日常、最普通的"生活场景"（词素表述）中"绷线脚"，才称得上真正的"虎背熊腰"。

李白的世界是至大无外，又物我交融，却并非物我一体的。这里，我与物的关系似乎是对等的，但其实是以我为主——甚至只是"我"：整个世界都是围着我转的。"一体"

真太自卑了！天地何德何能，竟可跟"我"平起平坐？半只裤脚管都不会分杯与它！

天地甚大，而个人益伟。这是盛唐的气魄，也是李白的精神。反观杜甫："吴楚东南坼，乾坤日夜浮，亲朋无一字，老病有孤舟""星垂平野阔，月涌大江流……飘飘何所似，天地一沙鸥"，天地已异化为欲抑先扬的天花板。一逸一沉，个人在宇宙中的位置倒了个个儿。李白之于盛唐，正如金阁之于鹿苑寺。余光中先生在《寻李白》中说我们的诗人"绣口一吐，就半个盛唐"，许是最保守的估价。

从形式到内容，白诗都充满了自由。李泽厚先生在《美的历程·盛唐之音》中说"盛唐之音在诗歌上的顶峰当然应推李白，无论从内容或形式，都如此"。李先生所理解的"最高音"也是一种自由，不过主要着眼于外在的人生行为上。我则更看重内在的自由，更精确地说，是内在的内在（美），毕竟内在的内在是一切的灵魂。于是，我们不单要说，让"四声八病"见鬼去吧，更要说，律诗的出生证明与死亡证明落在了同一页，也开在了同一天。格律或能码出二流三流的诗（还算是诗的诗），但与顶一流总是隔了一层。成也格律，败也格律。这道理再明白不过。真正的诗——自由，本质上背对任何格律或规矩。李诗正是对于格律的最佳判决。怎样的社会才愿意以牺牲一流的代价来繁殖大量的二流三流，以换取廉价的热闹呢？明白了这个逻辑，我们就理解了格律在中国诗史上的地位变化，及其折射出这个老大国度一路蹒跚的臃肿背影。

好了，我们终于可以正式讲第二句了。正是不费吹灰之力的第二句，才焕发出头一句的生机。接着第一句的意境，我们方始觉悟："一杯一杯复一杯"所蕴含的又不止是时间的延续，也是空间的拓展。时间的流逝不正是通过空间的变化来展示其存在性的吗？以此，头"一杯"定是在原点，次"一杯"定是在天尽头。生硬和孤僻都是思辨哲学的体臭。我们的诗人是把心吐了出来，又轻轻抛了出去，落在哪里，哪里就是天尽头。沿着这条抛物线，从此岸到彼岸，一路才有了日月星辰："要有光，就有了光。"这才是真正的诗意，是不知思辨——不顾思辨的意态汪洋，是清凉无汗的真正强大！不，非是诗人的视线风驰电掣，诗人竟是将整片天远远地抛了出去，旋又牵了回来。于是，从这里一路到宇宙的边界，满是酒香。这真是够壮、够美的！

继续震撼："一杯""一杯"又"一杯"，什么意思？我看了又看，想了又想，竟然还只是这一杯而已。"复一杯"，岂不又回到了原点？于是，从此岸到彼岸的无限阔大，又一下子蜷缩进我手心里，整个宇宙撑死不过掌中物耳。这般等闲的气度，又岂是"使我有身后名，不如即时一杯酒"的任诞可比？刹那甩至无边的天尽头，又一下子拉回到眼门前。这并非赤膊上阵的拼搏，而是独一吞吐的气宇。难道不是独一吗？这不止"唐虞揖让三杯酒，汤武征诛一局棋"的等闲，也不是"万里江山一点墨"的浓缩，更不是"丸泥可以封函关"的以小博大，而是收放自如的不定式。你看杜甫的小家子气，喊什么"会当凌绝顶，一览众山小"，又叹什么"飘飘何所似,天地一沙鸥"。老杜是突然被抛到这个世界中的,无怪乎其反应是"哇!竟然世界这么大"!旋又"哇!居然我这么小"!一惊一乍,真是妥妥的"小心脏"。但老杜又是最具代表性的——被代表的当然是常人的"均值"心态。再拿孤篇横绝的《春江花月夜》来看,也是凭"兴"而有的"顶峰":纵是世界多大、情感多深,也先须有"江天一色无纤尘,皎皎空中孤月轮"的世界,才流得出"鸿雁长飞光不度,鱼龙潜跃水成文"的深情。此"冷然善也",却"犹有所待者也"。不,我们的李白,是先有了自身或自身的情感,才外化成宇宙万物。莫小觑这方向的不同:本有与要有的区别,主动与被动的差异,正是天上人间!

再来品品"一杯一杯复一杯"。呜呜——我们竟都被天才戏耍了。不是吗?我们的世界被爆炸般地膨胀,旋又浓缩于掌上。这正如宇宙大爆炸理论所描述的爆炸——膨胀——坍缩——崩坠,从奇点到奇点的轮回,只是诗意的宇宙要潇洒得多。换言之,诗人明明给我们变化出世界有多大的缤纷,又哈哈一笑,还原出其实是多小的玩物。若说诗人是魔术师,李白就是顶级的魔术师。于是我们惊觉,世界原来是虚幻的,只是魔术师随意拿捏、现身说法的道具罢了。太白诗是最好的哲学课。

再细辨,我们被玩弄得还不止于此。诗人将我们都出卖了,他分明在说:看,你们所有人加在一起尚填不满我李白的掌中杯。于是,全人类都翻不出李太白的手掌心。存在原来也是虚幻的，只是敬颂天才的背景音乐罢了。对庸碌的戏耍，正是天才的拿手好戏，一币之两面，是游戏世界，也是游戏自我。游戏自我的伟大与可厌的自大划清了界限，而生发出艺术的可爱。游戏一切的李白，不正是绝对自由的化身？游戏与自由，不正是艺术的本质吗？谁当得游戏大王、自由之神，谁才当得艺术之王。说的正是李白吧。

可见，李白的世界最具弹性，因为，充满这个世界的"以太"不是抽象的人的情感，而是个体的情感、个体的意志——个体的意兴而已。不再是"我为人人"，而是"人人为我"。"但使主人能醉客，不知何处是他乡"，岂非最美因而也最好的关于空间的定义？这才是李白的乡愁，其能量可将整个环境（空间）都融化从而也消解了乡愁本身。"虫洞"是李白的宇宙。纵是离别，也要拉上全世界垫背，而有了全世界，谈何离别！这才是李白的霸道做派，不，我们的诗人尚未意识到"霸道"哩。

于是我们词穷，词穷是关于天才的最惠待遇，语言本是沟通庸碌的工具。触目所及，无不可爱，才是"请君试问东流水，别意与之谁短长"的其中三昧。李白是天上的云，又是韦小宝的"化尸粉"，能将所有人的世界消融。于是，李白成了我们的李白。"桃花潭水深千尺，不及汪伦送我情"，汪伦的情其实是我的情。汪伦本人怎么想？何必多问。我的意志有多深，我的世界就有多大，或曰，我的世界有多大，我的意志就有多深。仁者定要较量，我只能说，"桃花潭水"之"深"与"汪伦"之情之长，及"东流水"与"别意"之

"短长"，等量齐观，并无参差，因李白的心境或世界不存在任何真空。天才放眼望去，情感充盈着世界的每一个角落，渣滓无处落脚，哪里会有不毛之地？字面而言，李白的心要大过这个世界，即"不及汪伦送我情"，但在李白的逻辑中，大过世界的心的部分并无着落处：怎么会有搁置的情感？李白的情感霸道得很哩，出来绝不会打回票，更绝不会有待售的情况。"寂寞开无主"的孤芳自赏从来不会出现在李白的世界中。因而，所谓的"不及"只是一种意志倾向，譬如空气中的气体分子，恒定地具有突破空间的倾向，但其实现的勾勒或定义是空间，不论是我们所谓的"客观实在"的空间，还是李白的更本质的空间。其实，这种倾向蕴含的还是意志或情志的自由力量。试与王维的"劝君更尽一杯酒，西出阳关无故人"以及王昌龄的"高楼送客不能醉，寂寂寒江明月心"比较，个性与世界绝然不同。或可说，王维是弱化的我打量世界；王昌龄是孤恃的我对于世界的交代；而李白是大写的我吞了、化了整个世界。不消说，李白的做派最摄人心魄，因其正是人的本质力量。

这正是《将进酒》所迸发出的能量。我们的诗人何以没有忧愁，是压根没空忧愁啊！欢乐未央的背后，是对自身——"天生我才"的绝对自信。这是自信，也是乐天：唯其自信，乃成乐天。回首五百年的历程，从阮籍的最低谷到李白的最高峰，一路走来的正是六朝贵族精神的持续膨胀。我们的李白也正是贵族精神与六朝风流的巅峰与终点。我的自觉，也正是自爱、自尊与自信。于是，我的自觉成了我们的自觉。恒河沙数的庸碌，同世的与后世的，其人格纵是湮没再久，也可被激发其本质力量，也真蒙李白的辐射而可被激发、竟或跃迁了，只是一离开天才的光芒往往又缩了回去。吉川幸次郎先生在《牡丹——李白的故事》一文中说，"由于李白，整个社会，变得光明了。像馨香鲜花般的唐朝，现在就变得更加浓郁芬芳。这就是李白的伟大之所在。"可作为我们的微观分析的宏观总结。

"我醉欲眠卿且去"：自由艺术

总算聊到最末两句，才发现我们的行程有多慢，才惊觉天才的世界有多精彩！"我醉欲眠卿且去，明朝有意抱琴来"，照历来的说法，这里用了陶潜的典故。翻开《晋书·隐逸》，其云陶潜：

> 性不解音，而畜素琴一张，弦徽不具，每朋酒之会，则抚而和之，曰："但识琴中趣，何劳弦上声！"

又，《宋书·隐逸》曰：

> 潜不解音声，而畜素琴一张，无弦，每有酒适，辄抚弄以寄其意。贵贱造之者，有酒辄设，潜若先醉，便语客："我醉欲眠，卿可去。"其真率如此。

这大概是"用事"的底片。

关于此"事",颇可注意两点。其一是说陶潜五音不全,但家里留着一把连琴弦、琴徽都没上的空琴板,酒兴来时,便佯装乱弹几下。这是深可玩味的命题:到底是五音不全的人弹琴好还是精通音律的人弹琴好呢?照形式说,自不待言,解音是弹琴的前提,五音不全的人连弹琴都称不上,遑论弹得好呢?但问题是:何谓弹得"好"呢?"好"是目的的达成。弹琴的目的是什么?莫若问艺术(包括为艺术而艺术的纯艺术)的目的是什么?不是别的,正是抒情——本义层面的抒发情感(当与演奏或传情的目的相区别,这些都只是附属性功能,并非本质)!不得不承认,就"抒情"之目的而言,弹琴仅是具体手段。手段并非必要,甚可迷乱了目的。试问初学小提琴的"锯木头",可曾有半分抒情的念头、半点传情的优游?技法娴熟的当然好些,可谁敢拍胸脯说到了"乱弹"——"从心所欲,不逾矩"的程度。《庄子·外篇·达生》说的"指与物化,而不以心稽"的"忘适之适",恐怕只有理想的意义吧,要不然全世界顶级的演奏家也不会这般一丝不苟地精心准备与正襟危坐了。是的,是"不容出错"的专业精神与工匠精神,连头式都不容一丝紊乱。但一有"不容出错"的念头,此心就有了牵绊,而分了部分心,就顾全不尽"抒情"了。是贵心(心使律)还是贵律(心为律所使),不免轩轾难安。瞧,技法之于艺术,竟也是成也败也的冤家。后现代艺术的真正精髓大概当由此发之吧。于是我们惊觉,必须"涅槃"了技法,方有真正的纯粹艺术。

纯粹艺术不是别的，只是自抒，不求他人。答案出来了：五音不全而手舞足蹈乱弹琴的比一本正经操琴的精通音律者更得艺术三昧，因前者是彻底舍弃了此身皮囊，只有一心，而后者只是包装了皮囊，包装再好，终究不脱皮囊（染于技法或机心的二心）。

"但识琴中趣，何劳弦上声"，就冲这一点，陶潜也是一等一的艺术家，纵是其诗一字不存，又何妨美人光彩，或可减损其一丝一毫的感染力吗？人生的艺术究竟是艺术的人生，"琴"是大可全抛的工具，"诗"岂不然？艺术的始点与终点，都是（真）哲学——美的纯粹。徐复观先生说庄子是顶级的艺术家，而我要补充说，哲学的始点与终点，都是艺术。艺术就是哲学的艺术，哲学就是艺术的哲学。这才是真艺术、真哲学——真本身。

再说第二点，关于末两句的直接祖本——"我醉欲眠，卿可去"。这当然是"挥之则去"的真率可爱。这并非目中无人地颐指气使，而是真正的自然，惟其自然，方为真率。参看《五柳先生传》中的"造饮辄尽，期在必醉，既醉而退，曾不吝情去留"的自叙，这是陶潜才有的"大适融然"，是真正的"忘"的哲学与美学，也是陶潜艺术的核心精神。我们的李白似乎形似而神不似。此亦浅论。"我醉欲眠卿且去，明朝有意抱琴来"，其重点在于"召之即来"，连形式也是反着的。"召之即来"的外衣披着的是正相反的精神，是天地为我的气概与意识：还是那个大写的我——"我"的自觉。这是真正的孟子哲学与美学的彰示。李白只是化了庄子的装，吃的却是孟子的粮，不论其本人是否意识到这一点。[1]

我们不暇细究庄子与孟子的高下，即便只在艺术层面。但不妨自问：艺术的本质是什么？诸君要说，你这人真讨厌，老是这么问，而回答却各个不同。合该如此！你看孔子说"仁"，何曾有两处是一样的？这里，我要说，艺术的本质还是自由，当然是我的自由。凡是自由，必超出"自然"。这是艺术与道德的共通基质，也是两者的最精贵处。因此，绝对泯于自然的艺术于其本质精神仍然未达一间。当然，庄子美学可有的补漏是将"自然"这个本体还原为"自由"或曰不可思议，而这又回到《老子》的祖本上了。毕竟隔了一层，兜来转去，他们都不似孟子来得干脆，也不及李白来得痛快。不假兜转的直觉式痛快，岂不是艺术成色的第一判据？谁说"有我之境"就不如"无我之境"呢？你看康德在《判断力批判》中的历程，不也从优美跃至崇高的境界了吗？回到材料，陶李二人都可谓"真性情"，但"真"之程

---

[1] 一般将李白视为道家（庄子）美学的代表。我并不这么看。你看那气吞宇宙、唯我独尊的意态，可曾有与世俯仰的处柔之道？将个体精神拔高至天地宇宙的中心，来做它们的主宰——这种做派，显是孟子的路径。宋明道学走的是认识论——实践论的路线，李白走的是审美的路线，都是孟学的发酵。这当然是就美学的根本精神来讲的，而非皮相之谈的手法技巧。也是基于类似的逻辑，朱熹的理学仍被视为继承孟学的衣钵，而非皮相上的荀学。可见，宋代出现了不少"口气大"的诗文（如前文所引的王令的作品），这并非偶然现象。宋人的大口气正是孟学的发酵，艺术上的孟学倾向正与哲学上的孟学衣钵相发明。可叹的是，孟子在中国美学上的重要贡献与地位，一直未得到应有的肯定与重视。

度不同，至少于我们的直觉而言，李的力量更直击人心吧。

"明朝有意抱琴来"：纯粹意向

末两句的出乎故事，尚不止"来""去"的区别。诗人落脚在"抱琴来"。谁抱琴来？当然是"幽人"。幽人是谁？幽人是谁！还能有第二人吗？还有第二人吗！真是图穷匕见，一念惊醒梦中人。天翻地覆！天才不但成全了整个世界，而且生成了整个世界！

这种顶级的自我游戏，当可与"但识琴中趣，何劳弦上声"相参看。陶潜的瞎敲乱弹有何艺术感染可言？只是不折不扣的噪音吧。不，这不是为了邀功功利性的"感染力"这艺术的附带属性，只是自我情感的抒发，甚至都不是给自己听的，而能否感染到你则根本不在艺术家的考量中。艺术家本不该有任何考量。"无用的人为噪音"（注意"无用"与"人为"的限定性）有艺术性吗？莫若问，这是怎样的噪音呢？除了陶潜的乱弹瞎哼，还有其他的样品吗？有！每个人都有过。婴幼儿的乱叫乱敲不正是典型吗？这是噪音，可也是艺术的"真音"。

婴幼儿为何要乱叫乱敲？不晓得。回答得太好了！他们的"艺术"与任何功利性表达划清了界限，于是昭示了最纯粹的性质——不得不然的悸动使然，其甚至不是具体情感，只是情感的最初萌动而已。这不是别的，正是艺术的本质。

看,"赤子之心"难道只是道德哲学的范畴?[1]这当然是艺术,且是最纯粹的尚未被任何限定性所异化的艺术,是艺术的零点与灵点,而能否被感染要凭诸君的根器造化了。艺术不能被绑架,绑架的只是个人。

回到故事,"不失其赤子之心"的陶潜真是够伟大的艺术家。转到诗里,我们的李白就更伟大了。何解?你看,我们的诗人竟都不需要一把破琴甚至任何声音就能表达一切了。用他的话说,只是"有意抱琴来"的"有意"而已。意之所至,金石为开。"琴"或"声音"是什么?是"兴"的工具罢了。陶潜的层次正是金(庸)大侠所谓"草木竹石皆可为剑"的境界。既然有待于"草木竹石"这把空琴,仍不免留有形式之羁束的尾巴。于是我们惊呼,我们的李白竟然把"兴"给取消了:他是以"气"为"剑"——"六脉神剑",更是以"意"为"剑"(《天龙八部》中的"扫地僧"),因他自己就是兴的最好的"头"。再细辨,其实李白是把兴的"引物"(发生学的"因")给取消了,但保留了"兴"的效用("果")。瞧,连"兴"在天才手里都突破了"因果律",成了绝对自由,因他自身是源源无穷的自在自有自为。

---

[1] 熊十力先生在《新唯识论·成物》中曰:"理体渊然空寂,空故神,寂故化。神化者,翕辟相互而呈材。生灭流行不已,而造化之情可见",又自为注曰:"情者,动发之几。非机械性,故以情言之。此情字义深,须善会。情者用也,但用字义宽,大用流行,若有神几,说为情故。"这番理解,可作为"情"在本体层面的注脚,也可作为"赤子之心"在本体层面的深化。大化流行,说到底,还是纯"情"之萌动耳。

回过头来,"兴"难道只是此时才被取消的吗?方始惊觉,我们的天才一开始就没有"兴"的外在束缚:"两人对酌山花开"不正是最赤诚光明的开篇吗?"两人"是意,"对酌"是意中意,"山花"是意中意中意。汩汩不断从天才的脚下"兴"起。天才之革命的彻底性在于剪了一切形式的辫子。自在自有自为,艺术再没有比这更自由的了,也再没有比这更伟大的了。伟大无它,自由而已!天才中的天才之不可模仿,正在于此。不信你看,就连天才的死都难能模仿。扑向月亮的诗人只是扑向了他自己:从兴处来,向兴处去,因他本是兴,是自在自有自为的纯本体!

最后,不妨拿庸俗的尺板再丈量一番天才的高度。我们要说,李白是第三代诗神,也是最坚挺、最保值的诗神。他的光芒竟一如初升,未减半分。这真是不老的神话!有他在,连苏轼都不得不俯首让步,毋庸说死后封赏的陶潜,更别提尸骨未寒就被推倒牌坊的元稹与黄庭坚了。

残忍最是艺术的历时性淘汰,才不管你的背景、头衔、社交、努力,而只看你的灵性。但唯有淘汰了时间的,才是真艺术!这又是令人欣慰的,因为,它告诉我们,无论时代怎样变化,无论环境怎样糟糕,也无论我们在社会上经历了怎样的面目全非的"改造",我们的灵性(爱与自由)总有一息尚存。正是这尚存的灵性,保证了李白的力量历久弥新,一如初升。我也相信,只要人存在一天,李诗的光芒就普照一天,第三代诗神将永远保值。我对李诗的信心建立在对人的信心之上。

第十三章

何谓"七律之冠"
——杜诗与沉郁顿挫的范式性

杜甫与杜诗，成为中国知识分子与中国诗在后世的范式。这种范式性突出地蕴含在被誉为"七律之冠"的《登高》中。就格式而言，以《登高》为代表的杜诗，达到了符合最大多数人口味的、最稳健的平衡形式，兼容自然与人事，由此充分地彰显出境界开阔的雄浑之美。在基调与内容上，《登高》正是沉郁顿挫的样板，彰示着转向"人书俱老"的美学倾向。这种沧桑性审美体验与整个社会的结构性变化相表里：世俗化世界中政治的波动不安以及个人的渺小无助。体验杜诗也就是与老杜共鸣——患得患失的社会共同心态的纠结、咀嚼与反刍。这种时代性写照最贴切地蕴含于《登高》最末两句"艰难苦恨繁霜鬓，潦倒新停浊酒杯"的意境中。因此，老杜与杜诗的高度，正是时代的高度，也正是后世每个中国人的自身关照。是为"七律之冠"及作为其本质的沉郁顿挫的核心。

说了李白,就要说说杜甫,一如我们上了道蹄膀,就少不得添几样汤炒。要填饱寻常的肚子,毕竟还是汤炒来得口感丰富又养胃。当然,我们先要选出最拿得出手的汤炒。翻来拣去,还是那首《登高》最登样,诗曰:

> 风急天高猿啸哀,渚清沙白鸟飞回。
> 无边落木萧萧下,不尽长江滚滚来。
> 万里悲秋常作客,百年多病独登台。
> 艰难苦恨繁霜鬓,潦倒新停浊酒杯。

为何点这首?自非出于我的胃口,而是托了群众的选票。在胡应麟的《诗薮》中,此诗的地位被抬升至"七律之冠":

> 杜(甫)"风急天高"一章五十六字,如海底珊瑚,瘦劲难名,沉深莫测,而精光万丈,力量万钧。通章章法、句法、字法,前无昔人,后无来学。微有说者,是杜诗,非唐诗耳。然此诗自当为古今七言律第一,不必为唐人七言律第一也。

当然,这个"第一"还有一个竞争对手,即严羽在《沧浪诗话》中挂出的头牌:"唐人七言律诗,当以崔颢《黄鹤楼》为第一。"不过,《黄鹤楼》的形制未协近体格律,正是胡应麟指出的"体裁未密",而其盛名亦不免托了李白的逸趣。丢开形式与传说,我仍要说,"七律之冠"这把交椅还是老杜的《登高》坐得稳当。为何?且听我慢慢道来。

"七律之冠",是说杜诗的首要命题,重要到若我们澄清了这个命题,其余不论可也。先说形式。胡应麟说的"冠",大抵指的就是形式。形式当然不够,却不可或缺。我们一口气读下去,不消说,杜诗在形式上的精工性纵是未必绝后,也数空前。这其实是两谢路数的发扬。《登高》如此,何篇不然?纵是以"村朴"见笑又见哭的《茅屋为秋风所破歌》不也暗藏韵脚的玄机吗?你听,全诗换韵者三:首用"豪"韵,开口无阻,气流不绝,是阵阵风声怒号,也是"卷我屋上三重茅"的最自然的环境渲染;次用"职"韵,入声斩绝,是欲哭无泪之肺腑寸断,也是"床头屋漏无干处,雨脚如麻未断绝"的最凄厉的恸声;下用"删"韵,鼻音中醇厚实,正是"风雨不动安如山"之理想的最安稳的铆钉。信手写来,形式与内容的搭配恰到好处。可见,杜诗的形式虽好,却不是为形式而形式,而是为内容服务的。这又有别于两谢的路线。

完美形式

纵是在纯形式的层面,老杜也闯出了新天地。不妨观其顶小巧的《绝句》(连题目也是纯形式的),诗云:

两个黄鹂鸣翠柳，一行白鹭上青天。

窗含西岭千秋雪，门泊东吴万里船。

真可谓麻雀虽小，五脏俱全。两联对仗固是精工，而打动我们的绝非精工。"两个黄鹂鸣翠柳，一行白鹭上青天"是多么色彩鲜丽，且是多么清新灵动，又是多么意象深远啊！这难道只是步两谢的后尘吗？再看下联，"窗含西岭千秋雪，门泊东吴万里船"，是动静结合，远近旷奥的审美体验。不，不止简单的参差优美，而是一下子把我们推向无边无际的空间，于是种种存在联迭一体，直到天尽头都与我发生了感应。眼前的有限化为至广无垠的无限，真是极自由的快感。境界开阔、情志高远，是此诗给我们凝练出的杜诗风格。境界开阔的"象"，不是两谢的"物"，也非王维的"无物"，才是杜甫的本色。寥寥数字，正是绝大手笔！这说明了两大至朴真理：文字是艺术之王；杜甫是文字天才。合而言之，杜甫是王中天才。天才各个不同，庸才千篇一律。痴人若说这首小诗宛若山水画卷，绝非褒扬了它，而是贬损了它，画岂能望诗之项背？以"贱"比"贵"，不是黑心肠，就是榆木脑袋。有了诗，何必论画？苏轼对王维的评价，总沾染了一些俗尘中贪多务得的毛病。

回到《登高》，境界开阔的内涵又丰富了一层。"无边落木萧萧下，不尽长江滚滚来。万里悲秋常作客，百年多病独登台"，上联是说外在境界的开阔，下联则是人事沧桑，是另一种更复杂、更耐人寻味的"境界开阔"。它把这种美的丰富性撑满了,这正是律诗的不二法门。何解?站在外向维度上,老杜的一路开阔放在八句律诗里头就会面临"词穷"的困境。拿《登高》来说,首联已气象不凡,颔联就更无所不包,如何写下去而不致狗尾续貂就是一个大问题。外在世界不够用,老杜创造性地揾住世事沧桑这个底盘。饶是再阔大的气象,用无限的人世感慨来承接总是绰绰有余。这其实是老杜的看家本领。你看,《旅夜书怀》中的"星垂平野阔,月涌大江流。名岂文章著,官应老病休"是这样,《登岳阳楼》中的"吴楚东南坼,乾坤日夜浮。亲朋无一字,老病有孤舟"也是这样,《秋兴·其一》中的"江间波浪兼天涌,塞上风云接地阴。丛菊两开他日泪,孤舟一系故园心"还是这样。最典型的还数《登高》。正如李梦阳在《再与何氏书》中指出的,"百年万里,何其层见而叠出也"?后世的惯用伎俩,正是祖述老杜。托了这层关系,"七律之冠"在形式上的名分,就更光明正大了。兼容宇宙万物与世事沧桑,正是杜门正宗,也是后世诗法的捷径。既有世事沧桑的点化,"境界开阔"的说法似不够用了,于是我们要搬出"雄浑横绝"的条目,这不是别的,正是司空图在《二十四诗品》中奉为第一的品格。坐实了诗品的框架,算是在形式层面站稳"七律之冠"的脚跟了。

说到这里,不妨岔开话题,先谈谈近体诗的形式。律诗与绝句,恰可视为赋与兴在新时代的演化产物。这个新时代就是佛教浸染且禅宗独大的时代。此话怎讲?你看,精简体裁、以小博大、以有尽引无穷，不都是禅宗路数吗？佛教典籍卷帙浩繁，但禅宗偏要不立文字。凡受禅宗洗礼的路径（不论宋明道学还是邻国的俳句、枯山水），总带有"少即是多"的"简约风"倾向。虽然都要精简，但不同形式仍对应不同美感。律诗对应"赋"，引以铺陈，步步为营，就要情感的缠绵雄浑，意境的沉厚壮阔；绝句对应"兴"，蜻蜓点水，意在言外，就要情感的激舛俊逸，意境的灵动悠远。泾渭分明。我们不妨判以白居易的《赋得古原草送别》，诗云：

> 离离原上草，一岁一枯荣。
> 野火烧不尽，春风吹又生。
> 远芳侵古道，晴翠接荒城。
> 又送王孙去，萋萋满别情。

单用前四句，亦可成漂亮的绝句，此时的情感是受到自然力量之冲击下的赞叹迸发。但品以完整的八句律诗，则情感变得沉郁，草原成了烘托与感染离别之喟叹的最佳铺垫。一扬一沉、一逸一郁，判然可辨。再判以曹植的《七步诗》，此诗向有长短两版，一作：

> 煮豆燃豆萁，豆在釜中泣。
> 本是同根生，相煎何太急？

一作：

煮豆持作羹，漉菽以为汁。
萁在釜下燃，豆在釜中泣。
本自同根生，相煎何太急？

　　虽然两者皆非近诗体例，但是篇幅长短同样造成了意趣差异，大可与律诗绝句的分庭抗礼互参消息。你看，四句版的意味不更为犀利精悍，而经过中间两句渲染后的六句版在情感上不更为煎熬顿挫吗？补插一句：宋以后律诗与绝句的渐趋式微，亦与佛教渐趋式微（或曰世俗化）的社会不无关系。世俗化的世界需要突出情感与欲望的细致玩味或酣畅淋漓，正如李泽厚先生所说的"走进更为细腻的官能感受和情感彩色的捕捉追求中"。（《美的历程·韵外之致》）由是，一代之文学向词、曲发展。这是后话了。

　　回到近体，不论律诗还是绝句，都是四个单位的组合。何以是四，而非其他数目？道理很普通。诗歌与所有的文学体裁一样，天然需要"起、承、转、合"的发展逻辑。"四"，大概是人类先天认知结构的恰到好处：不太简单，也不太复杂，不多也不少。"生、住、异、灭""成、住、坏、空"，一个轮回总是四相。从杂剧的一本四折之结构到《雷雨》的四幕经典性，不都异曲同工吗？类似的，无论律诗还是绝句，在内容上一般上都由"起、承、转、合"组成，少则单薄，多则散乱。这可为我们在《国风》那里就开头却悬置至今的问题作一了断。毋庸说，以四句为一个基本单元的结构在以《关雎》为表率的《国风》那里就奠基了。你看，屈原的《离骚》也是以四句为一个基本单元推进的，之后的长诗（如《春江花月夜》与《长恨歌》）皆大抵如此。就近体来看，以一句对应一层架构而言，绝句当是最精简的诗歌形式，亦是最隽永扬逸的形式。律诗分别由两句对应一层关系，其中"承""转"又分别由两对对偶联句表达。用两句来讲一层意思在心理上大概是普遍受用的吧，一句则薄、三句则滞。综此，律诗的两联提升了一唱三叹的功效，由此突出了情感的蕴藉顿挫，更是在精简的大框架下最具深厚醇郁的形式。进而，在杜甫的经典范式中，"承"与"转"分别指向自然与人事。先自然再人事，且两句自然又两句人事，不多也不少，是再自然不过又应当不过的"承"与"转"了。这真是空白的默认（default）的范式。于是，我们从结构逻辑上体认了杜诗的形式自然性与应当性。正是这种形式兼顾了最大多数的利益，是最"民主"、最稳健的平衡形式。得民心者得天下，老杜能不封王吗？

新的世界

现在我们可说内容了。杜诗的内容是什么？前已拈出，正是夫子自道的"沉郁顿挫"四字。字面上，沉郁顿挫是基调，但既是基调就是内容的基调，岂有脱离内容的基调？纵是阮籍《咏怀诗》的阴暗也是发于内容的阴暗，只特外人不知耳。然则"沉郁顿挫"的内容何解呢？回到《登高》，我们发现刚好一半一半，上头是"沉郁"，底下是"顿挫"。真是最"沉郁顿挫"的一首，唯此方可担当"汤炒"的招牌。沉郁是基，是风格的沉雄、感情的深厚抑郁，而顿挫是调，是笔势纵横、开合动荡。这是老杜的至味，不是屈原的"吾将上下而求索"的拼命，也不是鲍照的"拔剑击柱长叹息"的遒肆。揖别屈原与鲍照，我们就看清了老杜的轮廓，也就看清了老杜开辟的新世界。

怎样的新世界？是真正世俗的世界。安史之乱亦只是新世界的导火索，后世种种，不都是中唐以后的面孔？我们的老杜，正是世俗世界中最典型的世俗代表。以此，老杜称得上中国文化的分水岭，既是诗式上的，也是思想上、人格上的。正因是世俗的代表，面对这个纷繁难测的世界，老杜会笑，会"白日放歌须纵酒，青春作伴好还乡"地不加掩饰；也会耍，会"落日放船好，轻风生浪迟"地惬意纳凉；还会闹，会登床戏嚷"严挺之乃有此儿"的凭醉放恣；更会哭，会"凭轩涕泗流"。且终究还是哭比笑多，不如意事常八九嘛——"羞将短发还吹帽，笑倩旁人为正冠"，就连笑也是"苦恼人的笑"。正因是世俗的代表，老杜的笑、耍、哭、闹，就不似六朝人来得玄奥而不可思议，而是会心的、质朴的、条件反射的。拿镜子照照我们自身，后世的每一个中国人，不都是这么一路笑、耍、哭、闹过来，又这么一路过去的吗？杜甫确是后世中国人的镜子。甚至今日，我们不仍跟着老杜哼哼、呜呜吗？杜甫成了我们的杜甫，也唯有成了我们的杜甫，才是真正的杜甫。

由此，老杜的沉郁顿挫，就不是贵族式的，也不是英雄式的，而只是渺小的、世俗的个人的喟叹。天道与宗教的保护伞逐渐褪去光泽，我们成了彻头彻尾的汪洋中的一根稻草。"亲朋无一字，老病有孤舟""飘飘何所似，天地一沙鸥"，是再贴切不过的世俗社会中的个人肖像。渺小的个人喟叹的是理想与现实的矛盾，这是够纠结的。"已忍伶俜十年事，强移栖息一枝安"，既知行路难，又何用忍，何必移？"丛菊两开他日泪，孤舟一系故园心"，则何不归去？"名岂文章著，官应老病休"，总透着酸味。既然老病，何不该干吗干吗，有甚可道？纠结同样是《登高》的主旋律。"万里悲秋常作客，百年多病独登台"，谁人教你作客，哪个要你登台？悲秋还作啥客，多病又登啥台！还常，还独，唯恐天下人不知你好折腾吗！让六朝人去观，真是自讨没趣的憨货。"语不惊人死不休"是诗癖，但用在人生实践上也一样贴切。做事也好，作诗也罢，不都是渴望超拔的草民心态吗？既做不了主、不得意，又忘不了、放不下。他们做不了时代的主，甚至做不了自己的主，又忘不了理想，放不下人事。变不了又放不下，患得患失、宠辱若惊，是他们不同人生的共同旋律。"训有方，保不定日后作强梁。择膏梁，谁承望流落在烟花巷！"——《红楼梦》中的《好了歌解注》给帝国后期的"荒唐旋律"作了淋漓尽致的总结，而这个头不妨算在"先知先觉"的老杜身上。其实，他们的矛盾感虽然强烈，却都只是经验层面的矛盾，反复拉锯在"器物""人事"的层面，而非"道""存在"本身的层面，这就与阮籍的贵族式矛盾拉开了距离。从庆历新政、王安石变法到"一条鞭法"与"摊丁入亩",士大夫们的用力所在,充其量不过为省几两银子。时代果已不同,连矛盾都变了味道。

老的心态

于是,我们有了"人书俱老"的癖好。终清之世,莫能大变。赵翼说,"国家不幸诗家幸,赋到沧桑句便工",还是这个意思。要问此癖的魔力究竟何在?先说沧桑。何谓沧桑?沧海变桑田,桑田变沧海。一层层打过来,混凝、飘落、沉埋,又一层层卷过去,冲刷、侵蚀、剥离。变了又没变,没变即是变。是曾经沧海,又是原地踏步。它不稀罕别开生面,只留下时间的积淀,而时间,只能寄生于一桩又一桩的事体。可见,"沧桑"是客观化的"沉郁顿挫",而后者是主观化的前者,两者只是"老"的里外面。老杜老杜,这才算是杜甫的真名。杜甫何曾年轻过?杜甫当然年轻过,但杜甫的年轻是杜甫之外的维度。我们大抵不会称李白老李,也不会称王维老王,甚至白居易也不怎么配得上个老字。愈老弥醇,是怎样的一种存在?不是天才的、哲学的、贵族的,而是人事的、沧桑的、世俗的。在费孝通先生所理解的"乡土的"社会,"老"是第二哲学的原点。在一盘散沙的社会,"老"是第三哲学的终点。散沙与乡土,通用一个鼻孔出气,原只是微观与宏观的区别。"老",不在于绝对时间的跨度,而是相对感受的丰度。譬如亚麻布上一笔又一笔地涂鸦下去，新痕压旧渍，未绽发出新的光泽，却增加了色晕的厚重。后世的中国人，不再用眼睛去探索光芒，而是用身体去称量"剪不断理还乱"的五味杂陈。"人书俱老"四字，折射出后世中国艺术的整体转向。

　　转向是全方位的。只消看一点：三句不脱老本行，政治开始明目张胆地扩张进诗里。试问六朝诗里，可有政治的位置吗？门阀避之唯恐不及，草民又何必言事？无外两方面因素：一是政治成为庶民翻身的终南捷径，二是政治开始直接影响到每一个庶民。这两大方向都是通过开科取士的不断壮大而逐渐贯通的。于是在形式上，政治可为又当为的神话，被六朝贵族们斩绝后竟又死灰复燃了，并自此而一发不可收拾。你不上自有人上，科举维持了"尽入吾彀"的演化压力，于是政治系统停滞在挤破头皮的白纸理想上，因为一张白纸的理想永远最带劲儿，也永远最先"入彀"。你看，宋初的新科进士们一个个不都像打了鸡血似的斗志昂扬吗？从政要考什么？又能考什么？考试、考试，却只是虚做公允的假公济私。私在哪里？要问最大的赢家是谁？当然是皇帝，少了贵族的掣肘，总算是名副其实的一人之天下了。

　　庶民要翻身，又何曾翻得？他们最恨世袭的门阀，但拉下了权贵，却改变不了流水的无奈。"富不过三代"，只徒增了一身烦恼、满腹牢骚。饶是贾史王薛的富贵显赫，不也忽喇喇大厦倾、一朝树倒猢狲散了吗？别看今日闹得欢，不知哪天拉清单！《好了歌解注》说"陋室空堂，当年笏满床；衰草枯杨，曾为歌舞场。……乱哄哄你方唱罢我登场"，真是注尽了后世的千疮百孔。"枉费了意悬悬半世心，好一似荡悠悠三更梦"，一曲"聪明累"，成为帝国后期精英们的共同挽歌。

岂特变不了流水的无奈，更是雪上加霜，步步荆棘。丢了门阀大族的庇护，他们不得不自个儿挺身而出，而一旦中央垮了，一盘散沙的覆巢之下真无完卵了。

于是要喊"天下兴亡，匹夫有责"。老舍借《四世同堂》里的桐芳之口说"原来每个人的私事都和国家有关"，指的还是这个社会。其实唯一的"赢家"——皇帝的"赢"也是相对的，因他再也输不起了。改朝换代的代价是斩尽杀绝。于是，我们发现，世俗社会的一切都输不起了，一切都做不了主，一切又都看得太重。患得患失，真是全社会水到渠成的共同心态。"有心杀贼，无力回天""耿耿不昧，此心而已"，这两番绝命辞，道尽了帝国后期的吊诡和苍凉，也说尽了个人心境的无奈和悲怆，这正是改变不了又放不下的调门，也正是杜诗的本色。

回到诗里，再品最末两句——"艰难苦恨繁霜鬓，潦倒新停浊酒杯"的笔力，就有新的味道了。若抽象地读，或有类似胡应麟在《诗薮》中说的感受："此篇结句似微弱"。所有崇拜者的第一反应是洗白。胡也马上补充道，"第前六句既极飞扬震动，复作峭快，恐未合张弛之宜，或转入别调，反更为全首之累。只如此软冷收之，而无限悲凉之意，溢于言外，似未为不称也"。可惜胡的嗅觉似乎不大灵光，许是被漂白剂熏坏了鼻腔。要论"震动峭快"，明明是最末两句最厉害，而要论"软冷"，则何如"万里悲秋常作客，百年多病独登台"？末两句的"微弱"并不在于动作快慢或温度高低，不是"频率"，而是"振幅"。这是全诗中的最小"振幅"，却又是最高"频率"。换言之，是"震荡"得快了而非"震荡"得大了，是蜩螗"决起而飞"的腾跃迅速，而不是大鹏九万里一个转身的垂天之旅。这并非要比评高低，高低既非庄生的哲学，也非我们的意思。这只是杜诗的意象，也是我们每一个普通人的肖像，譬如我们玩打菱角时那东倒西歪却转个不停的菱角。如此比方尚不贴切，不如说是沧桑的"进行式"。你看，波浪在海面上由远而近，渐渐靠岸，浪头变得矮小，频率却高了，细细碎碎匆匆忙忙地回转个不停。物理学告诉我们，这是因为海底"浅"了。科学最精辟，一语中的。忙个不停，是因为世俗世界的心胸格局变"浅"了。《登高》的末两句是气急了，也是气竭了。气急与气竭，正是同一肺活量的表征，也正是世俗心胸的真实写照。这么看，《登高》从首句至末句，一路而来，不正是从远海到近海再到岸边的社会演化的缩略图吗？这或可作为此诗的社会学注脚吧。无论如何，我们的杜甫总算靠岸了，而这个国度也最终靠岸了，搁浅在一马平川的苍茫大地——大家一般齐。

换下行头，我们面面相觑，一张张不都是"蜩"的面孔吗？何必矫饰鲲鹏呢？"时代的一粒灰，落在个人头上，就是一座山"，对于一无所有的赤裸，最残忍莫过装出"泰山崩于前而色不变"的虚伪或麻木——不仁。杜甫最仁，最实诚，也最博爱。唯此，才与我们产生最大的共鸣。因此，怡红公子宁可看勇晴雯的脸色,也不坐享花袭人的一团和气,情愿听潇湘馆的涕笑无度,也不耐蘅芜君的凛然高论。怡红公子正是"俗中又俗的一个俗人",是绝不愿同面热心冷的高人来往的。也唯有承以至小至弱之躯,才迸发出至重至恸的悲剧性的崇高体验。这是道德的又是审美的,毕竟,"美是道德的象征"嘛。何耶?景物愈雄浑、阔大、浩渺、强劲,人物就显得愈渺小、凄冷、落寞、无助,越是被全世界抛弃而"耿耿不昧,此心而已"(乡贤黄陶庵先生语),也就越显出人的强大意志与深沉情感——渺小的人的伟大!杜诗是顶级的悲剧艺术,老杜是顶级的艺术大师。谁说人不能胜天、人工不能胜天才、哭不能胜笑、有限不能胜无限呢?这正是"飘飘何所似,天地一沙鸥"的审美体验的最内核,也是老杜拿"亲朋无一字,老病有孤舟"承接"吴楚东南坼,乾坤日夜浮",又拿"万里悲秋常作客,百年多病独登台"承接"无边落木萧萧下,不尽长江滚滚来"的深层逻辑与本质力量。辅以形式,这层内容上的沉郁顿挫才最终完成了老杜以人事沧桑承托宇宙万物的命题。形式与内容,毕竟不可拆开了说。

尘埃落定

以此,"七律之冠"在内容上就有了着靠。不是吗?所有评价都是人给的,而人都是"自恋"的。艺术在世俗社会的第一原理是:要感同身受的共鸣。既然后世的中国人都有杜甫的影子，这第一把交椅就绝不会拱手让给他人，而只能是"自己"（自家的典型、化身）——杜甫。因此，我们并不奇怪何以杜甫生前不曾封神：那是贵族气息尚存的时代。安史之乱后，士族元气大伤。于是，元稹之流出头了，那位在《莺莺传》中借"张生"之口振振有词曰"予之德不足以胜妖孽，是用忍情"的"始乱终弃"的"善补过者"，当然是从老杜的"沉郁顿挫"中读出了自己的无奈与喟叹，于是在《唐故工部员外郎杜君墓系铭并序》中宣布"予读诗至杜子美，而知古人之才有所总萃焉"，乃至"至于子美，盖所谓上薄风骚，下该沈宋，言夺苏李，气吞曹刘，掩颜谢之孤高，杂徐庾之流丽，久古今之体势，而兼昔人之所独专矣。使仲尼考锻其旨要，尚不知贵其多乎哉；苟以为能所不能，无可无不可，则诗人以来，未有如子美者"。

诚是造神（且是最高神）的架势。而《莺莺传》中"坐者皆为深叹"的卫道士们，也当然是附随张生，以表自身的高洁与超拔。瞧，他们一有机会不都会"发其书于所知，由是时人多闻之"吗？这些自幼就想出人头地的庶族压抑太久，当然是与"沉郁顿挫"感同身受的。及至五代，元稹写的墓志铭，几乎被原封不动地抄进了《旧唐书·文苑》里，临了不忘添上一句，"自后属文者，以稹论为是"。这是拿元稹的一家之言作了时代的宣言。编者张昭、贾纬等有这个胆量，既说明了庶族力量的壮大，也折射出乱世之于"沉郁顿挫"的强烈的"感同身受"。这个"最高神"的论调，在升平的北宋初年的《新唐书·文艺上》里就降温了不少，借韩愈论曰"李杜文章在,光焰万丈长",成了二神并立。这是官家的政治态度,而创作上给老杜的真正封神,则要捱到黄庭坚的江西诗派。但江西派只是形式上的封神,内容上的封神要等到南宋的陈与义和陆游了。

俗世要老杜的形式,因其是可批量装裱、复制粘贴的捷径,乱世要老杜的内容,因其正是自身的写照。俗与乱,真是后世的两面,俗则必乱,乱则必俗。这又不止庶族地主阶级的出身使然,也是时代性的需要了。于是,老杜的成色也愈来愈亮。

其实,杜诗的"亮"正与环境的"暗"相表里。不必举《进封西岳赋表》中的"进无补于明时,退常困于衣食"或《进雕赋表》中的"衣不盖体,常寄食于人,奔走不暇,只恐转死沟壑",诸君只消一首首地拿杜诗读去,《彭衙行》《乾元中寓居同谷县作歌》《百忧集行》《水宿遣兴奉呈群公》《秋日荆南述怀三十韵》《舟出江陵南浦奉寄郑少尹》《上水遣怀》,不都是穷迫潦倒、窘困无告的状态吗?鲜明莫过《逃难》,诗曰:

> 五十白头翁,南北逃世难。
> 疏布缠枯骨,奔走苦不暖。
> 已衰病方入,四海一涂炭。
> 乾坤万里内,莫见容身畔。
> 妻孥复随我,回首共悲叹。
> 故国莽丘墟,邻里各分散。

归路从此迷，涕尽湘江岸。

若仅将杜诗做"安史之乱"的一时一地的史观，那真太近视了，就忘了杜诗的穿越时空的价值。其实不是老杜在穿越，而是后世不动了，再也没有走出杜甫的时代。即便粉饰得再巧妙，细细看来，大抵多是"结舌防谗柄，探肠有祸胎"的时代；"强将笑语供主人，悲见生涯百忧集"的现实；又多是"栖托难高卧，饥寒迫向隅"的日子；"穷迫挫囊怀，常如中风走"的人生；"归路从此迷，涕尽湘江岸"的结局。于是，后世在杜诗中为后世穷迫潦倒的人生，为后世满目疮痍的时代找到了最"亮"的发泄口与共鸣腔。

时代越不堪，生活越不幸，杜诗的辐射也就越强大。或说仁宗以后无盛世，而"诗圣"的神坛也在仁宗之后高高筑起、牢牢确立。那么，在真正的盛世，也许杜诗的价值将回归"常值"吧。这么看，我倒很乐意看到杜诗的掉价了。

无论如何，杜甫跟我们广大老百姓并肩同行，风雨无阻。草根性是杜诗情感表达的直观性、彻底性与毫无保留性的底色。若说李白是天上的云，王维是沉在湖底的磐石，那么，我们的杜甫就是道旁的小草、水面的浮萍。别看今朝风平浪静，明天就可雨打风吹去。昆曲《浣纱记》中唱道"浪打东西似浮萍无蒂"，最得此意。正是东西无寄的浮萍，才可以最敏感的心感受时代与人生的喜怒哀乐，并与之俯仰浮沉。同样经历安史之乱，相比王维或李白，杜诗所表现得最为撕心裂肺。可见，杜甫之心最为现实，是世俗的心，而非贵族的藐视现实的心。正是这颗心，才是世俗化的"诗圣"的核心吧。鲁迅先生说："我总觉得陶潜站得稍稍远一点，李白站得稍稍高一点，这也是时代使然。杜甫似乎不是古人，就好像今天还活在我们堆里似的。"（刘大杰《鲁迅谈古典文学》）这当然也是将心比心，心心相印，毕竟，鲁迅先生口中的"今天"还是世俗化的时代。"七律之冠"在内容层面的核心，无它，也就是这颗最具普遍性意义的"心"。

最后，让我们世俗之人对于世俗的样板来个世俗的总结吧。一方面，应该说，杜诗在形式上的种种架构，从题材的开拓[1]、字句的精练、意象的组合、层次的变化、意境的对比等等，都将律诗推向了完全成熟，甚至成为其空前绝后的巅峰。另一方面，七律以及杜诗所代表的"沉郁顿挫"的思想内容，亦成为中国诗坛最正统的形式及与之相应的审美标准。这种结合，固然契合后世世俗化社会"患得患失""漂泊无依"的灰暗的人生基调，但亦得益于杜诗可教人模仿、学习的艺术形式。杜甫的伟大，在于其宏博的艺术风格而又现实的生命力，因而具有最普世的适用性。杜诗的闪光点，太多、太复杂了。复杂，正是人的艺术，而非天才的"神"的艺术。物极必反，杜甫范式捆绑了后世，也将"诗"推向了形式主义。这当然不是老杜的错，而杜甫自身的天才性也

---

[1] 此亦要紧，宋诗的一种路径是在此方向的接力。题材有开拓，即意味着体裁的生命的壮大。近体诗的强大生命离不开杜甫的贡献。今天若要复兴文言诗，我要说，首要的方法是题材的开拓。如何将现代生活纳入文言的话语体系中？这是语言问题，也是文言诗复兴的最大瓶颈。

避免了杜诗的僵化。天才永不可能廉价,似乎自杜甫以后,中国的七律乃至全部律诗的造诣在整体上是走下坡路的,沦丧至明清,殆难卒读。其实,诗的可模仿性既是伟大的,又是悲哀的,因可模仿性不正与艺术的本质——"自由"相扞格吗?以此,后世奉"杜诗、颜字、韩文"为圭臬的所谓"正统艺术"的美学水分之吊诡亦明矣。在律诗乃至整个中国诗歌的发展史上,我要说:"成也杜甫,败也杜甫"。

第十三章 何谓「七律之冠」——杜诗与沉郁顿挫的范式性

第十四章

繁复又精辟、细腻且朦胧
——《长恨歌》及白诗的矛盾与分水岭意义

以《长恨歌》为代表的白居易的诗歌广为流传，在中国诗坛上占有特殊地位，具有强大的生命力。要解读这一文化现象，我们必须砍去一切缠夹附会，将关于文学的研究还原为直指人心的诗学——审美体验本身。白诗的一个特点是"俗"，这是世俗社会中艺术美的必要而非充分的条件。白诗的又一个特点是繁复性，这赋予了白诗表达优势，即繁复以尽情，从而达到蕴藉缠绵、风情摇曳的境地。繁复的艺术体现了中唐以来的新路径：要追求温柔的消遣，走向心的细腻与朦胧。进而，白诗的艺术魅力，既具繁复性，亦具精辟性：繁复用于心理活动的刻画、环境的渲染与细节的描绘，而其精辟则用于画龙点睛的小结。这使得白诗呈现丰富的口感、深层的韵律美，从而获得了广泛的受众面。但是，白居易自身并未认识到《长恨歌》的艺术魅力。他致力的"讽喻诗""新乐府"是要回到荀学的道德文艺观上去。白诗开的头，不止形式上的，也是范式上的。白居易的影响，不止艺术上的，也是人生上的。一得一失，折射出整个帝国的后期性格。这正是白居易与白诗的分水岭意义之本质。

白诗传奇

白居易是中国诗坛的第四代诗神,又是特殊的诗神。特殊性在于白的神坛曾垒得最高,却又跌落最快。这太明显了。对比《新唐书》《旧唐书》中留给这位诗神之篇幅的迅速缩水,一出一进,短短两百年,神的光环就已黯然失色。讽刺的是,贬值的最大推手也许就是白居易自己。个中变化,大堪玩味,因其并非只是白诗的故事,而是整个文艺史的一面镜子。

白诗从何谈起呢?就存量而言,白居易算得上最高产的唐代诗人了。我们绝不上贪多的当,还须务大本。大本在哪里,不消说,自是《长恨歌》。这可不是"质量比"的代表,而是单篇总质量的头牌,是全须全尾的完璧第一。《长恨歌》之于白诗,不啻西湖之于杭州。我们玩味了《长恨歌》,从艺术性而言,当可不论其余。本立而道生,又何须道他许多?

对于《长恨歌》及白诗,大家都很熟悉了。不但在读的诸君谙熟,能认汉字的几无不晓。用元稹在《白氏长庆集序》中的话讲,正是:

> 禁省观寺邮堠墙壁之上无不书,王公妾妇牛童马走之口无不道,至于缮写模勒,炫卖于市井,或持之以交酒茗者,处处皆是。……自篇章已来,未有如是流传之

广者。

此固不免自我吹捧的嫌疑，毕竟自谓"元和诗"的名头意味着元白并立、同气连枝，然而白诗在当时的如日中天，亦非虚言。白居易在给这位老友的《与元九书》中说：

> 日者又闻亲友间说：礼吏部举选人，多以仆私试赋判传为准的，其余诗句亦往往在人口中。仆愈然自愧，不之信也。及再来长安，又闻有军使高霞寓者欲娉倡妓，妓大夸曰："我诵得白学士《长恨歌》，岂同他妓哉！"由是增价。

这是单估白诗的纯粹成色了。纵是元稹在《唐故工部员外郎杜君墓系铭并序》中说"诗人以来，未有如子美者"，把诗坛的第一把交椅给了杜甫，颇有独具慧眼识英雄的踌躇满志，但是就作品本身的流行程度而言，仍不得不承认"自篇章已来，未有如是流传之广者"，把广大人民的代表证挂在了白居易的脖子上。《与元九书》与《白氏长庆集序》的言之凿凿，《旧唐书·白居易传》几乎全文抄录，并不忘各自添上一笔："居易自叙如此，文士以为信然"，"人以为稹序尽其能事"，又总结曰"若品调律度，扬榷古今，贤不肖皆赏其文，未如元、白之盛也"。尘埃落定，官方出品，算是不杂私心的公允之论了。实际的传播亦跟得上官宣的调门。纵在日本，白诗的流量不亦胜过李、杜的作品吗？用唐宣宗吊白居易的话来说，真是"童子解吟长恨曲，胡儿能唱琵琶篇"。

由此开场，我们的任务就出来了：说白诗的重点是说《长恨歌》，然则是怎样的一种魔力使得以《长恨歌》为代表的白诗在当时及后世掀起了全社会为之疯狂的浪潮，乃至今日仍未退去？在中国的文艺史上，唯一可望其项背的艺术盛宴恐怕只有明末清初的昆曲了吧。这称得上文艺社会学领域最值得思考的题目。昆曲要放在后头，先单论白诗吧。

"工欲善其事，必先利其器"：欲说诗，先须将眼睛擦亮，不容渣滓。渣滓是什么？一切不及其义的缠夹皆是。题目体裁、历史背景、创作动机、思想内容等等，皆非真义。真如何在？就单问自家"好"在哪里。这个好，当然是艺术的好，所谓的艺术也当然是随顺俗谛而言的纯艺术。这个标准，放在世俗社会中，放在白诗韩文上再贴切不过了。只留心在，其余剔除，别东拉西扯地贩售余沥！獭祭只增厚了自身翳障，增重了他人前行的负担。

历史的精神不在历史本身。换言之，我须把自己掏空，安放在天下一切人的抽象位置，光明才能进来，而此光明之所及，即是好的所在。为何？道理很简单：白诗的好、《长恨歌》的好，是其得以生生不息流传下来的好，绝不是读了博闻者读的那些材料之后才有的后知后觉的好，而只有即便烧了博闻者读的那些材料后也生生不息流传得下来的，才是真艺术。艺术，是一代代普天下人的用直觉投票，而不是一代代读书人的资书票拟。所以艺术评论的第一要义，就是做减法，还原真心直觉，洗去一切后知后觉的污染。

俗与繁复

去了枷锁，将心比心而非将书比书，试问《长恨歌》是何面目？第一印象是"俗"，正中苏轼所谓的"元轻白俗"。"俗"并非白诗的短处，却是其长处。白居易在《与元九书》中说的"自长安抵江西，三四千里，凡乡校佛寺逆旅行舟之中，往往有题仆诗者，士庶僧徒孀妇处女之口，每每有咏仆诗者"的壮观景象，当然离不开这个"俗"。俗，或者说明白流畅，是一切流行艺术的大前提，而就"一代代普天下人的用直觉投票"而言，或可称为一切艺术（世俗社会中所谓的"艺术"，当然是也只能是"生生不息流传下来"的东西）的前提。这是一切艺术创作的显见（prima facie）原则。太白的诗、后主的词，不都未能免俗吗？元曲南戏更不待言。甚至《国风》《离骚》，亦可算彼时的"俗文学"吧。更讽刺的是，你苏轼何能免俗？只是说说罢了。再看曾经的煌煌汉赋、不食人间烟火的玄理诗，甚至韩愈的诗、周邦彦的词，诸般"高雅"，面孔各异，反"俗"则一，却不都身价日贱，门可剪草了吗？甚至曾经"家家收拾起，户户不提防"的昆曲一朝"升堂入室"，不是旋即面临花雅之争，接着就气息奄奄了吗？"眼看他起高楼……眼看他楼塌了"，正是生死存亡的大问题。而白诗的神道，今天仍滑光滴滑得很哩，香烟远飘重洋，不啻最为成功的文化输出。

光俗不够，否则作诗也太易了。当年的俗文学又有多少传得到今天？远的不说，就是明末冯梦龙收录的《山歌》，短短三百年，不也因稀显贵，断难再造了吗？《长恨歌》能代代传唱至今，朗朗不绝，必有出乎"俗"的道理。我们读《长恨歌》，不也能体会到"明白流畅"之外的韵致吗？这味道当然是"士庶僧徒孀妇处女"都能体会到，即便口咏者未必能道个明白。吉川幸次郎先生曾在《中国诗史·白居易》（复旦大学出版社，2012）中如此评价白诗：

> 我以为，白居易（公元772—846）诗的特征，最明显的，就是它的繁复性。……当然，繁复未必不适合作诗，但至少，不适合写抒情诗。然而，他就以此法写诗，不仅《长恨歌》《琵琶行》那样的叙事诗是如此，即使写抒情诗歌，也照样繁复。也就是说，他是用难以作诗的方法在作诗，在这点上，他是一个特殊的诗人。那种特殊性，在中国历代的诗歌中也是特殊的。对于唐诗来说，就更为特殊。唐代继承了前代中国诗歌的传统，成了诗歌的黄金时代。这是因为，唐代的诗歌扬弃了中国前代诗歌所常有的叙述的平淡感（比如《文选》中的诗歌即是如此），而将它提炼成为高度凝练、概括的语言结晶。一般所谓的唐诗名作，人们一般所认为的唐诗，就是这种凝练的语言。但白居易的诗不是这样。与其说使人感到是凝练的语言，毋宁说使人感到是缓慢松散的语言，与一般的唐诗有很大的不同。

这里，有几点值得注意。首先，吉川先生将白诗的主要特点归结为"繁复性"。对于繁复性，该篇的译者李庆先生注曰"原文为饶舌，即唠叨的、反复陈述的性质"。其次，就吉川先生自己的理解，繁复性又指的是"缓慢松散的语言"，是与"凝练、概括的语言"相对的，后者在吉川看来才是适合抒情诗的语言，也才是经典的唐诗语言。对于吉川的理解，我们当作两面看。首先，"唠叨"也好，"缓慢松散"也好，所谓的"繁复性"指的大体是碎碎念的用语方式，这未必等同于狭义的"俗"（明白流畅）。其次，正如吉川所言，这种诗风可能是白居易的创举，不单与之前的唐诗不同，甚至与之前的所有诗风都不同。

但我要说，繁复性未必是不适合抒情诗的。让《长恨歌》来为我们作证吧。就整首诗而言，哪里最繁复呢？不消说，是"归来池苑皆依旧，太液芙蓉未央柳"以下十六句：

芙蓉如面柳如眉，对此如何不泪垂。
春风桃李花开日，秋雨梧桐叶落时。
西宫南内多秋草，落叶满阶红不扫。
梨园弟子白发新，椒房阿监青娥老。
夕殿萤飞思悄然，孤灯挑尽未成眠。
迟迟钟鼓初长夜，耿耿星河欲曙天。
鸳鸯瓦冷霜华重，翡翠衾寒谁与共。
悠悠生死别经年，魂魄不曾来入梦。

写来写去，看来看去，还是深宫内苑，还是一成不变的生活。就"诗"而言，这节奏可够缓慢松散、方式够唠叨、形式够繁复的了。换是《国风》的做派，可能就用四个字——"辗转反侧"一笔勾销，尽在不言中了。但很奇怪，我们读《长恨歌》，翻来覆去地读，吟来诵去，要论全诗最佳处，非此十六句莫属！这十六句可谓繁复之至，然亦动情之至。因为不如此缓慢松散，不如此唠叨，不如此繁复，就不足以尽情——不繁复无以尽情。情何以要尽？须知情是对时间的拷问，只能通过过程性来实现自身。所以恰恰与吉川先生的理解相反，繁复性是顶适合拿来抒情的，如此才可达到蕴藉缠绵、风情摇曳的境界。相较之前的诗，《长恨歌》的心理描写和环境气氛渲染的细腻，这种时时刻刻在在处处的尽情性是新鲜的唱法，也是期盼已久的心声。一唱三叹的精神又披上了新的外衣。

温柔的消遣

然则为何之前的抒情不繁复？时代不同了，白居易正处于中唐这个历史转折点上。李泽厚先生在《美的历程·韵外之致》中评论中唐以来的艺术说：

> 这里的审美趣味和艺术主题已完全不同于盛唐，而是沿着中唐这一条线，走进更为细腻的官能感受和情感

彩色的捕捉追求中。……时代精神已不在马上，而在闺房；不在世间，而在心境。……不是对人世的征服进取，而是从人世的逃遁退避；不是人物或人格，更不是人的活动、事业，而是人的心情意绪成了艺术和美学的主题。……司空图说，"近而不浮，远而不尽，然后可以言韵外之致耳。"他再三提出，"味外之旨""象外之象""景外之景""味在酸咸之外""可望而不可置于眉睫之前"，都是要求文艺去捕捉、表达和创造出那种种可意会而不可言传，难以形容却动人心魂的情感、意趣、心绪和韵味。

就中唐是新路径的起点而言，李泽厚先生的划分是中肯的。但他把新路径说成是"韵外之致"则未免低估前人。无论是"味外之旨""象外之象"，还是"韵外之致"，这个头还是放在六朝更妥当。谢尚的《大道曲》、陆凯的《赠范晔诗》、陶弘景的《诏问山中何所有赋诗以答》、江总的《于长安归还扬州九月九日行薇山亭赋韵》，乃至杨广的那首"寒鸦飞数点，流水绕孤村，斜阳欲落处，一望黯消魂"，不都是"近而不浮，远而不尽"，也不都是像蜻蜓点水般凭借寥寥数笔来获得那"可望而不可置于眉睫之前"的世界及其意义吗？"韵外之致"，正是哲学与美学的统一，除了满大街皆是老庄的六朝，还能由谁带这个头呢？

因此，中唐以来的新路径走的未必是"怎么说"的新，更是"说什么"的新。要有"怎么说"的新，也是出于"说什么"的新。新是心的细腻与朦胧，这是中唐以来的新面向或新趣向。白诗正是领风气之先的带头大哥。细腻与朦胧，岂非矛盾？却是不矛盾不足以发之。怎样的矛盾性存在呢？在艺术史上，最接近的莫过"洛可可"风格了。任他外头雨横风狂，我自妆台孤芳细赏。不再有大木作的格局开创、规划架构、改天换地的理想，只是小木作的不厌精工、消遣浮生——螺蛳壳里做道场，至少要偷得半尺韶光，不负了眼门前烛灯摇曳中的温柔乡。

温柔的消遣，当然是时间性，也只能是时间性的。这是艺术在中唐以后的总路径，是"要求文艺去捕捉、表达和创造出那种种可意会而不可言传，难以形容却动人心魂的情感、意趣、心绪和韵味"的根本动机。李商隐的诗是这样，柳永的词也是这样，北曲南戏、话本小说，概莫能外。温柔，非就内容色彩而言，而是"贴心"式地娓娓道来：蕴藉、摇曳、迷茫甚至湮灭，贴的是帝国后期平常人的消遣心，曲应万境而不遗，不遗却难安。既无法改变而不得意，又不能枯槁死灰而不得已，"废任"的哲学，换一副世俗的面孔，成为弥漫在整个帝国后期的浓厚气息。艺术如此，哲学如此，甚至宗教也如此，大抵总是不得意又放不下。

于是我们发现，白诗起的头还是要追到老杜的脚下。没有绝对赢家的患得患失可算这一切的总根源。你看，作为第一批登上政治舞台最前线的庶族士大夫，元稹与白居易算是出人头地了，不还是"飘飘何所似，天地一沙鸥"的无助又无奈吗？其无助与无奈，一如老杜，当然仍旧停留在"事"

的层面,所以最好的温柔的消遣只是"事"的艺术——繁复的艺术。这才是帝国后期诗坛冷落而词曲小说日渐繁盛的大背景、大气候、大缘由。

相比"诗",词曲小说显然更能繁复,也更适合繁复以消遣温柔。于是,我们惊觉,白居易的天才性正在于其嗅觉与心境的高度灵敏,他是以写词曲甚至小说的方式在作诗哩。这一点,算是我们对吉川先生所谓的白居易"是用难以作诗的方法在作诗"的"特殊性"的阐明。[1]不信请看白居易的《夜雨》,辞曰"我有所念人,隔在远远乡。我有所感事,结在深深肠。乡远去不得,无日不瞻望。肠深解不得,无夕不思量。……"这是诗歌,还是词曲,甚或散文?较之庾信在《愁赋》中说的"闭户欲推愁,愁终不肯去;深藏欲避愁,愁已知人处;谁知一寸心,乃有万斛愁",岂不相看俨然?"文"的温柔化与"诗"的温柔化真是两种蜕变的共

---

[1] 吉川幸次郎先生在《中国诗史·白居易》中将这种"特殊性"归结为"散文化":"所谓'中唐'时代,有着文学史上的一个转机;有着文学的重心由诗歌转向散文的征兆。因为,繁复对于散文世界,对于那需要雄辩的领域来说,本来就是比诗歌领域更为适合的。"这是说不过去的。第一,我们的问题是白诗的特殊性,而非广义文学的重头戏。白诗与之前乃至之后的诗歌的区别,拿铁板一块的天下文章散文化来说事,是隔靴搔痒的解释。又,按吉川的理解,既然诗文分殊,则词曲该当何处?是诗向词曲过渡来得明,还是诗向散文转变来得清?此毋庸赘言。再者,吉川将散文的功用理解为"雄辩",真太狭隘了,特别是就帝国后期的社会形态而言的话。就算文要雄辩,我们读白诗乃至后世的诗,听得出雄辩的架势吗?雄辩之目的不存,繁复之形式何出?最后,我们的真问题是白诗得以生生不息、代代流传至今的强健生命力安在?这绝非区区文体之分便可断言。

通形式。

非精辟又非不精辟

至此要问：《长恨歌》的好处说够了吗？只是俗与繁复或曰明白晓畅与曲应万境吗？似乎不够。理由很简单：若只这些，白诗不过比肩词曲的高度，纵可算得祖本，换歌勤于换衫的人民绝不会将自家"陋室"的保留节目写在裹尸布上。词曲滥矣，而《长恨歌》多乎哉？

那么，剩下的也是关键的好处在哪里呢？还须诸君涤尽染污，一任真心地诵去。诵，是说诗的不二法门、正宗王道。一遍、两遍，乃至什百，味道就出来了。什么味道呢？无它，正是高低不平的韵律感！此话怎讲？请君还诵：

汉皇重色思倾国，御宇多年求不得。
杨家有女初长成，养在深闺人未识。
天生丽质难自弃，一朝选在君王侧。
回眸一笑百媚生，六宫粉黛无颜色。
春寒赐浴华清池，温泉水滑洗凝脂。
侍儿扶起娇无力，始是新承恩泽时。
云鬓花颜金步摇，芙蓉帐暖度春宵。
春宵苦短日高起，从此君王不早朝。
承欢侍宴无闲暇，春从春游夜专夜。
后宫佳丽三千人，三千宠爱在一身。

金屋妆成娇侍夜，玉楼宴罢醉和春。
姊妹弟兄皆列土，可怜光彩生门户。
遂令天下父母心，不重生男重生女。……

正是两种意境：加粗是一种，其余另一种。我们还原了开头，余下的骨架，诸君自然有数。两境并观，正是辽阔平原上星罗棋布座座峰峦的效果。要论地貌之最美，莫过丘陵！白诗的骨架正是丘陵地貌。若说平原"繁复"，则座座峰峦真是"精辟"！精辟岂非经典诗风？可见，白诗既繁复又非繁复，既非精辟又非不精辟。谁说一加一等于二？那是机械论的世界，绝窥不得艺术的神龛。一加一当然远大于二，这就是《长恨歌》的魅力。不特此诗，我们诵《琵琶行》，不亦如此吗？"大弦嘈嘈如急雨，小弦切切如私语"的繁复，还是要"此时无声胜有声"的接龙、"唯见江心秋月白"的"尽在不言中"才得其三昧。白诗的艺术魅力，正在于其既具繁复性、亦具精辟性。这使得白诗获得了深层韵律性的美感：一层肥夹一层精，譬如五花肉的丰富口感，也使其赢得了最广泛的受众面（总有适合你的口味）。也因此，白诗再长，读来却殊觉可爱——岂嫌其长，只怨其还不够长。

白诗的繁复加精辟又不止形式的（形式只有与内容相配合才成为真形式）。仔细诵去，白诗的繁复多用于心理活动的刻画、环境的渲染与细节的描绘，而其精辟正用于画龙点睛的小结。这才是"一代代普天下人用直觉投票"的深层动力，也是白诗"生生不息流传下来的好"的本质。我们悟得白诗的好，也就识得画虎不成反类犬的毛病。后世之模仿白诗者甚众，却多不见精辟，又繁复无关风情，只是一笔白话（流水日记），连散文都够不上，遑论诗格。普罗诚不我欺！

矛盾种种

有意思的是，不但东施们懵懂无知，即使西施自家也一头雾水。白居易之于白诗，类似薛定谔之于薛定谔方程。《与元九书》中说"今仆之诗，人所爱者，悉不过杂律诗与《长恨歌》已下耳，时之所重，仆之所轻"，姑不论是否故作矫情，白居易明说自己甚不屑《长恨歌》。他看重的是"奉而始终之则为道，言而发明之则为诗""文章合为时而著，歌诗合为事而作"，是"言者无罪，闻者足戒"的教化诗道。正是出于这样的立场，他痛斥"诗道崩坏"，将五百年来的诗坛批得体无完肤：

> 晋宋已还得者盖寡：以康乐之奥博，多溺于山水，以渊明之高古，偏放于田园，江鲍之流又狭于此，如梁鸿《五噫》之例者，百无一二焉！于时六义寖微矣。陵夷至于梁陈间，率不过嘲风雪、弄花草而已。……然则"馀霞散成绮，澄江净如练""离花先委露，别叶乍辞风"之什，丽则丽矣，吾不知其所讽焉，……唐兴二百年，其间诗人不可胜数，……又诗之豪者，世称李杜。李之作，才矣，奇矣，人不逮矣。索其风雅比兴，十无

一焉。杜诗最多，可传者千余篇，至于贯穿今古觇缕格律，尽工尽善又过于李，然撮其《新安吏》《石壕吏》《潼关吏》《塞芦子》《留花门》之章、"朱门酒肉臭，路有冻死骨"之句，亦不过三四十首。杜尚如此，况不逮杜者乎！

可谓笔扫千军、目空一切！一言以蔽之，白居易要做的是回归政治文艺学，将文艺降格为道德政教的工具。这正是两汉的正经面孔，是"经夫妇，成孝敬，厚人伦，美教化，移风俗"的荀学正统，也是《毛诗》《礼记·乐记》与《荀子·乐论》的共同底色。"嘲风雪、弄花草"云云，正是针对钟嵘在《诗品·序》中提出的"春风春鸟，秋月秋蝉，夏云暑雨，冬月祁寒"的命题——文艺的自觉和独立。白居易之于"诗"，一如韩愈之于"文"。

因此，白居易要搞他的"讽喻诗""新乐府"，并在《新乐府序》中说：

其辞质而径，欲见之者易谕也；其言直而切，欲闻之者深诫也；其事核而实，使采之者传信也；其体顺而肆，可以播于乐章歌曲也。总而言之，为君、为臣、为民、为物、为事而作，不为文而作也。

此种文艺理想，当可为"白俗"与"繁复"作个目的性的注脚。正是要"正俗"，所以要"俗"。白诗在道学目的上的"歪打",倒"正着"美学手段的流行,但一深究就露馅儿了。所以在我们今天看来是最辉煌的五百年国诗演绎,在白居易口中却成了最黑暗的历史轨迹。文的自觉、人的自觉、我的自觉,统统沉埋,白活了五百年。历史一旦开起倒车,再回头要捱到明末了。

这种"退步"又是可以理解的。白先生摘不掉五百年前的墨镜,因为这五百年的贵族风流对于白居易这些刚刚登上政治舞台的庶族地主是陌生的、绝缘的、令其恐惧的,也是要被有意无意地阉割的。出人头地莫过正名,正名莫过法古。这是世俗社会不变的终南捷径。于是,精明的他们费劲巴拉地撑进早被贵族哲学家与艺术家抛弃的小脚鞋,来证明自身的正宗法统:"名教"还魂了,而我们的小白也熬成了他们的老白。回头看去,这一切的颠倒,正是社会结构大洗牌的产物,是接着杜甫的路径走出来的格局。

可惜,老白所重的讽喻诗与新乐府却未能成功。这并不奇怪。今天,对于白居易在《与元九书》中的乐观展望,我们大可不无遗憾地回答道:"绝无如元九出而知爱其所爱者。"千百年后,最成功的白诗还是《长恨歌》与《琵琶行》。无论时代如何变化,艺术不会死,美不会死,只是从一种形式走向另一种形式,只有自觉与不自觉的区别。钱锺书先生在《宋诗选注·刘子翚》中曾如此讽刺道学家的作诗态度:"前门撵走的诗歌会从后窗里爬进来,只添了些狼狈的形状。"对于板起面孔说正经的"诗人",我们大可借钱先生的话说:"前门撵走的风花雪月会从后窗里爬进来,只添了些狼狈的形状。"不信请看,戴上墨镜的白老先生不依然"诱于一时一物,发于一笑一吟,率然成章"地"嘲风雪、弄花草"吗?不特诗作,就是其生活所重,也似全然沉浸在一片"嘲风雪、弄花草"之中了。老白自己在《池上篇序》中的现身说法就非常生动:

> 乐天罢杭州刺史时,得天竺石一、华亭鹤二以归。始作西平桥,开环池路。罢苏州刺史时,得太湖石五、白莲、折腰菱、青板舫以归,又作中高桥,通三岛径。罢刑部侍郎时,有粟千斛,书一车,洎臧获之习管磬弦歌者指百以归。先是颍川陈孝仙与酿酒法,味甚佳;博陵崔晦叔与琴,韵甚清;蜀客姜发授《秋思》,声甚淡;弘农杨贞一与青石三,方长平滑,可以坐卧。太和三年夏,乐天始得请为太子宾客,分秩于洛下,息躬于池上。凡三任所得,四人所与,洎吾不才身,今率为池中物。每至池风春,池月秋,水香莲开之旦,露清鹤唳之夕,拂杨石,举陈酒,援崔琴,弹《秋思》,颓然自适,不知其他。酒酣琴罢,又命乐童登中岛亭,含奏《霓裳散序》,声随风飘,或凝或散,悠扬于竹烟波月之际者久之。曲未竟,而乐天陶然石上矣。睡起偶咏,非诗非赋,阿龟握笔,因题石间。

看来老白早就把小白当年的"有不便于时、不合于道者,小则上封,大则廷诤"(《旧唐书·白居易传》)的道貌岸然抛诸脑后。个中变化，不论是因为兼济能力的有限还是以功名为跳板的道德幌子，最终都殊途同归到与世隔绝的"温柔乡"了。在温柔乡里干啥呢？拿他的《池上篇》说，正是"时饮一杯，或吟一篇，妻孥熙熙，鸡犬闲闲，优哉游哉，吾将终老乎其间"。瞧，《桃花源记》的魅力开始不断发酵，而陶诗也成为日益升值的硬通货。

能力有限的拎不清也好，道德幌子的人格分裂也罢，庶族士大夫活得可真够矛盾。矛盾不免折腾，当然也只是在"事"的层面的折腾。这还是老杜的人生模式的渗透与发散。正是这种人生实践的矛盾性决定了细腻与朦胧的艺术倾向：细腻了眼前，朦胧了门外边。近的细腻才现出远的朦胧，远的朦胧才显出近的细腻，譬如视镜的对焦，也正是"洛可可"的心理逻辑：不论近的细腻抑或远的朦胧，都只是"温柔"的需要。

宗教（佛禅）与酒色的兼蓄，给这些作为新贵的庶族地主的矛盾性添上了最后一笔。于是，他们的矛盾与折腾更为彻底、全面、表里如"一"。这倒是老杜不曾有的左右逢源。也因此，他们的色泽即使光鲜亮丽，却不再晶莹剔透。明则明矣，难再"诚"矣。苏轼的艺术与人生之根，不也由此种下了吗？纵是其有"元轻白俗"的微词，不也感慨"平生自觉出处老少粗似乐天"吗？瞧，在帝国后期，连评论竟也充满了矛盾。"定似香山老居士，世缘终浅道根深"，算是对苏，对白，也是对整个帝国后期的知识分子的一个言不由衷的人生陈述。"衷"哪里去了？早"朦胧"掉了呗，于是只剩下手头的细腻，而这也不过聊胜于无的消遣罢了。执妄与否，有谁能知，又有谁愿知呢？矛盾、折腾之于荒唐，不过一层纸的距离，于是，我们竟嗅到了《红楼梦》的足迹。这是后门，却非新路。

吊诡的结局

以此，白居易的诗论迎来了吊诡的结局。一方面它是成功的。后世的狭义的"诗"总是具有兼济之志的面向与期待，再难摆脱道德的、政治的引力。但另一方面，后世的狭义的"诗"的美学魅力大体是不断下滑的。中国人默默地将美学衣钵转移至词、曲、戏剧，乃至小说。狭义的"诗"（合为时事而著作）在艺术效应的大方向上是走下坡路的，从而在艺术舞台上被不断边缘化。讽刺的是，诗坛冷落也有老白自己的一份功劳。以此，白居易的新乐府/讽喻诗的革命可称得上彻头彻尾的失败。

但是，以《长恨歌》为代表的成功的白诗不正显示了新的审美倾向，并不无讽刺地暗示了狭义理解的"诗"的表达局限性？这不但预示了新的文学形式——戏曲之兴起的必然性，甚至可说其本身可视为某种"剧本"的雏形，以至成为日后洪昇的《长生殿》的直接祖本。前述种种特征，包括俗、繁复又精辟、细腻且朦胧等等，也都能在新的体裁里找到更合适的栖身之所。白诗起的头，不单是形式上的，也是范式上的。有意或无意地，白居易自身并未认识到白诗的真正价值所在，所谓"时之所重，仆之所轻"，有点儿类似黑格尔的"头重脚轻"的哲学体系。

今天，我们在不断重温白诗的独特魅力及其之于后世词曲的启发之时，在悄悄地拨乱反正白诗的美学价值之时，切不可抹杀了白乐天的个人天才与艺术功绩。以此，白诗又是一个分水岭，是"诗"的，也是俗文学的。得也白诗，失也白诗。一得一失，折射出整个帝国后期的文艺的矛盾性。无论是白居易自身的诗歌创作，还是白诗在当时及后世的影响，抑或白居易本人活出的人生姿态与意趣，都充满了矛盾性。矛盾性是走上政治最前台的庶族士大夫的原点和归宿，也很可为帝国后期的知识分子作一总体的、根源的勾勒。好了，我们的诗讲到这里，也可以告一段落了。

后　记

　　此书是我在上海对外经贸大学讲授的通识课程"国诗评论"的心得小结。由于是给非专业的学生讲课的结果，我本身也并非"文学博士"出身，所以此书并不力求观点客观的宏大体系，它不是抽象的理论型的，而是具体的案例型的。作为讲课的成果，本书不是一般意义上的学术专著，而只是对于大家都熟悉的材料（经典诗作）的解读和感发。对于每一首诗的分析，不是为了论证作者或文本的某种历史逻辑的"合规律性"，而是为了达到审美体验的升华——"合目的性"。

　　因此，与其说这是一部关于诗歌鉴赏或文学评论的作品，毋宁说是对于诗本身的再加工、再创作。我更在意的是艺术性的激发，而非学术性的梳理。材料是旧的，感发是新的，前者只是生活的形式——形式是不拘的，后者才是生活的意义——意义是终极的。他们都死了，我们是活的。死者要服务生者，而非反是。

走"野路子"

　　这是一条野路子，却生机盎然，面向未来。保持"礼失求诸野"的清醒与勇毅，远比缩在故纸堆里讨生活又挤破头皮拜庙堂的国子祭酒们（他们"干进务入"又"亦步亦趋"）

更真实、更崇高、也更曼妙。野路子正是此书的由来，也正是对于时代的回应。

也许，野路子正是这个时代的真正出路。这是一个充满荒谬的时代。一方面，科学技术正带给人类史无前例的合规律性力量；另一方面，人类的世界却被科学技术所日益绑架、蚕食、践踏，从而不断沦丧其合目的性。一方面，实证知识的数量呈现几何式扩张；另一方面，人类的步伐却窒息在碎片化的知识汪洋中进退维谷。一方面，单一学科的纵向挖掘一日千里；另一方面，我们的世界被无数的学科地道所分割、绝缘，走向宇宙大爆炸般的离散式的"死寂"状态。我们越来越富有，却越来越贫瘠；越来越深刻，却越来越肤浅。这正是大机遇与大挑战并存的全新世界，是危急存亡悬于一线的混沌时代。我们的教育、我们的研究，再不能像"经院学"那样萧规曹随、躺在精致温柔的桃花源里焚膏继晷、兀兀穷年。天下残忍事，莫过背对真实世界。这是令每一个知识人于心不安的。

"经院学"可恨，但将"经院学"赶尽杀绝是不可能的，且易遭反噬。只要是人，就有向"善"之心，而捷径莫过于平庸地勤快。所以，经院学的存在其实是普通人性在学术圈的反映，一如权力的傲慢在公共管理中的反映。与平庸较真不单是愚蠢的，且是危险的；不单是蚍蜉撼树，且是螳臂当车。

我们要做的不是彻底清除经院学，而是要给它们"瘦身"（不使其恣意枝蔓）并与它们划清界限（"脱钩"），以保障真学的发展空间。文学、哲学要一分为二，科学也要一分为二。将各个学科中的"经院学派"装进"句读"("小学")的笼子，让他们自娱自乐去，去量化绩效，去精益求精，去给"馆藏文物"做刮垢磨光的保养工作。这些日常的保养工作亦甚要紧，譬如吃喝拉撒，正是"真学"的"物质基础"，但又只是为"真学"保管资料、打下手而已，从而留出真正的"大学"之路。就像造一栋房子，泥瓦匠的工作是要紧的，其总的工作量也是最大的，且其绩效也是可以量化来精益求精的。但这栋房子要称得上是有意义的建筑，最重要的因素是建筑师的天才设计，这是独一无二，不可能量化评估的。可悲的是，今天的经院学已经强大到迫使建筑师异化为泥瓦匠或包工头了。我想，牛顿、达尔文在今天最不愿干的就是"物理学""生物学"研究吧，他们可不愿做泥瓦匠或包工头的活呢。向平庸低头的时代不知错杀了多少牛顿、达尔文。然则文科又何曾幸免！

因此，在学科管理上，我们不是要取消泥瓦匠的工种，而是要对泥瓦匠和建筑师分别定位，即使两者都属于建筑行业。我们要一分为二，将文学分为小文学（经院文学）和大文学（文学哲学）、生物学分为小生物学（经院生物学）和大生物学（生物哲学），以此类推。指标化管理、同行评议只适用于"小学"（经院学），他们可以单向地攀比和竞争，犹如泥瓦匠的砌砖速度和质量。恭喜它们已是范式成熟的学科或工作了。以真人文为"范式"的"大学"则直指灵魂，指向"原地踏步"的自由，并无严格意义上的范式。一切陈迹本就是自我交代的小结（姑不谈庸俗意义的考核），一如学位只是自我标榜的慰藉以及庸俗的"敲门砖"罢了,何用"客观"的"共同体"范式的同行评议来"正名"呢?亦何需作者喋喋不休地自卖自夸呢?

任何学科都有"大学学派",都有"哲学"。真正的哲学,也必然由"实打实"的学科中生发出来。哲学,一如旅游,不能以自身为资源。旅游目的地的魅力正在于切切实实的风土人情、真正意义的日常生活。哲学也是这样,"渡"的途径必然是实在的、具体的、独特的。空说无益。今天哲学式微的根本原因是学理上的,就在于其闭门造车,沦为自娱自乐的名词游戏。试看昔日真正的哲人,岂是这般贫弱、无聊、平庸?哲学必须直面时代、必须走向前台。今日世界面对种种危机的束手无策,甚至越解越糟,其学理原因正在于"实打实"的学科中"哲学学派"的被逆向淘汰。因此,学科划界势在必行,这涉及人类能否顺利走出21世纪的大问题。

"小学"应该速成培养,做技术化路线,以职业资格证为吃饭文凭,取消(哲学)博士学位。哲学取消本科(今天的大部分所谓的"哲学"都属于"小历史学"或"小语言学",应放到历史系或语言系)。哲学是研究生以上的专业,并要建立在其他学科的"大学"之上。哲学博士(当然没有所谓的"文学博士""物理学博士"等杂牌儿博士,这些只是经院学大盛的变态现象)也只能放在"大学"。

"大学"应该彻底自说自话,其底气是情愿放任一万个陪跑的滥竽充数,也要保障牛顿、达尔文得以"荒诞不经"地冒出来的土壤,因为一个牛顿对于社会的推动力已足以一笔勾销一万个滥竽充数的社会成本。但舍不得这个成本，没有优容宽裕的环境，是出不来这个推动力的。公共管理的账本要前算一万年，才算得上精明。内部划界，正是我们这个时代（无论中外）对于今天的绝大多数学科应该采取的动作，也是最不折腾的太平之策——双方各尽其力、各取所需。

饶是如此，将来的"大学"会不会走向今日的"经院学"，正如今日"哲学博士"的名存实亡？历史的推手正是普罗"天天向上"的力量，而这也正是生态系统演化的图式，所以这种"异化"大概率是注定的，因"存在"天生不安分，孔夫子的悲剧也是注定的。浪漫主义和理性主义的此消彼长大概是人类社会永恒的旋律。这么看，"野路子"就不单只是这个时代的出路了。

做"边缘人"

"大学"不存，于是"野路子"只能在诸"小学"间游荡。学科是假的，问题是真的，有问题才有不安，才有真正的发展。因于不安，我在本科阶段选择了工程，欲以助力青山绿水的蓝图，却发现技术虽利，只是扬汤止沸。不安令我改换门庭，钻进科学王国，终发觉实证虽切，不免以管窥天。不安令我再次抽身出来，投身人文生涯，又不满意传统人文的浮而不切、"新式文科"的杪而忘归。"悲夫！百家往而不反……道术将为天下裂"，一个个学科就像一个个国家，彼此树藩立篱。利奥波德（Aldo Leopold）在《沙乡年鉴》（*A Sand County Almanac and Sketches Here and There*, Oxford

University Press, 1968 [1949], 153）里批判现代教育说："这些人被称为教授。每个人选择一种乐器，并用一生的时间把它拆开，以描述它的琴弦和音板。这一肢解的过程被称为研究，而肢解的地方被称为大学。一位教授可以拨弄他自己的乐器的琴弦，但永远不会拨弄别人的，并且，如果他听音乐，他决不会向他的同伴或学生承认。因为所有人都被一个铁定的禁忌所束缚，它规定：乐器的构造是科学的领域，而和谐的探查是诗人的领域……诸部分在诸歌之歌中被一个接着一个地摧残。"

今天的肢解与摧残更甚于昨。大环境如此，我却不愿偏安一隅，那只是螺蛳壳里做道场。理科工科也好、文科商科也罢，吾志不在跻身某一学科的庙堂，峨冠博带、深居一生，相反，倒很喜欢"周游列国"，来去都是"野趣横生"的路子。这固然上不得国子监的T台，却多了几分自由自在。一路走来，似已不知也不问何处是吾乡，扪心自问，我似乎一直是个"边缘人"。

正是边缘性给予我们厘定诸"庙堂"的边界，而边界正是审视诸学科之力量、局限与意义的最佳视角。横岭侧峰，尽显原形，此处风景绝佳。这么看，边缘性身份倒是至珍至贵的馈赠呢，须知正是边缘定义了世界。中心和边界，到底孰轻孰重？后生未敢轻言。咫尺天涯，仁者又何必拘泥文理工商的畛域呢？须知它们都是同一本体的外化啊。因此，与其谈学科，毋宁说问题；与其谈体系，不如讲案例。问题和案例是真的，学科和体系是假的。

真问题只是一个,视角却需多元,所以要用一个个案例来积累。这本书,以及这门课,就是对于这个真问题的一个侧面的展开。诗学(说诗)是我的实践美学工作计划的第一步。于是,我这一路跌跌撞撞的研学旅程,倒没有一个犄角旮旯是可轻易省去的。砍了哪个角,都不成其为"我",不成其为"我的问题"了。这么看,我这个边缘人倒也是不可替代的。工程和科学的背景要求我的分析必须还原到"质点"上;哲学的训练要求我反复考辨、明晰概念;管理学的工作环境又要求我抛开宏大叙事,要尊重不可重复的具体案例。这些都戳破了"经院学"的虚伪。没有这番"周游列国",我的说诗,绝不会是这个样子的。其实,就"科学革命"而言,"边缘人"正是学科革命的推手,一如生物演化的更替模式所昭示的那样:旧中心终将让位于起于边缘的颠覆。这是不以个人意志、群体意志为转移的。因之,对这个时代、这个世界,我必须要有所交代,因其他任何人都不会有和我一样的交代。做科学的可被替代,做真人文的则不可,因为客观的科学不能见人(你干我干都一样),而人文要有人的味道,甚至言必称"我",自家做主才称得上人的味道。苔花虽小,不假牡丹。这也许是人文才有的魅力吧!

有了"周游列国",本书的视角颇为多元,而对于每一诗篇的分析方法也各个不同。根据具体诗作的特点,可以是基于中国文化整体性质的(如关于《关雎》的分析),可以是推敲具体文本的(如关于《离骚》的分析),可以是着眼具体社会历史环境的(如关于两谢诗风的分析),也可以是围绕汉语音韵特点的（如关于《短歌行》的分析），还可以是针对哲学感知方式的（如关于王维诗的分析）等等。当然，更多的是不同视角的交叉、融合。为何没有统一的分析方法？正如没有统一的艺术创作方法一样，不言而喻。本书中各章各自不同的解说和路径，正是诗学的没有范式的"范式"的某种体现。说诗，正是诗的艺术再创作。

"说"无成法

诗无成法，或述或说。言下之意，美无成法。环肥燕瘦，各个都有存在的合理性，存在即合理的根本在于美学出路。因此，说诗的人（并非作诗的人）最平和宽容，也最情感真挚。蔡元培先生要"以美育代宗教"，真是卓见。这也是我坚持"不务正业"地说诗的初衷。

以此为面向，我的讲课以及此书的目的要在学术性与通俗性之间、知识性与趣味性之间找到一条中间道路。这也许也是教育业和出版业在未来的理想面向，因此，我还愿意让此书稿问世，不致因糟践纸墨或涸泥扬波而良心不安。这里，我要感谢我的工作单位：在普通大学面向非专业学生的通识课，正是走"中间道路"——打磨"另类"书稿的最好平台。我也要感谢研究出版社的青睐和合作，特别是毛艳琴女士在整个出版流程中的辛勤付出，她认真负责、一丝不苟的专业精神为成书增色良多。

我更要感谢家人的支持，没有他们的默默奉献，我当然也不可能在这个熙熙攘攘的社会中竟还能闭目塞聪地谈些言不及义的春风秋月。这么荒诞不经地蹉跎岁月，于他们而言是残忍的，自私的我也只能说声感谢了。

同时，我要感谢几年来饱受我"洗脑"的学生们，正是他们的互动、反馈和鼓励，才让我"游手好闲""不务正业"了这么些年。教研并重，教育离不开研究的夯实，研究也离不开教育的推动。若没有研究的心得，便教不灵活，又何来直达人心的感化？授人以鱼不如授人以渔，教育所能做的最高级，不正是感化吗？反过来，没有教学的统筹、反刍、激发，其研究也是七宝楼台拆开不成片段、难有气候。这一关系在人文教育中特别突出，那应是没有学科藩篱的教育、自由博雅的教育、面向人本质的教育——真正的教育。限于学科藩篱的教学大抵只是"培训"，一种譬喻意义上的"教育"。教学与研究都应该是"活的"，预先操控不得。正因如此，研究的世界才是有趣的，教书的生涯才是值得的。常上常新，才是值得讲的课，也才是值得做的研究。否则循环播放即可，何劳先生受累？我想，这也许是人文教育的根本与灵魂吧。随着数字化、网络化、信息化的普及和深入，限于学科藩篱的教育还能用什么来证明自身存在的必要性？但纵是它们都倒闭了，人文也不会关门，因为人文（不包括"经院学"）是活的！为何人文是活的？因为人是活的。这是"我们值得存在"这个根本命题的根本保障，也是我这茫无端涯之交代的底气。也因此，《国诗评论》一门课，竟有了此书的成果，这荒诞不经的格调，大概也只有课堂上才出得来吧，恐非正襟危坐的书斋大人们所愿染指的。

在此书整体（以及《国诗评论》课程的架构）的理路上，对我影响颇大的有四位学者：李泽厚、吉川幸次郎、叶嘉莹、闻一多。

李泽厚先生的美学论述在中国文化的大基调上作了宏观架构；吉川幸次郎先生在中国诗的发展历程上（特别是早期，即六朝以前）的理解颇有见地；叶嘉莹先生对于文本的分析是极为细致入微、令人感佩的。但是，这些前辈的工作，就我的诗学任务而言，亦有不足。李泽厚先生往往拘泥于"历史唯物主义"的规律性，未能实现诗之精神的自由，也未能就具体文本来激发本体精神。他的立足点是冷静的学者视角，未能将抽象美学规律"血肉化"为实践美学的体验过程。吉川幸次郎先生和叶嘉莹先生亦未能从具体文本升华为美学精神的遨游，毕竟他们的任务是传统的解诗，是历史坐标的任务，而非作为哲学的任务——作为艺术再创作的诗学。在这些先生那里，主体还是文本，说诗只是服务文本的婢女，而未能做自家主人。闻一多先生的《唐诗杂论》可能是最接近"诗学"路数的好文章。特别是其《宫体诗的自赎》一文，可谓不世之典范，说诗达到了可与诗本身相媲美甚至超越诗本身的美学体验。诗人说诗，说诗本身成为诗，才是说诗的化境。然惜乎其篇幅短少，尚属于抽象性、瞬时性的美学激发，未能展示出主体精神的跌宕起伏的历程演绎。

我所谓的"诗学"（说诗）与一般的诗歌评论（包括旧诗论）的区别在于：说诗（解说），而非诗本身（文本），成为艺术本体。具体文本只是不同手段的权宜，目的是"渡"：

达到审美体验的琉璃世界。琉璃世界正是对现实世界之演化本质的审美观照——精神。因此,说诗将取代诗,成为艺术的终极形式。这正是"实践美学"的革命!子曰:"述而不作",诚哉斯言!说诗,必将成为新的艺术载体——以及"本体"。

必先是哲学—美学,才称得上文学—艺术;反之亦然,必先是文学—艺术,才称得上哲学—美学。前者扬弃的是传统的文学—艺术,它们"纷而不拔",见木忘林;后者扬弃的是传统的哲学—美学,它们"疏而不切",舍木逐林。真空妙有,真美不空。

诗学,正是要回归"天地之纯,古人之大体":将艺术与哲学这对宿怨,通过说诗的方式来加以调和,以此体认、涵养、充实统一的本体。既要细处插针,也要龙马高蹈,前者是后者的道路,后者是前者的归宿,这正是我所说的"诗学"的逻辑、"实践美学"的任务,即,通过具体文本的投射,使得主体获得审美精神的激发,从而本体变得饱满、充沛。作为学科的文学、哲学不是要通过"经典"给现代人的行程增重负荷,而是要成为其齿轮的润滑剂。

以此,本书中的论述,尽量从简从素,轻装上阵,凡可不征,一概不引。就此而言,此书无意也不屑成为"中规中矩"的学术研究,因后者镶金嵌玉的冠冕已作了压垮诗之精神的稻草。说诗人"在这个革命中失去的只是锁链,他们获得的将是整个世界"。

因此,我亦不愿称此书属于"文学的"还是"哲学的"

藩国。一路行来，早已不知也不问何处是吾乡，吾乡只在自家心头。吾心静时是"哲学"，动而谓"文学"，八万里个个藩篱，只在翕合转念之间，权作走马观花之方便罢了，何足留恋？更无囚心适藩、坐井观天的道理。

最后要说的是，此书是以历史发展为脉络来架构的，当前的内容止于白居易。白居易以及中唐时代，正是中国诗以及中国整体文化的转折点。此书其实是（"国诗评论"课程）整体架构的上半部分。下半部分（从晚唐到当代华语流行歌词）会不会写，要看此书的市场反应如何。若顺利，可能也是二十年之后的工作了。接下来的若干年我将聚焦于中国哲学、生命哲学和环境美学，没时间再碰狭义的"诗"了。这也是边缘人浪迹天涯的使命，他们可不愿蜷缩在庙堂里曲身售于"一家之学"。研学当然有方向，但方向只是暂时不得已的刻舟求剑，该放手时须放手，以免迷途难返。天地本身没有方向，方向只是经验主体在综合前的权宜。这也许可为我之研究的"无家可归"作个注脚。单向用力的学科界域太狭促，放不下"大全"，所以一个可能的办法就是"周游列国"。世上没有多余的风景，只有近视的格局。所谓"不谋全局者，不足谋一隅"的话，也只能留给垂垂老矣的将来了。

也许，此书的命途，一如胡适之先生的《中国哲学史大纲》一样，永远不会有下半部了。但既开了头，纵不见尾，虽不无遗憾，也总算有了交代，则不妨一观。姑妄说之，姑妄听之。好了，当下可交代的，也只能是这些。